W0315898

Das Buch

Als die *USS Kentucky*, ein für den Einsatz von Special Forces umgebautes ballistisches Boot, von einer geheimen Mission in der Südchinesischen See nicht zurückkehrt, ist wieder einmal mehr Captain Robert DiAngelo gefragt. Die Zeit drängt, da auch die Chinesen offenbar bereits die Suche nach der *Kentucky* aufgenommen haben, ohne aber wegen dieser amerikanischen Verletzung ihrer Hoheitsrechte propagandistisch die Muskeln spielen zu lassen. Kein Wunder, wie DiAngelo vor Ort herausfindet, war doch eines ihrer modernsten Atom-U-Boote in die folgenschwere Kollision mit der *Kentucky* verwickelt und selbst auch gesunken. An Bord der *Guam*, die über zwei der neuesten amerikanischen Tiefseerettungsboote verfügt, sieht DiAngelo nur eine Möglichkeit: Ohne auf eine Genehmigung aus Washington zu warten, dringt er zusammen mit Commander Tex Harper in einem dieser Mini-U-Boote in die von Peking beanspruchten Gewässer vor ...

Der Autor

Peter Brendt, Jahrgang 1964, wuchs im Badischen auf. Nach dem Abitur ging er zur Marine und diente dort zunächst als Navigator, bevor er zu den Waffentauchern wechselte; Teilnahme im Rahmen der NATO an diversen Einsätzen zusammen mit der US Navy. Nach turbulenten Jahren in Sonderkommandos nahm er seinen Abschied, studierte Informatik, der er dann als selbständiger Softwareentwickler fast zwanzig Jahre treu blieb, bevor er sich verstärkt der Schriftstellerei zuwandte. Seiner Leidenschaft für die Wracktaucherei, die ihn unter anderem in der Irischen See in 168 Meter Tiefe zur *Empress of Britain* führte, frönt er aber nach wie vor weiter.

Von Peter Brendt sind in unserem Hause bereits die U-Boot-Thriller *Crashdive* und *Shallow Waters* erschienen.

Peter Brendt

Subdown

Roman

Ullstein

Besuchen Sie uns im Internet:
www.ullstein-taschenbuch.de

Umwelthinweis:
Dieses Buch wurde auf chlor- und säurefreiem Papier gedruckt.

Originalausgabe im Ullstein Taschenbuch
1. Auflage April 2007
© 2007 by Ullstein Buchverlage GmbH, Berlin
Umschlaggestaltung: Buch und Werbung, Berlin
Titelabbildung: Viktor Gernhard
Satz: LVD GmbH, Berlin
Gesetzt aus der Sabon und Antique Olive
Druck und Bindearbeiten: Ebner & Spiegel, Ulm
Printed in Germany
ISBN 978-3-548-26690-9

Prolog

18 : 00 Ortszeit, 10 : 00 Zulu – Xisha-Inseln (Paracel Islands)

Sho Raiku blickte nachdenklich hinaus aufs Meer, das von der sinkenden Sonne in einen Rausch von Farben verwandelt wurde. Seevögel glitten durch die Luft, und gar nicht weit von seinem Standort an dem kleinen schmalen Strand konnte Raiku bereits den flachen Rücken einer anderen Insel erkennen.

Insel? Ein Buckel im Meer, das war alles. Auf einem Gebiet von nicht einmal vierzig Seemeilen Durchmesser lagen knapp achtzig Inseln und Untiefen verstreut. Die meisten von ihnen ragten nicht einmal bei Niedrigwasser über die Oberfläche. Auf diesem Eiland hier gab es eine Handvoll Palmen, etwas Strand und ein paar vorgelagerte Riffe. Ein verlassener Flecken Erde mitten im Südchinesischen Meer, dennoch nicht allzu weit entfernt von einigen der wichtigsten Handelsrouten nach Ostasien, aber ansonsten völlig unbedeutend, mochte es auf den ersten Blick auch aussehen, als gehöre er auf die Vorderseite eines Reisekatalogs.

Dennoch ... Raiku wandte sich um. Die einstige Wetterbeobachtungsstation wirkte wie ein Bunker, ein Eindruck, den sie schon seit über zwanzig Jahren auf den Fotos von Satelliten, Aufklärungsflugzeugen und bei den Besatzungen von gelegentlich vorbeikommenden Schiffen hinterlassen hatte. Trotzdem hatte sich manches geändert.

Der Chinese ging gemessenen Schrittes zum Eingang der Station. Zwei Wachposten lungerten rauchend vor der Stahltür herum, aber ihre Augen verrieten ihm, dass die Männer hellwach waren. Die nachlässige Haltung war Pose. Raiku grinste in sich hinein. Es hatte etwas gedauert, die Männer auf Schauspielkomparsen zu trimmen, hatte sich aber gelohnt. Der Kommissar zog die Tür auf und trat ein. Auch dahinter sah alles normal aus. Tatsächlich gab es hier ein Wetterteam, das regelmäßig seine Berichte abschickte. Alles war, wie es sein sollte.

Nachlässig nickte er den Männern zu und öffnete die Tür zu einem Nebenraum, den ein Schildchen als angebliches Aktenarchiv auswies. Der Kommissar zog einen Ordner aus dem Regal in der kleinen Kammer und drückte einen dahinter verborgenen Knopf. Die Kabine setzte sich in Bewegung.

Unten empfing ihn eine andere Welt. Grelle Neonbeleuchtung ließ alles in einem harten Licht erscheinen. Ölgeruch und eine Spur von Ozon hingen in der Luft, Stimmen hallten in der Tiefe der Betonkonstruktion wider. Als Raiku aus dem Aufzug trat, grüßten zwei Wachposten stramm. Sein Blick streifte kurz ihre Uniformen, die ausdruckslosen Gesichter und die schussbereiten Maschinenpistolen, dann wandte er sich um.

Im schwarzen Wasser der U-Boot-Bunker lagen zwei Boote, eines davon ein kleiner, konventioneller Typ, dessen Motoren soeben angelassen wurden. Eine Wolke blauer Dieselabgase stieg auf, und es dauerte einen Augenblick, bis die Entlüftung dieser plötzlichen Attacke Herr wurde. Trotz seiner geringen Größe wirkte das Boot irgendwie aggressiv. Ein Jäger. Kommissar Raiku, obwohl selbst kein Seemann, verstand jedoch genügend von den Dingen, mit denen er befasst war, um auch darüber Bescheid zu wissen, was sich unter der gedrungenen schwarzen Außenhaut verbarg. Die Zeit konventioneller U-Boote war noch nicht vorbei, im Gegenteil, die neuesten Typen waren immer noch für eine Überraschung gut.

Dennoch wurde sein Blick von dem anderen Boot angezogen, das in dem engen Bunker riesig wirkte. Mehrere Betonabteilungen hatten gesprengt werden müssen, um Platz für das Monstrum zu schaffen. Als die Japaner im Zweiten Weltkrieg diese Anlage gebaut hatten, hatte noch niemand an derartige U-Boot-Riesen gedacht. Nachdenklich blickte Raiku auf den Rumpf, der in der Halle wie ein Berg wirkte. Die Köpfe der beiden Offiziere, die auf der hohen Flosse standen, reichten beinahe bis an die Bunkerdecke. Doch es war nicht die Größe, die Kommissar Raiku faszinierte, sondern die Leistung, die dahintersteckte. Mochte die Welt glauben, die neuen chinesischen Angriffs-U-Boote der 9-3-Klasse würden in vielem den älteren russischen Booten vom Typ Victor III entsprechen, er wusste es besser.

Der Wirtschaftsboom hatte seinem Heimatland nicht nur Geld beschert, sondern auch Technologie, manchmal ganz offiziell, bisweilen auch über andere Kanäle, aber dennoch nutzbar. Europäisches, amerikanisches und russisches Know-how waren, wie bei vielen anderen militärischen Projekten auch, diskret in die Konstruktion dieses Bootes mit eingeflossen. Raikus Lächeln wurde breiter. Seemacht war einer der Schlüssel zur Dominanz im asiatisch-pazifischen Raum, und die Herrschaft über diese Gewässer würde auch den dringend benötigten Zugriff auf Rohstoffe für die Wirtschaft bedeuten.

Raiku wusste, dass die chinesische Marine sich dabei auf das ureigenste aller amerikanischen Spiele würde einlassen müssen, um den Pot zu gewinnen: Poker. Er sah auf die Uhr. Mittlerweile würden die ersten Gerüchte bereits Washington und Langley erreicht haben. Das große Spiel hatte begonnen.

1. Kapitel

1. Tag, 16 : 00 Ortszeit, 08 : 00 Zulu –
irgendwo im Südchinesischen Meer

Der schier unerträgliche Lärm, der urplötzlich die Bootshülle traf, klang, als stamme er von einer gigantischen Bohrmaschine, die sich durch Beton kämpfte. Nur dass es hier eine solche Geräuschquelle gar nicht geben konnte.

Commander Roger Williams schnappte sich das Mikrofon. »Sonar! Was ist los?«

»Geräusche am Grund, Sir, höllisch laut!« Der Sonaroffizier zerquetschte einen Fluch. »Mir hat es fast die Trommelfelle weggeblasen … Verzeihung, Sir!«

Das mit den Ohren konnte sich Williams gut vorstellen, aber sein Hauptproblem war ein anderes. »Was ist mit den Kontakten?«

»Negativ, Commander!« Es klang, als klappere der Sonaroffizier verzweifelt auf einer Tatstatur. »Der Lärm am Grund übertönt momentan alles.«

Gedanken durchrasten das Gehirn des Kommandanten. Augenblicke zuvor hatten sie noch zwei Kontakte gehabt. Einen hatten sie als konventionelles U-Boot identifiziert, etwa drei Meilen entfernt. Wahrscheinlich eines der alten Mings, die in etwa den noch älteren russischen Romeos entsprachen. Quasi ein Museumsstück.

Sorgen machte Williams der andere Kontakt, der so ganz anders war, modern, leise, tödlich. Falls sie die gesuchte Beute aufgespürt hatten, dann musste diese verdammt nahe sein, denn sonst hätten sie sie wohl kaum wahrgenommen. Das andere Boot war leiser als ein russisches Akula und vor allem schneller als seine in die Jahre gekommene *Kentucky*. Einen Augenblick lang zögerte er, da sie selbst sonarmäßig taub und damit »blind« waren. Sollte der chinesische Kommandant ihn seinerseits orten können, war das zwar Pech, aber der Mann würde sich dennoch hüten, ihm einen Aal anzuhängen. Immerhin befanden sie sich in internationalen Gewässern, auch wenn man das in Peking anders sehen mochte.

Was aber, wenn der Chinese plötzlich ebenfalls taub war ... Roger Williams kam zu einer Entscheidung. »Hart Steuerbord! Runter auf zehn Knoten!« Er drehte sich um. »Pilot? Wie sieht es mit der Wassertiefe hier aus?«

»Dreihundert Faden, nach Norden schnell ansteigend, Sir!«

Das große U-Boot begann sich in die Kurve zu legen. Trotz seines nur leichten Uniformhemds geriet Williams ins Schwitzen. USS *Kentucky* reagierte wie ein altes Walross! Langsam und behäbig! Er umklammerte die Lehne des Kommandantensessels. *Komm rum, du verdammtes Biest!*

Aber einhundertsiebzig Meter Stahl, beinahe neunzehntausend Tonnen Verdrängung, multipliziert mit einer Geschwindigkeit von ursprünglich zwanzig Knoten, ergaben ein Bewegungsmoment, das nicht so einfach umzudirigieren war. Der Wendekreis der umgebauten Trident-Boote der Ohio-Klasse war immer schon legendär gewesen ... legendär groß.

»Kontakt!« Die Stimme des Sonaroffiziers schnappte über. »Direkt vor uns, Sir!«

Williams erstarrte für Sekundenbruchteile zur Salzsäule. Alles war plötzlich so klar. Der chinesische Kommandant operierte momentan gleichfalls blind und taub, hatte sie aber, bevor plötzlich am Grund die Hölle losgebrochen war, offenbar noch eindeutig identifiziert.

»Notaufstieg!« Er brüllte den Befehl regelrecht.

Pressluft zischte in die Zellen. Der Bug schien ein paar Herzschläge lang zu zögern, bevor er sich steil aufrichtete. Williams klammerte sich an seinem Sitz fest. Vierhundert Fuß bis zur Oberfläche. Das war nicht viel. Das Heck des Bootes würde Sekunden lang immer noch hier unten hängen. Der Abstand zu dem Chinesen konnte nur gering sein, wenn das Sonar ihn trotz des ganzen Lärms überhaupt erfassen konnte. Zu gering! Wahrscheinlich war der andere Kommandant nicht davon ausgegangen, dass die *Kentucky* sich an die üblichen Regeln halten und nach Steuerbord drehen würde, ins flachere Wasser hinein. Automatisch hatte er dem größeren U-Boot den größeren Raum gegeben, den Williams aber nicht genutzt hatte, weil er den international geltenden Regeln gefolgt war.

»Schotten schließen! Kollisionsalarm!«

Sirenen heulten los, stählerne Schotten schlugen zu, Handräder wurden in Windeseile gedreht. Roger Williams bewegte sich nicht von seinem Platz, aber vor seinem geistigen Auge sah er sämtliche Abläufe, mit denen der Druckkörper der *Kentucky* in Dutzende kleiner wasserdichter Segmente unterteilt wurde. Überlebensräume ... oder Grabkammern, es kam lediglich darauf an, auf welcher Seite man sich befand, wenn es zur Kollision kam.

Gegenstände segelten durch die Zentrale, als sich das

Boot immer weiter aufrichtete und steil der Oberfläche entgegenstrebte. Über die Lautsprecherverbindung mit dem Sonarraum hallten Rufe, aber der Kommandant konnte nicht genau verstehen, was sie beinhalteten. Es war egal, er wusste es auch so ...

Ein enormer Ruck erschütterte die *Kentucky,* als ihr Heck wie von einer riesigen Faust zur Seite gewischt wurde. Stahl kreischte auf, als die beiden Boote sich ineinander verhakten, deren Schrauben von Tausenden Pferdestärken angetrieben wurden. Gegen die gewaltige Masse von weit über vierzigtausend Gewichtstonnen der *Kentucky* drückte mit aller Macht das chinesische Jagdboot, auch wenn es nur halb so schwer war. Ein Auffahrunfall mit einer Geschwindigkeit von zwanzig Knoten, eigentlich nicht viel. Aber hier prallte die Masse von etwa sechzigtausend durchschnittlichen Autos aufeinander. Das Kreischen des gequälten zerreißenden Stahls hielt minutenlang an.

Die *Kentucky* begann an Fahrt zu verlieren. »Schadensmeldungen! Schnell!«, brüllte Williams seinem Executive Officer zu.

Das Gesicht des Ersten Offiziers war schreckensbleich, aber er reagierte sofort. Seine Augen flogen über die Paneele mit den Warnlampen. »Sektionen vierzehn bis sechzehn beschädigt, elf hat auch was abbekommen, Sir!«

»Kümmern Sie sich drum, XO!«

Das Geräusch der verkeilt aneinanderreibenden Bootskörper riss abrupt ab. Der lange Rumpf der *Kentucky* schien herumzuschwingen. Dann spürte Williams, wie das Boot rückwärtsglitt. Der Bug richtete sich noch steiler zur Wasseroberfläche auf, die immer weniger erreichbar wurde.

Achtern kämpften Männer ums Überleben. Sie wussten, dass sie verlieren würden, aber der Selbsterhaltungstrieb zwang sie trotzdem, nicht aufzugeben. Wasser drang in den Maschinenraum ein. Der Druckkörper selbst war zwar noch weitestgehend dicht, auch wenn er durch die ungeheuren Kräfte, die bei der Kollision gewirkt hatten, deformiert worden war und die meisten Außenbordverschlüsse in diesem Teil des Bootes nachgegeben hatten. Kritisch war vor allem der Wellentunnel. Die große Schraube war aus ihren Lagern gerissen worden.

Panik vertreibt jedes logische Denken in Sekundenbruchteilen. Sie in den Griff zu bekommen, wenn man irgendwo in der Natur auf ein hässliches Insekt stößt, ist noch relativ einfach, schwerer wird's in einem brennenden Haus, wenn man in Rauch und Qualm einen Weg ins Freie sucht, beinahe unmöglich ist es jedoch in einem Raum, der sich rasend schnell mit Wasser füllt und dessen einzigen Zugang man nicht öffnen darf, weil dann die nächste Abteilung auch volllaufen und dann das ganze Boot endgültig auf Tiefe gehen würde. Man kann Männern in einer solchen Situation nicht vermitteln, dass sie nun gefälligst in Ruhe zu sterben haben, auch wenn dies einem selbst klar war. Ein einzelner Unteroffizier stand in das Schott geklemmt und schwang einen schweren Schraubenschlüssel, um unter allen Umständen zu verhindern, dass es geöffnet wurde.

Die Mühe hätte er sich sparen können. Die beiden nach vorne angrenzenden Abteilungen, die letzten vor dem Reactor Compartment, hatten den Hauptschaden abbekommen und die See war wie eine grüne Wand in sie gestürzt. Als der verzweifelte Selbsterhaltungstrieb der Männer im Maschinenraum sich seinen Weg gebahnt hatte, war der Unteroffizier nur noch ein blutiges Bündel, doch beim Öffnen des Schotts stürzte ihnen auch von dort Wasser entgegen und flutete innerhalb weniger Augenblicke den Raum bis unter die Decke. Die letzten krampfhaften Zuckungen erloschen. Aber noch immer brannte das Licht.

Drei Abteilungen waren vollgelaufen, in andere Tonnen von Wasser eingedrungen. Das Achterschiff zog die *Kentucky* nach unten, während der Bug mit den bereits angeblasenen Zellen steil nach oben ragte. Heck voraus sackte das große Boot in die schwarze Tiefe.

1. Tag, 09 : 00 Ortszeit, 14 : 00 Zulu –
Langley, USA

Captain Robert DiAngelo saß in seinem Büro und ging die Berichte der Nacht durch.

Es klopfte, und geistesabwesend rief er: »Herein!«

Lieutenant Thomas Wilks, seit zwei Jahren so etwas wie seine rechte Hand, trat ein und grüßte. »Sir, ich möchte Sie an die Abteilungsbesprechung erinnern!«

DiAngelo verdrehte die Augen. »Ich nehme an, die Gentlemen warten alle bereits auf mich?«

»Äh … nun ja!« Wilks sah ihn an. »Da Sie wie immer pünktlich zehn Minuten später kommen, haben sich alle angewöhnt, wenigstens fünf Minuten später zu kommen.« Er grinste. »Außer denen von der Navy selbstverständlich!«

Der Captain bemühte sich halbherzig, ein Grinsen zu unterdrücken. Er hasste die Besprechungen mit den versammelten Gruppenleitern und jeder wusste das. Die Abteilung für strategische Analysen war ein Moloch aus Dutzenden von Teams. DiAngelo, als Navy-Angehöriger, war ursprünglich für U-Boote zuständig gewesen, und natürlich stellten die anderen Navy-Offiziere, die an der Runde teilnahmen, für ihn immer so etwas wie einen Rückhalt in den Machtkämpfen und Intrigen innerhalb der CIA dar. DiAngelos Abneigung gegenüber Konferenzen beruhte auch nicht auf einer Aversion gegen die Offiziere von Army und Air Force, sondern er war nur generell der Meinung, sie nähmen ihm Zeit weg, sich um die Dinge zu kümmern, die ihm wirklich wichtig waren.

»Na schön, dann wollen wir mal! Was liegt heute an, Lieutenant?« Er angelte nach seinem Stock und erhob sich. Das Bein machte wieder Ärger, was wahrscheinlich bedeutete, dass ein Wetterumschwung anstand.

Wilks reichte ihm eine dünne Mappe. »Nichts Wesentliches, würde ich sagen.« Er zögerte kurz. »Ich habe mir erlaubt, einen Vorschlag für die Budgetverteilung anzuheften. Soweit ich es beurteilen kann, wird das Thema auch zur Sprache kommen, Sir!«

»Schon wieder?« DiAngelos Stimme hatte einen erschreckten Klang angenommen.

Wilks zuckte mit den Schultern, während sie bereits durch die Gänge zum Konferenzraum gingen. Wie üblich passte der Lieutenant seine Geschwindigkeit DiAngelos Hinken an. »Das Übliche, jeder will mehr Geld, mehr Leute, mehr Ausrüstung.«

Der Captain fühlte ein gewisses Schuldbewusstsein. Er wusste genau, dass ein großer Teil der administrativen Arbeiten eigentlich in seiner Verantwortung lag. Aber im Papierkrieg, den der junge Offizier zu seiner Rechten so hervorragend beherrschte, würde er etwa so lange überleben wie umgekehrt Wilks in der Zentrale eines U-Bootes. Einige Tage, höchstens. Wenn man es genau nahm, funktionierte diese ganze Abteilung nicht mehr so, wie es gedacht war. Andererseits, die Resultate zählten und die waren gut.

DiAngelo öffnete die Tür. »Danke, Wilks!« Er grinste wie ein Verschwörer. »Und wenn Ihnen etwas einfällt, wie Sie mich retten können ...«

Der Lieutenant nickte, ohne eine Miene zu verziehen: »Dann werde ich Sie sofort – leider, leider – aus der Besprechung holen müssen, Sir!« Er zögerte. »Verlassen Sie sich auf mich, Sir!«

Angela DiAngelo hatte kurz nach neun Uhr die morgendliche Übelkeit überwunden und steuerte auf die Phase zu, in der sie sich zum Frühstück süße Pfannkuchen, vorzugsweise mit Hering oder Gurken, wünschte. Ihr Stimmungspegel war momentan ambivalent. Mit anderen Worten, es konnte alles Mögliche passieren. Zum Glück war Bob in Langley und sie konnte das mit sich ausmachen. Bei aller Liebe und Zärtlichkeit, die er ihr entgegenbrachte, wusste sie doch, dass ihre Schwangerschaft manchmal etwas aufreibend für ihn sein musste. Andererseits freute er sich auf das Kind. Glaubte sie wenigstens, die meiste Zeit, außer wenn ihre Haare mal wieder machten, was sie wollten, sie über das erlaubte Maß zunahm oder einfach mal wieder mit der ganzen Welt in Fehde lag. *Pfannkuchen!* Entschied sie. *Mit Hering!*

Das Schrillen des Telefons riss sie aus ihrer planerischen Tätigkeit. Mit wenigen Schritten war sie beim Apparat und nahm ab. »DiAngelo?«

»Hallo, Angela, Jenn hier!«

Jennifer Williams war die Frau von Roger Williams, Bobs bestem Freund, und ebenfalls schwanger, nur mit dem Unterschied, dass es bei ihr bereits das zweite Kind war. Sie telefonierten oft miteinander und so ein Anruf am Morgen war nichts Ungewöhnliches.

»Na Jenn, wie geht's, wie steht's?«

»Ein alter Bekannter aus der Funkstelle rief an. Rogers Boot hat sich nicht routinemäßig gemeldet.«

»Dafür kann es tausendundeinen Grund geben. Manchmal kommt man eben einfach nicht durch oder die *Kentucky* hat einen Kontakt und kann deshalb nicht auftauchen. Technische Problemchen sind immer denkbar. Das muss also nicht unbedingt etwas bedeuten.«

Jennifer Rogers seufzte. »Das weiß ich auch alles, wir haben es schließlich immer und immer wieder eingetrichtert bekommen. Aber es macht mich trotzdem unruhig.«

Angela dachte kurz nach. Es war nicht gut, wenn Jennifer in dieser Situation alleine war. »Weißt du was ... Ich wollte gerade Pfannkuchen machen, komm doch rüber!«

Jennifer zögerte. »Wenn es neue Informationen gibt, dann wäre es vielleicht besser, ich bin zu Hause!«

»Vergiss es; wenn sich was tut, dann erreichen die uns doch hier genauso!«

Am anderen Ende der Leitung schien Jennifer sich einen Ruck zu geben. »Na gut, dann bin ich also in ungefähr einer Viertelstunde bei dir. Und danke!«

»Nichts zu danken, Jenn. Ich fang inzwischen schon mal mit dem Teig an!« Angela legte auf, ging aber nicht in die Küche, sondern schaute stattdessen aus dem großen Panoramafenster im Wohnzimmer. Das Haus lag auf einer der wenigen, ohnehin nicht allzu hohen Erhebungen. Aber auch das reichte, um den Stützpunkt zu überblicken, Norfolk Naval Base, die größte Marinebasis der Welt. Mehr als siebzig Schiffe waren hier offiziell beheimatet, auch wenn sich meistens ein großer Teil davon auf See befand. Dafür kamen Schiffe anderer Basen hierhin, um Reparaturen auszuführen oder einfach um der Besatzung eine Pause zu gönnen.

Norfolk war stets voller Kriegsschiffe. An den langen Piers konnte sie die Umrisse gleich zweier atomgetriebener Flugzeugträger ausmachen. Schwimmende Städte und gleichzeitig Kriegsmaschinen, gebaut, um ganze Seegebiete zu beherrschen. Kolosse, die alles in ihrer Nähe allein durch schiere Größe zur Bedeutungslosigkeit degradierten.

Aber Angelas Blick suchte die weiter hinten liegenden Piers, lange Finger, die in das graue Wasser ragten. Schwarze Silhouetten lagen dort vertäut. Manche größer, manche kleiner. Aber alle durch die Entfernung undeutlich, als wollten sich die Boote sogar im aufgetauchten Zustand instinktiv der Beobachtung entziehen. SSGNs – Jagdboote, SSBNs – ballistische Raketenboote, deren Zeit wahrscheinlich abgelaufen war, die aber im Augenblick nach wie vor über die gewaltigste Vernichtungskraft verfügten, die jemals die Meere befuhr. Gebaut, um eine Welt in einem Irrsinn zu zerstören, der mit dem Ende des Kalten Krieges seinen Schrecken verloren hatte. Aber noch gab es sie, und nicht nur in Amerika.

Ihr Blick glitt weiter, zu den letzten beiden Booten an der Pier. Die Ungetüme sahen aus wie die ballistischen Raketenboote, aber es waren SSGNs. Man musste schon sehr genau hinsehen, um die wenigen Unterschiede zu bemerken. Nach den Abrüstungsverträgen der späten siebziger Jahre hatte Amerika plötzlich zu viele Raketenboote besessen. Also hatte man die überzähligen erst einmal eingemottet. Aber dann war der Plan entstanden, sie zu SSGNs für Spezialoperationen umzubauen. Boote für Spezialoperationen. Die Raketenschächte wurden gegen Container mit jeweils sieben Tomahawk-Cruise-Missiles ausgetauscht, eine Taucherschleuse integriert, und neuerdings gab es sogar ein ASDS, ein Advanced Seal Delivery System. Das winzige U-Boot hockte wie eine kleine Kröte auf einem nassen Felsen auf dem Vordeck eines der großen Boote. Eine neue Möglichkeit, SEAL-Teams an der Küste abzusetzen.

Zweiundzwanzig Container mit Cruise-Missiles, das machte einhundertvierundfünfzig im Ganzen. Die Feuerkraft eines Kampfverbandes verbarg sich unter den glatten Hüllen der Boote. Dazu kamen über sechzig SEALs oder andere Spezialkräfte, Platz für einen Einsatzstab und alle technischen Möglichkeiten der Unterwasserortung. Die Boote waren an die neuen Einsatzbedingungen angepasst worden. Aber das täuschte nicht darüber hinweg, dass es alte Boote waren, auch wenn sie nach wie vor bedrohlich aussahen. Roger Williams kommandierte seit seiner Beförderung die *Kentucky,* eines dieser Riesenbabys. Wie sie zu Jenn gesagt hatte, es konnte immer irgendetwas geben, das schiefging, auch wenn man in U-Boot-Fahrerkreisen darüber selten sprach. Sie hatte damit als Sonaroffizier während ihrer Zeit im aktiven Dienst so ihre eigenen Erfahrungen gemacht.

Lieutenant Wilks runzelte die Stirn. Er saß an seinem Schreibtisch, wie üblich stand die Tür zum Vorzimmer des Captains offen, wo eine Sekretärin auf der Tastatur ihres Computers klapperte. Während das Büro seines Vorgesetzten immer an eine vollgestopfte Kommandantenkammer auf einem U-Boot erinnerte, jedenfalls wenn man sich die Fenster wegdachte, zeugte Wilks' Arbeitszimmer vom peniblen Ordnungssinn eines lupenreinen Verwaltungsmenschen. Es war ein offenes

Geheimnis, dass DiAngelo so ziemlich der Beste war, wenn Analysen gefragt waren, aber sobald es um irgendwelchen Papierkram ging, war Wilks gefragt – eine Aufteilung, mit der der Lieutenant gut leben konnte. Er stammte aus einer alten Marinefamilie, wie es sie viele in New England gab, und so war sein Eintritt in die Navy sozusagen vorprogrammiert gewesen. Was aber nichts daran änderte, dass Lieutenant Wilks den festen Vorsatz gefasst hatte, unnötige persönliche Kontakte mit der launischen See tunlichst zu vermeiden.

Im Augenblick ging er die Berichte durch, die der Captain nicht mehr zu sichten geschafft hatte. Er besaß zwar nicht die seemännische Erfahrung DiAngelos und würde auch nie über dessen Maß an Instinktsicherheit verfügen, doch dafür hatte er ein ausgeprägtes Gedächtnis für Details. *USS* Kentucky*! Da hatte es etwas gegeben, vor ein paar Wochen!* Er gab ein paar Datenbankabfragen ein und überflog die Resultate, die auf dem Monitor erschienen. *Abgestellt zu Special Ops/CIA*. Keine Abteilungsbezeichnung, als Verwendungszweck war lediglich ein Operationsname angegeben.

Als er versuchte, die Daten der Operation Hiob abzurufen, erschien nur ein kleines Mitteilungsfenster, dass der Datensatz nicht gefunden wurde. Erneut runzelte er die Stirn und sah auf den Bericht. Die *Kentucky* sollte im Südchinesischen Meer stehen und hätte sich um 12 : 00 Zulu routinemäßig melden sollen, was jedoch nicht geschehen war. Es passierte allerdings häufiger, dass aufgrund von atmosphärischen Störungen oder schlichten technischen Pannen ein derartiges Kurzsignal, das aus Sicherheitsgründen nur den Bruchteil einer Sekunde dauerte, nicht aufgefangen wurde.

Ein echter Anlass zur Sorge bestand folglich nicht,

wahrscheinlich würde sich das Boot um 18 : 00 Zulu melden. Das wäre nach dem Lunch. Andererseits ... ein amüsiertes Lächeln erschien auf Wilks' Lippen. Als Vorwand, den Captain aus den Fängen administrativer Verantwortung zu befreien, war die Geschichte mit der *Kentucky* gar nicht so schlecht, wenigstens für ein Weilchen.

1. Tag, 23 : 00 Ortszeit, 15 : 00 Zulu –
Xisha-Inseln (Paracel Islands), Südchinesisches Meer

Fregattenkapitän Wong Zafeng konzentrierte sich darauf, sein Boot, die *Shi-nan*, zwischen den Riffen hindurchzudirigieren. Genauer, er kümmerte sich darum, alles in der Kommandozentrale im Auge zu behalten. Er wusste, dass er einen guten Navigationsoffizier hatte. Der Kapitänleutnant bewies das auch prompt. »Neuer Kurs wird drei-drei-neun! Wir können ab hier auf sechzig Meter gehen, Genosse Kapitän!«

Wong nickte kurz und wandte sich an seinen Ersten: »Sie haben den NO gehört. Also dann die nördliche Passage!«

Der Erste Offizier gab unverzüglich eine Reihe von Befehlen aus. Das U-Boot drehte leicht nach Backbord, ohne sich überzulegen.

Der Kommandant entspannte sich etwas. »Gute Idee, NO!«

»Es spart uns zwei Stunden, Kapitän!«

Zwei Stunden! Das konnte entscheidend sein. Wong bemühte sich, nicht die schweigende Gestalt anzustarren, die neben dem Schott lehnte, aber immer wieder irrte sein Blick ab. Kapitän Sheizu Xoshi war selber U-Boot-Kommandant gewesen, wahrscheinlich der beste, den China seit langen Jahren zu bieten hatte.

Aber nun war er im Rang aufgestiegen und hatte andere Aufgaben. Wong hätte einen Monatssold dafür gegeben, zu wissen, worin diese bestanden und warum sie ihn an Bord seines Bootes geführt hatten. Vor allem in einer Situation wie dieser!

Sheizu schien den Blick des Kommandanten zu spüren, denn er hob den Kopf und lächelte verbindlich. »Eine gute Entscheidung, Kommandant!«

Wong blinzelte. »*Long-Huang* kann auf Grund liegen. Wir können das Boot finden, aber …«

Eine kurze Geste schnitt ab, was der Kommandant sagen wollte. Sheizu sah ihn starr an, als wolle er ihn an seinen Platz bannen. »Finden Sie den Gelben Drachen, Kapitän. Erst dann können wir entscheiden.« Seine Miene verriet nichts von seinen Gedanken, obwohl er einen Stich von Schuldbewusstsein verspürte. Wenn sie *Long-Huang*, den Gelben Drachen, fanden, dann galt es in erster Linie zu verhindern, dass das Boot am Ende noch in falsche Hände fiel. Kommissar Raiku hatte in dieser Hinsicht eindeutige Anweisungen gegeben, und Wongs Boot würde sie auf seinen Befehl hin ausführen.

1. Tag, 11 : 00 Ortszeit, 16 : 00 Zulu – Washington, D. C.

William Boulden saß in seinem Büro und versuchte, mit den alltäglichen Nachrichten, von denen in der Regel die meisten nicht gerade erfreulich waren, fertig zu werden. Es gab viele Nachrichten und die meisten waren nicht erfreulich. Der Präsident würde sich einmal mehr aufregen und dann die Angelegenheit vom Tisch wischen.

Europa wollte mit dem Iran weiterverhandeln, die

UNO konnte sich nicht zu Sanktionen durchringen, und die Ayatollahs bastelten munter weiter an ihrer Atombombe. Einschlägigen Quellen zufolge würde es zwar noch mindestens zwei, drei Jahre dauern, bis das Ding einsatzfähig sein würde, aber niemand wusste wirklich, wie weit der Iran war.

Das Telefon klingelte und er nahm mit einer automatischen Handbewegung ab. »Boulden.«

»William Boulden?«

»Am Apparat!« Der Präsidentenberater schielte auf das Display des Telefons, denn die direkte Durchwahl zu seinem Anschluss war nicht gerade die bekannteste aller Telefonnummern. »Mit wem spreche ich?«

»Das tut jetzt nichts zur Sache. Hören Sie mir zu, wir haben wenig Zeit. Eines Ihrer U-Boote im Südchinesischen Meer hat sich nicht gemeldet. Sie sollten daher alle Hebel in Bewegung setzen, denn es könnte sein, dass Ihr Boot versenkt wurde.«

»Was ... wieso?« Boulden versuchte die Bedeutung dieser Information zu begreifen. Er war schließlich Berater des Präsidenten und kein Militär.

»Fragen Sie nicht, handeln Sie!« Die Stimme wurde eindringlich. »Sie wissen, wen Sie anrufen sollten.« Der Unbekannte hängte auf.

Boulden legte den Hörer zur Seite und ging hinaus zu seiner Sekretärin. »Mabel! Gerade kam ein Anruf auf der Durchwahl rein. Rufen Sie mal das FBI oder besser noch die CIA an, ob jemand rausbekommen kann, woher der Anruf kam. Schnell, es ist wichtig!«

Mabel reagierte sofort, zehn Minuten später lag die Antwort vor. Der Anrufer hatte ein Handy benutzt, das auf einen gewissen Samuel Frankly angemeldet war. Das FBI würde sich um die Sache kümmern.

Boulden bezweifelte, dass ein Samuel Frankly existierte. Der Name war allenfalls ein hübsches Wortspiel. Samuel, der Prophet aus der Bibel, sprach frank und frei. Was aber nichts daran änderte, dass dieser mysteriöse Mann einiges über ihn, Boulden, zu wissen schien. Die Frage war nur, ob tatsächlich etwas hinter der Geschichte steckte. Allerdings war der Hinweis, der ihm gegeben worden war, er wisse, wen er anrufen sollte, nicht auf Verdacht aus der Luft gegriffen.

Boulden drückte den Knopf für die eingespeicherte CIA-Nummer. Es dauerte ein paar Augenblicke, bis sich eine Männerstimme meldete. »DiAngelo.«

»Boulden hier.«

»Was kann ich für Sie tun, Sir?«

»Ich hatte gerade einen seltsamen Anruf. Jemand wollte mir mitteilen, wir hätten ein U-Boot im Südchinesischen Meer verloren. Ist Ihnen dazu was bekannt?«

Eine Schweigepause trat ein, bevor DiAngelo bedächtig sagte: »Es könnte sein, dass jemand mehr weiß als Sie und ich.«

Der Präsidentenberater schluckte. »Sie meinen, es ist kein Bluff?«

»Bisher wissen wir nur, dass ein Boot sich nicht routinemäßig gemeldet hat. Normalerweise würden wir abwarten bis zur nächsten Meldung, die in etwa zwei Stunden fällig wäre.«

Boulden dachte nach. »Was würden Sie brauchen, gesetzt den Fall ...«

»Geben Sie mir eine halbe Stunde, um mir etwas auszudenken, Sir!«

»Okay ... ich habe ein ungutes Gefühl bei der Sache, Captain!«

»Ich ebenfalls, Sir.«

2. Kapitel

1. Tag, 00 : 15 Ortszeit, 16 : 15 Zulu –
auf dem Grund des Südchinesischen Meeres

Die Luft war eiskalt und feucht. Die meisten der Männer lagen auf den Kojen, in ihre Decken gehüllt. Immerhin verbreiteten die Enge und die menschlichen Körper den Eindruck von Wärme. Außerdem wollte niemand allein sein, besonders nicht jetzt.

Groß gesprochen wurde nicht, nur ab und zu durchbrach ein Stöhnen die lastende Stille. Meistens kümmerten sich Sick Bay Assistant George Mulley oder Doc Miller gleich um den Betreffenden, leise und unaufdringlich. Aber nichts konnte den metallischen Geruch von Blut und Desinfektionsmitteln vertreiben, der im Deck hing.

Roger Williams brauchte nicht auf die Uhr zu sehen, um zu wissen, dass sie bereits seit etwa acht Stunden auf Grund lagen. Die Männer kümmerten sich um das Boot, soweit es ging. Der Reaktor war bei der Kollision automatisch per Notabschaltung heruntergefahren worden, und im Augenblick lebten sie vom »Saft« der Batterien, aber die würden nicht ewig halten. Irgendwie mussten sie es daher schaffen, den Reaktor wieder anzufahren, der, so hatte es den Anschein, unbeschädigt geblieben war. Nur hatte die *Kentucky* den größten Teil der Schiffstechniker verloren. Williams erschauerte bei dem Gedanken an die Männer, deren Körper wahrscheinlich immer noch in dem zerstörten Achterschiff trieben.

Der Commander zog die Jacke enger um sich. Auch er fror. Aber sie mussten eisern Strom sparen. Strom bedeutete Leben, genauso wie Luft Leben bedeutete. Die Lösung für beide Probleme war die gleiche ... sie brauchten den verdammten Reaktor.

Williams begriff, dass seine Gedanken sich im Kreis bewegten. Er war müde und erschöpft, fühlte sich noch immer wie erschlagen. Die Stunden nach der Kollision hatten nur undeutliche Spuren in seiner Erinnerung hinterlassen. Schotts waren abgestützt worden, und seine Leute hatten versucht, bis ins Achterschiff vorzudringen, aber die Schotts waren verzogen. Wenn sie mit Schraubenschlüsseln gegen den Stahl schlugen, dann klang es dumpf. Die Räume achtern waren also wahrscheinlich vollgelaufen. Kontakt über das Bordtelefon hatten sie mit den beiden achteren Abteilungen seit der Kollision ohnehin nicht mehr gehabt.

Auch die Abteilung vor dem Reaktor war vollgelaufen, aber es existierte noch eine weitere Zugangsmöglichkeit über das untere Deck, das jedoch einem Trümmerfeld glich. Einige der unverletzten Männer hatten begonnen, dort aufzuräumen. Nicht dass es viel Sinn machte, aber es hielt sie vom Grübeln ab.

Die reguläre Besatzung der *Kentucky* bestand aus einhundertvierzig Seeleuten und fünfzehn Offizieren. Zusätzlich mit an Bord waren die Spezialkommandos und die Crew von Commander Walter Morgan mit noch einmal sechzig Mann und sechs Offizieren. Alles zusammen zweihunderteinundfünfzig Seelen.

Roger Williams unterdrückte ein Seufzen. In den beiden achteren Abteilungen waren achtundfünfzig Mann gewesen. Im Trümmerfeld im unteren Deck der beschädigten Sektion elf wurden immer noch Männer vermutet, vielleicht schwer verletzt, aber die Aussicht, dass sie überhaupt noch lebten, war gering. Viel wahrscheinlicher war, dass auch sie ertrunken waren. Die oberen Decks waren dort alle vollgelaufen, und nur die Tatsache, dass die Abteilung elf auch noch einmal horizontal geteilt war, wie alle Abteilungen mit den Tomahawk-Containern, gab ihnen überhaupt noch eine Chance, zum Reaktor durchzukommen. Ansonsten wäre ihre Lage wohl hoffnungslos gewesen. Was aber, wenn sie den Reaktor nicht wieder anfahren konnten, wenn zu viele Systeme beschädigt waren?

Williams spürte eine Bewegung hinter sich und wandte sich um. Major John Billington, United States Marine Corps, sah ihn ausdruckslos an. Wie immer bewegte sich der Hüne beinahe lautlos. Williams spürte einen Schauer. Für einen Augenblick sahen sich die beiden Männer schweigend an. Es war nicht notwendig, zu sprechen – der Kommandant wusste, was Billington dachte. Aber noch gab es andere Optionen. Auch wenn er sich die Frage stellte, ob es nur die Angst war, die ihn dazu brachte, sich Hoffnungen zu machen. Die Angst vor der unausweichlichen Frage.

1. Tag, 11 : 30 Ortszeit, 16 : 30 Zulu – Langley, USA

In seinem Vorzimmer und im angrenzenden Lagezimmer summte es wie in einem Bienenstock. Vor zwei Jahren, als er diese Abteilung übernahm, nachdem sein Vorgänger sich als Verräter entpuppt hatte*, hätten die

---

* Siehe Peter Brendt, *Crashdive*.

meisten der Mitarbeiter von sich aus nicht einmal gewusst, wo sie mit was anfangen sollten. Das hatte sich grundlegend geändert.

DiAngelo verspürte einen gewissen distanzierten Stolz auf das Erreichte. Was man in einer Situation wie dieser zusätzlich brauchte, war jedoch auch Glück! Der Captain schob den Gedanken zur Seite. Glück ließ sich nicht erzwingen, sie würden sich auf ihr *Können* verlassen müssen. Er wandte sich an Wilks. »Also noch einmal, es gibt keinen Hinweis darauf, wer eigentlich hinter dem Einsatz der *Kentucky* steckt?«

»Die Datenbank hat keinen Eintrag über ein Projekt Hiob!« Der Lieutenant hob die Schultern und sah seinen Vorgesetzten ruhig an. »Das kann entweder bedeuten, dass jemand die Daten getilgt hat oder dass sie nie eingegeben wurden. Ich vermag es nicht zu sagen.«

»Unsere Leute?«

Wilks zögerte. Er wusste, wer mit »unsere Leute« gemeint war. Es gab Hunderte von Abteilungen innerhalb der CIA. Der Sachverhalt, dass die rechte Hand wusste, was die linke tat, war eher eine Ausnahme. Aber es gab mehr Möglichkeiten. »Die Datenbank selbst wird von der NSA gepflegt, andere Benutzer wie wir haben nur Leserechte. Wenn jemand darin etwas gelöscht hat ...«

»Wir haben eine Position und ein Seegebiet. Das sollte vorerst reichen.« DiAngelo blickte auf die Papiere vor sich, aber seine Gedanken waren woanders. »Bleiben Sie an der Sache dran, Wilks, aber diskret. Ich versuche auch mal, ein paar Fäden zu ziehen.«

Der Lieutenant machte sich eine kurze Notiz auf seinem Block und sah dann wieder auf. »Darf ich Ihre Aufmerksamkeit auf die *Guam* lenken, Sir?«

DiAngelo nickte. »Das scheint im Augenblick das Wichtigste zu sein.«

»Admiral Sharps Stabschef hat zurückgerufen. Probleme sollte es keine geben, denn Admiral Sharp hat der *Guam* selbst die notwendigen Befehle erteilt und lässt ausrichten, sie sei ganz die Ihre, Sir!«

John C. Sharp, noch jemand, der befördert worden war. DiAngelo konnte ein Lächeln nicht unterdrücken. Sharp war als Befehlshaber der U-Boote im Atlantik sein Vorgesetzter gewesen, als er selbst noch ein U-Boot kommandiert hatte. Im Rang nochmals aufgestiegen, war er zuletzt in den Pazifik versetzt worden. CINCPAC, nicht das begehrteste aller Kommandos, aber ein weiterer Schritt auf dem Weg nach ganz oben. Irgendwann, davon war DiAngelo überzeugt, würde das alte Streitross den Joint Chiefs of Staff angehören. Aber was den Augenblick DiAngelo betraf, war er genau der richtige Mann an der richtigen Stelle. Er hatte zwar nicht das direkte Kommando über die Pazifikflotte, aber der Vice Admiral, der die Siebte Flotte befehligte, würde trotzdem alles tun, was notwendig war. DiAngelos Lächeln wurde etwas breiter. Der Chef der Siebten Flotte war auch ein alter Bekannter, aber so war eben die Navy. Eine große Familie.

1. Tag, 00 : 30 Ortszeit, 16 : 30 Zulu – Südchinesisches Meer

Kein Stern stand am Himmel. Missmutig zuckte Captain Thomas Baxter mit den Schultern und wandte den Blick ab. Es würde schlechtes Wetter geben, aber prinzipiell machte das dem Schiff nichts aus. Auch wenn bereits ein ungemütlicher Seegang lief, lag der breite Katamaran-Rumpf immer noch ruhig im Wasser. Es würde schon eines sehr starken Sturms bedürfen, um die *Guam* aus der Ruhe zu bringen.

Trotzdem war dem Kapitän unbehaglich zumute, seit sein Schiff den Kurs hatte wechseln müssen und er nicht wusste, weshalb.

Eine Frage, die auch seinen XO brennend interessierte. »Wie soll es nun eigentlich weitergehen, Sir?«, erkundigte sich dieser.

»Nichts Genaues weiß man nicht!« Baxter verzog das Gesicht zu einer Grimasse. »Die Befehle stammen von höchster Stelle, vom Oberchef persönlich.«

Lieutenant Commander Christian Fletcher, der bisweilen wegen seiner Namengleichheit mit dem berühmten Meuterer von seinen Kameraden auf den Arm genommen wurde, blinzelte verwirrt. Natürlich wusste er, woher der Befehl gekommen war. Der »Oberchef«, wie der neue Befehlshaber der Siebten Flotte ab und zu bezeichnet wurde, war so etwas wie eine Legende, obwohl das Gerücht ging, er hätte vor zwei Jahren irgendeine Geschichte im Südatlantik verbockt. Aber das war gewesen, bevor er sein neues Kommando angetreten hatte. Vice Admiral Curt Walkers Karriere schien es jedenfalls nicht geschadet zu haben, was immer sich damals auch abgespielt haben mochte. Fullspeed Walker war so energisch wie immer, und wenn er rief, dann taten die ihm unterstellten Einheiten gut daran, zu springen.

Der Blick des XO wanderte über das tief unter ihnen liegende Vordeck und dann weiter nach achtern. Selbst beim besten Willen konnte niemand behaupten, dass die *Guam* ein optisch ansprechendes Schiff sei. Sie ähnelte ein bisschen den alten Tiefseebergungsschiffen der Pigeon-Klasse, war aber größer und noch etwas breiter. Hinter dem vergleichsweise niedrigen Vordeck schloss sich eine kantige Brückenkonstruktion an, an deren Achterkante zwei Schornsteine hoch aufragten.

Den gesamten Mittschiffsbereich nahm eine gewaltige Krankonstruktion ein, das darunterliegende Arbeitsdeck war hingegen leer, da sie gegenwärtig keines der neuen Tiefseerettungsboote an Bord mitführten. Wer auch immer die *Guam* entworfen haben mochte, hatte fraglos mehr Wert auf Effizienz als auf Schönheit gelegt. Angesichts des Hubschrauberlandedecks drängte sich ihm eine weitere Frage auf. »Wissen wir denn schon, ob ein Boot eingeflogen wird?«

Der Kommandant schüttelte den Kopf. »Sie sollten unseren Verein doch mittlerweile kennen. Wenn sich etwas tut, erfahren es die Betroffenen zuletzt.« Baxter grinste etwas gequält. »Warten wir also ab. Nur wenn es dann irgendwann so weit ist, darf auch wirklich absolut nichts schiefgehen.«

Der Lieutenant Commander sah ihn ernst an, sagte aber nichts. Das entsprechende Manöver hatten sie erst wenige Male proben können, denn die *Guam* war funkelnagelneu. Nachdem die *Pigeon* und die *Ortolan*, die beiden letzten Tiefseerettungsschiffe der US Navy, außer Dienst gestellt worden waren, hatte es zunächst geheißen, die Zeit solcher Schiffe sei vorbei. An ihre Stelle sollten Rettungssysteme treten, die in der Lage waren, von jedem auf den Weltmeeren fahrenden Frachtschiff aus zu operieren, nachdem sie per Luftfracht und von Hubschraubern angeliefert worden waren. Die Überlegung war einfach gewesen. Tiefseerettungsboote wie die *Avalon* und *Mystic* sollten durch neuere Systeme wie zum Beispiel Panzertaucher ersetzt werden, atmosphärische Druckanzüge, mit denen der Einsatz versenkbarer Druckkammern vorbereitet werden konnte. Es gab viele Innovationen auf diesem Sektor.

Doch dann war im Jahr 2000 die *Kursk* gesunken

und die Tragödie hatte auf amerikanischer Seite ein Umdenken bewirkt. Die US Navy hatte zwar ihre Hilfe angeboten, die allerdings dankend abgelehnt worden war. *That was it*. Nur: Was wäre gewesen, wenn die Russen damals diese Offerte tatsächlich angenommen hätten?, hatten sich die Experten gefragt.

Denn zwei Dinge waren schlagartig klar geworden. Zum einen waren die vorhandenen Rettungssysteme nur dann tauglich, wenn man bereits wusste, wo das beschädigte U-Boot lag, da sie nicht in der Lage waren, es zu suchen und zu finden. Zum anderen aber stellte sich heraus, dass die Annahme, es gebe immer die Möglichkeit, ein geeignetes ziviles Schiff kurzfristig für solch einen Einsatz zu chartern, in manchen Seegebieten einfach nicht mehr als genau das war ... eine bloße Annahme. Ganz plötzlich war daher das Thema eigener Navy-Tiefseebergungsschiffe wieder interessant geworden und, da man über die ehemaligen Konstruktionspläne ja noch verfügte, relativ schnell in die Praxis umsetzbar gewesen. USS *Guam* war das erste dieser Schiffe und in den nächsten Jahren sollten drei weitere folgen. Der Lieutenant nickte entschlossen. Es war an der Zeit, den Wert der *Guam* unter Beweis zu stellen, bevor ein Haushaltspolitiker wieder einmal Budgetkürzungen mit der Behauptung forderte, der Wert dieses Programms sei »umstritten«. Diverse kleinere Marinen, die nur über einen Bruchteil der U-Boot-Flotte der US Navy verfügten, hatten solche Schiffe, und nicht ohne Grund.

Die beiden Offiziere blickten hinaus auf die See. Blieb zu hoffen, dass ihnen die Natur keinen Strich durch die Rechnung machte.

1. Tag, 11 : 45 Ortszeit, 16 : 45 Zulu – Langley, USA

Captain DiAngelo blickte auf das Dutzend Uhren an der Wand seines Büros, die ihm die Ortszeiten in den verschiedensten Teilen der Welt anzeigten. Noch fünfundsiebzig Minuten würde es dauern, bis die *Kentucky* erneut dran war, das routinemäßige Signal abzusetzen. Sollte es eingehen, wäre die Lage schlagartig entschärft. Aber DiAngelo glaubte nicht mehr daran, dass dies passieren würde. Er hatte keine Begründung, nur seine Nase, und die sagte ihm, dass die Sache faul war.

Er griff zum Telefon und wählte eine Nummer. Nach dem ersten Tuten bereits meldete sich Boulden, der auf diesen Anruf offensichtlich gewartet hatte. DiAngelo wusste, dass er spät dran war. »Wir haben eventuell etwas, aber nicht viel, Sir!«

Boulden legte in seinem Büro die Stirn in Falten. »Wie darf ich das verstehen, Captain?«

»Offenbar handelt es sich nicht um eine reine Operation der Navy, Sir!«

»Nicht um ...« Der Präsidentenberater begriff. »Wir sollten uns schleunigst sehen. Geht das?«

»Selbstverständlich, Sir. Aber können Sie mir vorher noch verraten, von wem Sie eigentlich den Anruf bekommen haben?«

Boulden zögerte und überlegte offenbar, ob er diese Information preisgeben sollte. »Der Mann hat keinen Namen genannt, aber ein Handy benutzt, das auf einen Samuel Frankly angemeldet ist, den wir aber bisher nicht gefunden haben.«

»Samuel, klingt für mich genauso biblisch wie Hiob«, murmelte DiAngelo.

Der Präsidentenberater gab ein undefinierbares Geräusch von sich. »Wie kommen Sie denn ausgerechnet auf den?«

»Das erkläre ich Ihnen, wenn wir uns treffen!« DiAngelos Stimme klang plötzlich angespannt. »Ich könnte in ungefähr vierzig Minuten bei Ihnen sein. Es ist allerdings möglich, dass ich sehr schnell wieder zurückmuss.«

»Verstehe!« Boulden dachte kurz nach. »Dann sehen Sie mal zu, dass Sie so rasch wie möglich herkommen.«

1. Tag, 01 : 00 Ortszeit, 17 : 00 Zulu –
Xisha-Inseln (Paracel Islands)

Trotz der späten Stunde saß Kommissar Raiku noch immer in seinem engen Büro und wartete. Es gab nichts anderes, was er hätte tun können. *Long-Huang* wurde nach wie vor vermisst und *Shi-Nan* hatte sich noch nicht gemeldet. Auch wenn Raiku Sho sich grundsätzlich sehr intensiv in jede Materie einarbeitete, mit der er befasst war, konnte er sich dennoch nicht so richtig vorstellen, wie es der *Shi-Nan* gelingen sollte, das Schwesterboot zu finden. Und selbst wenn, welche Optionen hatten sie dann?

Wie einige andere Marinen verfügte auch die chinesische über die technischen Fähigkeiten, eine Tiefseerettungsaktion durchzuführen. Die Möglichkeit bestand, hatte aber den Nachteil, unerwünschtes Interesse auf sich zu ziehen.

Raiku war sich der Schwierigkeiten durchaus bewusst. China beanspruchte die Xisha- sowie die nicht weit davon entfernt gelegenen Nansha-Inseln. Der Anspruch ließ sich historisch begründen und war daher aus Raikus Sicht durchaus berechtigt. Aber da beide

Inselgruppen strategisch wichtig waren und zudem in deren Umfeld große Öl- und Erdgasvorkommen vermutet wurden, erhob auch eine Reihe anderer Staaten Anspruch auf sie. Keiner davon wäre zwar wirklich in der Lage gewesen, seine Forderung militärisch gegen China durchzusetzen, aber es handelte sich dabei teilweise auch um Verbündete der USA, was die Angelegenheit bis zu einem gewissen Grade kitzlig machte, wobei allerdings keiner der beiden Großmächte an einer gewaltsamen Konfrontation gelegen war. Der chinesische Ausbau der von den Japanern zurückgelassenen U-Boot-Basis auf Xisha bildete in diesem Zusammenhang auch kein Problem. Im Gegensatz zu anderen der kleinen Inselchen war durch die »ständige Besiedlung und Nutzung« Chinas territorialer Anspruch völkerrechtlich sogar noch untermauert worden.

Aber natürlich hatte die Situation eine Kehrseite. Raiku kritzelte lustlos ein paar Strichmännchen auf einen Block. Es war ein schwieriges Unterfangen, die Marinen der anderen Nationen von diesem Seegebiet fernzuhalten, ohne dadurch schwere Konflikte auszulösen. Die einzige Chance bestand im Prinzip nur darin, fremden Kriegsschiffen die Gewässer sozusagen zu verleiden. Eine Möglichkeit bestand etwa darin, ein amerikanisches Atom-U-Boot in Kalamitäten zu bringen und es nach dieser Schreckenserfahrung ziehen zu lassen. Die Amerikaner anzulocken war sogar relativ einfach gewesen. Nur, was war bei diesem Spielchen mit der *Long-Huang* irgendwo dort draußen passiert? War es zu einem Defekt an Bord gekommen? Zu einem Brand? Oder zu einer Kollision? Letzteres wäre die schlimmste aller Eventualitäten, denn sie konnte bedeuten, dass unter Umständen auf dem Meeresgrund auch das Wrack oder die Überreste eines amerikanischen Bootes ruhten, und das Letzte, was China jetzt gebrauchen konnte, war eine Suchaktion der Amerikaner.

Raiku griff in eine seiner Schreibtischschubladen und holte eine Mappe mit Dossiers hervor, in denen über siebzig Einheiten der Siebten US-Flotte akribisch aufgelistet waren. Beim erneuten Durchblättern blieben seine Augen an einer Abbildung hängen. Die Sache war eigentlich klar. Es gab nur *ein* Schiff, das unter Garantie in Marsch gesetzt werden würde, sollten die Amerikaner eine Suchaktion starten wollen: die USS *Guam*. Er verzog das Gesicht. Man würde sich wahrscheinlich treffen ...

1. Tag, 12 : 30 Ortszeit, 17 : 30 Zulu – Norfolk, Virginia

»Tut mir leid«, sagte Angela DiAngelo zu Jennifer Williams, »er ist gerade nicht im Büro!«

Jenn versuchte die Ruhe zu bewahren. Dreißig Minuten noch, bis die *Kentucky* wieder dran war, sich zu melden, und eine weitere Stunde würde vergehen, bis sie davon erfahren würden. Oder auch nicht. Sie schaffte es nicht, den quälenden Gedanken zu verdrängen.

Während Angela Jenn beobachtete, merkte sie, wie kribbelig und nervös sie selbst auch war. Das Kind in ihrem Bauch hatte zudem wohl gerade Strampelstunde, ein Umstand, der auch nicht zu ihrem Wohlbefinden beitrug. Es war ein allgemeines Fluidum der Unruhe, nichts, was man hätte greifen können, aber dennoch vorhanden. Jenn spürte es genauso wie sie selbst und stand kurz davor, restlos die Nerven zu verlieren, was in ihrem Zustand auch nicht weiter verwunderlich gewesen wäre. Doch da sie zugleich auch mit dem Kommandanten verheiratet war, würden im Falle eines tatsächlichen Unfalls die anderen Frauen auf sie schauen, erwartungsvoll um Beistand flehend. Weil Angela nicht so recht wusste, wie sie Jenn helfen konnte, war alles, was sie sagte: »Ich koche uns einen Tee. Es wird noch dauern, bis eine Meldung eintrifft.« Erschrocken wandte sie sich ab, weil sie die Dankbarkeit in Jenns Augen nicht ertragen konnte.

1. Tag, 12 : 45 Ortszeit, 17 : 45 Zulu –
irgendwo in Washington, D. C.

Der Mann, dessen Handy unter dem Namen Samuel Frankly registriert war, telefonierte. Aber Namen waren für ihn ohnehin bedeutungslos, er wechselte sie öfter als andere Leute Hemden. Auf ihn persönlich traf das allerdings nicht zu. Er war wie immer adrett und korrekt gekleidet, dunkler Business-Anzug, helles Hemd, gedeckte Krawatte. Nur seine Schuhe hatten offenbar seit geraumer Zeit keine Politur mehr gesehen.

»Ich denke, er hat reagiert, Sir!«

Er hörte sich den Kommentar seines Gesprächspartners dazu an und zog die Brauen etwas zusammen. Trotzdem befleißigte er sich eines immer noch respektvollen Tons, als er erwiderte: »Ich verstehe Ihre Besorgnis, Sir, aber ich denke, der Hinweis war deutlich genug. Wenn wir weitergehen ...«

Die Stimme am anderen Ende der Leitung unterbrach ihn. Wieder vergingen einige Augenblicke. Dann nickte der Mann. »Es sollte sich machen lassen. Ich kümmere mich darum.« Er zögerte. »Es wäre möglicherweise interessant, zu erfahren, ob es Befehle an die Siebte Flotte gibt, Sir.«

Die Antwort, die er in Form eines Gegenvorschlags erhielt, schien ihm nicht zu schmecken. »Nein, das liegt nicht im Bereich meiner Möglichkeiten, Sir!« Er runzelte die Stirn. »Im Prinzip sollte es möglich sein, an die entsprechenden Berichte zu kommen, nur fürchte ich, es bleibt immer eine Spur in den Computern zurück.«

Es folgte ein längerer Sermon, bevor er wieder zu Wort kam, mahnend: »Ich lege Ihnen lediglich nahe, vorsichtig zu sein, Sir. Meiner Meinung nach haben wir genügend Probleme. Bisher wissen wir nicht einmal genau, was mit unserem Boot geschehen ist.«

Die Antwort fiel kurz und bündig aus, was *Samuel F.* mit einer Grimasse quittierte. »Natürlich, wir sind uns in unseren Ansichten über diesen Punkt einig, Sir. China ist durch seinen Wirtschaftsboom eher gefährlicher geworden. Ich glaube aber, wenn wir diese Operation zu einem Fehlschlag werden lassen, wird man ...«

Die barschen Worte, die er daraufhin zu hören bekam, führten dazu, dass der Mann unwillkürlich auf seinem Stuhl Haltung annahm. »Jawohl ... Sir!« Das war alles, was er noch hervorbringen konnte, bevor sein Gesprächspartner abrupt aufgelegt hatte.

1. Tag, 02 : 00 Ortszeit, 18 : 00 Zulu –
irgendwo über dem Südchinesischen Meer

Die Grumman Hawkeye 2-E hatte bereits bessere Tage gesehen, aber welches dreißig Jahre alte Flugzeug hatte das nicht? Doch noch immer galt sie als zuverlässig und funktionstauglich, zumal sie im Laufe ihrer langen Dienstjahre auch immer wieder mit der neuesten

Technik nachgerüstet worden war, was aber den augenblicklichen Flug nicht komfortabler machte.

Lieutenant Commander Richard Welles fluchte lästerlich, was seinem Kopiloten Damian Miller bloß ein leichtes Lächeln entlockte. Vor über einer Stunde waren sie vom Flugzeugträger *Kitty Hawk* aus gestartet, ihrer schwimmenden Heimat, die etwa ebenso betagt war wie ihr Flugzeug. Trotzdem würde Miller sich freuen, wenn sie wieder im Anflug auf die »old battle cat« waren, einem der beiden letzten konventionellen Träger der US Navy. Mochten sie auch manches Mal über sie mosern, weil sie im Vergleich zu den moderneren schwimmenden Festungen mit erheblich weniger Rücksicht auf die Bedürfnisse der Besatzung gebaut worden war, aber sie war ihr Heim. Ein glückhaftes Schiff, was man nicht von jedem Schiff sagen konnte. Die Seeleute wussten das und die Flugzeugbesatzungen ebenfalls. Aber es wäre natürlich schwer gewesen, den Unterschied einer Landratte zu erklären.

Welles tupfte aufgebracht Kaffeespritzer von seinem Overall, während die alte Hawkeye den Eindruck vermittelte, eine Treppe hinunterzufallen. »Kannst du die Mühle nicht wenigstens so lange ruhig halten, bis ich ein paar Schluck von der Brühe hier zu mir genommen habe?«

»Verdammt, Rich, da draußen braut sich ein Sturm zusammen. Das mag sie nicht, da wird sie zickig!«

Der Pilot registrierte, wie Miller die Drehzahl der beiden Allison-Turbo-Props erhöhte und noch etwas weiter zu steigen versuchte, obwohl sie sowieso schon ziemlich an der Gipfelhöhe von dreißigtausend Fuß angelangt waren. Wenn der Vogel nur höher gekonnt hätte, dann hätten sie diese Wetterfront überfliegen können! Trotzdem machte sich Welles keine Sorgen.

Die alte Hawkeye hatte schon Schlimmeres überstanden. Nur das mit dem Kaffee, das ließ er besser für den Augenblick sein. Er sah auf die Uhr. »Wir müssten jetzt eigentlich was haben!«

Miller zuckte mit den Schultern. »Ich bin hier nur der Luftkutscher! Wenn du was wissen willst, ob sich funkmäßig was tut, musst du schon achtern nachfragen.«

Der Lieutenant Commander drückte den Knopf an seinem Interkom. »Tom, wie sieht es hinten bei euch aus?«

Über die Kopfhörer klang Lieutenant Commander Thomas O'Brian alles andere als zufrieden. »Nummer eins hat sich gemeldet, Nummer zwei – Schweigen im Walde!«

Die beiden Piloten warfen einander einen Blick zu. Durch ein Gerätecompartment getrennt von den anderen drei Männern der Besatzung, waren sie vorn in ihrem Cockpit wirklich nur die Chauffeure. In Anbetracht der Wetterlage und eingedenk der einschlägigen Vorschriften wäre es nun an der Zeit gewesen, hier zu verschwinden. Aber …

»Tom, wir geben euch da hinten ein paar Minuten länger«, verkündete Welles. »Wenn ich das richtig mitbekommen habe, hat sich Nummer zwei letztes Mal auch nicht gemeldet?«

»Das hat man uns gesagt.« O'Brian klang hilflos. Vor sechs Stunden hatte eine andere Hawkeye hier gekreist, aber so etwas sprach sich natürlich herum. Dass mal eine Meldung ausfiel, konnte passieren. Zwei hingegen deuteten auf Ärger hin, riesigen.

»Zehn Minuten und nicht länger!« Welles' Stimme klang hart. »Ich glaube, es zieht zu, und das ganz gewaltig!«

Miller sah ihn von der Seite an. »Der Wind drückt zu stark gegen unser Radar, Rich! Wir könnten es verlieren, wenn wir weiter einfach kreisen.«

Richard Welles umfasste den Steuerknüppel. »Ich übernehme. Gib mir einen schönen Dreieckskurs, der uns nicht gerade direkt gegen den Wind führt.« Er zuckte mit den Schultern. »Den Rest müssen wir riskieren.« Er spürte das Bocken des Ruders, wenn erneut eine Böe das Flugzeug traf. Die beiden starken TurboProps klangen auffällig laut. Er musste nicht auf die Schubhebel sehen, um zu wissen, dass Miller noch einmal weiter aufgedreht hatte. Zehn Minuten, zehn verdammt lange Minuten, aber keine mehr!

3. Kapitel

2. Tag, 19 : 00 Ortszeit, 00 : 00 Zulu – Langley, USA

Es war einer dieser Tage, an denen niemand daran dachte, nach Hause zu gehen. Viele hatten bei ihren Familien angerufen und Bescheid gegeben, dass es spät werden würde. Natürlich durften sie nicht über das sprechen, was ihre Arbeit ausmachte. Diesen Teil ihres Lebens konnten sie nicht mit ihren Lebenspartnern teilen und für viele Beziehungen bedeutete dies ein großes Problem. Nicht ohne Grund war daher die Scheidungsrate bei Geheimdienstmitarbeitern überproportional hoch. Aber daran dachte im Augenblick niemand in DiAngelos Abteilung.

Tag für Tag, Nacht für Nacht plotteten sie die Fahrten von U-Booten mit, sammelten mehr oder weniger sämtliche Informationen über deren Einsatzstatus, die Besatzungen und besonders über die Kommandanten und deren Befehlshaber. Andere Teams in DiAngelos Abteilung taten das Gleiche mit Flugzeugstaffeln, mobilen Raketenbasen oder Armee-Einheiten rund um die Welt. Allerdings stellten die U-Boot-Analytiker die größte Gruppe innerhalb der Abteilung, allein schon deswegen, weil sie etwas verfolgten, was auf Satellitenbildern *nicht* sichtbar war. Flugzeugstaffeln benötigten Start- und Landebahnen, Armee-Einheiten brauchten

Camps. Nur U-Boote wurden meistens schon Minuten nach dem Verlassen der Häfen unsichtbar, und gerade die gefährlichsten von ihnen, die Atom-U-Boote, tauchten monatelang nicht wieder auf. Was blieb, war eine Spur aus kurzen Sonarkontakten und Vermutungen.

Nun suchten sie also wieder ein U-Boot, eines, dessen letzte Position sie immerhin kannten. Irgendetwas musste seitdem geschehen sein. Bei voller Fahrt konnte ein Boot der Ohio-Klasse in sechs Stunden eine Entfernung von einhundertfünfzig Seemeilen zurücklegen. Ein Kreis mit diesem Radius beinhaltete eine Fläche von über siebzigtausend Quadratmeilen. Irgendwo in diesem gewaltigen Areal mochte USS *Kentucky* auf Grund liegen.

Draußen versuchten DiAngelos Leute, jedes erreichbare Fitzelchen an Information über das Boot zu sichten und auszuwerten, Wartungsberichte wurden überprüft, alte Logbucheinträge gründlich unter die Lupe genommen. Konnte ein technischer Defekt der Grund sein, dass das Boot sich nicht meldete? Andere Mitarbeiter versuchten wiederum, diskret herauszufinden, mit welchen Befehlen die *Kentucky* eigentlich ihre Basis verlassen hatte. Sie war von der Westküste ausgelaufen, hatte kurz Pearl Harbor angesteuert und war dann direkt bis nach Ostasien unterwegs gewesen. Die gesamte Route ließ sich anhand der routinemäßigen Positionsmeldungen nachverfolgen. Nur: Warum war das Boot überhaupt ausgelaufen? Die Navy konnte oder durfte nur mitteilen, dass es sich dabei um einen Geheimdiensteinsatz handelte. Mehr nicht.

Robert DiAngelo saß in seinem Büro und atmete tief durch. Es wurde Zeit, dass er seine Frau anrief. Aber er zögerte, denn Angela würde die Entscheidung wahrscheinlich nicht schmecken, die er getroffen hatte. Nur sah er keine andere Möglichkeit: Er musste irgendwie vor Ort gelangen, und das möglichst schnell. Er konnte es nicht begründen, aber er fühlte einfach, dass er so mehr würde bewegen können. Und an Ort und Stelle bedeutete: an Bord des Tiefseebergungsschiffes *Guam*, das in der Zwischenzeit mit fünfzehn Knoten die letzte bekannte Position der *Kentucky* ansteuerte. Mit einem Seufzer griff er zum Telefon.

2. Tag, 19 : 00 Ortszeit, 00 : 00 Zulu –
Langley, USA

Angela hatte bereits auf den Anruf gewartet. Jenn war kurz heimgefahren, um den Babysitter abzulösen. Es konnte nicht mehr sehr lange dauern, bis sie zurückkam. Angela hatte ihr angeboten, über Nacht zu bleiben. In einer solchen Zeit sollte man nicht alleine bleiben und das Haus über dem Stützpunkt von Norfolk bot genug Platz. Auf das schrille Klingeln hin nahm sie ab. »DiAngelo!«

»Bob am Apparat!«

Einen Augenblick lang zögerte sie. Wenn es Probleme mit der *Kentucky* gab, wusste er es bereits, aber das konnte man kaum auf einer nicht abhörsicheren Leitung erörtern. »Hallo, Darling! Ich nehme an, es wird später?«

Robert ließ ein abgehacktes Lachen hören. »Später, als du denkst, Liebling. Ich muss ein paar Tage weg!« Wie machte man einer Frau klar, dass man mal eben ans andere Ende der Welt musste, um ein U-Boot zu finden, und deshalb nicht zum Abendessen kommen würde? Einer schwangeren Frau noch dazu!

Angela spürte förmlich seine ganze Anspannung. »Ich habe Jenn angeboten, über Nacht bei uns zu bleiben. Sie holt nur schnell den kleinen Mark.«

Sie konnte die Gedanken in seinem Kopf beinahe ticken hören. Das war schon immer so gewesen. Seine Stimme klang auf einmal ruhig. »Wie geht es ihr?«

»Sie wartet auf Nachrichten von Roger. Du weißt, wie das ist!«

Sollte jemand mithören, dann würde er mit der beiläufig hingeworfenen Bemerkung wenig anfangen können. Aber Robert DiAngelo wusste in der Tat, wie es war. Er hatte selbst einmal ein vermisstes U-Boot gesucht, auf dem sich Angela befand. Damals war es sein alter Freund Roger gewesen, der mit seiner *San Diego* für sie durch dick und dünn gegangen war. Die Unsicherheit konnte jeden zermürben, aber erst recht, wenn man wirklich nichts anderes tun konnte als warten. Es musste die Hölle für Jennifer Williams sein. Offenbar wussten die Frauen bereits, dass die *Kentucky* vermisst wurde, Geheimhaltung hin oder her. Und es war nur eine Frage der Zeit, bis es zu jener Situation kommen würde, die alle Familien fürchteten. Ein Wagen vor der Tür, ein höflicher Offizier, der bedauerte, mitteilen zu müssen, dass man das Boot eines Angehörigen vermisse, aber natürlich werde die Navy alles nur Menschenmögliche tun, um ... Aber bleiben würde im Grunde nur die qualvolle Warterei auf die Nachricht, dass das Boot wieder aufgetaucht war, dass man es gefunden hatte, oder das Warten auf die Nachricht vom Tod von Vater, Bruder, Sohn, was auch immer.

Captain DiAngelo räusperte sich. Es war etwas schwierig, Angela mitzuteilen, worum es ging, aber irgendwie musste er es versuchen. »Hör zu, mein Schatz, ich weiß so ungefähr, wo Roger rumhängt. Wenn ich ihn sehen sollte, richte ich ihm aus, er soll zu Hause anrufen, sag das bitte auch Jenn.«

Angela biss sich auf die Lippen. Das also war es! Sie kannte ihren Mann gut genug, um zu wissen, dass er sich mit eigenen Augen ein Bild von der Lage vor Ort machen wollte. Und er würde sich selbst an der Suche beteiligen und alle damit verbundenen Risiken eingehen. Ihre Stimme klang heiser. »Wir schulden Roger etwas. Aber sei bitte vorsichtig. Wenn ihr zurückkommt, warten wir hier auf euch!«

DiAngelo entspannte sich etwas. Angela konnte ihn immer wieder überraschen. Sie verstand ihn auch ohne viele Worte. Sie hatte gesagt *wenn* und nicht *falls*. Verdammt, er würde die *Kentucky* finden! Ein trotziges Grinsen breitete sich auf seinem Gesicht aus. »Es dürfte nicht sehr lange dauern und vermutlich schneller gehen als ein normaler Seetörn.«

Angela zwang sich zu einem leisen Lachen. »Das sind drei Monate, mein Lieber! Wer weiß, was so ein Seemann da in fremden Häfen anstellt?« Das Lachen verstummte. »Pass auf dich auf, Bob. Wir brauchen dich hier.«

»Ich weiß, und deshalb setze ich alles daran, so schnell wie möglich zurückzukommen.« Er zögerte kurz. »Ich liebe dich nämlich, nur, falls du es vergessen haben solltest!«

Sie lächelte, auch wenn ihr eine Träne über die Wange rollte. »Nein, mein Lieber, das habe ich nicht. Ich liebe dich auch.« Mit Mühe riss sie sich zusammen. »So, nun halte ich dich nicht länger auf. Du hast wenigstens noch ein paar Sachen im Büro?«

»Alles da, ein kompletter Seesack!«

»Na, dann gute Reise, Liebling!«

»Danke!« Er legte auf.

Angela wandte sich um. Die Sonne war bereits untergegangen und das Licht nahm schnell ab. Aber der Stützpunkt, den sie durch das große Panoramafenster sehen konnte, kam nie zur Ruhe. Und weiter draußen lag die Bucht. Die See. Sie wartete. Wie sie alle.

2. Tag, 08 : 30 Ortszeit, 00 : 30 Zulu –
Südchinesisches Meer, USS *Kentucky*

Mehr als sechzehn Stunden waren vergangen und der Reaktor lief nach wie vor nicht. Die Luft wurde schlechter, noch war es nicht kritisch, würde es aber zunehmend werden.

Roger Williams sah sich den Trümmerhaufen in Abteilung elf an. »Und was meint der Fachmann?«

Eine über und über verdreckte Gestalt, die nur noch wenig gemein hatte mit dem einstmals so adretten Torpedooffizier Miles, zuckte mit den Schultern. »Wir müssen irgendwie an die Leitungen rankommen. Ich kann noch immer nicht einschätzen, wie viele der Kontrollsysteme überhaupt funktionieren werden.« Der Lieutenant grinste verzerrt. »Im Reaktorraum sieht es dabei gar nicht mal so schlecht aus. Wenn wir es hinbekommen, dass die Hilfssysteme arbeiten und es nicht sofort tausend Kurzschlüsse gibt, dann kriegen wir es hin.«

Der Kommandant senkte seine Stimme. »Die entscheidende Frage, Lieutenant, wird sein, wie lange das dauert.«

Lieutenant Dave Miles blickte ernst drein. »Zeitlich wird es eng werden, Sir, acht Stunden werden wir wohl noch brauchen.«

Williams verzog etwas das Gesicht. »Na ja, die werden wir wohl noch überstehen, aber viel länger sollte die Geschichte sich nicht hinziehen.«

Miles nickte. »Das ist mir bewusst, Sir!« Er sah sich um. »Nur können wir hier unten nicht mit mehr Leuten arbeiten, damit es schneller geht. Dafür fehlt einfach der Platz. Und außerdem waren die meisten der Maschinisten achtern, als …«

»Ich weiß!« Roger Williams sah ihn an. »Sie tun, was Sie können, Lieutenant. Niemand macht Ihnen einen Vorwurf.« Er zwang sich zu einem Lächeln und tippte kurz an die Mütze. »Weitermachen, Lieutenant!« Er wandte sich um, noch während der junge Offizier salutierte. Langsam, als behinderten ihn Zentnerlasten, stieg er die eiserne Leiter zum nächsten Deck empor. Nach achtern gab es ein verriegeltes Schott, aber Streifen von Nässe, die sich rund um die Dichtung ausbreiteten, zeigten, was sich dahinter verbarg: Wasser … und Leichen.

Williams unterdrückte den Schauer und ging weiter nach vorn. Das Schott gehörte auch zu den Dingen, die ihm Sorgen bereiteten. Es musste einfach halten, unter allen Umständen! Falls nicht, würde im Nu auch das untere Deck der Abteilung elf volllaufen. Miles und seine Männer würden wie Ratten in der Falle sitzen und der einzige Weg zum Reaktor wäre blockiert. Aus und vorbei! Aber sie hatten bereits alles getan, was möglich war, um das Schott abzustützen.

Äußerlich ruhig ging er nach vorne zur Zentrale, denn es war wichtig, Zuversicht zu verbreiten.

Als er sich durch das Schott schwang, blickte sein XO auf. »Major Billington wartet in Ihrer Kammer, Sir!« Er grinste verzerrt. »Als wenn es nichts anderes zu tun gäbe.«

»Gut!« Williams atmete tief durch. »Und wie sieht es bei Ihnen aus?«

Lieutenant Commander Jack Warner deutete auf die

Pläne, die er auf dem Navigationstisch ausgebreitet hatte. »Sobald wir genug Strom haben, können wir die Pumpen starten. Also hängt mal wieder alles vom Reaktor ab.«

»Und wie stehen unsere Chancen dann?«

Warner blinzelte. »Schwer zu sagen, Sir. Drei Abteilungen sind mehr oder weniger vollgelaufen. Dazu kommen ein paar der Tauchzellen, die sicherlich gerissen sind. Aber darüber wissen wir noch nichts Genaues.« Er zuckte mit den Schultern. »Soweit es aus den Plänen hervorgeht, kämen wir rechnerisch mehr oder weniger null auf null raus!«

Null auf null! Mit anderen Worten, das Gewicht des Bootes und der Auftrieb, den sie erzeugen konnten, hielten sich die Waage. Das würde nicht oder kaum reichen, um irgendwie wieder an die Oberfläche zu kommen. Und selbst wenn es gelänge, was sollten sie dann tun? Sie hatten keinen Antrieb mehr! Funken und sehen, wer zuerst kam? Es musste noch eine andere Lösung geben. Aber bevor er darüber nachdachte, mussten sie erst einmal einen Weg finden, nach oben zu kommen. Ich werde jedenfalls nicht einfach aufgeben, Jenn! Der Gedanke an seine Frau und seinen Sohn gab ihm wieder etwas Kraft. Null auf null? Verdammt, so etwas ließ sich nie hundertprozentig genau berechnen. Ein paar lausige Pfund Auftrieb mehr konnten bereits entscheidend sein!

Er nickte dem XO zu, der sich wieder in seine Berechnungen vertiefte. »Gut, sehen Sie zu, ob Ihnen noch etwas einfällt. Ich spreche mit Billington!« Er wandte sich um und ging weiter. Seine Kammer war nicht weit von der Zentrale entfernt, aber bevor er die Tür öffnete, zögerte er kurz. Er wusste, warum Billington ihn sprechen wollte. Langsam drückte er die Klinke. Es würde nicht einfach werden.

Major John Billington stand inmitten der Kabine und betrachtete ein Bild, das Williams, nachdem das Boot zur Ruhe gekommen war, sorgfältig wieder aufgestellt hatte. Das Glas war gesprungen und ein Riss zog sich quer über Jenn und das Baby. Williams spürte, wie Zorn in ihm aufwallte. »Was tun Sie hier?«

Billington wandte sich um und starrte den Kommandanten an. Einen Augenblick lang maßen sich die beiden Männer wortlos. Dann wandte der Major den Blick ab. »Wir müssen reden, Commander!«

Williams ging zu seinem Stuhl und ließ sich hinter seinem Schreibtisch nieder. Die metallene Tischplatte war wie eine Barriere zwischen den Männern. Er studierte den Major, und was er sah, erschreckte ihn. Er hatte damit gerechnet, dass es irgendwann bei irgendwem beginnen würde. Aber dass es zuerst den Major erwischen würde, hätte er nicht gedacht.

Das unruhige Zucken um dessen Augenwinkel herum sprach Bände. Das war erst der Anfang. Er beobachtete, wie der Mann es kaum fertigbrachte, ruhig an einem Fleck zu stehen. Klaustrophobie, Überdrucksyndrom – typische U-Boot-Ängste. Die Männer seiner Besatzung waren auf ihre psychische Resistenz hin getestet worden, aber man konnte sich trotzdem nie eines jeden sicher sein. Billington und seine SEALs hingegen hatten anderen Auswahlkriterien unterlegen. Der Stress musste für sie noch viel größer sein.

Er versuchte, seiner Stimme einen ruhigen Klang zu geben. »Was kann ich für Sie tun, Major?«

Der Offizier sah ihm nicht in die Augen. »Sie wissen, worum es geht, Commander!«

»Ich vermute es, ja!« Roger Williams ließ den Mann nicht aus den Augen. »Nur haben wir im Augenblick noch andere Optionen!«

Der Major zwang sich zu einem schmalen Lächeln. Es sah wirklich mehr danach aus, als wolle er einem Gegner die Zähne zeigen, und in gewisser Weise war das auch so. »Optionen? Was wollen Sie tun, wenn Sie den Reaktor wieder in Gang bringen? Sie können das Boot nicht aus diesen Gewässern rausbringen, Commander!«

»Jemand könnte uns zu Hilfe kommen, Major!«

Der SEAL kratzte sich am Kinn. »Diese Gewässer werden von den Chinesen beansprucht. Das ist ja der Grund für unsere Anwesenheit. Sie können sich also ausrechnen, wer auf den ersten Pieps hin anrücken wird.« Seine Stimme wurde härter. »Wir haben einhundertvierundfünfzig Tomahawks neuester Bauart an Bord. Schon eine einzige dieser Raketen wäre in den Augen der Roten eine fette Beute. Dazu kommt das Boot selbst.« Er schnaufte erregt. »Sie wissen ja selbst am besten, was alles an geheimer Ausrüstung an Bord ist.«

Williams nickte. »Ich bin mir der Situation wohl bewusst, Major. Aber ich habe viele Dinge zu berücksichtigen. Wir haben keine Routinemeldungen mehr abgegeben, wahrscheinlich ist also eine Suche bereits im Gang.«

»Wenn Sie sich wirklich sicher wären, warum haben Sie dann nicht eine Notrufboje an die Oberfläche geschickt?«

Der Kommandant verdrehte die Augen. »Eine befindet sich im abgesoffenen Bereich der Abteilung elf. Also habe ich nur noch eine in der Zentrale. Und die werde ich einsetzen, wenn es Sinn macht. Aber dazu muss ich unseren Leuten Vorlauf lassen.« Er fixierte den Mann. »Jedenfalls erscheint mir der von ihnen angedeutete Weg etwas zu drastisch nach Lage der Dinge,

Major!« Er zögerte kurz. »Noch leben beinahe zweihundert Männer. Glauben Sie nicht, sie haben wenigstens eine Chance verdient?«

Der Major musterte ihn abschätzend. »Wenn es eine Chance gibt, ja. Aber ich glaube, Sie weichen dem Unvermeidlichen nur aus, Commander.«

Williams sah ihn an. Der Mann wurde zu einer Gefahr, aber er wusste nicht, was er tun sollte. Er konnte nur auf seinem Standpunkt beharren. Schließlich war er immer noch der Kommandant, auch wenn er versehentlich sein eigenes Boot versenkt und etliche seiner Männer auf dem Gewissen hatte. Langsam nickte er. »Es ist meine Entscheidung, Major. Wenn das also alles wäre?«

Der Major richtete sich auf und salutierte formal, wobei ihm der Ärger ins Gesicht geschrieben stand.

Williams erhob sich und erwiderte den Gruß nachlässig. »Gut, weggetreten! Und wenn Sie Commander Morgan sehen, sagen Sie ihm, dass ich ihn sprechen möchte.«

Der Major verließ mit einem kurzen Nicken die Kammer. Seine hochgezogenen Schultern verrieten, dass diese Unterhaltung nicht die letzte ihrer Art sein würde.

Williams atmete stoßartig aus, ließ sich wieder in seinen Stuhl sinken und starrte minutenlang die geschlossene Tür an. Billington war kurz vorm Durchdrehen und vermutlich etliche seiner Leute ebenfalls. Allerdings in einem hatte der Major recht: Wenn alles schiefging, durften weder das Boot noch die Cruise-Missiles in chinesische Hände fallen.

William Boulden sah sich um. Das kleine Restaurant lag etwas außerhalb der Stadt, hatte sich aber einen Namen als Gourmettempel gemacht. Ein Ruf, der Boulden, der sich aus einfachen Verhältnissen nach oben gearbeitet hatte, wenig beeindruckte, zumal winzige Portionen auf überdimensionierten Tellern überhaupt nicht nach seinem Geschmack waren. Viel wichtiger war, dass derjenige, den er hierher eingeladen hatte, mit der Wahl der Lokalität zufrieden war.

Anthony Wong war ein Mann, der im Washingtoner Behördendschungel nicht unbedingt zu den auffälligsten Gestalten gehörte. Selbst die wenigen, die wussten, worin seine Tätigkeit bestand, hielten ihn trotzdem für einen eher langweiligen Menschen. Dabei war Anthony Wong immerhin der stellvertretende Koordinator aller US-amerikanischen Geheimdienste. Und er *war* langweilig, stellte Boulden nicht zum ersten Mal fest.

»Anthony, die Sache scheint wichtig zu sein. Also, wer oder was ist Hiob?«

Wong, ein Amerikaner asiatischer Abstammung der zweiten Generation, sah Boulden ausdruckslos an. »Will, Sie nehmen doch nicht etwa an, dass ich sämtliche Operationen aller unserer Geheimdienste parat habe?« Er hielt Ausschau nach der Dessertkarte, setzte aber zu Bouldens Erleichterung wenigstens die Unterhaltung fort. »Warum ist Ihnen dieser Hiob so wichtig? Und dieser andere Kerl, Samuel Frankly?«

Man wusste bei Wong nie, woran man war, zumal er sich nicht so leicht zu irgendetwas drängen ließ. Außerdem wusste niemand, wie viel er über einen selbst wusste, und in dieser Stadt hatte *jeder* die eine oder andere Leiche im Keller. Boulden seufzte. »Hiob ist eine Operationsbezeichnung. Jemand hat es geschafft, ein Atom-U-Boot zu einer Geheimoperation abzukommandieren, zu der es außer dem Namen nicht den geringsten Anhaltspunkt in unseren Datenbänken gibt. Und nachdem offenbar alles schiefgegangen war, rief mich ein Kerl namens Samuel Frankly an, um mir mitzuteilen, wir hätten das U-Boot verloren ... Hiob und Samuel – die Namen zweier Propheten aus der Bibel.«

Wong zog eine Braue in die Höhe. Seine dunklen Augen schienen amüsiert zu glänzen, aber das konnte auch an der gedämpften Beleuchtung des Restaurants liegen. »Interessant. Und nun glauben Sie, dass Hiob und Samuel den gleichen Verein repräsentieren?«

»Die Annahme scheint nicht ganz abwegig zu sein, Anthony.«

Wong schüttelte den Kopf. »Sollte es konkurrierende Gruppen geben, dann hätte dieser Samuel mit der Wahl seiner Tarnung die Spur erfolgreich verwischt, weil alles auf Hiob starrt. Ich habe gelernt, in diesem Geschäft nichts als selbstverständlich hinzunehmen, Will!«

Boulden lächelte verbindlich. »Sie kennen Ihr Metier, Anthony. Deswegen bitte ich Sie ja, mir etwas über Hiob zu beschaffen.« Das Lächeln verschwand. »Irgendwo könnte eines unserer U-Boote mit voller Armierung und allen Männern auf Grund liegen, und ich vermute, bei Hiob weiß man wenigstens ungefähr, wo.«

»Und in den Datenbanken findet sich nichts, sagen Sie?« Der Geheimdienstmann gab ein leises Brummen von sich. »Sehr seltsam, in der Tat!« Er senkte die Stimme. »Also gut, ich werde mich umhören. Keine Versprechungen, Sie kennen das Spiel.«

Und ob, dachte Boulden. Wenn Wong auf etwas stoßen sollte, würde er entscheiden, ob es seinen Interessen dienlich war, die Identität von Hiob zu enthüllen, wobei es auch galt, die Interessen eines Geheimdienstes gegen jene eines anderen sorgfältig abzuwägen. Die Belange des Weißen Hauses spielten hingegen nur eine Rolle, wenn es den Geheimdiensten in den Kram passte. Eine Gemengelage, über die ein Präsident durchaus stolpern konnte, wie der Fall Nixon ja bereits bewiesen hatte. Boulden mochte gar nicht daran denken, um wie viel gefährdeter ein Präsident war, der tatsächlich noch glaubte, die Geheimdienste würden auf seiner Seite stehen!

Aber er kannte die Regeln, und so nickte er nur schweigend Wong zu, um anschließend zu fragen: »Wie wär's mit einem Dessert, Anthony?«

2. Tag, 09 : 30 Ortszeit, 01 : 30 Zulu –
im Südchinesischen Meer,
atomgetriebenes Angriffs-U-Boot *Shi-Nan*

Kapitän zur See Tsoshi blickte gelangweilt auf die Uhr. Die Suchaktion verlief rein routinemäßig. Nur die gespannten Gesichter verrieten, dass es sich nicht um eine Übung handelte. *Shi-Nan* operierte im Augenblick alles andere als verstohlen, aber manchmal musste der Zweck eben die Mittel heiligen. Tsoshi wusste, dass Fregattenkapitän Wong in dieser Hinsicht der gleichen Auffassung war. Schnelligkeit hatte derzeit den Vorrang vor allem anderen. Immer weiter entfernt von der letzten bekannten Position suchten sie den Meeresgrund ab. Das permanent eingesetzte Aktivsonar würde das Boot auf Meilen hinaus verraten. Aber soweit es die Marine der Volksbefreiungsarmee anging, waren das hier chinesische Gewässer, in denen sie tun und lassen konnten, was sie wollten.

Fregattenkapitän Wong warf einen Blick auf die Karte. »Noch eine halbe Stunde, bis wir in den nächsten Sektor gehen. Das sind dann vierzig Meilen.«

Die beiden Offiziere sahen sich kurz an. Vierzig Meilen von der letzten bekannten Position entfernt? Das lag noch im Bereich des Möglichen. Das konventionelle U-Boot der Basis war zu dieser Zeit ebenfalls hier draußen gewesen und hatte Kontakt mit der *Long-Huang* gehabt. Später, nachdem das Atom-U-Boot mit hoher Fahrt abgelaufen war, hatte man in der Ferne etwas gehört, aber keine genaue Peilung mehr bekommen. Vierzig Meilen lagen, je nachdem, wie laut das Geräusch gewesen war, vielleicht noch in der Reichweite des veralteten Sonars des kleinen Bootes. Die große Distanz würde zudem auch erklären, wieso man keine genaue Peilung mehr bekommen hatte. Aber vierzig Seemeilen brachten auch ein anderes Problem mit sich.

»Wir sollten darauf vorbereitet sein, dass die U-Boot-Sperre noch aktiv ist, Kapitän Wong«, sagte Tsoshi.

»Sie wollen in das Testgebiet einlaufen?«

Der Kapitän zuckte mit den Schultern. »Warum nicht? Wir wissen, was uns erwartet.«

»Eben, Genosse Kapitän!« Der Kommandant sah ihn ausdruckslos an. »Was ist, wenn *alle* Systeme noch aktiv sind?«

Tsoshi Sheizu dachte kurz nach. Nicht dass er sich vor den neuen Systemen wirklich fürchtete, die im Übrigen von der Idee her so neu gar nicht waren. Wenn man wusste, womit man es zu tun hatte, war das Risiko kalkulierbar. Nur würde der Kommandant, dessen Sorge um sein Boot Vorrang hatte, sicher diesen

Standpunkt nur begrenzt teilen. Was man verstehen konnte in Anbetracht der Tatsache, dass es hier neben den Sonarbojen am Grund auch größere Bojen gab, die jeweils zwei Anti-U-Boot-Torpedos trugen. Sie selbst hatten zwar die notwendigen Geräte an Bord, die Zielerfassung dieser Waffensysteme zu stören, nur wirklich getestet hatte sie bisher niemand.

Der Kapitän lächelte leicht. »Wir kennen die Gefahr und die Positionen, von denen sie ausgeht, Genosse Kommandant. Es sollte möglich sein, ihr auszuweichen.«

Wong warf Tsoshi einen Blick zu, der so nahe an säuerlich war, wie es einem wohlerzogenen Asiaten nur möglich ist. Aber er verkniff sich einen Kommentar. Befehl war Befehl. Er nickte seinem Ersten zu. »Umdrehungen für zehn Knoten. Der Maschinenraum soll sich für AK bereithalten.« Sein Blick wanderte weiter. »Waffenoffizier! Bereithalten für Abwehrmaßnahmen auf mein Zeichen.« Ein letztes Mal blickte er zu Tsoshi, aber der Kapitän machte keine Anstalten, seine Anweisungen zu widerrufen. Wong atmete durch. »Backbord zehn!«

Die Meldung aus dem Sonarraum platzte mitten in das Manöver. »Kontakt am Grund, Grün null-eins-null! Abstand etwa sechstausend Meter!«

Tsoshi richtete sich etwas auf. »Belege das! Steuerbord fünf! Waffenoffizier, bereithalten!«

Erschrocken sahen die Männer ihn an. Tsoshi klatschte laut in die Hände. »Beeilung, Genossen! Noch wissen wir nicht, ob das die *Long-Huang* ist. Also, etwas Wahrschau bitte!«

Langsam schwang der Rumpf herum, als sich die *Shi-Nan* dem unbekannten Ziel am Grund näherte. Sie hatten etwas gefunden, es fragte sich nur, was?

2. Tag, 20 : 30 Ortszeit, 01 : 30 Zulu – Langley, USA

Lieutenant Wilks starrte auf das schwarze Flugzeug, das vom Licht der Scheinwerfer auf dem Rollfeld angestrahlt wurde. Er schluckte hart und wandte sich vorwurfsvoll an DiAngelo. »Und in ein solches Ding sollen wir einsteigen, Sir?«

Robert DiAngelo nickte. »Hat ganz den Anschein!«

Wilks blinzelte verunsichert. »Aber die Kiste ist doch mindestens dreißig Jahre alt, und wir können doch nicht …«

»Vierzig!« Die Stimme ließ sie herumfahren. Ein etwa fünfzigjähriger Mann mit kurzem grauem Haar stand hinter ihnen, dessen Augen aber jeden Anschein von Alter vergessen ließen. Er hatte einen Druckanzug an und stellte sich als Major Thomas Burne vor.

DiAngelo ergriff die ausgestreckte Hand. »Als die Air Force sagte, sie sorge für unseren Transport, habe ich nicht an dieses Baby gedacht, Major.«

Burne bedachte ihn mit einem schmalen Lächeln. »Wir sind gerade von Edwards rübergekommen. Die Bodencrew tankt noch einmal auf und dann kann es losgehen.« Er zuckte mit den Schultern. »Wir müssen immer wieder ein paar Flugstunden absolvieren, um die Vögel in Schuss zu halten. Warum also nicht im Reisegeschäft?« Er wandte sich um, als ein weiterer Mann zu ihnen trat. »Das ist Jake Pendrick, er wird uns fliegen.«

Wilks sah verwirrt von einem zum anderen. »Ich dachte, Sie …«

Burne winkte ab. »Ich bin der Kommandant. Unsere beiden Waffenspezialisten haben ihre Plätze für Sie geräumt.« Er sah den Piloten an. »Jake, kümmerst du dich um das Gepäck der beiden? Dann quetsche ich die Herren mal in die Druckanzüge.«

Der Pilot grinste breit. Er war ein drahtiger Mann, ungefähr zehn Jahre jünger als sein Kommandant. Aber irgendwie strahlten beide die gleiche Aura von Härte und Sorglosigkeit aus. Eine seltsame Mischung. »Ich hoffe, Sie haben was für eine Achterbahnfahrt übrig, meine Herren! Auch wenn wir behutsam fliegen, das ist nicht gerade eine 747. Wir werden zweimal in der Luft nachtanken, bis wir am Ziel sind. Knapp elftausend Meilen, die wir in etwa sieben Stunden zurücklegen werden. Ich garantiere Ihnen eine Erfahrung, die Sie so schnell nicht wieder vergessen werden.«

DiAngelo blickte nachdenklich hinüber zu der schwarzen Maschine mit den mächtigen Triebwerken. Es gab nur noch eine Handvoll davon, sie waren ein Relikt aus vergangenen Zeiten. Aber immer noch der schnellste Flugzeugtyp, der jemals flog, und der einzige, der einer Jagdrakete aus dem Weg gehen konnte, indem er einfach nur geradeaus beschleunigte – SR-71 Blackbird. Der Captain nickte gelassen, konnte aber nicht verhindern, dass seine Stimme etwas heiser klang. »Da bin ich aber wirklich mal drauf gespannt.«

4. Kapitel

2. Tag, 21 : 00 Ortszeit, 02 : 00 Zulu –
Miramar Base, USA

Miramar, der ehemalige Stützpunkt der Luftwaffenschule Top Gun nahe San Diego, führte schon seit einem Jahrzehnt ein Schattendasein. Die Basis wurde nur noch gelegentlich von Staffeln der in San Diego beheimateten Nuklearträger benutzt, da sie selbst keine eigenen mehr hatte, seit Top Gun im Rahmen der Umorganisation der späten neunziger Jahre nach Nevada umgezogen war. Ein bisschen hatte Miramar dafür an Bedeutung als Trainingsstützpunkt gewonnen, nachdem dort – und sogar mit zunehmender Tendenz – auch Hubschrauber des Marine Corps und Frachtflugzeuge des Strategic Transport Command Übungen abhielten. Was gar nicht schlecht war für eine Basis, über deren Notwendigkeit Politiker und Militärs jedes Jahr von neuem diskutierten.

Und noch etwas kam Miramar zugute: Es diente auch als Absprungbasis der DSU, der Deep Submergence Unit, die nichts anderes war als eine Unterabteilung der Submarine Rescue Unit. Und die DSU hatte gelegentlich spezielle Bedürfnisse, zu denen es unter anderem gehörte, ab und zu ein Kleinst-U-Boot oder ein paar unbemannte Rettungsgeräte in einen Großraumtransporter zu verladen und damit in irgendeine entfernte Ecke der Welt zu fliegen. Echte Rettungseinsätze von U-Booten gab es höchstens alle Jubeljahre einmal, aber die DSU rückte auch häufig genug aus, um mit anderen Marinen zusammen zu trainieren – denn gewappnet zu sein für den Fall der Fälle war in dem Metier alles.

Dieses Mal handelte es sich aber um keine Übung. Als die schweren Transportfahrzeuge das Tor passierten, wurde die große C-5 Galaxy bereits betankt. Normalerweise kamen die kleineren C-17 Globemaster III zum Einsatz, aber in diesem Fall waren von der Siebten Flotte ausdrücklich zwei der Kleinst-U-Boote zugleich angefordert worden, was ganz und gar ungewöhnlich war.

Die Tieflader kamen hinter der riesigen Galaxy zum Stehen, Männer sprangen aus den Fahrerkabinen und den Begleitfahrzeugen. Der Kommandant der Maschine riss die Augen auf. Man hatte ihm nur gesagt, er solle rund hundert Tonnen Material nebst einer Einheit der Navy auf die Philippinen schaffen. Und das gefälligst unverzüglich! Was die avisierte Marineeinheit betraf, so schien es sich dabei eher um eine Horde Piraten zu handeln, die in alle möglichen und unmöglichen Klamotten inklusive einiger Uniformteile gehüllt war. Für einen Angehörigen der Air Force, die immer als etwas eitler als andere Waffengattungen galt, ein erschreckender Anblick!

Der Flugzeugkommandant entschied sich dafür, etwas Klarheit zu schaffen. Ein Hüne mit einer Wollmütze auf dem Kopf und einer Zigarre im Mundwinkel schien das Sagen bei dem Haufen zu haben, das sich zumeist auf kurze Blickkontakte und mehr oder weniger verständliche Zurufe beschränkte.

»Ich bin Captain Eliah Jasper, darf ich fragen, ob Sie

die angekündigte Fuhre sind?« Er versuchte seiner Stimme einen entschiedenen Klang zu geben, während er grüßte.

Der Zwei-Meter-Mann wandte sich um, starrte ihn an und ließ seine Havanna erst einmal selbsttätig den Mundwinkel wechseln, bevor er sich zu einer Antwort bequemte. »Yeah!« Eine weitere Erklärung schien er nicht für notwendig zu halten. Stattdessen wandte er seine Aufmerksamkeit wieder seinen Leuten zu, die dabei waren, nochmals sorgfältig alle Vertäuungen an den Tiefladern zu kontrollieren. Etwas irritiert musterte Jasper erneut den seltsamen Riesen. Dessen weißes T-Shirt war alles andere als frisch und die Uniformhose schien von einem Kampfanzug zu stammen. Die Krönung aber war diese lächerliche blaue Strickmütze auf dem dicken schwarzen Haar. Und zu allem Überfluss trug der Mann auch noch Cowboystiefel!

Der Pilot nahm einen neuen Anlauf. »Man hat mir gesagt, der Transport sei eilig. Wer führt bei Ihnen eigentlich das Kommando?«

»Yeah ... schätze, das bin wohl ich!« Der große Mann streckte seine rechte Hand aus. »Commander Lee Harper.« Er grinste, was seinem kantigen Gesicht etwas die Schärfe nahm. »Aber meine Freunde nennen mich Tex.« Nachdenklich sah er den farbigen Offizier an. »Und wenn Sie in der Lage sind, mich mit meinen Leuten und dem ganzen Geraffel so schnell wie möglich ans Ziel zu bringen, dann gehören Sie ab jetzt zu meinen besten Freunden, Captain!«

Eliah Jasper war in den Slums von New York aufgewachsen. Texaner gehörten sicher *nicht* zu seinen besten Freunden. Für ihn waren die Südstaatler noch immer nicht über die Zeit vor Martin Luther King hinausgekommen. Er ergriff die ihm dargebotene mächtige Pranke mit der gebotenen Vorsicht. »An mir soll es nicht liegen … Sir!«

»Sehr schön, Captain! Und wie lange dauert der ganze Spaß?«

»Mit zweimaligem Auftanken in der Luft dürften wir alles in allem rund dreiundzwanzig Stunden bis Luzon unterwegs sein, wobei wir ausnahmsweise sogar die alte Piste von Subic Bay benutzen dürfen.« Er sah den Texaner neugierig an. »Interessant, da muss jemand ein paar Fäden gezogen haben.«

Harper nickte knapp. »Yeah, wird wohl so sein. Nun sagen Sie mal Ihren Lademeistern Bescheid, damit wir die Babys reinrollen können. Und denken Sie dran, ab jetzt zählt jede Minute.«

Der Captain grüßte, was Harper mit einem kurzen Abwinken quittierte. Beleidigt stapfte der Pilot von dannen, um seine beiden Lademeister zu holen. Minuten später rollten die beiden ADSRVs mitsamt den Tiefladern in die Maschine. Die Breite und die Höhe waren problemlos, aber die siebenunddreißig Meter Länge des Ladedecks erwiesen sich als gerade eben ausreichend. Zehn Minuten später rollte die Galaxy zur Startbahn und erhielt mit minimalster Verzögerung die Starterlaubnis. Die vier schweren General Electric TF-39 ließen die Erde erbeben, als beinahe achthundert Kilonewton Schub das Flugzeug beschleunigten. Nur eine voll beladene Boeing 747 vermag eine betonierte Startbahn auf eine noch härtere Probe zu stellen. Problemlos kam die grau gestrichene Frachtmaschine von der Piste los und begann noch im Steigflug nach Westen zu drehen, hinein in die Nacht.

2. Tag, 10 : 15 Ortszeit, 02 : 15 Zulu –
Xisha-Inseln (Paracel Islands)

Kommissar Raiku war nahe daran, die Geduld zu verlieren. Nur zwei Tatsachen hielten ihn davon ab. Zum einen wusste man nie, wie sicher eine Funkverbindung über einen Satelliten wirklich war, und zum anderen konnte es durchaus sein, dass General Wu, die Nummer zwei der zentralen Militärkommission der chinesischen Volksbefreiungsarmee, es übel vermerkt hätte, sollte er wirklich die Geduld verlieren. Übel vermerkt übersetzte sich auch im modernen China bisweilen noch mit »auf Nimmerwiedersehen verschwunden«. Vor allem, wenn man es mit der absoluten Führungsspitze zu tun hatte.

Er zwang sich dazu, tief durchzuatmen. »Genosse General, ich versichere Ihnen, die Chancen stehen gut, herauszufinden, was mit der *Long-Huang* geschehen ist. Noch wissen wir nicht sicher, ob es wirklich zu einer Kollision gekommen ist.«

Die Stimme des Generals klang unwirsch. »Bisher ist alles, womit Sie aufwarten können, ein vermisstes U-Boot, Genosse Kommissar. Einige von uns haben sich ein ... ähm ... anderes Resultat vorgestellt, als Sie Ihren Plan entwickelt haben. Nur deswegen haben wir Ihnen freie Hand gelassen, Raiku.«

»Ich weiß Ihr Vertrauen zu würdigen, Genosse General. Der Plan ist nach wie vor umsetzbar. Was ich brauche, ist einfach noch Zeit.« Raiku zögerte, bevor er die Stimme senkte. »Es ist unsere Chance, Geschichte zu schreiben, Genosse General.«

Einen Augenblick lang herrschte Schweigen, der General im fernen Peking dachte nach. Es ging um weit mehr als nur um das Los eines Politkommissars. Es war ein ganz großes Spiel um einen entsprechenden Gewinn ... oder Verlust. China stand an der Schwelle einer neuen Zeit, die durch den Wirtschaftsboom ermöglicht wurde. Niemand mochte China, denn der Westen reklamierte, es gebe keine Freiheit und keine Demokratie, und die blockfreien Staaten fürchteten das Reich der Mitte. Ein Lächeln erschien auf dem Gesicht des Generals. Als ob man eins Komma drei Milliarden Menschen mit Demokratie und Schwäche regieren könnte! Der Westen und Amerika vor allem waren naiv genug, das zu glauben.

General Wu kam zu einer Entscheidung. Raiku mochte zwar nicht sehr respektvoll sein, aber er war ein Tiger. China würde mehr solche Männer brauchen, um den ihm gebührenden Platz einzunehmen, mochten sie auch unbequem sein. »Also gut, Genosse Kommissar! Sie bekommen die erbetene Zeit. Ich werde mich mit den zuständigen Befehlshabern darauf verständigen.«

»Ich danke Ihnen, Genosse General!«

»Danken Sie nicht mir, Raiku. Es ist an der Zeit, der Welt zu zeigen, dass der Drache nicht gezähmt ist. Sollte das Ganze aber ein Fehlschlag werden, können wir uns nur wünschen, gnadenhalber mit einem Erschießungskommando davonzukommen. Wir beide!«

2.Tag, 23 : 30 Ortszeit, 04 : 30 Zulu – Washington, D. C.

Der Mann, der sich Samuel Frankly genannt hatte, spürte die Müdigkeit. Seit Stunden war er mittlerweile unterwegs. Eine ganz erkleckliche Anzahl der Leute, nach denen er suchte, hatte er auch gefunden. Einer allerdings fehlte noch, der Wichtigste von allen. Ein Spezialist und Künstler auf seinem Gebiet. Ob er das Angebot annehmen oder es rundweg ablehnen würde, war eine andere Frage. Es konnte durchaus sein, dass der Mann einfach nur seine Ruhe haben wollte.

Die schmerzenden Füße trugen ihn zur Bar. Er sah sich kurz um. Zwei Gestalten in den plüschigen Sitzecken, zwei weitere gelangweilte Frauen am anderen Ende des Tresens. Allzu viel war in dem Schuppen wirklich nicht los.

Der Barkeeper kam auf ihn zu. Das Gesicht des Mannes war so bullig und grobschlächtig wie der ganze Rest von ihm. Er sah aus wie ein Mensch, der vom Herrgott geschnitzt worden war, nur dass dieser mittendrin die Lust verloren und sich anderen Dingen zugewandt hatte.

»Was darf's denn sein?«

Der Mann im dunklen Anzug ließ kurz eine Dienstmarke blitzen. »Ich brauche eine Auskunft. Wo steckt derzeit dein Bruder, Sammy?«

Der Barkeeper erbleichte. »Keine Ahnung! Ich habe ihn seit einer Ewigkeit nicht mehr gesehen.« Er sah den Gast an seiner Theke lauernd an. »Hat er etwas angestellt? Ich dachte, seine Bewährung sei abgelaufen?«

Ungerührt nickte der Fremde. »Keine Sorge. Er steckt nicht in Schwierigkeiten, ich muss nur mit ihm sprechen!« Er sah dem Barkeeper ins Gesicht. *Natürlich weißt du ganz genau, wo dein Bruder steckt, Sammy. Er ist Jake der Schränker, während du nur Sammy die Laus bist. Also mach dich nicht wichtig!* Nachdenklich holte er eine Visitenkarte aus seiner Brusttasche. »Er soll mich auf dem Handy anrufen! Dann sehen wir weiter!« Die Karte wanderte zusammen mit einem Zwanziger über den Tisch und verschwand wie von Geisterhand.

Sammy grinste. »Aber sollte Jake nicht mit Ihnen reden wollen, dann ist das nicht meine Schuld. Das ist ein freies Land. Es ist sein gutes Recht.«

»Ts, ts.« Der Fremde schüttelte den Kopf. »Einen Scheißdreck ist es, Sammy!« Seine Hand fuhr so schnell über den Tresen, dass der Barkeeper sie nicht einmal kommen sah. Finger schlossen sich um seine Kehle, und er spürte, wie er in die Höhe gezwungen wurde. Die Luft wurde ihm knapp. Vor sich sah er die Augen des Fremden, sehr groß, sehr grün und eiskalt. »Vergiss den ganzen Mist, Sammy. Er soll sich melden, sonst schnapp ich ihn mir. Und dich gleich mit.«

Samuel ließ den Mann einfach plumpsen. Mit einem kurzen Nicken entschuldigte er sich bei den beiden »Damen« und verließ die Bar. Draußen auf der Straße atmete er tief durch. Die Nachtluft wirkte für Washingtoner Verhältnisse kühl und sauber. *Eine Täuschung,* dachte er. *Nichts in dieser Stadt ist sauber.* Gelassen zündete er sich eine Zigarette an und schlenderte die Straße hinunter. Sein Wagen stand ein Stück entfernt.

Als er die Schritte hinter sich hörte, versteifte er sich etwas. Offenbar hatte die Laus schneller reagiert, als er gedacht hatte. Vermutlich hingen ständig ein paar von den Jungs seines Bruders in einem Hinterzimmer herum, die Sammy nun losgeschickt hatte. Ruhigen Schrittes bog er in eine Gasse ein, die zu einem düsteren Parkhaus führte. Sein Auto stand zwar nicht dort, aber er hasste es, wenn sich jemand an seine Fersen heftete.

Sie folgten ihm bis auf das oberste Parkdeck. Um diese Zeit standen hier zwar noch etliche Fahrzeuge rum, aber es gab wenig Passanten. Unvermittelt sprang er zur Seite zwischen zwei Wagen und zog die Glock unter dem Jackett hervor. *Narren!* Er hörte sie ein paar Worte wechseln. Die drei glaubten offenbar immer noch, sie seien die Jäger. Mit routinierten Bewegungen schraubte er den Schalldämpfer auf die Waffe.

2. Tag, 15 : 30 Ortszeit, 07 : 30 Zulu – Philippinen

Der Druck auf die Blase war mittlerweile schier unerträglich geworden. Seit sechs Stunden schon steckte DiAngelo in seinem Druckanzug. Wie alle anderen auch hatte er darunter eine Windel um, denn an Bord der Blackbird existierte keine Toilette wie in einem normalen Flugzeug. Nur hatte er es bisher nicht über sich gebracht, sich Erleichterung durch Entleerung zu verschaffen. Selbst dann nicht, wenn ihn die Gravitationskräfte bei den gelegentlichen Kurswechseln das Vielfache seines Körpergewichts und damit auch seines Blaseninhalts spüren ließen. Seine Gedanken schienen nur noch um das verdammte Organ zu kreisen.

Er zwang sich, tief durch die Sauerstoffmaske zu atmen. Vor ihm flackerten die Monitore des Waffenspezialisten. Major Burne hatte ihnen eingeschärft, ja nichts zu berühren und um Gottes willen keinen Knopf zu drücken, aber wenigstens zeigte ihm der Schirm, wo sie waren. In einem weiten Bogen hatten sie den Pazifik überquert und am Rande des Radarbildes konnte er bereits Japan erkennen. Sie würden es weit an Backbord liegen lassen. Die verbleibende Flugzeit würde er wohl noch überstehen.

»Wie fühlen Sie sich, Wilks?«

Die Antwort des Lieutenants war eher ein unverständliches Röcheln.

Vorn im Cockpit lachte Jake Pendrick trocken auf. »Vergessen Sie das Atmen nicht, Lieutenant. In einer Stunde haben Sie wieder festen Boden unter den Füßen!«

»Wenigstens weiß ich jetzt, warum ich nicht zur Luftwaffe gewollt habe.«

»Wie schön für Sie«, erklärte Major Burne ungerührt. »Jetzt halten wir aber für einen Augenblick Ruhe, der nächste Kurswechsel steht gleich an.« Er hielt einen Moment inne. »Jake, bist du bereit?«

»Wann immer du willst, Thomas!«

Burne konzentrierte sich darauf, genau den richtigen Moment abzupassen. Bei einer Geschwindigkeit von eintausendneunhundert nautischen Meilen pro Stunde bedeutete ein Fehler im Sekundenbereich eine Kursabweichung von über einer halben Meile. Das ließ sich zwar umgehend korrigieren, aber Burne war eben ein Perfektionist. Endlich gab er das Zeichen. In sechzigtausend Fuß Höhe drehte die Blackbird nach Südwesten ein.

DiAngelo schloss für einen Moment die Augen. Der aus dem Schwenk resultierende Andruck presste ihn in den Sitz, der sonst dem Waffenspezialisten vorbehalten war. All seine Knochen schmerzten, und besonders das verletzte Bein. Sechs G galten bei den Air-Force-Profis als ein Klacks, aber für gewöhnliche Sterbliche waren sie eine Qual. *Jetzt halten wir aber für einen Augenblick Ruhe.* Die an sie ergangene Aufforderung machte durchaus Sinn. Nichts konnte hässlicher enden, als beim Einsetzen des Andrucks mit der Zunge zwischen den Zähnen erwischt zu werden.

2. Tag, 16 : 30 Ortszeit, 08 : 30 Zulu –
Südchinesisches Meer, USS *Kentucky*

»Wenn jemand ein gutes Gebet parat hat, Gentlemen, dann wäre jetzt der richtige Zeitpunkt dafür!« Roger

Williams bemühte sich, die Stimmung an Bord wenigstens ein bisschen zu entkrampfen. Ein paar der Männer rangen sich tatsächlich auch ein müdes Grinsen ab. Der Kommandant musterte ein letztes Mal die Stahlwand vor ihm, hinter der die Bleipanzerung und danach der Reaktor kam. Momentan steckten die Steuerstäbe tief zwischen den Brennelementen und verhinderten jede Kettenreaktion.

Williams rief sich die grundlegenden Fakten zurück ins Gedächtnis. Die Steuerstäbe blockierten langsame Teilchen, die ihrerseits, wenn sie statt eines Steuerstabes in ein Brennelement prallen würden, dort eines der schweren Atome des Brennmaterials zerschmetterten, was wiederum Energie freisetzen würde sowie eine Anzahl neuer langsamer Teilchen. Vom Grundsätzlichen her bestand das Verfahren also darin, die Stäbe nur so weit herauszuziehen, dass die Kettenreaktion stabil blieb und nicht unkontrollierbar wurde. Natürlich konnte der Reaktor nicht zur Atombombe werden. So weit konnten die Stäbe nicht herausgezogen werden. Aber es konnte zu einer Aufheizung oder gar zu einer Schmelze kommen, wenn der Reaktor zu viel Energie freisetzen sollte. Wenn sie Pech hatten, konnte die alte *Kentucky* einen großen Teil des Südchinesischen Meeres verseuchen. Sie selbst würden davon nichts mehr mitbekommen, weil sie dann bereits alle längst verschmort waren.

Doch dass ein derartiger GAU eintraf, war ziemlich unwahrscheinlich, denn andernfalls hätten sie nie riskieren können, den Reaktor wieder anzuwerfen. Das wahre Problem bestand in den Hilfsaggregaten. Pumpen für die Kühlkreisläufe konnten versagen, was wiederum eine Notabschaltung auslösen würde. Andere Systeme mochten unzuverlässig sein, ausfallen und Kurzschlüsse verursachen, was im Extremfall ebenfalls zur Abschaltung führen würde. All das wäre irgendwie reparabel. Nur – es würde Zeit kosten, Zeit, die sie nicht hatten.

Der Kommandant spürte den ständigen Kopfschmerz. Der Kohlendioxidgehalt der Luft lag mittlerweile nahe an der kritischen Grenze. Schon atmeten einige der Männer schwer, und es würde nicht mehr lange dauern, bis die ersten das Bewusstsein verloren. Zweihundert Menschen an Bord, das bedeutete über den Daumen gepeilt ein- bis zweitausend Liter Luft pro Minute – die mit jedem Atemzug mehr mit giftigem Kohlendioxid angereichert wurde. Sie atmeten sich im wahrsten Sinne des Wortes zu Tode. Und wenn das unsichtbare Gas sie nicht erledigte, dann würde es die Kälte tun. Die Männer sahen bereits aus wie lebende Leichname. Roger Williams wandte sich an Lieutenant Miles, der am Kontrollpult stand. Auch ihm war kein passendes Gebet eingefallen. Langsam nickte er. »Dann mal los, Lieutenant!«

»Aye, Sir!« Vorsichtig, als befürchte er eine Explosion, drehte Dave Miles an einem der großen Knöpfe und drückte ein paar kleinere.

Sekunden dehnten sich zu Ewigkeiten. Minuten verstrichen. Einer der Männer schlug mit zäher Verbissenheit immer und immer wieder gegen die Stahlwand. Die Stimme des Ersten drang aus dem Lautsprecher. »Tut sich was? Läuft der Reaktor an?«

»Negativ!« Williams bemühte sich vergeblich, seine Enttäuschung nicht durchklingen zu lassen.

Schalter klickten. Lieutenant Miles versuchte, die Stäbe noch etwas weiter herauszufahren. Lampen blinkten auf dem Schaltpult auf. Aber nichts weiter geschah. Ratlos schaute der junge Torpedooffizier auf die Anzeigen. Der Unterschied zwischen Theorie und Praxis erschien ihm unüberwindbar groß. Sein Blick irrte über die Unzahl der Knöpfe, Schalter und Hebel. Die Männer, die sie sonst tagtäglich bedienten, waren entweder tot oder schwer verletzt.

»Immer mit der Ruhe, Lieutenant, denken Sie nach!«

Miles wandte sich um, sah den Kommandanten an, der neben ihm stand. Auch er konnte dem Kontrollpult keine neue Erkenntnis entlocken. Wütend versetzte Miles dem Pult einen Tritt. »Verdammter Schrott!«

Lampen begannen zu blinken und Miles riss erstaunt die Augen auf. Der Mann, der die ganze Zeit gegen das Stahlschott gehämmert hatte, hielt inne. »Was zum …«

Funken sprangen aus einem Kabelkanal über ihnen und irgendwo begann eine Kühlmittelpumpe laut zu summen. Dann begann der heißdampfgetriebene Generator anzulaufen, zögernd und mit einigen Geräuschen, die ein auf hohe Drehzahl ausgelegtes Gerät sicher nicht von sich geben sollte.

Roger Williams zog unwillkürlich den Kopf ein, als ein Sicherungskasten hinter ihm zu qualmen begann. Ein Torpedomaat sprang herbei und riss mit dicken Handschuhen den Kasten auf. Das Pulver des Feuerlöschers und der herausströmende Rauch begannen die ohnehin miserable Luft weiter zu verpesten.

»Schwelbrand in Abteilung vier!« Die Stimme des Ersten klang konzentriert. Vielleicht hatte er in der Zentrale zu viel zu tun, um Angst zu empfinden.

Dave Miles legte eine Art Indianertanz hin. Ein grotesker Anblick, zu dem die Notbeleuchtung nur ein dürftiges Licht spendete. »Er läuft!« Tränen liefen über die Wangen des Lieutenants. »Der verdammte Kasten läuft!«

Männer umarmten einander und klopften sich auf die Schultern, auch wenn sie längst noch nicht über den Berg waren. Diverse Kabel waren zerrissen, lose Metallenden berührten einander, und wie viel Energie sie wirklich zur Verfügung hatten, wusste auch niemand so recht. Aber immerhin gab es Strom, wie das aufflackernde hellere Licht der normalen Beleuchtung bewies, auch wenn einige der Lampen sofort wieder ausfielen.

Roger Williams richtete sich vorsichtig auf und sah den wild herumhüpfenden Lieutenant an. »Was war das denn? Hat der Reaktor einfach nur einen kräftigen Tritt gebraucht?«

Miles grinste breit und kam zum Stillstand. »Entweder das, oder er hat schlicht etwas mehr Zeit zum Anlaufen gebraucht.« Er zuckte mit den Schultern. »Wir hätten es eigentlich wissen können. Wenn wir von null an seeklar machen, benötigt der Reaktor beinahe zwei Stunden, um volle Leistung zu erreichen.« Er spähte auf die Temperaturanzeige. »Davon ist er zwar noch immer weit entfernt, aber er beginnt zu heizen.«

»Was bedeutet das für uns?«

Der Lieutenant dachte nach. »Der Generator läuft, allerdings mit geringer Drehzahl. Bis wir genug Heißdampf haben, wird es noch etwas dauern, aber da wir erst einmal nur den Generator damit betreiben und nicht den gesamten Antrieb, nicht allzu lange, Sir!«

Williams sah sich um. Ein Wunder war geschehen, nicht das letzte, das sie brauchen würden, wenn sie wieder an die Oberfläche kommen wollten. Aber es reichte, um vorerst zu überleben! Es gab wieder Luft und Wärme. Eigentlich hätte er erleichtert sein sollen, aber alles, was er spürte, war nur bleierne Müdigkeit. Um ihn herum jubelten die Männer, bleiche ausgelaugte Gestalten, aber sie jubelten, weil sie wussten, sie würden leben, wenigstens noch für eine Weile.

2. Tag, 16 : 30 Ortszeit, 08 : 30 Zulu –
Südchinesisches Meer, USS *Guam*

Lieutenant Commander Christian Fletcher las den Funkspruch, den ihm Sparks gebracht hatte, zweimal durch, bevor er zum Telefon griff. Der Kommandant reagierte nach dem zweiten Klingeln. »Baxter?«

»Brücke, Sir. Funkspruch von Siebter Flotte, ein Transport ist an uns unterwegs. ETA 0800 Zulu morgen, zwei ADSRVs und ein Haufen Ausrüstung. Außerdem kommt ein Captain DiAngelo von den Philippinen rüber. Scheint so eine Art Spezialist zu sein. Ebenfalls ein Helotransfer.«

Thomas Baxter in seiner Kommandantenkammer schwieg einen Augenblick, und Fletcher konnte sich vorstellen, wie der Alte das Barometer konsultierte. Der Sturm war schlimmer geworden und noch immer fiel das Barometer weiter. Der XO blickte durch die großen Brückenfenster hinaus auf das Vorschiff. Weiße Gischt stieg an beiden Seiten des Katamarans in die Höhe und krachte donnernd auf das Deck, von wo aus das Wasser wieder schäumend durch die Speigatten ablief. Für Augenblicke sah es so aus, als koche die See. Unter seinen Füßen spürte er die Bewegungen der *Guam*. Bei diesem Sturm lag nicht einmal mehr der breite Doppelrumpf des Bergungsschiffs ruhig in der See.

»Wenn nicht bald eine Wetterberuhigung eintritt, könnte es für die Hubschrauber schwierig werden, uns zu erreichen. Von der Übernahme der Boote ganz zu schweigen.«

Der Kommandant hatte recht. Es war zwar nicht unmöglich, aber einfach würde es auch nicht werden. Und sollte der Sturm weiter zunehmen … Der XO schüttelte den Gedanken ab. »In zwei Stunden erreichen wir die letzte uns bekannte Position der *Kentucky*. Ich schlage vor, dann sofort mit der Suche zu beginnen, Sir!«

»Rufen Sie mich, wenn es so weit ist.«

»Aye, aye, Sir!« Fletcher legte auf.

2. Tag, 16 : 45 Ortszeit, 08 : 45 Zulu –
Südchinesisches Meer, USS *Kentucky*

Der Kopfschmerz, das ständige Pochen direkt hinter seiner Stirn, wurde immer schlimmer. Er sah sich um. Wenn die Männer merkten, dass er Schwäche zeigte, würden sie ihm dann noch folgen? Er wusste, dass er Feinde an Bord hatte. Männer, die vor Angst wie gelähmt waren und nicht mehr fähig, das zu tun, was erforderlich war. Männer, denen er nicht den Rücken zuwenden würde. Noch hatte er Zeit, um abzuwarten, aber er wusste, es würde nicht mehr lange dauern, bis er handeln musste.

Er presste die kräftigen Hände gegen den Schädel, aber der Druck brachte ihm keine Erleichterung. Wütend sprang er auf und begann, ruhelos auf und ab zu tigern. Vier Schritte hin und vier Schritte her. Mehr Platz war nicht in der kleinen Kammer. Nichts hatte hinsichtlich des chinesischen Bootes wie vorgesehen geklappt. Die verdammten Schlitzaugen hatten sie reingelegt. Und nun saß die *Kentucky* hier auf dem Grund fest, mit vollem Waffenarsenal, aber trotzdem eine wehrlose Beute.

Ohne darüber nachzudenken, was er tat, hatte er sein Kampfmesser gezogen und führte die scharfe Klinge über seinen Unterarm. Der heiße Schmerz tat gut, ließ ihn für einen Moment wieder klar denken.

Es war an der Zeit zu handeln. Williams und Morgan waren zu schwach dafür. Major Billington starrte auf den blutenden Schnitt. Er musste das Heft in die Hand nehmen, er allein hatte die Stärke dazu. Noch einmal ritzte er sich und atmete befreit durch.

5. Kapitel

3. Tag, 12 : 45 Ortszeit, 04 : 45 Zulu –
Südchinesisches Meer, USS *Guam*

Der Tag war langsam vergangen. Trotz der schlechten Wetterverhältnisse hatten sie begonnen, das Gebiet abzusuchen, aus dem sich die *Kentucky* zuletzt gemeldet hatte. Der noch immer tobende Sturm, verbunden mit dem hohen Seegang, war aber nichts, womit die Besatzung des Bergungsschiffes nicht fertig geworden wäre.

In der Operationszentrale der *Guam*, die, bedingt durch die besondere Bauweise des Katamarans, mittschiffs im Backbordrumpf lag, herrschte konzentrierte Routine.

Captain Thomas Baxter starrte missmutig auf den Radarschirm vor sich. »XO, sehen Sie zu, dass wir eine gute Position haben, dann drehen wir bei und sorgen dafür, dass wir den Hubschrauber runterbekommen«, sagte er zu Fletcher, der sich bereits in sein Ölzeug hüllte. »Es wird eine etwas nasse Sache werden, Chris. Halten Sie die Augen offen!«

Ein Helotransfer war im Prinzip ein Standardmanöver, eine leichte Übung, zumal wenn man wie bei der *Guam* über ein relativ großes Landedeck auf dem Achterschiff verfügte.

Der XO wusste allerdings, dass es diesmal nicht so

einfach sein würde. Im Augenblick schaukelte das Achterschiff mit jeder Welle etwa sechs bis acht Yards hoch und runter. Zusätzlich bewegte es sich im Seegang innerhalb einer halben Minute von zwanzig Grad Neigung nach Backbord nach zwanzig Grad Steuerbordkrängung und zurück.

Fletcher zuckte mit den Schultern und tippte an die Mütze. »Melde mich ab aufs Achterdeck, Capt'n!« Entschlossen streifte er die Kapuze des Ölzeugs über.

Der Sikorsky SeaKing war ein Veteran der US Navy. Natürlich machte der Sturm ihm zu schaffen, aber der robuste alte Helikopter verhielt sich davon weitgehend unbeeindruckt. Seit dreißig Jahren bildete der Typ S-61 eine feste Größe in der Seenotrettung oder auch als Zubringer von Schiff zu Schiff. Modernere Maschinen mochten über besseres Radar und jede Menge sonstiger technischer Neuerungen verfügen, aber bei einem Wetter wie diesem gehörte der Himmel immer noch dem alten Streitross, weil alle anderen Hubschraubertypen längst hätten passen müssen.

Robert DiAngelo kannte all die Fakten, hatte aber nach der ganzen bisherigen Fliegerei die Nase so ziemlich gestrichen voll, auch wenn er sich das nicht anmerken ließ. Verstohlen rieb er sich das schmerzende Bein und verfolgte mit mulmigem Gefühl den Anflug. Mal schien der Hubschrauber vom Wind zur Seite gedrückt zu werden, dann bewegte sich das Schiff unter ihnen mit dem Seegang in die falsche Richtung.

Die Stimme des Piloten klang trotzdem gelassen. »Yankee Doodle für *Guam*, so klappt das nicht!«

»Roger, Yankee Doodle, haben Sie einen anderen Vorschlag?«

Der behelmte Kopf des Piloten wandte sich kurz zum

Seitenfenster. Auch DiAngelo blickte aus dem Fenster der geschlossenen Laderaumtür. In endloser Folge, so weit das Auge reichte, wanderten die mit weißem Schaum gekrönten Brecher über die See. Wieder musste der Captain um Halt kämpfen, als der Hubschrauber sich im Wind etwas überlegte und von einer Böe geschüttelt wurde.

»Yankee Doodle für *Guam*, ich glaube, der Wind dreht. Was habt ihr?«

Wieder kam die Stimme von der *Guam* aus dem Lautsprecher. »Positiv, Yankee Doodle. Er schießt etwas aus.«

Wilks, der neben DiAngelo auf der unbequemen Bank im Laderaum des großen Helikopters hockte, bedachte seinen Chef mit einem etwas ängstlichen Blick. »Was passiert, wenn wir nicht landen können, Sir?«

DiAngelo wurde einer Antwort enthoben. Das dritte Mitglied der Hubschrauberbesatzung verfrachtete seinen Kaugummi in die Backentasche und grinste den Lieutenant an. »Dann heißt es schwimmen, Sir. Wir haben nicht den notwendigen Treibstoff, um Land zu erreichen.« Der Petty Officer schien deswegen allerdings nicht sonderlich beunruhigt zu sein. »Machen Sie sich mal keine Sorgen, irgendwie heil runtergekommen sind wir bisher eigentlich immer.«

DiAngelo lehnte sich zurück und ergab sich in seine völlige Hilflosigkeit. Da war nichts, was er hätte tun können. In dieser fliegenden Kaffeemühle war er als Passagier nichts weiter als ein Stück Gepäck. Während der Hubschrauber unter dem Ansturm einer weiteren Böe schwankte und die kräftigen Turbinen ihn heulend wieder auf Kurs zwangen, spürte er, wie seine Hände feucht wurden. *Wenn sie nur schon auf dem Schiff wären!*

»Yankee Doodle für *Guam*: Könnt ihr gegen den Wind laufen? Ich probiere einen flachen Anflug, und wenn wir dann über dem Deck sind, muss alles sehr schnell gehen.«

Es dauerte einen Augenblick, bis die Antwort kam. »*Guam* für Yankee Doodle. Positiv. Unser Erster steht auf dem Achterdeck bereit. Wir wechseln Kurs!«

Noch während gesprochen wurde, begann unter ihnen der breite Doppelrumpf nach Backbord in die Brecher hineinzudrehen. Der Hubschrauber kippte etwas nach Steuerbord ab und fing an, einen weiten Bogen zu fliegen. Aus dem Cockpit meldete sich der Kopilot: »Festhalten, Gentlemen, das könnte jetzt etwas ruppig werden. Und wenn wir unten sind, sehen Sie zu, dass Sie aus der Maschine kommen. Um den Rest kümmern wir uns später.«

An Bord der *Guam* überprüfte Christian Fletcher nochmals die getroffenen Vorbereitungen. Die dafür vorgesehenen Männer standen in Brandschutzanzügen mit in Position gebrachten Löschschläuchen bereit, andere hielten dicke Stahlseile in den behandschuhten Händen. Der Wind kam in Böen und sorgte zusammen mit den Schiffsbewegungen dafür, dass niemand wirklich sicher auf den Beinen stand. Zum Glück lag das Hubschrauberdeck weit genug über der Wasseroberfläche, auch wenn immer mal wieder Gischtschwaden darüber hinwegfegten. Wenigstens rollten keine verdammten Brecher einfach ungehindert über die Plattform.

Er wandte sich an Bunts, den Signalgast, der in den letzten Momenten des Anfluges den Kontakt mit dem Hubschrauber halten würde. »Keine Verzögerungen, klar?« Er griff zu den beiden Leuchtstäben, obwohl es eigentlich nicht seine Aufgabe war, den Hubschrauber einzuweisen, aber unter den gegebenen Umständen machte er das lieber selbst.

Ein letztes Mal blickte Fletcher sich um. Im Bereich ihrer Möglichkeiten hatten sie alles arrangiert. Blieb nur zu hoffen, dass alles glatt über die Bühne ging und sie nicht mehr zu tun haben würden, als den Hubschrauber blitzschnell auf dem Achterdeck zu vertäuen. Entschlossen trat er aus der Nische heraus in den Sturm und spürte, wie der Wind sofort an seinem Ölzeug zerrte.

Der Hubschrauber war nichts weiter als ein kleiner dunkler Punkt vor dem dunkelgrauen Himmel, aber er schien sich mit rasender Geschwindigkeit zu nähern.

»Von Yankee Doodle, Sir! Anflug beginnt!« Der Signalgast musste brüllen, um sich verständlich zu machen.

Fletcher baute sich frei von den anderen Männern auf, um für den Piloten gut sichtbar zu sein. Er hielt den linken Leuchtstab seitlich ausgestreckt, während er den rechten nach oben anwinkelte. »Bunts, sagen Sie ihm, er hängt nach Steuerbord, von uns aus gesehen!«

Ob es sein Lichtsignal war oder ob der Pilot auf den Signalgast hörte, wusste der Erste nicht, aber die Maschine zog etwas mehr nach Backbord. Zufrieden hob Fletcher beide Lichter.

Der Hubschrauber wurde langsamer. Das Heulen seiner Turbinen überdröhnte den Lärm des Sturmes. Der SH-61 schwankte unruhig von einer Seite zur anderen, als der Pilot die Bewegungen des Hecks der *Guam* abzuschätzen versuchte. Ein paar Atemzüge lang schien die Maschine still in der Luft zu stehen, aber Fletcher wusste, dass dies eine optische Täuschung war, denn in Wirklichkeit hatte sich der schwere Hubschrauber nur genau an die Geschwindigkeit des Schiffes angepasst, während der Pilot darauf wartete, dass die *Guam* den nächsten Wellenberg überquerte.

Hinter Fletchers Rücken hob sich der Bug der *Guam*, und das breite Hubschrauberdeck schien plötzlich in der kochenden See zu versinken. Auch der Helikopter schien mit ihnen in das Wellental zu tauchen.

»Er kommt runter!« Bunts schrie sich beinahe die Seele aus dem Leib.

Zu früh! Der Erste spürte, wie ihm der Schweiß ausbrach. Geradezu bildhaft sah er den Hubschrauber schon vor sich auf dem Achterdeck aufknallen, den Glast des Aufschlagbrandes. *Lauf!*, forderte eine innere Stimme ihn auf, sich in Sicherheit zu bringen, während der tonnenschwere Hubschrauber mit aufheulenden Triebwerken flach auf ihn zuzurasen schien.

Das Achterdeck hob sich wieder, als die *Guam* den Scheitel des Brechers erreicht hatte. Der Pilot schien die Schiffsbewegungen beinahe perfekt vorweggenommen zu haben. In dem Moment, als das Hubschrauberdeck für einen Moment genau waagerecht kam, setzte die Maschine hart auf. Fletcher ließ die Leuchtstäbe fallen und raste, Befehle brüllend, los. Stahlseile wurden an den Halteösen des Hubschraubers angeschlagen. Die Schiebetür des Laderaums knallte in den Stopper und zwei Männer wurden unsanft hinausgeschubst. Einer geriet ins Stolpern und knallte zu Boden. Fletchers Augen weiteten sich, als er die vier Streifen auf den Schultern des Mannes sah.

Einer der Seeleute sprang hinzu, geduckt wegen der laufenden Rotoren, und half ihm auf. Doch Fletcher hatte keine Zeit, sich weitere Gedanken um die beiden Passagiere zu machen.

Die kurze Phase relativer Sicherheit war vorbei. Taumelnd rutschte das breite Schiff den Rücken des Brechers hinunter und schwang von Backbord- zu Steuerbordkrängung. Stahlseile strafften sich und quietschten gequält. Gummireifen verloren den Halt auf dem nassen Stahldeck. Mit einem seltsamen saugenden Geräusch begann der Hubschrauber auf die Steuerbordaufbauten zuzurutschen.

»Vorsicht!« Doch der Warnruf kam bereits zu spät. Mit einem lauten Knall riss die erste der Leinen und flog weg. Eine menschliche Gestalt wirbelte durch die Luft und verschwand irgendwo außerhalb von Fletchers Sichtfeld. Er fuhr herum und brüllte dem Signalgast zu: »Sanitäter aufs Achterdeck! Die Besatzung soll aussteigen, verdammt noch mal!« Mit langen Schritten erreichte er die offene Laderaumtür. »Raus hier! Schnell!«

Im Halbdunkel des Laderaums blickte ihn eine Gestalt mit einem großen Helm an und deutete auf den Zugang zum Cockpit. »Wir müssen die anderen rausholen.« Ein weiterer Mann, den er für den Kopiloten hielt, bemühte sich, den Pilot von seinen Gurten zu befreien, während dieser mit schwacher Stimme fluchte.

Fletcher spürte, wie der Hubschrauber unter seinen Füßen wegsackte und dann schlagartig auf das Stahldeck schlug. Irgendwo, entsetzlich weit weg, knallten weitere Stahlseile, als sie der Belastung nicht mehr standhielten. Der Offizier begriff, dass eines der Räder ebenfalls nachgegeben haben musste. Er wandte sich um und seine Augen weiteten sich. Der viereckige Ausschnitt der Laderaumtür sollte ihn eigentlich auf das Landedeck blicken lassen. Aber alles, was er sah, war graues Wasser.

Captain DiAngelo war ins Straucheln geraten, als der Maschinist ihn aus dem Hubschrauber stieß. Aus den Augenwinkeln hatte er mitbekommen, dass Wilks ebenfalls auf diese Weise resolut hinausbefördert worden war. Ein Schmerz durchzuckte sein Bein, als sein Knie auf das Stahldeck prallte. Der Stock entglitt seinen Fingern und rutschte über das Deck, Hände fassten ihn am Arm und zogen ihn wieder empor. Während über ihnen der große Rotor donnerte, machte ein Seemann Anstalten, ihn wegzuführen. Offenbar sollte er unter Deck gebracht werden.

Da es zu laut zum Reden war, schüttelte er die helfende Hand einfach ab und wandte sich vorsichtig um. Die *Guam* sackte in das nächste Wellental und das Bugrad des Hubschraubers brach plötzlich weg wie ein Zahnstocher. Stahlseile rissen mit lautem Schlag und der Helikopter geriet in Bewegung. Das Schiff hing etwas nach Steuerbord, und folglich schwang er ebenfalls dorthin aus, knallte aber nicht in die Aufbauten. Ein paar Seile, die ihn nach achtern vertäuten, hielten noch. Noch …

DiAngelos Augen suchten den Signalgast. Ein solches Manöver fuhr man nicht, wenn man keine Verbindung zur Brücke und zur Operationszentrale hatte. Seine über Jahrzehnte hinweg geschulte Seemannschaft brach durch. »Steuerbord zwanzig!«

Der junge Seemann starrte ihn verdutzt unter seinen Kopfhörern an. »Sir?«

»Sagen Sie Ihrem Kommandanten, er muss nach Steuerbord drehen. Der Hubschrauber geht sonst über die Seite!« DiAngelo strich den Signalgast sofort wieder aus seinen Überlegungen. Stattdessen packte er den nächstbesten Mann an der Schulter. »Wer hat hier das Kommando?«

»Der XO, Sir!« Der Seemann deutete auf den Hubschrauber, der den Rand des Decks erreicht hatte. »Er ist in …«

Hinter sich hörte Robert Lieutenant Wilks den jungen Signalgast anbrüllen, der endlich mit seinem Kommandanten zu sprechen schien. Das Schiff begann bereits langsam nach Steuerbord zu drehen. *Zu langsam.* Die seemännischen Instinkte des Captains rebellierten. »Schneller drehen!« Er hinkte wieder vorwärts, ohne seinen Gehstock, der irgendwo unbeachtet an Deck lag. DiAngelo biss die Zähne zusammen, als er eines der herumliegenden Stahlseile ergriff und weiter vorn um einen Poller schlang. Ein jeder kleine Haken würde ihm die Hände aufreißen, sobald das Seil in Bewegung kam. »Mehr Seile! Schnell!«

Hände in dicken Arbeitshandschuhen übernahmen. Der Captain richtete sich auf. Offenbar hatte auch der Kommandant kapiert, worauf es ankam. Teamwork. Die *Guam* versuchte sich am Rücken des Brechers zu halten. Die Steuerbordseite lag auf einmal über ihnen. Aber Robert spürte, wie das Schiff über die Backbordseite langsam abrutschte, hinein in das Wellental. Es waren nur Sekunden, die ihnen blieben, dann würde sich die Backbordseite wieder heben. Wenigstens hing der SH-61 irgendwo fest und kam nicht erneut über das Deck auf sie zugerutscht.

»Holt die Besatzung raus! Vergesst den Hubschrauber.«

Die alte Maschine hatte schon mächtige Schräglage und einige Männer kletterten erst nach kurzem Zögern auf deren Rumpf. DiAngelo nahm eine orangefarbene Fliegerkombi wahr und dann noch eine zweite. Ein weißer Helm leuchtete wie ein großer seltsamer Pilz. *Einer fehlte aber noch!*

So schnell er es vermochte, humpelte er näher heran. Der Hubschrauber hing mit einem Rad in einem Gewirr aus Metallrohren fest, bei dem es sich um die Reste der Reling handeln musste. Lange würde das nicht mehr halten. Durch die großen Scheiben im Cockpit konnte er Bewegungen im Inneren des Helikopters sehen. Der Pilot hing irgendwo fest!

DiAngelo riss einem der Seeleute den Feuerlöscher aus den Händen. Es bedurfte dreier Gewaltversuche mit dem Stahlzylinder, bis die Frontscheibe des Helikopters zu Bruch ging. Unter ihm begann sich das Deck wieder aufzurichten. DiAngelo wusste, dass die *Guam* trotz allen Widerstands das Wellental erreicht hatte. Der alte Hubschrauber sackte ein paar Zoll weiter zur Seite, noch näher zur See hin. Die Wogen, die am Rumpf entlangliefen, leckten bereits gierig an der Maschine.

»Wie sieht's aus bei euch?«

»Sein Fuß ist irgendwo eingeklemmt! Eine Minute werden wir noch brauchen, um ihn zu befreien.«

DiAngelo trieb die Männer nochmals an. »Weiter absichern!« Stahlleinen ringelten sich wie Schlangen über das Deck. Schwerfällig drehte die *Guam* nach Backbord zurück, in die nächsten Brecher hinein. Der Kommandant hatte keine andere Chance. Entweder das, oder der Steuerbordrumpf würde tiefer eintauchen – für den Hubschrauber zu tief –, wenn sich der Backbordrumpf den nächsten Brecher emporkämpfte.

Ein weiteres Stück der Reling gab nach, aber die Stahlleinen hielten den Hubschrauber, auch wenn sich Tausende von Kardeelen mit lautem Knirschen dehnten. Im Inneren des Cockpits herrschte hektische Betriebsamkeit, bis die Helfer endlich den Fuß unter den Pedalen freibekamen. Der Pilot war halb bewusstlos, als er hinausgetragen wurde.

»Achtung jetzt!« DiAngelos Stimme übertönte den Sturm. »Vorsichtig die Leinen fieren!«

Ein paar Männer sahen ihn verdutzt an, aber der Captain hatte den Hubschrauber abgeschrieben. Alles, was jetzt zu tun blieb, war, die Maschine so loszuwerden, dass kein weiterer Schaden angerichtet wurde.

Nach und nach gaben die Männer Leine, und der Helikopter legte sich weiter über, hing weit über die Bordwand hinaus. Die Reling gab Zoll für Zoll nach. Robert wandte sich um. Am Aufbau stand Wilks neben dem Signalgast. »An Brücke! Mit der Fahrt runter und bereithalten, nach Steuerbord zu drehen!«

Wilks winkte zum Zeichen, dass er verstanden hatte. Mit zusammengekniffenen Augen schätzte DiAngelo die Brecher ab. »Das Heck zuerst fieren! Langsam!« Er musste sich zwingen, sich zu konzentrieren, war klitschnass und sein Bein brannte wie Feuer.

Der Heckrotor senkte sich und die Wellen griffen gierig nach ihrer Beute. Metall riss, als die Reste der Reling nachgaben. Aber noch hing der alte Sikorsky an den überbeanspruchten Stahltrossen.

Das Schiff wurde langsamer. Der richtige Augenblick war gekommen. »Jetzt! Fieren!«

Ein paar Leinen rauschten aus, während andere langsam nachgegeben wurden. Der tonnenschwere Rumpf sackte ins Wasser, wo er sofort von den Wellen emporgehoben wurde. Die restlichen Leinen entspannten sich urplötzlich. DiAngelo vollführte eine Holzhackergeste und brüllte: »Kappen!« Keinen Moment ließ er das Hubschrauberwrack aus den Augen. Noch war genügend Luft darin. Aluminium rieb sich an der Bordwand des Schiffes und langsam trieb der Rumpf achteraus. DiAngelo wusste nicht genau, wo die *Guam* ihre Schrauben und Ruder hatte, aber auf keinen Fall durfte er riskieren, dass der sinkende Rumpf dagegenschlug. »Hart Steuerbord!«, schrie er dem Signalgast zu.

Die Sekunden dehnten sich, bis endlich der breite Rumpf nach Steuerbord ausschwang, während das Heck nach Backbord wegschor. Nicht viel, aber genug! DiAngelo grinste.

3. Tag, 14 : 30 Ortszeit, 06 : 30 Zulu –
Südchinesisches Meer, USS *Kentucky*

Der Reaktor lief. Die Luft im Boot war zwar immer noch stickig und verbraucht, enthielt aber wenigstens wieder etwas mehr Sauerstoff. Ein paar der Filtersysteme arbeiteten nur mit verminderter Leistung, und die Produktion des lebensnotwendigen Atemgases war beklagenswert gering, aber sie reichte, um weiterzuleben.

Roger Williams versuchte, sich zu konzentrieren. Seit die *Kentucky* auf Tiefe gegangen war, hatte er so gut wie gar nicht geschlafen. Mühsam riss er sich zusammen und sah Morgan an. »Und, wie schätzen Sie die Lage ein, Walter?«

Der Commander blinzelte müde. »Wir haben wahrscheinlich drei große Probleme, Roger!«

»Heizung, Zeit und John Billington?«

Walter Morgan nickte wortlos. Der Commander war bereits ergraut, obwohl er kaum zwei oder drei Jahre älter als Williams war. Seine nur mittelgroße Gestalt wirkte etwas gebeugt, als habe der Mann eine schwere Last zu tragen. Äußerlich machte er einen erschöpften Eindruck, aber das war eine Täuschung. Aus seinen Augen sprach noch immer die ganze Energie, die in ihm steckte.

»An der Heizung arbeiten bereits alle Leute, die etwas dazu beitragen können, und die Zeit vergeht ohnehin von allein«, rekapitulierte der Kommandant der *Kentucky*. »Was aber ist mit Billington los?«

»Stress, Überdruckpsychose möglicherweise.« Morgan zuckte mit den Schultern. Er war auf die *Kentucky* abkommandiert worden, um mit einer Rumpfbesatzung ein anderes U-Boot aus einer gefährdeten Zone zu fahren. Doch das konnte er im Augenblick vergessen. Nun ging es nur noch darum, den Schaden zu begrenzen. »Er ist ein Risiko, denken Sie nicht?«

»Er glaubt, wir müssen in erster Linie verhindern, dass unser Boot mit der Armierung in falsche Hände fällt. Doch noch haben die Chinesen uns nicht gefunden. Wenn es dazu kommen sollte, bleibt immer noch Zeit für derartige Überlegungen.«

»Was die Suche unserer eigenen Leute nach uns anbelangt, so werden sie, wenn sie zuerst das nicht von China beanspruchte Seegebiet abgrasen, vermutlich noch zwei bis drei weitere Tage brauchen.«

»Ich würde eher drei veranschlagen, da wir nicht wissen, wie das Wetter an der Oberfläche ist.«

Morgan nickte. »Also drei!« Er zögerte. »Es könnte bloß sein, dass Billington nicht als Einziger nahe am Durchdrehen ist. Schwer zu sagen, da die Marines sich ziemlich abgeschottet haben.«

Der Kommandant atmete tief durch. Morgan hatte es auf den Punkt gebracht. USS *Kentucky* hatte dreißig Elitesoldaten an Bord, dreißig bis an die Zähne bewaffnete Männer, deren Kommandeur kurz davor war durchzudrehen. Und bei wie vielen seiner Männer das eventuell auch noch der Fall sein mochte, war ungewiss. Ihnen etwa zu befehlen, die Waffen abzugeben, würde wohl eher wie ein Streichholz in einem Pulverfass wirken.

Für einen Augenblick sahen sich die beiden ungleichen und einander doch so ungemein ähnlichen Männer schweigend an. »Dann mach ich mich wohl besser mal wieder auf die Socken zu meinen Männern. Wenn was sein sollte, wissen Sie ja, wo Sie mich finden.«

»Danke, Walter. Und halten Sie die Augen offen.«

Der andere Kommandant zwinkerte ihm kurz zu. »Nichts zu danken, Roger. Ich will doch genauso wieder nach Hause wie Sie.«

3. Tag, 07 : 45 Ortszeit, 12 : 45 Zulu – Norfolk, USA

Nachdem mittlerweile auch die zehnte der an sich fälligen Meldungen der *Kentucky* ausgeblieben war, verständigten sich die zuständigen Führungsoffiziere der Navy darauf, den Vorfall nicht länger geheim zu halten. Sollte auch nur das Geringste davon an die Presse durchsickern, bevor man die Angehörigen der Besatzung informiert hatte, dann würde der Teufel los sein. Die Russen hatten diesen Fehler bei der Kursk begangen und ihrem Beispiel wollte man nicht folgen.

Wie für alle Eventualitäten existierte auch dafür ein Notfallplan, den man aber bei der Navy in der Vergangenheit zum Glück fast nie gebraucht hatte. Fahrzeuge wurden losgeschickt, höfliche Offiziere suchten Familien, Frauen, Mütter, Ehemänner, Väter auf. Doch egal wie einfühlsam man auch immer vorging, es war unmöglich, solche Nachrichten wirklich schonend zu überbringen.

Im Stützpunkt wurden Räume zur Verfügung gestellt, die Navy sorgte dafür, dass Psychologen bereitstanden, sogar um die Kinder kümmerte man sich. Nur wenige der nächsten Angehörigen zogen es vor, allein zu Hause auf das Eintreffen weiterer Nachrichten zu warten, denn mehr konnten sie auch nicht tun.

Frauen weinten fassungslos und umarmten einander, die wenigen Männer hüllten sich in verbissenes Schweigen, hilflos zusehendes Navypersonal sorgte dafür, dass wenigstens Kaffee und Tee nicht ausgingen. Der Alptraum aller Angehörigen von U-Boot-Fahrern war Wirklichkeit geworden und die Navy litt mit ihnen.

Natürlich konnte es in den Militärsiedlungen nicht unbemerkt bleiben, dass alle Angehörigen einer bestimmten U-Boot-Besatzung benachrichtigt wurden. Die Nachbarn konnten sich denken, worum es dabei ging, denn Norfolk war lange genug U-Boot-Stützpunkt. Die allermeisten wussten nicht, was sie sagen und tun sollten, einige immerhin boten im Rahmen des ihnen Möglichen Hilfe an. Aber leider gab es auch den einen oder anderen, der sich des Telefons bediente, um Kapital aus seinem Wissen zu schlagen. Auch in dieser traurigen Hinsicht war die Navy ein Spiegelbild der Gesellschaft.

In den Neun-Uhr-Nachrichten tauchten erste Meldungen auf, die aber von den seriöseren Medien wegen ihres Gerüchtecharakters noch nicht verbreitet wurden. Um zehn Uhr lauteten die Formulierungen bereits »... wie aus gewöhnlich gut unterrichteten Kreisen bekannt wurde ...« Aber noch wurde der Name der *Kentucky* nicht genannt.

In den Militärsiedlungen begannen penetrante Reporter, Jagd auf die Bewohner zu machen, auch wenn diese zum Sachverhalt selbst nichts Neues beizusteuern wussten. Folglich wurden diese »journalistischen« Beiträge mit Spekulationen aufgepeppt. Kurz vor zwölf wurde eine Frau mit ihren Kindern auf eigenen Wunsch hin in den Stützpunkt gebracht, nachdem ein Journalist versucht hatte, sie zu dem »wahrscheinlichen Tod« ihres Mannes zu interviewen. Archivbilder der *Kentucky* und eines Dutzends anderer U-Boote, die ebenfalls als die *Kentucky* ausgegeben wurden, flimmerten im stündlichen Turnus über die Fernseher, und die Zeitungen produzierten in aller Eile Hintergrundberichte. Sogar die Erklärungen zweier Hellseher, die anboten, auf übersinnlichem Wege nach dem vermissten U-Boot suchen zu wollen, sollten ihren Weg in die Spalten der Yellow Press des nächsten Tages finden.

Um vierzehn Uhr Ortszeit trat ein Sprecher der Navy vor die Presse, dessen Verlautbarung aber sehr vage gehalten war. Ein auf einer normalen Patrouillenfahrt befindliches Atom-U-Boot habe sich bisher mehrfach nicht routinemäßig gemeldet. Von daher sei nicht auszuschließen, dass das Boot unter Umständen ernstere Probleme haben könne, über die derzeit aber noch nichts bekannt sei. Der Sprecher betonte ausdrücklich, dass es momentan noch entschieden zu früh sei, von einem »Verlust« des Bootes zu sprechen. Auch Hinweise auf einen etwaigen terroristischen Anschlag gebe es keine.

Um fünfzehn Uhr stellte der erste Nachmittagstalkmaster Mutmaßungen über einen Anschlag der Al Qaida auf ein amerikanisches Atom-U-Boot und die daraus resultierenden Konsequenzen an.

6. Kapitel

3. Tag, 10 : 00 Ortszeit, 15 : 00 Zulu – Washington, D. C.

»Thomas, Ihre oberste Chefin persönlich hat mir den Tipp gegeben, mich an Sie zu wenden, wenn das Thema Südchinesisches Meer gefragt ist.«

Thomas Brewster, dem dieser Anruf des Präsidentenberaters William Boulden galt, war einer der führenden Fernostexperten im Außenministerium. Wegen der unverhohlenen Winke mit dem Zaunpfahl in den Worten Bouldens atmete er erst einmal tief durch, bevor er bewusst vorsichtig zu sprechen begann. »Das Südchinesische Meer? Es ist ein Randmeer des Pazifiks und liegt zwischen Malaysia, Japan, den Philippinen und natürlich China. Brunei, Taiwan, Indonesien, Kambodscha und Vietnam sind ebenfalls Anrainerstaaten. Die Fläche liegt bei ungefähr eins Komma zwo Millionen Quadratmeilen, die größte Tiefe so etwa bei achtzehntausend Fuß, Sir!«

»Nett, wirklich nett!« Boulden klang amüsiert und Brewster fühlte sich ertappt. Aber der Präsidentenberater ging nicht weiter darauf ein, dass Brewster ihm nur Fakten aufgezählt hatte, die in jedem Lexikon zu finden waren. Stattdessen fragte er nach: »Worin genau besteht die Bedeutung dieses an sich wohl eher kleinen Randmeeres? Machen Sie mich darüber schlau, Thomas.«

Der Mann im Außenministerium zögerte. Es ging nicht gerade um geheime Informationen, aber man konnte nie wissen, was man sagen durfte und was besser nicht. Endlich gab er sich einen Ruck. »Die Gründe, die das Südchinesische Meer so wichtig und zugleich problematisch machen, sind mehrschichtig, Sir. Der gesamte Schiffsverkehr zwischen Japan, Malaysia, Thailand, Singapur und Vietnam auf der einen Seite und Europa und Afrika auf der anderen läuft darüber. Auch amerikanische Frachter mit Kurs Vietnam oder weiter nach Südkorea benutzen die Schifffahrtsstraßen. Wer also dieses Meer beherrscht, beherrscht den Handel.«

»Moment mal. Größtenteils handelt es sich dabei doch wohl um internationale Gewässer, oder täusche ich mich da?«

»Darin besteht eben genau das Problem. Es gibt dort diverse Inselgruppen, kleine Koralleninseln, um genau zu sein. Viele dieser Atolle ragen nicht einmal wirklich über das Wasser hinaus, werden aber von verschiedenen Staaten beansprucht. Die Chinesen haben sich in den Achtzigern deswegen mit den Vietnamesen angelegt, und in den Neunzigern haben sie es mit der Blockade von ein paar Inseln versucht, die Malaysia und die Philippinen besetzt hatten. Es hat nicht geklappt, weil die chinesische Marine damals nicht stark genug dafür war.«

»Also sind die Besitzverhältnisse ungeklärt?« Boulden machte sich kurze Notizen.

»Das kommt darauf an, wen man fragt, Sir.« Brewster schien sich für das Thema zu erwärmen. »Im Grunde gibt es zwei grundsätzliche Standpunkte. Nach internationalem Recht kann nur Land beansprucht werden, mit Hoheitszonen drum herum, nicht jedoch Wasserflächen allgemein. Und genau deswegen sind diese kleinen Atolle als zugehörige Teile eines Staatsgebiets ja auch so interessant. Für die größeren der Inselchen ist zumindest eine Besiedelung durch chinesische Fischer seit dem siebzehnten Jahrhundert nachweisbar, womit Peking seinen heutigen Anspruch begründet. Nur reklamieren die Chinesen mit dieser Argumentation mittlerweile die gesamte Südchinesische See für sich, oder doch zumindest deren nördlichen Teil, denn sie betrachten die dort gelegenen Inseln als Teil der Provinz Hainan. So ungefähr alles nördlich des fünfzehnten Breitengrades fällt darunter.«

»Verstehe. Und der zweite Standpunkt wäre?«, fragte Boulden weiter.

»Der genau ist das Problem. 1864 hat ein englisches Kriegsschiff diese Gewässer vermessen und dabei die Territorien für die englische Krone beansprucht.« Brewster seufzte. »Sie wissen, wie die Engländer damals waren. Sie pflanzten eine Flagge auf und dann gehörte dieses Fleckchen Land zu Victorias Empire. Egal wer vorher dort saß. Natürlich wurde das Gros der Inseln nicht besiedelt, weil die meisten dafür sowieso zu klein sind. Aber der springende Punkt ist, dass diese Expedition unter anderem auch die Spratly- und die Paracel-Inseln zu einem Teil des britischen Empire machte. Noch verrückter wird es bei der Macclesfield Bank. Die Limeys haben diese Untiefe ebenfalls in ihren Karten als britisches Territorium vermerkt. Dort gibt es allenfalls Flecken von einigen Quadratfuß, die über die Wasseroberfläche ragen, und das auch nur bei Niedrigwasser. Heute sind darüber natürlich die ehemaligen britischen Kolonien höchst erfreut, denn sie beanspruchen genau dieses Gebiet mit der Begründung, sie hätten es quasi von den Engländern geerbt.«

»So weit, so gut, oder eben auch nicht. Nur: Ist ein unter Umständen sogar mit Waffengewalt ausgetragener Streit um diese Inseln überhaupt den Aufwand wert?«

»Er ist es, glauben Sie mir, Sir.« Brewster dachte einen Augenblick nach. »Erstens sind die größeren strategisch interessant, vor allem als Luftbasen. Was nicht ausschließt, dass dem einen oder anderen Militär auch noch etwas anderes dafür einfällt. Die Japaner haben sie zum Beispiel im Krieg als U-Boot-Basen benutzt. Zweitens, und das dürfte der triftigere Grund sein, werden dort große Vorkommen an Erdöl und Erdgas vermutet. Noch ist niemand fündig geworden, aber die Meeresgeologen schwören Stein und Bein darauf, dass es dort etwas zu holen gibt.«

»Interessant.« Boulden ließ sich das Gesagte durch den Kopf gehen. »Unter den Anrainerstaaten sind gleich mehrere, die einen rasanten wirtschaftlichen Aufbau durchlaufen, sie verfügen über ein hohes Menschenpotential, aber kaum über Rohstoffe.«

»Richtig, Sir. Eine eigene Ölförderung würde für diese Staaten mehr Unabhängigkeit von den arabischen Lieferungen bedeuten. Wir wissen ja, dass es zum Beispiel auf Borneo Ölquellen gibt.«

»Und wir sind daher quasi politisch mit im Boot bei allen Ländern, die außer China Ansprüche erheben.« Boulden verdrehte die Augen. »Na, das kann uns aber ganz schnell in Teufels Küche bringen.«

Brewster pflichtete ihm bei. »In den letzten Jahren haben wir uns zurückgehalten. 1995 hat Peking seine Ansprüche auch auf das Mischief Reef ausgedehnt und das gesamte Seegebiet zu einem Schaufenster seiner modernsten Flotteneinheiten gemacht.

Nachdenklich sah der Präsidentenberater auf seine Notizen. »Am Schluss noch die Bitte um Ihre Einschätzung, Thomas. Ganz ehrlich, wie weit würden die Chinesen für die Durchsetzung dieser Ansprüche gehen?«

Brewster senkte unwillkürlich die Stimme. »Es gibt dazu zwei Meinungen unserer Analytiker. Die einen tendieren zu der Auffassung, die Chinesen würden es bei Theaterdonner belassen, weil außenpolitische Konfrontationen dem inneren Wirtschaftsaufschwung abträglich sein könnten. Die anderen sind der Ansicht, dass China nichts unversucht ließe, um durch den Zugriff auf potentielle Ölquellen ebendiesen Wirtschaftsboom mittel- und langfristig abzusichern. Militärisch brauchen sie keine der anderen Nationen zu fürchten, die Ansprüche stellen. Wären nicht da auch wir.«

Unter dem Eindruck dessen, was Brewster ihm eben erklärt hatte, wurde Boulder der Kragen etwas eng. Er dachte an die *Kentucky*, und ein Berg von Fragen türmte sich vor ihm auf. Hatten die Chinesen beim Verschwinden des amerikanischen U-Boots selbst die Hand im Spiel gehabt? Eine Antwort darauf, und auf vieles andere mehr, gab es nicht.

Sollte die *Kentucky* in »chinesischen Hoheitsgewässern« gesunken sein, dann hatten sie ein echtes Problem.

3. Tag, 00 : 00 Ortszeit, 16 : 00 Zulu –
Südchinesisches Meer, rund hundert Seemeilen
südsüdwestlich von Guangzhou

Der amerikanische Satellit erfasste den Verband nur für Augenblicke, bevor dieser unter der Wolkendecke verschwand. Doch das reichte, um eine Serie von digitalen Infrarotfotos zu schießen, die nur rund fünfundvierzig Minuten später zu einer Bodenstation in den USA gesendet wurden.

Ein Verband von Kriegsschiffen, der in die Südchinesische See hinaussteuerte, war normalerweise nichts Besonderes, nicht einmal, wenn es bei solch einem Wetter geschah. Was ihn diesmal für die Amerikaner jedoch interessant machte, waren die Einheiten, die auf den Bildern zu erkennen waren. Von der *Shishang*, einem Hubschrauberlandeschiff, über die beiden neuesten Lenkwaffenzerstörer der Hangzhou-Klasse der chinesischen Volksmarine, Schiffen, die erst ein Jahr zuvor von russischen Werften gelaufen waren, weiteren älteren Lenkwaffenzerstörern bis hin zu raketenbestückten Schnellbooten der Houxin-Klasse setzte sich der Verband aus allem zusammen, was für die westliche Aufklärung Rang und Namen hatte. Zwei Dutzend große Einheiten und mindestens ein Dutzend Schnellboote liefen geradewegs nach Südsüdwest. Wenn sie ihren Kurs und die Geschwindigkeit beibehielten, würden sie innerhalb der nächsten vierundzwanzig Stunden die Region südlich der Paracel Islands erreichen, jenes Gebiet, in dem die einsame *Guam* ihre Suchoperation durchführte.

Gegen neun Uhr Zulu-Zeit überflog ein weiterer US-Satellit das fragliche Gebiet. Gleichzeitig näherten sich von Japan gestartete AWACS-Frühwarnflugzeuge dem Südchinesischen Meer. Als die Ergebnisse dieser Aufklärungsoperationen den zuständigen Befehlshabern vorgelegt wurden, verging diesen die Lust auf ihr Dinner. Die chinesische Südflotte befand sich in Alarmbereitschaft. Die Kesselsysteme der Fregatten und Zerstörer in den Häfen waren heiß, was nur bedeuten konnte, dass die Schiffe jederzeit bereit zum Auslaufen waren. Selbst die älteren Atom-U-Boote in den weiter nördlich gelegenen chinesischen Basen Fuzhou, Quanzhou, Xiamen und Shantou hatten begonnen, ihre Reaktoren hochzufahren. Innerhalb der nächsten sechzig Minuten erging der Befehl zur Alarmbereitschaft an alle amerikanischen Einheiten im Westpazifik. Innerhalb einer weiteren Stunde schlossen sich die Streitkräfte etlicher Staaten dieser Maßnahme an. Unbeachtet von der Weltöffentlichkeit wartete eine Million Seeleute auf den Einsatzbefehl oder darauf, alles wieder auf null zu stellen, so, wie es Dutzende von Malen zuvor auch schon geschehen war.

3. Tag, 16 : 00 Ortszeit, 21 : 00 Zulu – Washington, D. C.

William Boulden saß am unteren Ende des Konferenztisches und ließ seinen Blick schweifen. Es fiel ihm schwer, ein unbeteiligtes Gesicht zu machen, was ihm aber im Gegensatz zum Präsidenten gelang, der wütend mit der flachen Hand auf den Tisch schlug. »Kann mir jetzt vielleicht jemand verraten, was eigentlich los ist? Ich erhalte ständig Anrufe von unseren SEATO-Verbündeten und nun scheint man auch in Europa wach geworden zu sein.« Er holte tief Luft. »Also, ich höre!«

Der Verteidigungsminister reckte sein Kinn trotzig vor. »Bisher wissen wir nur, dass die Chinesen ihre Südflotte mobilisiert haben, so ziemlich alles, was schwimmen kann. Soweit uns bekannt, gibt es jedoch weder bei Armee noch Luftwaffe Aktivitäten, die aus dem Rahmen des Üblichen fallen, und in den Basen der Ost- und Nordflotte herrscht ebenfalls Ruhe, Mr President. Ansonsten lässt sich momentan aber noch nicht wirklich sagen, was sich da gerade im Südchinesischen Meer abspielt.« Der Hausherr des Pentagons warf einen Blick zu den Generälen und Admirälen, die ihn flankierten. Wenn er in dem Ruf gestanden hätte, auf seine militärischen Ratgeber zu hören, dann hätte man diesen Blick als Hilfeersuchen werten können. Aber er stand nicht in dem Ruf, genauso wenig wie der Präsident selbst.

Das selbstzufriedene Lächeln, das der mächtigste Mann der Welt so gern bei Fernsehauftritten und öffentlichen Ansprachen zur Schau trug, war verschwunden. Stattdessen wirkte er aufgebracht und in einem nicht unerheblichen Maße verwirrt. Wie häufig in solchen Situationen verfiel er automatisch in den Slang des geborenen Südstaatlers. »Es kann also sein, dass die Schlitzaugen versuchen, sich diese Inseln ...«, er schnippte mit dem Finger, kam aber nicht auf den Namen.

»Die Spratly und die Paracel Islands!«, sprang Boulden ihm hilfreich zur Seite.

»Danke, Will!« Der Präsident nickte ihm kurz zu. »Also sich diese Dinger unter den Nagel zu reißen?«

Der Verteidigungsminister zuckte unsicher mit den Schultern. »Wir können es nicht ausschließen, Mr President. Aber es sieht nicht so aus, als bereiteten sich die Chinesen auf einen globalen Schlagabtausch vor.« Er sah seinen obersten Befehlshaber vorsichtig an. Vor Jahren, als dieser Mann ins Oval Office eingezogen war, war ihm alles einfach erschienen. Sie hatten einen Krieg geplant und der internationale Terrorismus hatte ihnen die Gründe geliefert. Weil auf die wahren Gründe niemand hatte hören wollen. Doch nun führten sie diesen Krieg seit Jahren, und niemand konnte herausfinden, warum sie ihn verdammt noch mal nicht gewannen.

Kein Wunder, dass er keine Lust auf eine weitere Konfrontation hat. Schließlich hat er auch noch den Iran und Nordkorea als Problemfälle auf dem Tisch liegen. William Boulden unterdrückte ein boshaftes Grinsen, das ihn öfter einmal überkommen wollte, wenn der nationale Krisenrat tagte. Er hatte bereits dem Vorgänger des jetzigen Präsidenten gedient. Ein guter Mann, aber zu weich. Der jetzige war hart genug für diese Welt ... nur war er kein guter Mann. Nicht wenn man darunter wie Boulden einen kreativen politischen Kopf verstand. Auch die meisten Kabinettsmitglieder waren in seinen Augen lediglich Eisenfresser, geprägt von einem gewissen Maß an Realitätsverlust.

Erstaunlicherweise hatte der Vizepräsident bisher noch gar nichts gesagt, der dafür bekannt war, dass ihn so leicht nichts erschüttern konnte. Selbst als er versehentlich jemanden angeschossen hatte oder als seine Verwicklungen in Geschäfte mit verschiedenen Diktatoren durch die Presse gingen, hatte Dick sich unbeeindruckt gezeigt. Einzig dass eine seiner Töchter sich als lesbisch geoutet hatte, hatte ihm bisher den Wind aus den Segeln nehmen können und ihn dazu gebracht, sich beim Thema gleichgeschlechtlicher Beziehungen etwas zurückzuhalten. Skrupel wegen eines militärischen Schlagabtausches kannte er keine. Denkspiele hatte er bereits hinreichend in alle Richtungen von dem von ihm mit initiierten Braintrust »Project For the New American Century« durchexerzieren lassen. Boulden konnte sich leicht ausrechnen, was der Vizepräsident gleich vorbringen würde. Es wurde Zeit für ihn, sich einzuschalten. »Ich glaube nicht, dass Peking auf einen großen Schlag aus ist, Mr President.«

Alle starrten ihn an, als habe er etwas Obszönes geäußert. »Wäre dies aus irgendwelchen Gründen so, dann hätten die Chinesen nicht nur die eine Flotte in Marsch gesetzt, sondern die gesamte Marine nebst den anderen Waffengattungen mobilisiert. Auch gibt es keine Informationen, dass dies bei deren Transkontinentalraketen geschehen wäre.«

»Das könnten sie aber immer noch jederzeit tun, Boulden!« Die Stimme des Vizepräsidenten klang überraschend ruhig.

»Jetzt noch, nachdem wir wegen ihrer Flotte bereits alarmiert sind?« Boulden zwang sich zu einem Lächeln. »Wir würden sie mit unseren Raketen einstampfen, bevor sie Piep sagen können.« *Verdammt! Habe ich das wirklich gesagt? Wir reden hier von einem globalen Atomschlag!*

Der Vizepräsident erwiderte das Lächeln, es wirkte täuschend freundlich und wollte so gar nicht zu den Worten passen. »Dann sollten wir uns darauf vorsichtshalber auch vorbereiten.«

Boulden wandte sich direkt an den Präsidenten: »Sir, bevor es zu einer Konfrontation kommt, an der uns nicht gelegen sein kann, sollten wir über diplomatische Kanäle herausfinden, was das alles zu bedeuten hat. Es könnte nämlich sein, dass wir selbst diese Sache ausgelöst haben, Sir!«

»Wir selbst?« Der Vizepräsident klang bei diesem Einwurf aufrichtig überrascht.

»Dann spucken Sie mal aus, Boulden, was Sie darüber wissen«, forderte der Präsident ihn auf.

»Wir vermissen bekanntlich eines unserer U-Boote, das sich seit geraumer Zeit nicht mehr routinemäßig gemeldet hat, und zwar genau von dort, wo sich jetzt alles konzentriert, in der Südchinesischen See.«

»Und was, bitte, haben Sie damit zu tun?«

»Es gab einen Anruf von einer unbekannten Gruppe. Es sieht so aus, als sei unser Boot auf einer Geheimmission gewesen. Alles deutet auf die CIA hin, aber es kann sich dabei genauso gut um eine Irreführung handeln.« Er zuckte mit den Schultern, obwohl ihm nicht wohl in seiner Haut war. »Es hat zumindest den Anschein, als würde einer unserer Geheimdienste ein eigenes Süppchen in diesem Gebiet kochen. Was für eins auch immer.«

Zu seiner Überraschung begann der Präsident zu lächeln. »Da Sie das sagen, fällt mir ein, dass Sie gute Kontakte zu ein paar Leuten in Langley haben. Ich nehme an, Sie haben bereits Nachforschungen anstellen lassen?«

Sein Berater nickte. »Mehr nach dem U-Boot als nach den Leuten hinter dessen Mission. Wenn wir die *Kentucky* wiederfinden, bevor die Chinesen sie aufspüren, dann kann uns niemand mehr was am Zeug flicken, Sir!«

Der Präsident und der Vizepräsident wechselten einen kurzen Blick. Boulden kam sich vor, als habe man ihn in die Falle gelockt. Was sollte das alles? Der Präsident mochte nicht das hellste Licht sein, aber er hatte ein Elefantengedächtnis. Kein Wunder, dass er sich an die *Tuscaloosa*-Affäre erinnerte. Doch was hatte Dick mit der Sache zu tun? Wusste er mehr? *Verdammt, hier treibt jeder sein eigenes Spiel!*

Der Präsident nickte ihm kurz zu und wandte sich dann direkt an die anwesenden Geheimdienstchefs. »Meine Herren, was gibt es von Ihrer Seite aus dazu zu berichten?«

Wilton von der CIA antwortete als Erster. »Es ist mir selbstverständlich bekannt, dass die Abteilung für strategische Analysen eine Suchaktion nach einem vermissten U-Boot gestartet hat, in Zusammenarbeit mit der Siebten Flotte natürlich, Mr President. Eine derartige Kooperation ist so ungewöhnlich nicht, denn immerhin haben wir die Mittel, U-Boot-Bewegungen, soweit dies möglich ist, rund um den Globus zu registrieren, und es ist nur ein Schritt von der Verfolgung eines russischen oder chinesischen Bootes bis zur Suche nach einem der unseren.«

Anthony Wong, stellvertretender Koordinator der Geheimdienste, hob den Kopf. »Mr Boulden hat mich vor zwei Tagen darum gebeten, mich in dieser Angelegenheit einmal umzutun. Ich muss allerdings bekennen, dass sich bisher nichts Wesentliches darüber herausbekommen ließ, Mr President. Nach dem, was Mr Boulden mir mitgeteilt hat und was ich auch den Datenbanken entnehmen kann, scheint es sich bei dem Einsatz der *Kentucky* um eine CIA-Aktion zu handeln, aber es könnte genauso gut sein, dass jemand nur diesen Anschein erwecken will.«

Auf der anderen Seite des Tisches schnaufte Brown erbost. »Was wollen Sie damit sagen, Wong? Ich bestreite ganz entschieden, dass es sich um eine Operation der NSA handelt.«

Typisch, dachte Boulden, *alle waschen ihre Hände in Unschuld, keiner will's gewesen sein.* Der Präsidentenberater räusperte sich. »Diese Seite der Geschichte scheint mir im Augenblick weniger akut zu sein als die Situation in der Südchinesischen See, Mr President. Wie ich bereits anregte, Sir, sollten wir den diplomatischen Kontakt suchen.«

Der Vizepräsident runzelte die Stirn. »Mr President, nach Lage der Dinge scheint es mir aber nicht angeraten, die Außenministerin nach Peking reisen zu lassen. Ihre augenblicklichen Gespräche in Europa erscheinen mir zu wichtig, um ...«

Der Präsident hob abwehrend die Hand. »Nein, nein, da haben Sie recht, Dick.« Einen Moment lang überlegte er und ein amüsiertes Funkeln trat in seine Augen. »Ich denke aber, China könnte einen Sondergesandten wert sein. Finden Sie nicht auch, Will?«

Boulden nickte leicht, um seine Zustimmung anzudeuten. *Oh verdammt! Er will mir den Job anhängen!*

3. Tag, 03 : 30 Ortszeit, 21 : 30 Zulu –
im Südchinesischen Meer,
atomgetriebenes Angriffs-U-Boot *Shi-Nan*

Kapitän Tsoshi brütete über den Karten, die er auf dem Tisch ausgebreitet hatte. Er wusste, die Situation spitzte sich zu. Seit er seinen verschlüsselten Bericht an Kommissar Raiku per Funk abgesetzt hatte, waren beinahe zwei Tage vergangen. Noch immer fuhr die *Shi-Nan* Suchkurse, nur hatte sich das Gebiet dafür verlagert. Systematisch suchten sie den Grund nach einer Spur ab, aber Tsoshi musste zugeben, dass er vor einem Rätsel stand. Der Gelbe Drache, *Long-Huang*, war wie vom Erdboden verschluckt.

Stattdessen hatten sie ein amerikanisches Boot gefunden, das reglos auf dem Grund lag. Es musste schwer beschädigt sein, denn andernfalls hätte es sich bewegt. Alles deutete auf eine Kollision zwischen ihm und der *Long-huang* hin. Nur: Wo war die, um alles in der Welt, hinterher abgeblieben?

Als Seemann, der er mit Haut und Haaren war, drängte es den Kapitän, dem gesunkenen amerikanischen Boot Hilfe zukommen zu lassen. Als erfahrener chinesischer Marineoffizier wusste er aber, dass dies wegen der damit verbundenen politischen Implikationen nicht anging.

Tsoshi unterdrückte in der Einsamkeit der Kommandantenkammer, die ihm Fregattenkapitän Wong überlassen hatte, einen Fluch. Ein gehörig ramponiertes amerikanisches U-Boot, das es aber aus eigener Kraft noch schaffte, sich in seine Basis zurückzuschleppen, wäre ideal im Sinne auch der Pläne von Kommissar Raiku gewesen – als nachdrückliche Warnung an die Adresse der Amerikaner, es sich in Zukunft zweimal zu überlegen, überhaupt noch in die Südchina-See einzulaufen. Ein gesunkenes waidwundes US-Boot war hingegen eine ganz andere Sache. Die Amerikaner würden nicht eher Ruhe geben, bis sie wussten, was mit ihrem Boot passiert war. Und deren Rumschnüffelei konnte China gar nicht gebrauchen, da es in diesem Gebiet neue U-Boot-Abwehrsysteme testete, in Gewässern, die Amerika als international betrachtete, während Peking sie für sich reklamierte. Die Frage war nicht, wer recht hatte, sondern welche Weiterungen sich daraus noch ergeben könnten.

3. Tag, 05 : 30 Ortszeit, 21 : 30 Zulu –
im Südchinesischen Meer, USS *Kentucky*

Es gab weitere Tote zu beklagen. Einige der Verletzten waren gestorben, andere befanden sich auf dem Wege der Besserung, und manche wiederum dämmerten in jenem Zustand vor sich hin, der sich innerhalb kürzester Zeit ändern konnte – in die eine wie in die andere Richtung hin. Um die *Kentucky* war es ganz ähnlich bestellt.

Missmutig musterte der Kommandant zum x-ten Mal das kritische Schott. »Sieht nicht gut aus, Sir!«, meinte Lieutenant Miles.

Der junge Offizier rieb sich die sprossenden Bartstoppeln an seinem Kinn. »Wir können hier Balken reinstopfen, so viel wir haben, aber wenn nichts mehr stabil genug ist, um sie zu halten, dann …« Er ließ offen, was dann geschehen würde. Sie wussten es auch so.

Im Vergleich zum Vortag rieselten noch mehr Wasserfäden rund um das Stahlschott an der Wand herab. Der enorme Wasserdruck stand ständig auf der Stahlluke, und noch gab sie nur peu à peu um Winzigkeiten nach, die Bedrohung wuchs aber dennoch stetig.

Williams spähte durch das andere Schott nach unten. Noch immer hantierten seine Männer an den Kabelschächten rum. Der Reaktor lief und sie hatten Strom. Ob dies auch noch der Fall sein würde, wenn die Abteilung zwischen dem Reaktorcompartment und den Teilen des Bootes, in denen sie sich aufhielten, absoff, war eine andere Frage. Wahrscheinlich nicht. Die Kurzschlüsse würden zu einer Abschaltung führen.

Der Torpedooffizier sah seinen Kommandanten müde an. »Drei Tage sind rum. Wenn die Navy und unsere Kameraden uns suchten, hätten wir dann nicht schon etwas von deren Aktivsonar mitbekommen müssen, Sir?«

Roger lächelte aufmunternd. »Wir machen so viel Lärm, dass sie uns hören müssten. Das ist viel wichtiger.« Wieder sah er nach unten. »Ich will, dass Sie so wenige Männer wie möglich dort unten einsetzen. Falls das Schott bricht, muss dann alles, was folgt, schnell gehen.«

Miles nickte. »Ich verstehe, Sir. Ich lasse mir etwas einfallen.«

»Danke!« Der Kommandant tippte kurz an die zerknautschte Mütze. »Ich bin dann in der Zentrale. Mal sehen, was unser XO ausgebrütet hat.« Er wandte sich um. Miles hatte mit seinem Hinweis auf die bereits abgelaufenen zweiundsiebzig Stunden, die auch er und

Morgan für das Erreichen des Suchgebietes durch ihre Leute veranschlagt hatten, recht. Nur: Sollte er die Notrufboje wirklich nach oben schicken? Was, wenn er damit die Chinesen als Erste anlockte? Für den total verblendeten Major Billington wäre dies ein gefundenes Fressen. Allein der Gedanke, das Boot samt all seinen Männern zu sprengen, ließ Übelkeit in ihm aufsteigen. Was also tun? Eingedenk des prekären Schotts, das jederzeit brechen konnte, hatte er so gut wie keinen Ermessensspielraum mehr.

Major John Billington lud demonstrativ seine Pistole durch. Das Schnappen des Verschlusses ließ seine Leute aufsehen. Sein Blick glitt wortlos über die bärtigen Gesichter. Sie waren hart, die Besten, die er jemals kommandiert hatte. Aber er würde ihre Treue auf die ultimative Probe stellen müssen. Seine Stimme klang heiser. »Noch nicht, Männer, aber wir müssen jeden Augenblick darauf vorbereitet sein, zu handeln.«

Gemurmel kam auf. Sie wussten, was er meinte. Für sie verging die Zeit noch langsamer, denn im Gegensatz zu der U-Boot-Besatzung hatten sie nichts zu tun. Die Untätigkeit setzte ihnen noch mehr zu als die Angst, die sie in diesem stählernen Sarg verspürten. Ihre Maschinenpistolen hatten sie mittlerweile ein Dutzend Mal auseinandergenommen und wieder zusammengesetzt. Eine Folge mechanisch ausgeführter Handgriffe, die jeder der Männer auch blind hätte ausführen können. Nichts, wodurch sie ausgelastet oder von ihrer Lage auch nur abgelenkt worden wären. Der Major kannte seine Männer. Wenn es notwendig wurde, waren sie bereit zu allem – bedingungslos und ohne Fragen zu stellen.

7. Kapitel

4. Tag, 21 : 15 Ortszeit, 00 : 15 Zulu –
Norfolk Naval Base, Virginia, USA

Wieder neigte sich ein Tag dem Ende zu. Die Stimmung in der Offiziersunterkunft, die von der Navy für die Angehörigen der *Kentucky*-Besatzung zur Verfügung gestellt worden war, ähnelte der in einer belagerten Festung. Die Reporter standen nicht direkt vor der Tür, hatten sich aber vor den Toren des Stützpunkts postiert. Da sie nicht an die nächsten Angehörigen herankamen und das Bedürfnis der Journalisten nach Blut, Tränen und menschlichem Elend ungestillt blieb, stürzten sie sich eben auf alle, die irgendetwas mit der *Kentucky* zu tun gehabt haben könnten. Sogar die Putzfrau eines *Lieutenants* wurde fürs Fernsehen interviewt.

Außerhalb der Basis ging das Leben weiter seinen normalen Gang, im Kleinen wie im Großen. Da niemand etwas Genaues wusste, wurde eifrig spekuliert. Erste Bekennerschreiben von Gruppierungen aller Couleur gingen ein, die angeblich die *Kentucky* versenkt oder gar in ihrer Gewalt haben wollten. Ein besonderes Kuriosum bildete eine UFO-Sekte, die in E-Mails an verschiedene Redaktionen allen Ernstes behauptete, das U-Boot sei von Außerirdischen entführt worden. Teile der Yellow Press schreckten nicht davor zurück, selbst diesen Unfug noch zu publizieren.

Auf politischer Ebene setzte es Schuldzuweisungen. Natürlich machten Politiker der Opposition die Regierung für den Verlust des U-Bootes, von dem mittlerweile die Rede war, verantwortlich. Der Druck wuchs. Es war ja anscheinend klar, dass die Regierung alles, aber auch wirklich alles falsch machte, und selbst der eingefleischteste Parteigänger des amtierenden Präsidenten hatte oftmals seine liebe Mühe, zu begründen, dass nicht alles verkehrt gewesen war. Es war einfach, von einem »Cut and Run« im Irak zu reden, solange man sich keine Gedanken darum machen musste, was danach passieren würde. Und es war einfach, von einer zu harten Haltung gegenüber Nordkorea oder China zu sprechen, solange man nicht die Verantwortung trug. Politiker und Stammtischphilosophen gleichen sich in diesem Punkt ungemein. Aber angesichts in nicht allzu ferner Zukunft bevorstehender Wahlen konnte dieses Gerede, obwohl meistens ohne Substanz, gefährlich sein.

Von allen diesen Dingen erfuhren die Angehörigen aus den Zeitungen und dem Fernsehen, das im großen Messeraum Tag und Nacht lief. Psychologen und Militärseelsorger betreuten die Menschen in ihren Ängsten, so gut es ging. Wie immer in Zeiten von Krisen nahm auch die Religion wieder einen höheren Stellenwert ein. An Bord der *Kentucky* befanden sich immerhin rund zweihundert Christen verschiedener Bekenntnisse, einunddreißig Moslems, vierzehn Hindus und zwölf Juden. Sogar ein Buddhist, der trotz der offiziellen Friedfertigkeit seiner Religion Dienst in der Navy tat, war an Bord. Doch was hatten Priester den Angehörigen dieser Frauen und Männer an Trost zu spenden in einer Zeit, in der man nichts Genaues wusste? Sollten sie Gottvertrauen predigen und sagen, alles wird gut? Was blieb, waren zwischen Hoffen und Bangen hin- und hergerissene Menschen, weinende Kinder und der gebannte Blick auf die Fernseher.

4. Tag, 21 : 30 Ortszeit, 00 : 30 Zulu –
Washington, D. C., Dulles International Airport

William Boulden erreichte die Linienmaschine der United Airlines gerade einmal zehn Minuten vor dem Start. Die Flugzeit bis Peking würden rund achtundzwanzig Stunden betragen, und der Teufel mochte wissen, was währenddessen alles passieren würde. Doch auch mit einem Regierungsjet hätte der Präsidentenberater nicht viel schneller sein Ziel erreicht. Es war einfach ein weiter Weg nach Peking, in mehr als einer Hinsicht.

Er wartete die hektischen Minuten des Starts ab, bevor er sich an seinen Begleiter wandte. »Thomas, was wissen wir über diesen General Wu?«

Thomas Brewster, Referent des Außenministeriums und Fernostspezialist, sah sich kurz um, doch der Erste-Klasse-Bereich in der großen 747 war ohnehin mehr oder weniger leer. Nur in den Reihen hinter ihnen saßen zwei Mitarbeiter des Secret Service, Bodyguards für Boulden. Als ob zwei Männer ihn in Peking würden schützen können! Brewster verzog das Gesicht. Er wünschte, diese ganze Mission wäre besser vorbereitet gewesen, aber sie war ein Schuss aus der Hüfte, wie viele außenpolitische Aktivitäten der derzeitigen Regierung.

»Kommen Sie, Thomas, die Nacht ist noch lang!«

Brewster, der nicht groß seine Unterlagen konsultieren musste, seufzte. »Wu ist derzeit die Nummer zwei der Militärkommission. Er wurde 1952 in Peking geboren, gilt als ausgesprochen gebildet und ehrgeizig. Zudem scheint er gleichermaßen militärisch wie politisch geschickt zu sein. Er begann seine Karriere als Infanterieoffizier, hat dann Jura und westliche Geschichte studiert und kehrte danach wieder zum Militärdienst zurück. Während der Wirren nach Maos Tod rückte er schnell auf. Es scheint so zu sein, dass er weitreichende Kontakte hatte. Er ist seit seiner frühen Jugend Parteimitglied, aber das hat in China nichts zu bedeuten.«

»So weit, so gut«, meinte Boulden. »Aber was wissen Sie über den Mann selbst? Nicht über seinen Werdegang, sondern über den Menschen Wu?«

»Wenig!« Thomas Brewster zuckte mit den Schultern. »Über sein Privatleben ist nicht mehr bekannt, als dass seine Frau seit vier Jahren tot ist und es keine neue Lebensgefährtin geben soll. Er hat zwei Söhne, die in der Armee sind, sowie eine Tochter, die mit einem Ingenieur verheiratet ist. Insgesamt vier Enkelkinder.«

Während die Maschine sich anschickte, ihre Reisehöhe zu erklimmen, grübelte Boulden über den Mann nach, der für sie quasi ein unbeschriebenes Blatt war. Nach Lage der Dinge mussten sie schon froh sein, dass der General überhaupt bereit war, mit ihnen zu reden. Ihren Botschafter hatte die chinesische Seite bisher mit nichtssagenden Erklärungen abgespeist. Angeblich übte die Marine nur. Mochte der Teufel wissen, was die Chinesen ritt!

Die Anschnallzeichen erloschen, und eine Stewardess eilte herbei, um sich nach ihren Wünschen zu erkundigen. Den Wunsch, sich eine Zigarette anstecken zu dürfen, würde sie ihm wohl kaum erfüllen. Boulden, an sich nur ein Gelegenheitsraucher, war von sich selbst überrascht, als er merkte, wie nervös er war.

4. Tag, 08 : 30 Ortszeit, 00 : 30 Zulu –
Südchinesisches Meer, USS *Guam*

Der Sturm hatte etwas nachgelassen, doch noch immer ging die See hoch. Captain DiAngelo stand ruhig vor der großen Glasscheibe des Plotschirms. Eigentlich war die Operationszentrale im Backbordrumpf der *Guam* primär für die Leitung einer Tiefseebergung ausgelegt, aber in der Hinsicht gab es im Augenblick absolut nichts zu tun. Sie suchten immer noch nach der *Kentucky*. Aber während sie damit beschäftigt waren, begann sich offenbar ein Sturm ganz anderer Art zusammenzubrauen.

»Sieht nicht gut aus, Captain!«

DiAngelo wandte sich um und betrachtete Captain Baxter, den Kommandanten. Offenbar hatte er sich die Zeit genommen, sich eine Mütze Schlaf und eine Rasur zu gönnen. Seine rote Gesichtshaut wirkte, als sei sie noch immer von der scharfen Klinge gereizt, aber vielleicht war dies auch der ganze Mann, einfach nur so. Seine eisgrauen Haare, die eigentlich gar nicht zu seinem Alter passen wollten, standen jedenfalls wie die Stacheln eines Igels senkrecht. Aber Baxter hatte ansonsten recht. DiAngelo deutete auf den Schirm. »Es läuft auf ein Wettrennen hinaus! Bei diesem Seegang werden die chinesischen Zerstörer und unsere Schiffe beinahe gleichzeitig eintreffen.«

»Na, so muss es sein.« Baxter grinste trocken. »Eine große glückliche Familie.« Er wandte sich an seinen XO, der die Lage auf dem Radar beobachtete. »Na, Fletcher, und wie ist draußen die Luft?«

»Zu metallhaltig für meinen Geschmack, wenn Sie mich so fragen, Sir.« Er zögerte. »Wenn man das Wetter in Betracht zieht, dann sind ziemlich viele Maschinen in der Luft.«

»Allwetterjäger von Hainan, schätze ich.« DiAngelo trat an das Radargerät und deutete auf den Luftüberwachungsschirm. »Unsere Jungs sind auch schon am Anrücken!« Die winzigen Symbole bewegten sich mit hoher Geschwindigkeit von Ostsüdost her genau auf die Mitte des Schirmes zu. Ihre Transpondersignale wiesen sie als zwei Rotten F-18 F vom Träger *Kitty Hawk* aus.

»Ist ja beruhigend, wie die für uns sorgen!« Thomas Baxter sah seine ranggleichen Kameraden an. »Ich nehme an, Sie kennen das Problem, das wir haben?«

DiAngelo nickte. Die F-18 waren Allwetterjäger, wahrscheinlich die besten, die es auf diesem Planeten gab, und in den Cockpits saßen Piloten des VFA-32 – Swordsmen! Die Geschichte der Staffel reichte zurück bis 1945, und egal ob über Korea, Vietnam oder dem Irak, sie hatten immer wieder gezeigt, wozu sie fähig waren. Wenn es rein danach gegangen wäre, dann hätte es kein Problem gegeben, selbst wenn sich oberhalb des Sturms am Himmel zwanzig chinesische Jagdflugzeuge getummelt hätten. Die neuen chinesischen Eigenbauten vom Typ J-10 waren vergleichsweise langsam und weniger agil als die Superhornets der Amerikaner. Nur …

»Ich nehme an, Sie denken dabei an die Reichweite!«, sagte DiAngelo. »Laut Geheimdienstberichten sind die J-10 mit Zusatztanks für einen Aktionsradius von rund tausendeinhundert Meilen gut. Unsere F-18 schafft gerade mal achthundert. Den chinesischen Maschinen steht folglich knapp eine halbe Stunde mehr Zeit zur Verfügung, die sie in der Luft verbringen können.«

Baxter nickte. »Und die *Kitty Hawk* ist noch verdammt weit weg!«

»An diesem Problem können wir auch nichts ändern«,

stellte DiAngelo gelassen fest. »Doch was ist mit den Hubschraubern, die unsere Tiefseeboote bringen sollen?«

»Mein Bedarf an Hubschraubern ist zwar fürs Erste gedeckt, trotzdem wird es noch mindestens zwei Stunden dauern, bis sie uns erreicht haben. Wenigstens dürfte bis dahin der Sturm weiter abgeflaut sein. Ich habe das Gefühl, er wandert relativ schnell weiter.«

»Der Wind hat gedreht. Wir sind jetzt hinter dem Zentrum, irgendwo in seinem achteren Backbordquadranten.«

Dieser DiAngelo, dessen etwas rundliches Gesicht ihm einen gemütlichen Anschein gab, hatte in punkto Seefahrt jedenfalls mächtig was auf dem Kasten, musste Baxter sich eingestehen. Der war alles andere als ein reiner Bürohengst, was man von seinem Adju nicht behaupten konnte, denn Lieutenant Wilks stellte beim Fischefüttern Rekorde auf, die sogar die ältesten Seeleute an Bord dazu brachten, schaudernd die Augen zu verdrehen. »Sie waren schon mal in diesen Gewässern, Bob?«

DiAngelo nickte. »Ja, ein paar Mal. Aber auf U-Booten.« Er grinste. »Dinner nur getaucht, damit nicht alles vom Teller rutscht.« Ein Schatten schien über sein Gesicht zu gleiten. »Ich habe eines unserer Los Angeles kommandiert, bevor ich an einen Schreibtisch verbannt wurde.«

Verbannt wurde? Baxter unterdrückte eine Reaktion. *Prioritätstransport mit einem Sikorsky, mehr oder weniger der Oberbefehl über diese Operation, aber der Mann sprach von ›Verbannung‹?* »Na ja, jetzt sind wir hier. Was nun, Bob?«

DiAngelo trat an den Kartentisch. Die Kurslinien sahen aus wie ein Spinnennetz, nur dass es die Spinne unterlassen hatte, im von China beanspruchten Nordteil seine Fäden zu knüpfen. »Wenn ich es richtig sehe, dann haben Sie praktisch alles unternommen, was Sie nach Lage der Befehle tun konnten, Captain Baxter. Würde die *Kentucky* in Ihrem Suchbereich liegen, dann hätten Sie das Boot vermutlich auch gefunden, nicht wahr?«

Baxter nickte. »Mit Sicherheit. Sonar, Magnetometer, irgendetwas hätte angeschlagen.«

»Eben!« DiAngelo fuhr mit dem Finger nachdenklich die Suchkurse entlang. »Wir reden immerhin von einem Neunzehntausend-Tonnen-Boot. Wenn die *Kentucky* also nicht da ist, wo wir suchen, müssen wir da suchen, wo sie ist.«

»Das bedeutet, wir laufen in das von den Chinesen beanspruchte Gebiet ein, Sir?«

Bob spürte die plötzliche Spannung in der Operationszentrale, denn natürlich hatten alle ihren Dialog unauffällig verfolgt. Er zwang sich zu einem Lächeln. »Warten wir, bis die Tauchboote an Bord sind. Danach will ich dann sofort den Chef der DSU sprechen. Wenn es nicht anders geht, müssen wir eben weiter nach Norden laufen, ob die Chinesen das mögen oder nicht. Aber vielleicht gibt es ja noch einen anderen Weg.«

Baxter starrte ihn an. »Diesen Befehl will ich aber von der Siebten Flotte bestätigt haben, Sir!« Er versuchte, seinem Gesicht einen unbewegten Ausdruck zu geben, was ihm nur teilweise gelang. »Nichts für ungut, Sir, aber es könnte sein, dass wir in ein Kampfgebiet fahren.«

DiAngelo nickte gelassen. »Ich nehme an, Curt Walker wird erfreut sein, von Ihnen zu hören, Captain. Allerdings wird er Ihnen wohl nichts anderes erzählen als ich. Den Befehl, die *Guam* für diese Operation abzustellen, hat er von Admiral Sharp erhalten, dem CINCPAC persönlich.« Er kratzte sich nachdenklich im Bart. »Ich glaube, die beiden spielen ab und zu Golf miteinander.«

Baxter blickte entgeistert drein. »Wer und was sind Sie wirklich, Captain?«

»Ich?« DiAngelo grinste spitzbübisch. »Ich bin nur ein abgehalfterter U-Boot-Kommandant, der gut darin ist, Boote wiederzufinden.« Er zuckte mit den Schultern. »Alles Sonstige ist nicht mein Bier, darüber sollen andere entscheiden.«

4. Tag, 20 : 00 Ortszeit, 01 : 00 Zulu – Washington, D. C.

Das Telefon auf dem schweren Eichenschreibtisch klingelte, und der Senator, der mit der Lektüre einiger Dokumente beschäftigt war, warf nur einen eher uninteressierten Blick auf das Display. Erst als er die Nummer sah, nahm er ärgerlich den Hörer ab und schnauzte sofort los: »Sie wissen doch, dass Sie mich hier nicht anrufen sollen!«

Der Mann, der unter anderen den Namen Samuel benutzte, lachte leise, aber es klang wenig belustigt. »Haben Sie die Nachrichten verfolgt? Die Schlitzaugen scheinen die Muskeln spielen zu lassen.«

»Ich hörte bereits davon, bevor die ersten Reporter Wind von der Sache bekamen.« Er machte eine Pause. »Es ist ernst. Die Operation ist aus dem Ruder gelaufen. Möge Gott unser Land beschützen.«

Wovor?, fragte sich Samuel, verwarf aber den Gedanken sofort wieder als müßig. Stattdessen meinte er: »Ich halte es für dringend geboten, dass unser Kreis sich trifft.«

»Das wäre ein unnötiges Risiko. Ich kann Ihnen versichern, dass wir uns alle der Konsequenzen ohnehin bewusst sind. Wir betreiben bereits Schadensbegrenzung, seit wir den Kontakt zum Boot verloren haben. Wichtiger ist, ob Sie für Ihre Aufgabe bereit sind.« Samuel verzog an seinem Ende der Leitung das Gesicht. »So bereit, wie es nach Lage der Dinge sein kann.« Er zögerte kurz. »Trotzdem möchte ich zu bedenken geben, dass es auch noch andere Optionen gibt.«

Der Mann mit der silbergrauen Mähne über dem stets gebräunten Gesicht lehnte sich in seinem Schreibtischsessel zurück. »Entscheidend wird sein, dass es keine Spuren gibt. Der Penthouse-Besitzer ist, soviel ich weiß, außer Landes.«

»Das ist mir zwar neu, aber es ändert auch nichts. Die Putzfrau wird trotzdem morgen früh kommen.«

4. Tag, 11 : 00 Ortszeit, 03 : 00 Zulu –
Südchinesisches Meer, USS *Guam*

Sollte der lange Flug in dem für fünfundsiebzig Soldaten ausgelegten Passagierabteil hinter dem Mittelflügel der Galaxy und der sich daran anschließende ziemlich unruhige Helotransfer Commander Tex Harper in irgendeiner Weise zugesetzt haben, so war ihm dies zumindest nicht anzumerken. Auf Robert DiAngelo wirkte der lange Texaner wie eine menschliche Stahlfeder. Einem Teil seiner Leute war durchaus anzusehen, dass die Reise nicht so einfach gewesen war.

Als die zwei schweren Transporthubschrauber vom Typ CH-470 Chinook über der aufgewühlten See erschienen waren, hatte sich DiAngelo gefragt, wo die DSU diese Babys aufgetrieben haben mochte, denn im

Gegensatz etwa zum Heer verfügte die Navy nicht über diese Modelle. Aber selbst diese stabilen Heavylifter hatten sich bei diesem Wetter etwas schwergetan, und als schließlich Tax Harpers Team, zwei Tauchboote, Panzertaucher und ein paar Kisten mit weiterem Material abgesetzt worden waren, waren die Männer ziemlich schweißgebadet.

»Also sind Sie hier der Boss?«, sagte Harper zu DiAngelo, und es klang mehr wie eine Feststellung denn wie eine Frage.

»Ja, Commander, zumindest bis jemand etwas anderes verfügt.«

Der Texaner nickte gleichmütig. »Schön! Haben Sie schon eine Spur von unserem Boot?«

»Nein, bisher noch nicht. In der Messe dürfte aber Captain Baxter bereits darauf brennen, uns zu sehen.«

»Gleich noch ein Vierstreifer. Muss ich vor Ehrfurcht erstarren?«

DiAngelos Feixen besagte alles. Er hinkte durch die Schotts voran und führte den hochgewachsenen Offizier durch die Stahlgänge zur Messe. Wie immer berührte es ihn peinlich, dass er nicht normal gehen konnte.

Captain Baxter begrüßte sie mit einem Lächeln. »Willkommen an Bord, Commander. Wir haben Sie schon sehnsüchtig erwartet.«

»Johnny Cope hat mir von Ihnen und Ihrem Schiff erzählt, Captain.«

»Ja?« Baxter war sichtlich verblüfft. »Commander Cope hat mit uns im Januar geübt.«

»Yeah.«

»Wie wär's mit einem Kaffee?«, fragte Baxter, weil ihm auf diese lakonische Antwort nichts Besseres einfiel.

»Immer, und schwarz!« Der lange Texaner ließ sich

auf einen der Stühle fallen und streckte die Beine mit den Cowboystiefeln weit von sich. Mit einem Nicken nahm er den dampfenden Becher entgegen, trank einen Schluck und verzog das Gesicht. »Dann spucken Sie mal aus, worum es hier genau geht.«

DiAngelo fasste die Lage mit knappen Worten zusammen. »Irgendwo in diesem Seegebiet wird eines unserer Boote vermisst, die USS *Kentucky*, SSGN, umgebaute Ohio-Klasse. Wir wissen derzeit nicht einmal genau, wie viele Leute sich an Bord befunden haben. Die reguläre Besatzung beträgt einhundertvierzig Mann plus fünfzehn Offiziere, dazu können bis zu sechzig SEALs und ein Einsatzstab kommen.«

Harper pfiff schrill durch die Zähne. »Das kann ein ganz netter Pendelverkehr werden, Sir! Meine Boote schaffen pro Tour vierundzwanzig Mann, mit Drängeln vielleicht zwei mehr, wenn keine Dicken dabei sind.«

Baxter verzog das Gesicht. »Das wären fünf Touren pro Boot, und ich bezweifle, dass die Chinesen uns so lange in Ruhe lassen werden, bis die absolviert sind.«

»Yeah, aber noch haben wir die *Kentucky* nicht einmal gefunden.« Harper sah demonstrativ auf die Uhr. »Es könnte also durchaus sein, dass wir nach einem toten Wrack suchen. Nicht dass ich Ihnen schonend beibringen möchte, es sei aussichtslos. Aber ich würde gerne wissen, was wir in diesem Fall tun.«

»Meine Herren, für nichts und wieder nichts gedenke ich mein Schiff keinesfalls zu riskieren«, sprudelte Baxter sofort los. »Nicht dass ich feige wäre, aber …«

»Mal sachte«, fuhr DiAngelo ihm in die Parade. »Noch kann davon ausgegangen werden, dass es Überlebende an Bord der *Kentucky* gibt, zumindest tue ich das. Natürlich hängt das vom Zustand des Bootes ab und in welcher Tiefe es liegt.«

Baxter ließ nicht locker. »Und warum haben die dann nicht längst eine Notrufboje hinaufgeschickt?«

»Ich kann Sie ja irgendwie verstehen, Captain«, erklärte DiAngelo milde wie ein Wolf, der Kreide gefressen hat. »Nur kenne ich zufällig den Kommandanten der *Kentucky* persönlich. Roger Williams ist jemand, der nachdenkt, bevor er etwas unternimmt. Wenn er noch lebt, wird er versucht haben, sich vorzustellen, wie wir uns verhalten werden, und davon ausgegangen sein, dass Maßnahmen erst überhaupt eingeleitet wurden, nachdem seine zweite oder gar dritte Meldung ausblieb. Den Rest konnte er sich an den Fingern abzählen: dass wir nämlich mindestens drei Tage brauchen würden, um das Suchgebiet zu erreichen. Vorsichtshalber wird er vermutlich sogar noch einen halben oder ganzen Tag draufgegeben haben.«

Tex Harper sah ihn nachdenklich an. »Also sitzt er Ihrer Meinung nach irgendwo auf Grund und rechnet? Dann muss er aber ein ziemlich cooler Hund sein, Captain!«

»Yeah!« DiAngelo zog den Laut in die Länge und freute sich kurz über das erstaunte Gesicht des Texaners. »Er ist wahrscheinlich der coolste Hund, den Sie jemals kennenlernen werden, Commander. Nur steckt er jetzt in einem echten Schlamassel. Läge er nämlich in international sicheren Gewässern, dann hätte er schon längst seine Notrufboje absetzen können. Folglich muss er sich in den umstrittenen chinesischen Gefilden befinden. Und die Chinesen bieten derzeit dort alles auf, was gut und teuer ist.«

Die Augen des Commanders wurden kullerrund. »Oh Scheiße! Sie beabsichtigen doch etwa nicht ...«

»Doch, genau das tue ich«, erklärte DiAngelo sehr bestimmt. »Jedenfalls wenn Ihre Boote das hergeben.«

»Da soll mich doch glatt der Teufel holen, Captain! Nur über eines müssen Sie sich klar sein: Die Schnellsten sind wir nicht. Mehr als vier Knoten und etwa zehn Stunden sind nicht drin. Das gibt uns also vierzig Meilen. Hin und zurück, versteht sich. Wenn wir suchen, müssen wir sowieso langsamer machen. Knapp zwei Knoten, je nach den Verhältnissen.«

DiAngelo wusste, dass noch mehr kam. »Wir werden etwa zwei Tonnen Zuladung aufnehmen. Proviant, Frischwasser, Medikamente und Verbandsmaterial. Was ein U-Boot, das am Grund liegt, eben so brauchen kann, bis wir wiederkommen und die nächste Ladung Männer abholen.« Er sah DiAngelo an. »Es ist eine verdammte Bastelarbeit. Wir nehmen erst mal nur ein Boot und packen die Batterien des zweiten mit hinein, um einen größeren Suchradius zu haben. Wenn wir die *Kentucky* finden, dann können wir entweder weniger Männer mit raufbringen oder wir müssen die leeren Batterien unten lassen.« Er grinste. »Da sieht man mal wieder, wohin ein Ingenieurstudium einen Mann bringen kann.«

Robert beugte sich vor. »Verstehe ich Sie richtig? Nur ein Boot, dafür aber achtzig Meilen statt vierzig?«

»Vielleicht sogar ein bisschen mehr.« Tex Harper runzelte die Stirn. »Geben Sie mir vier Stunden zur Vorbereitung!«

Der Captain nickte. »Gut! Bis dahin haben wir auch einen Plan, wie wir vorgehen.«

Als ob du nicht schon längst darüber nachgedacht hättest! Commander Harper nickte. »Wir sollten vorsichtshalber mehr Batterien kommen lassen, damit wir anschließend auch das zweite Boot einsetzen können!«

4. Tag, 22 : 30 Ortszeit, 03 : 30 Zulu – Washington, D. C.

Von der Straße aus hatte Samuel kein Licht in dem Penthouse brennen sehen, dessen Besitzer, wie er wusste, außer Landes war. Was das auch immer bedeuten mochte. Da der Mann allein lebte, standen keine unliebsamen Überraschungen zu erwarten.

Zu viert standen sie nun in der Tiefgarage des Gebäudes vor dem Privatlift, der direkt hinauf ins Penthouse führte.

»Hab ich mir's doch gedacht«, murmelte Jake, der angeheuerte kriminelle Spezialist für Sicherheitseinrichtungen und Schlösser aller Art, leise, während seine behandschuhten Finger geschickt zwischen den vielfarbigen Kabeln, die hinter dem Knopfpaneel des Aufzuges zum Vorschein gekommen waren, herumhantierten. »Das Ding ist mit dem Alarmsystem gekoppelt.«

Samuel hielt den Atem an, als die Kabinentür aufging. »Keine Angst«, beschwichtigte Jake, »noch ist nichts scharf. Erst wenn sich der Aufzug in Bewegung setzt, beginnt die Zeit zu laufen. Das handhaben alle Hersteller so, weil niemand wissen kann, wie oft der Besitzer hin- und herlaufen muss, um seine Sachen vom Auto in den Fahrstuhl zu packen.«

Zusammen mit den zwei vierschrötigen Muskelmännern, die das schwere, sorgsam in schwarze Plastikfolie eingewickelte Paket schleppten, drängten Samuel und der Schränker sich in die enge Kabine. Abrupt setzte sich der Aufzug in Bewegung.

Jake grinste Samuel an. »Entspannen Sie sich. Die Alarmanlage hat keinen Schimmer, dass sich der Aufzug bewegt.« Sein Gesicht wurde ernst. »Wenn wir oben sind, bewegt sich gefälligst keiner! Erst wenn ich sage, alles ist okay. Kapiert?«

Die Männer nickten wortlos. Als die mit Edelholz verkleideten Türen wieder aufgingen, gaben die den Blick frei auf einen großzügig dimensionierten Eingangsbereich, durch dessen riesiges Oberlicht man den Nachthimmel sehen konnte. Jake drückte den Knopf einer Sprühdose, und die roten Lichtfäden der Raumüberwachung wurden für einen Augenblick sichtbar. Einen weiteren Bewegungsmelder würde es mit hoher Wahrscheinlichkeit nicht geben, jedenfalls keinen hochsensiblen, da sonst jeder Schatten einer am Himmel vorbeiziehenden Wolke dank des Oberlichtes Alarm auslösen würde.

»Drei Minuten!« Er lief los, ein kleines rotes Licht wies ihm den Weg zum Schaltboard der Alarmanlage. Als er die Verkleidung zu lösen begann, fing es an zu blinken. Aber Jake war ein Profi. Schnell und zielsicher machte er sich an den Kabeln zu schaffen. Nach weniger als zwei Minuten wandte er sich bereits wieder um. »Okay, ihr könnt jetzt reinkommen.« Jake vollführte eine weit ausholende Armbewegung. »Bitte sehr, Boss, Sie können!«

Samuel schickte sich an, die mitgebrachte Leiche sorgfältig zu platzieren und getürkte Spuren zu legen. Eine halbe Stunde später hatten sie das Gebäude bereits wieder verlassen. Die Alarmanlage funktionierte wieder wie eh und je.

8. Kapitel

4. Tag, 18 : 30 Ortszeit, 04 : 30 Zulu –
Washington, D. C.

Anthony Wong liebte Washington mit seiner vor Selbstbewusstsein strotzenden Geschichte. Es war seine Stadt, jedenfalls empfand er es so. Nicht ohne Grund leistete er sich ein sündhaft teures Apartment über den Dächern der Stadt, der Aussicht wegen. Er wusste, dass viele der Mächtigen in den Washingtoner Politzirkeln es ähnlich hielten.

Heute jedoch konnte er den Blick über das Häusermeer, in dem nach und nach die Lichter angingen, nicht genießen. Zu viel ging ihm im Kopf herum. »The New American Century«. Er lächelte traurig bei dem Gedanken und schenkte sich einen weiteren Bourbon ein. Ohne Eis. Was für Narren waren sie doch allesamt gewesen. Nur glaubte er nicht, dass die anderen dies bereits so klar erkannt hatten.

Alles war ihnen logisch erschienen, damals, vor langer Zeit. Es wurde immer viel geredet auf den Washingtoner Partys, und manchmal wurde dann weiterdebattiert, in noblen Hotelsuiten oder in Villen entlang des Potomac. An Themen herrschte kein Mangel und an unterschiedlichen Meinungen dazu auch nicht. Wong, der wie viele Kinder von Immigranten mindestens so viel Patriotismus aufbrachte wie die großen alten Texasfamilien, begriff, wie alles gekommen war. Er hatte noch immer all die Geschichten seines Vaters im Gedächtnis, der ihm viel von China und von einer Zeit erzählt hatte, zu der Anthony noch nicht geboren war. Von einem Land, in dem an einem einzigen Tag zehntausend und mehr Regimegegner hingerichtet wurden, ja bereits ein unbedachtes Wort die Todesstrafe nach sich ziehen konnte. Im Vergleich dazu war es ihm, der nun in erster Generation Amerikaner war, von klein auf wert erschienen, alles für sein Land zu tun!

Sein Studium hatte er mit einem glänzenden Examen abgeschlossen. Dies und sein glühender Patriotismus ebneten ihm den Weg, wobei ihm zusätzlich half, dass sein Vater China verlassen hatte, weil er dort als Christ verfolgt wurde. All dies zusammen war seine Eintrittskarte in die Kreise der christlichen Ultrarechten gewesen, jene Kreise, die man in Dick Cheneys Braintrust »The New American Century« nur erahnen konnte. Gebet, Heterosexualität, Militärbudgets. Eine wilde Mischung. Aber sie zog viele Leute an, vor allem bestimmte mächtige Männer. Und der Schritt vom Reden zum Handeln war einfach gewesen, schließlich hatten sie überall Kontakte.

Anthony stellte das leere Whiskyglas auf einer Kommode ab. Es wurde Zeit, Radcliff anzurufen. Die Nummer kannte er auswendig. Er musste einen Augenblick warten, bis sich die vertraute Stimme des Senators aus Georgia meldete. Stilvoll in einer großen Villa mit Blick auf den Fluss. »Radcliff.«

»Wong hier!«

»Anthony! Immer eine Freude, von Ihnen zu hören. Was kann ich für Sie tun?«

»Wir haben ein Problem!« Wong kam ohne Umschweife zur Sache. »Da war doch diese Krisensitzung, von der ich Ihnen berichtet hatte. Und nun hat der Präsident Boulden als Sondergesandten nach Peking geschickt, um mit den Chinesen zu reden.«

Radcliff lachte zufrieden. »Dann kann er Sie wenigstens nicht nach Hiob ausfragen, was ja so schlecht nun wieder auch nicht ist.«

»Ich fürchte, der Präsident schenkt Boulden zu viel Glauben. Was, wenn der Mann begreift, was wir uns geleistet haben?«

Der Senator dachte kurz nach. »Darüber sollten wir nicht am Telefon reden, Anthony. Nur so viel, es gibt einen neuen Vorschlag zur Lösung unseres Problems.«

Wong seufzte. »Ich hoffe, er ist besser als der letzte, der auf den Tisch kam.«

»Der Herr steht auf unserer Seite, Anthony. Glauben Sie mir, es wird sich schon alles finden.«

»Ihr Wort in Gottes Ohr! Wann und wo?«

»Erinnern Sie sich noch an das Hotel, in dem der alte Sam seinen Geburtstag gefeiert hat?«

»Ja ...« Wong lächelte unwillkürlich. Es hatte viel zu trinken gegeben und jede Menge große Blondinen. »Ich glaube nicht, dass ich diese Nacht so schnell vergessen werde. Wann?«

»Morgen Abend, um acht!«

In seiner Villa legte Senator Radcliff auf. Nachdenklich wanderte sein Blick durch das große Arbeitszimmer, bis seine Augen an einem Gemälde hängen blieben. Es war zwar nur eine Kopie, aber der Schinken hatte trotzdem eine Stange Geld gekostet. El Grecos »Reinigung des Tempels«. Manchmal waren harte Maßnahmen eben notwendig. Er holte ein Handy aus der Schreibtischschublade und drückte eine einprogrammierte Nummer. Nur Augenblicke später meldete sich Samuel.

4. Tag, 23 : 00 Ortszeit, 15 : 00 Zulu –
Südchinesisches Meer, USS *Oz*

Das kleine Tauchboot mit der zusätzlichen Last eines zweiten Satzes von Batterien war im Laufe der letzten acht Stunden immer weiter in die Südchinesische See eingedrungen. Bei rund vier Knoten Geschwindigkeit über Grund, mal mehr, mal weniger, je nachdem, wie die Strömung verlief, machte das rund zweiunddreißig Meilen aus. Die Luft in der engen Kugel, die das Steuermodul bildete, war inzwischen stickig geworden. Aber die beiden Männer im engen Cockpit dachten nicht im Entferntesten daran, aufzugeben, nachdem sie es schon mal bis hierher geschafft hatten.

Die gemächliche Schleichfahrt hatte die *Oz* knapp bis in die Zwölfmeilenzone um einige der chinesisch besetzten Paracel Islands, die Xisha-Inseln, wie die Chinesen sie nannten, gebracht. An der Oberfläche herrschte offenbar reger Schiffsverkehr. Immer wieder konnten sie im Sonar die Maschinen von Frachtern oder das hellere Singen von Kriegsschiffturbinen vernehmen.

»Können die Burschen uns hören?«

Tex Harper schüttelte den Kopf. »Nein, ich glaube nicht. Die *Oz* ist zwar nicht für Schleichfahrt entwickelt worden, aber sie ist von sich aus nicht gerade laut.« Er versuchte die Glieder irgendwie zu strecken und verzog schmerzhaft das Gesicht. »Was den Platz hier angeht, ist sie auch nicht für so lange Touren gedacht. Wie fühlen Sie sich?«

DiAngelo verbannte die Gedanken an das schmerzende Bein und rang sich ein verkrampftes Grinsen ab. »Den Umständen entsprechend, Commander!« Er zuckte mit den Schultern. »Immerhin konnte ich ab und zu mit dem Kopf wackeln, während Sie die ganze Zeit am Ruder saßen. Oder muss es hier Steuer heißen?«

Der Texaner drückte den Joystick etwas nach vorn und das Boot stemmte sich stärker gegen eine leichte Seitenströmung. »Keine Ahnung, nie darüber nachgedacht. Ruder ist vielleicht nicht so verkehrt.«

In Wirklichkeit waren es schwenkbare Schrauben und Wasserdüsen, die das Boot antrieben beziehungsweise lenkten. In den mehr als zwanzig Jahren technischer Entwicklung, die zwischen den alten Booten der Avalon-Klasse und den neueren der Oz-Klasse gelegen hatten, waren viele Erkenntnisse gewonnen worden, und eine nicht unbeträchtliche Anzahl davon war in dieses Tauchboot eingeflossen. Die *Oz* mochte nicht schnell sein, aber immerhin konnte sie auf der Stelle wenden. Und da die neuartigen Antriebe von sich aus leiser waren als die alten, war sie auch kaum zu hören. Selbst ein modernes Niederfrequenzsonar im Passivmodus würde Probleme haben, die *Oz* zu entdecken. Und mit ihrer geringen Größe und der eigentümlichen Formgebung konnte sogar ein Aktivsonar Probleme haben, das Boot zu erkennen. Ausgeschlossen war es nicht, aber schwierig.

Harper deutete auf die Anzeigen ihrer eigenen Sonargeräte. »Da ist es wieder!« Eigentlich war es DiAngelos Job, die Geräte unter Beobachtung zu halten, nachdem der reguläre Kopilot – bei der DSU sprach man von Pilot und Kopilot, nicht von Kapitän oder Steuermann – aus Lufterspamisgründen auf der *Guam* hatte zurückbleiben müssen. Die Aufgabe an sich war nicht schwierig, das meiste erledigten ohnehin die Computer.

»Seltsam!« DiAngelo betrachtete die Richtungslinie, die auf einem seiner Bildschirme zu sehen war. »Worum auch immer es sich handeln mag, es scheint zu kreisen oder so.«

Harper schielte nochmals zu ihm hinüber. »Fünfundvierzig Kilohertz, sehr ungewöhnlich.«

»Ich krame schon in meinem Sonarwissen herum. Aktives Niederfrequenzsonar?«

Der Texaner nickte. »Das oder ein ganz seltsames Unterwassertelefon. Die Frequenz liegt etwas abseits des Üblichen.« Er tippte mit dem Zeigefinger auf eine andere Anzeige. »Was mich weit mehr stört, ist, dass dieses Ding hier nach wie vor keinen Pieps von sich gibt.«

Das »Ding« war ein Peiler für das Signal eines AN/BQN-13, eines *distress pingers*. Ein Minisender an der Achterkante der Flosse eines jeden amerikanischen U-Bootes sollte im Fall eines Falles, theoretisch zumindest, im Sekundenabstand ein Peilsignal ausstrahlen, das es der *Oz* und ihren Schwestern erlaubte, das U-Boot auf eine Entfernung von rund fünfhundert Yards einzupeilen. Fünfhundert Yards waren nicht viel, aber die *Oz* war schließlich als Rettungs- und nicht als Suchboot ausgelegt. Wenigstens verfügte sie, im Gegensatz zu ihren älteren Vorgängern, über ein eigenständiges Sonarsystem, denn sonst hätte sich DiAngelo jeden Plan, mit ihr auf die Suche nach der *Kentucky* zu gehen, gleich abschminken können.

»Wir sind also bisher der *Kentucky* entweder nie nahe genug gekommen oder das Ding arbeitet nicht.« DiAngelo zuckte mit den Schultern. Obwohl es in diesem Seegebiet Wassertiefen von über achttausend Fuß gab, sträubte sich bei ihm innerlich alles gegen die nicht auszuschließende Möglichkeit, die *Kentucky* könnte es an einer solchen Stelle erwischt haben. Zu retten wäre dann niemand und nichts mehr gewesen. Der unbarmherzige Wasserdruck hätte den Bootskörper lange zerquetscht, bevor er überhaupt auf den Grund geschlagen wäre. Die Folgeexplosionen hätten kaum etwas übrig gelassen, dessen Bergung aus dieser Tiefe sich lohnen würde. In achttausend Fuß Tiefe gab es nur noch schwarzes Schweigen.

DiAngelo schüttelte den düsteren Gedanken, dass die *Kentucky* schwieg, weil sie sich nicht mehr melden *konnte*, von sich ab. Zumal es in ihrer unmittelbarer Umgebung, am Fuß der Korallenatolle der Paracels oder weiter östlich am Rande der Macclesfield Bank, eine Vielzahl von Flachwasserbereichen gab.

Ein neu aufgekommenes Geräusch sorgte im Cockpit der *Oz* für Irritation, ein lang gezogenes »Wiiiiisch«, gefolgt von einem schnellen »Wisch-Wisch-Wisch«. Es klang wie die Rotoren eines Hubschraubers, nicht ganz so schnell drehend und viel gedämpfter. Die beiden Männer sahen sich erstaunt an, während das kleine U-Boot bereits unruhig im Wasser zu tanzen begann.

»Oh, Fuck!« Der Texaner begriff als Erster die Bedeutung und stieß den Joystick nach vorn, während seine Füße in die Pedale traten. Es sah tatsächlich so aus, als würde der Commander das Boot fliegen. Nur eben sehr langsam. Die *Oz* nahm etwas mehr Fahrt auf, aber da sie ohnehin fast volle Kraft lief, war das so gut wie gar nichts. Gleichzeitig steuerte Harper das Boot hart zur Seite. Schmerzhaft bohrte sich die Armlehne des Sitzes in DiAngelos Rippen, als sich der Bootskörper nach Steuerbord überlegte. Dann erwischte ein Rammstoß die kleine *Oz*. Sie geriet ins Trudeln, oben und unten wechselte in rasender Folge. Harper rief ihm etwas zu, aber DiAngelo verstand kein Wort. Angeschlagen taumelte die *Oz* in die Tiefe.

4. Tag, 23 : 00 Ortszeit, 15 : 00 Zulu –
im Südchinesischen Meer,
atomgetriebenes Angriffs-U-Boot *Shi-Nan*

Die Fahrt war auf zehn Knoten reduziert worden. Eigentlich lag die sogenannte taktische Geschwindigkeit der *Shi-Nan*, bei der die Geräuschentwicklung die Leistungsfähigkeit des eigenen Sonars nicht beeinträchtigte, bei fünfundzwanzig Knoten. Aber die *Shi-Nan* hatte mit verschiedenen technischen Problemen zu kämpfen, keins davon kritisch für das Boot, sie erschwerten nur insgesamt die Suche etwas.

Kapitän Tsoshi lehnte sich gegen das stählerne Schott und sah dem Treiben in der Zentrale zu. Wenn er sich Sorgen darüber machte, dass sie die *Long-Huang* immer noch nicht gefunden hatten, dann verriet sein Gesicht zumindest nichts davon.

Fregattenkapitän Wong wusste immer noch nicht, woran er mit Tsoshi war. Unsicher sah er den Kapitän an. »Wir sind bald zum zweiten Mal um den Sektor herum, Genosse Kapitän!«, sagte er und verkniff sich dabei jedwede Bemerkung zu dem ihm verordneten Schneckentempo. Zeit war es, die ihnen fehlte, und die hatte die langsamere Suche sie gekostet.

Tsoshi, der den unausgesprochenen Vorwurf dennoch spürte, lächelte. Es gab Dinge, die Wong noch zu lernen hatte. »Sehr gut, Genosse Kapitän, dann gehen Sie in die nächste Runde.« Ohne sich an jemand Bestimmten zu wenden, fuhr er fort: »Unser Sonar ist dazu konstruiert, U-Boote zu orten, die sich wie wir frei im Wasser bewegen, was die *Long-Huang* aber offensichtlich nicht mehr tut.«

»Wollen Sie damit andeuten, dass die *Shi-Nan* nicht in der Lage ist, die gestellte Aufgabe zu erfüllen?«

Kapitän Tsoshi spürte ob dieser Frage einmal mehr eine gewisse Verbitterung in sich aufsteigen. »Natürlich werden wir sie erfüllen, nur müssen wir dafür relativ langsam und sorgfältig vorgehen, da unser Sonar auf große Entfernung ein still liegendes Objekt nicht sicher zu erfassen vermag. Darum habe ich befohlen, lediglich zehn Knoten zu laufen und die Suchkreise enger abzustecken.«

Die beiden Männer maßen sich stumm mit Blicken. Jeder von ihnen war sich klar darüber, dass die anderen Männer der Zentralebesatzung nur auf eine Fortsetzung der durch Höflichkeitsmasken kaschierten Konfrontation warteten. Kommandant Wong war schließlich derjenige, der einlenkte. »Ich verstehe. Offensichtlich haben Sie die größere Erfahrung, Kapitän.« Er trat an die Karte. »Vielleicht können Sie mir noch ein paar Erklärungen geben, Genosse Kapitän!« Es war bezeichnend, dass sie im modernsten U-Boot der chinesischen Marine Kopien von englischen Karten benutzen mussten, die allerdings aus der Sicht eines Navigators wirklich gut waren. Dass Beschriftungen wie *Paracel Islands* dabei nicht den offiziellen politischen Vorstellungen entsprachen, stand auf einem ganz anderen Blatt …

Tsoshi Sheizu trat an die Seite des Kommandanten und beobachtete, wie dessen Zeigefinger unsicher den klein gedruckten Namen Howard Shoal, umgeben von einer gestrichelten Linie und einigen Tiefenangaben, umkreiste. Wongs kurzes Zögern entging ihm nicht, als dieser dabei das kleine Kreuz passierte, das der Navigationsoffizier sorgfältig eingezeichnet hatte. Es markierte die Position des amerikanischen U-Bootes. Natürlich hatten sie die nähere Umgebung bereits abgesucht, immer in der Hoffnung, ihr eigenes Boot würde ebenfalls irgendwo dort auf Grund liegen. Aber sie würden es vorsichtshalber ein weiteres Mal tun. »Wir drehen dort noch ein paar Extrarunden«, wies Tsoshi den Kommandanten an. »Es gibt in diesem Gebiet einfach zu viele Felsen und Klüfte zwischen den Korallenstöcken, in denen der Gelbe Drache feststecken könnte.«

»Jawohl, Genosse Kapitän, aber ich ...«

Ein lauter Schlag hallte durch das U-Boot, dem ein weiterer folgte, bevor daraus ein infernalisches Poltern und Quietschen wurde, von dem der gesamte Rumpf betroffen war. Unwillkürlich blickten alle Männer zur Decke der auf einmal bockenden und sich schüttelnden *Shi-Nan*.

Tsoshi fuhr herum. »Auf sechshundert Fuß, schnell!«

Wong schaute nur verdutzt drein, während der Tauchoffizier bereits eine Litanei von Befehlen heraussprudelte. Dann senkte sich der Bug steil nach unten, als das einströmende Wasser die Luft aus den vorderen Tauchzellen verdrängte.

»Verdammt, achtern ebenfalls anblasen! Runter!« Tsoshi brüllte seine Befehle quer durch die Zentrale. *Sie hätten auf ebenem Kiel runtergemusst!* Wütend starrte er den Tauchoffizier an, während seine Hand selbsttätig nach Halt suchte.

Erneut rumpelte das Objekt, mit dem die *Shi-Nan* zusammengestoßen war, über deren Deck. Aber die Flosse, durch die steile Tauchfahrt bereits nach vorne geneigt, kam erst noch. Tsoshi biss die Zähne zusammen. Wong schien wie gelähmt zu sein, auf Unterstützung durch ihn konnte nicht gezählt werden. »Gefechtsverschlusszustand für alle Stationen!«, befahl Tsoshi.

Schotten knallten zu, Vorreiber wurden festgezogen, das U-Boot wurde in kleine hermetisch abgeschlossene Abschnitte aufgeteilt. Überlebensräume oder Grabkammern? Die übliche Frage, die einem durch den Kopf schoss.

Im Oberteil der Flosse gab es einen winzigen Geräteraum, in dem sich normalerweise nur bei Überwasserfahrt jemand befand, da dort die Tochteranzeigen des in und auf der Flosse installierten Überwasserradars untergebracht waren. Bei Gefechtsverschlusszustand musste nur das Luk nach unten in den eigentlichen Bootskörper verschlossen werden.

Der Rumpf der *Oz* war im Vergleich zu dem der *Shi-Nan* winzig, das gesamte amerikanische Tauchboot nicht einmal so groß wie allein die Flosse des großen chinesischen Angriffs-U-Bootes, die wie ein Kliff aus der Dunkelheit auftauchte, bevor sie das Mini-U-Boot mir nichts, dir nichts einfach zur Seite wischte.

Aber jenseits der Größe existierte ein weiterer Unterschied, der nicht ganz unerheblich war. Die Flosse der *Shi-Nan* war zwar aus gewiss hochwertigem Stahl und wies, von oben betrachtet, eine typische, leicht zugespitzte Stromlinienform auf. Die drei großen Kugeln hingegen, aus denen der Rumpf der *Oz* bestand, waren aus einer extrem widerstandsfähigen Titaniumlegierung gefertigt, die mit einer dünnen Kunststoffschicht ummantelt war.

Als die Flosse der großen *Shi-Nan* gegen den Rumpf der kleinen *Oz* schlug, zerbrach diese Plastikverkleidung augenblicklich. Teile wirbelten in die Dunkelheit. Sekundenbruchteile später traf die Flosse auf den

Titanstahl der eigentlichen Bootshülle, der wesentlich härter als normaler Kohlenstoffstahl ist. Außerdem ist eine Kugel als Hohlkörper bekanntlich jene Form, die dem größten Druck, also auch einem Aufprall, standhalten kann. Die mittlere Kugel der *Oz*, das Compartment, in dem nach dem Willen ihrer Erbauer gerettete Seeleute auf dem Weg nach oben untergebracht werden sollten, zeigte daher nicht die geringste Neigung, sich zu verformen. Und so wurde gemäß den Gesetzen der Physik in jenem winzigen Augenblick, bevor die Masse des größeren U-Bootes das kleine Boot aus dem Weg schob, die Flosse der *Shi-Nan* zur Knautschzone für die *Oz*.

Unten, in der Zentrale des Angriffs-U-Bootes, hörte Kapitän Tsoshi die Rufe. »Wasser« und »Flosse« waren die Worte, die er aus dem Stimmenchaos herausfilterte. Schnell schwang er sich durch das Schott und kletterte flink die schmale Leiter empor, um sich die Bescherung selbst anzusehen.

Das Luk nach oben war immer noch offen, und aus der Flosse drang ein lautes Zischen, weil Wasser unter hohem Druck durch irgendeinen Riss eindrang. Die Seeleute standen ratlos herum, aber die erste Aufregung hatte sich ein wenig gelegt. Er holte tief Luft und brüllte einfach den nächstbesten Mann an: »Ich will eine anständige Meldung!«

»Wassereinbruch in der Flosse, Genosse Kapitän!«

Demonstrativ blickte Tsoshi nach oben, wo etwas Wasser aus dem Turmluk drang, nicht sonderlich viel, folglich konnte der Riss nicht sehr groß sein. Nur stand ein gewaltiger Druck auf der Bootshülle. »Wassereinbruch? Der Riss macht etwas Wasser, nicht mehr!« Seine Ruhe begann sich auf die Seeleute zu übertragen. »Verkeilt den Riss, aber passt auf, dass niemand direkt in den Strahl gerät. Bei dem Druck kann es einem glatt das Fleisch von den Knochen fetzen!« Er ließ die Warnung wirken, dann tippte er kurz an die Mütze, »Weitermachen!«, und wandte sich um. Es blieben Fragen, die ihn beschäftigten. *Womit konnte man in ein paar hundert Fuß Tiefe zusammenstoßen? Doch nur mit einem anderen U-Boot? Aber dann müssten eigentlich die Schäden ...* Was er jetzt brauchte, war ein Tee und etwas Zeit zum Nachdenken.

4. Tag, 23 : 30 Ortszeit, 15 : 30 Zulu –
am Grund des Südchinesischen Meeres, USS *Kentucky*

Es wurde Zeit. Roger Williams hätte lieber noch ein paar Stunden verstreichen lassen, um sicherzugehen, aber die drei Tage, die er zusammen mit Commander Morgan als mögliche Wartefrist veranschlagt hatte, waren um.

Doch um eine Entscheidung kam der Kommandant nun nicht mehr herum. Viele der Verwundeten gehörten schleunigst in ein Krankenhaus. Der Doc tat zwar, was er konnte, aber unter den gegebenen Umständen waren seine Möglichkeiten eben begrenzt. Zudem machte das Schott zum vollgelaufenen Deck der Abteilung elf mehr und mehr Wasser. Niemand vermochte zu prognostizieren, ob es halten würde oder nicht. Die Wetten standen fifty-fifty, wobei erstaunlicherweise ausgerechnet die Männer, die unten in Abteilung elf arbeiteten, meistens gegen die Haltbarkeit des Schotts gesetzt hatten.

Nur: All dies zusammengenommen war nicht sein größtes Problem. Walter Morgan brachte es auf den Punkt. »Ich denke, es ist bald so weit. Billington dreht durch!« Er stellte den Kaffeebecher auf dem Schreibtisch ab. »Seine Marines haben sich auf dem Boot mehr oder weniger verteilt und sind quasi überall. Wenn man fragt, was sie machen, zucken sie mit den Schultern und sagen, sie vertreten sich die Beine.«

Roger nickte. »Ich habe es mitbekommen. Immerhin schleppen sie ihre Waffen nicht mit sich herum.«

»Das schon. Nur glaube ich nicht, dass sie die nicht unbedingt brauchen, um mächtig Ärger zu machen.« Der Commander schlug mit der flachen Hand auf den Tisch. »Verdammt, der Major hängt praktisch den ganzen Tag bei seinen Männern herum, und wir haben keine Ahnung, was er mit ihnen bespricht.«

Williams dachte nach, dann beugte er sich vor. »Mal angenommen, er hält es weiterhin für seine vorrangige Pflicht, unser Boot zu sprengen, damit es nicht den Chinesen in die Hände fällt, dann frage ich mich, wie er seine Leute dazu bringen will mitzumachen und sich selbst in die Luft zu jagen ... da müssten die doch meutern.«

Walter Morgan schüttelte den Kopf. »Sie sind genauso handverlesen wie wir, nur nach anderen Maßstäben. Sie haben bisher wohl noch nie mit solchen Special Forces zu tun gehabt, Roger? Gehe überallhin und tue alles!« Seine Stimme wurde härter. »Absolut alles, ohne Fragen zu stellen!«

Einen Augenblick lang herrschte Schweigen in der Kommandantenkammer, bis Commander Williams sich entschlossen erhob. »Kommen Sie, Walter, wir schicken die Notrufboje nach oben.«

Morgan nickte. »Die beste Entscheidung.« Trotz der Situation rang er sich ein Lächeln ab, obwohl ihm bei dem Gedanken daran, was folgen konnte, wenn die Chinesen zuerst auf das Notsignal reagierten, fröstelte. Billington wäre dann nicht mehr aufzuhalten.

Er folgte dem Kommandanten durch den engen Gang in die Zentrale, wo Williams offensichtlich von seinen Offizieren bereits erwartet wurde.

»Es ist so weit, wir schicken die Boje nach oben!«, wies Williams seinen XO an. Erst mit Verspätung registrierte er, dass etwas nicht stimmte. Zu viele Leute waren anwesend, vor allem aber auch bewaffnete SEALs. Seine eigenen Leute standen nur stocksteif herum und keiner von ihnen reagierte.

»Nein!« Major Billingtons Stimme klang hart. »Es ist Zeit, dieses Spiel zu beenden, Commander. Wir werden die Chinesen nicht herbeirufen, auch wenn das unser aller armseliges Leben retten sollte.« Er grinste verzerrt. »Soweit es meine Männer und mich betrifft, ziehen wir es vor, nicht in einer chinesischen Verhörzelle zu enden.«

Der Kommandant sah dem Major direkt in die Augen. »Sie sind verrückt, Billington! Die Navy lässt uns nicht im Stich und Hilfe für uns ist garantiert bereits unterwegs.«

»Aber sicher doch!«, höhnte der Major und wedelte mit seiner Pistole in der Luft herum. »Und eigentlich müsste sie ja schon längst hier sein, nicht wahr?«

»Noch gibt es aber deswegen keinen Grund, die *Kentucky* mit uns allen drin einfach in die Luft zu jagen. Das haben Sie doch vor, oder?« Williams bemühte sich, seiner Stimme einen ruhigen Klang zu geben, während seine Gedanken nach Hause abirrten, zu Jenn, Mark und dem ungeborenen Kind, das er nie sehen würde, weil dieser Wahnsinnige sie partout alle miteinander umbringen wollte!

Es war die schiere Verzweiflungstat. Ohne groß nachzudenken, sprang Roger auf den Major los, um ihm an die Gurgel zu gehen. Doch der hatte nicht umsonst die harte Nahkampfschulung der Marines durchlaufen und war zudem nach wie vor voll austrainiert, was ihn für den angreifenden Seeoffizier zu einem nahezu unüberwindlichen Gegner machte. Alles ging derart blitzschnell, dass Roger Williams gar nicht richtig mitbekam, was geschah. Er stürmte vorwärts, nur war der Major plötzlich nicht mehr da, wo er eben noch gestanden hatte. Im nächsten Moment bekam er auch schon den Lauf von dessen Pistole über den Kopf gezogen und stürzte zu Boden. Mühsam rollte er sich auf den Rücken und starrte nach oben. Der Major blickte amüsiert auf ihn hinunter. »Tapfer, aber dumm!«, stellte er fest, bevor er zwei seiner Marines herbeiwinkte. »Schafft ihn weg.«

Alles, was Roger Williams danach in seinem halb betäubten Zustand noch mitbekam, war der Ruf »Morgan!«, auf den Schüsse folgten. Und irgendwie war ihm, als hätte er zuvor noch ein kurzes, kräftiges Zischen vernommen, dem sich ein lautes Gluckern anschloss.

9. Kapitel

4. Tag, 23 : 30 Ortszeit, 15 : 30 Zulu –
am Grund des Südchinesischen Meeres, USS *Oz*

Ein sanfter Stoß rüttelte das kleine Boot nochmals durch und brachte das Taumeln endgültig zum Stillstand.

»Wir sind gelandet!«, kommentierte Commander Harper trocken. »Keine schlechte Zirkusnummer.«

Captain DiAngelo, den es während irgendeines Überschlages aus seinem Sitz geschleudert hatte, rappelte sich hoch. Alle Knochen taten ihm weh, und er fühlte sich, als habe ihn ein Truck gestreift. »Zumindest hat es den Anschein, als sei ich noch einigermaßen ganz«, sagte er etwas mühsam.

»Klasse, dann können wir uns ja an die Arbeit machen. Meine gute *Oz* ist zwar klein, dafür aber eine verdammt harte Nuss, die nicht so einfach kaputtzukriegen ist.«

DiAngelo sah sich nachdenklich um. »Wir liegen auf dem Grund. Normalerweise würde ich sagen, das ist kein gutes Zeichen, Tex!«

»Na ja!« Commander Harper schielte nach seinen Anzeigen. »Wir befinden uns außerdem ein paar hundert Fuß tiefer, als unser Boot das angeblich aushalten kann.« Er zuckte mit den Schultern. »Ich wette aber trotzdem mit Ihnen, dass wir in spätestens einer

Stunde wieder unterwegs sind, denn ich kenne mein Boot. Den Pumpen dürfte es selbst noch hier unten gelingen, das Wasser aus den Tauchzellen zu kriegen, und ich kann mir nicht vorstellen, dass diese selbst beschädigt sind.« Er spähte nach draußen. Einer der beiden Scheinwerfer am Bug arbeitete noch und verbreitete einen sanften blauen Schein. Fische schwammen herbei und glotzten neugierig in die Bullaugen.

DiAngelo tat sich schwer, die optimistische Einschätzung ihrer Lage durch den Commander zu teilen. Seiner Ansicht nach hatte ein U-Boot, das unfreiwillig am Grund lag, seine Schwimmfähigkeit eingebüßt, weil zu viel Gewicht, das in der Regel vom Wasser aus einem Leck stammte, an Bord war. Aber der Texaner schien nicht besonders besorgt zu sein, sondern verströmte fast schon eine Art Begeisterung darüber, dass sich das Boot so gut gehalten hatte – stolz wie ein junger Vater auf sein Baby. Vorsichtig räusperte er sich und startete einen neuen Anlauf. »Also, wenn wir hier am Grund liegen, dann müssen wir ...«

Der Commander winkte ab. »Nein, nein, das glaube ich eben nicht. Sie müssen berücksichtigen, Roger, dass wir einen leichtgewichtigen Haufen Plastik und damit Volumen verloren haben.« Er grinste. »Wir haben dadurch vielleicht an die hundert Pfund Auftrieb verloren, aber eben nicht mehr, wie das bei einem Wassereinbruch der Fall gewesen wäre. Also keine Sorge, wir können jederzeit auftauchen.«

»Die Plastikummantelung?« DiAngelo sah ihn vorsichtig an.

»Richtig!« Der Texaner nickte energisch. »Für die eigentlichen Funktionen der *Oz* ist sie unerheblich, aber gut geeignet als Transportschutz oder um bei Bedarf die Einstiegsleiter daranzuhängen.«

Der Captain riss die Augen auf. »Sie wollen sagen, uns hat ein U-Boot über den Haufen gefahren und der *Oz* sei nichts passiert?«

»Yeah, außer dem kosmetischen Schaden rein gar nichts!« Harper schob sich die Wollmütze etwas weiter nach hinten. »Worüber ich mich viel mehr wundere, ist das andere U-Boot.«

DiAngelo ließ sich in den Sessel des Navigators plumpsen. »Eines von unseren war es nicht, auch kein Engländer, da die größere Flossen haben.«

»Bleibt also nur ein Schlitzauge, das einen hübschen Schreck bekommen haben dürfte.«

Robert blickte auf die Anzeigen. Ein paar Monitore waren ausgefallen, aber die wichtigsten Anzeigen funktionierten noch. Er hielt den Atem an. *Dreitausendzweihundert Fuß!* Stoßartig atmete er aus. »Wir sitzen verdammt tief hier!«

»Die *Oz* ist offiziell bis zweitausendfünfhundert Fuß einsetzbar. Aber Sie wissen, wie das ist, genau weiß es keiner.«

DiAngelo nickte. Die maximale Tauchtiefe eines U-Bootes, ab der es zu einem Hüllenbruch kommen konnte, war in der Tat immer ein etwas theoretischer Wert. Es gab zwar mathematische Modelle, um diesen näherungsweise zu berechnen, aber mehr eben auch nicht. Die *Oz* war dafür ein schlagender Beweis. Seine Gedanken wanderten wieder zu dem U-Boot, das sie gerammt hatte. »Der Chinese wird wohl kaum auf die Idee verfallen, dass er mit einem winzigen Bergungs-U-Boot aneinandergeraten ist. Also wird er auch nicht annehmen, dass es uns gibt und wir hier unten immer noch quicklebendig sind. Uns mit seinem Aktivsonar aufzuspüren dürfte ihm kaum gelingen, denn dafür bildet die *Oz* ein zu kleines Ziel. Folglich wird er glauben, ein anderes großes U-Boot gestreift zu haben, das sich nach der Kollision schnell abgesetzt hat.«

»Also sollten wir uns Ihrer Meinung nach erst einmal eine Weile still verhalten?«, erkundigte sich Harper.

Doch Robert DiAngelo war mit seinen Gedanken schon weiter. »Was glauben Sie, wie schnell er war?«

»Vielleicht zehn Knoten?« Tex zuckte mit den Schultern. »Vielleicht auch nur acht?«

»Auf jeden Fall war er also langsam unterwegs.« Der Captain begann zu lächeln. »Er sucht was!«

Der Texaner sah ihn ruhig an. »Die *Kentucky*?«

»Die oder irgendein chinesisches Boot.«

4. Tag, 00 : 00 Ortszeit, 16 : 00 Zulu –
über dem Südchinesischen Meer.

Seit Richard Welles und Damian Miller das letzte Mal in dieser Ecke gewesen waren, hatte sich das Wetter etwas beruhigt, der Sturm zog ab und verlor gleichzeitig an Stärke. Trotzdem bockte die alte Grumman Hawkeye immer noch unruhig.

Der Pilot verstärkte den Griff um den Steuerknüppel und zwang die Maschine zurück auf Kurs. Dann warf er einen kurzen Seitenblick auf seinen Kopiloten. Damian schien in den Bildschirm des Radargerätes hineinkriechen zu wollen. »Was hast du zu bieten?«

»Verkehr wie in Boston zur Rushhour!« Lieutenant Miller verfolgte konzentriert die hellen Punkte, die mit unglaublicher Geschwindigkeit über den Radarschirm schossen. Einige davon waren bereits verdammt nahe an ihnen dran, blieben aber höher als die alte Hawkeye. *Kampfflugzeuge!* Der Himmel über dem Sturm schien voll von denen. In etlichen von ihnen mochten Kameraden von der *Kitty Hawk* sitzen. »Wir könnten die Frequenz wechseln und mal reinhören, was unsere Freunde so machen.«

»Tu dir keinen Zwang an!«

Der Lieutenant wechselte auf die Frequenz der Jagdflieger und sprach in sein Mikrofon. »Raindrop für Swordsmen, kann mich jemand hören?«

Er musste die Anfrage zweimal wiederholen, bevor eine Stimme aus dem Lautsprecher drang. »Raindrop, hier Outlaw. Kann ich etwas für Sie tun?«

Die beiden Männer im engen Cockpit der Grumman wechselten einen kurzen Blick. Outlaw! Man kannte einander, aß öfter mal zusammen in der Messe, hielt ein Fliegerschwätzchen und wartete auf den nächsten Start. Doch jetzt saßen sie hier und Outlaw donnerte gut zehntausend Fuß höher in seiner Superhornet mit anderthalbfacher Schallgeschwindigkeit durch die Nacht, und wahrscheinlich waren seine Waffensysteme heiß, ein beunruhigender Gedanke.

Damian Miller räusperte sich. »Nichts Spezielles, Outlaw, wir wollten nur mal fragen, wie es aussieht.«

»Bisher kreisen alle und wissen nicht, was sie tun sollen.« Outlaw gab einen leisen Fluch von sich. »Wir sollen ein Auge auf die *Guam* haben, aber außer im Radar sehen wir sie nicht einmal. Kaum anzunehmen, dass es den Chinesen besser geht.«

»Wir wollen noch etwas weiter nach Norden, wie wild wird es dort?«

Die Stimme von Outlaw klang besorgt. »Immer wenn wir das probieren, versuchen sie uns abzudrängen, Raindrop.« Unwillige Bewunderung klang aus seiner Stimme mit. »Hundert Meilen bis zu den Paracels, Raindrop. Was man auch immer über die Brüder sagen mag, fliegen können die Jungs.« Aus dem Lautsprecher drangen Gesprächsfetzen, und Miller vermutete, dass Outlaws Beobachter mit dem Rottenführer sprach oder mit der Opz auf dem Träger. Letzteres musste wohl der Fall gewesen sein. »Battle Cat sagt, wir sollen auf euch aufpassen, Männer. Was immer ihr auch vorhabt.«

»Was bedeutet das, Outlaw?«

Eine weitere Stimme mischte sich ein. »Hier ist Redhorse! Wir begleiten euch, Raindrop. Schnallt euch ruhig noch eine Spur fester an, die Tour geht los!«

Redhorse! Ein anderes bekanntes Gesicht aus der Messe, ein paar Jahre älter als Outlaw. Jacob William Redhorse, Nachfahre der Sioux-Krieger, die am Little Big Horn blutige Geschichte geschrieben hatten. Kein Wunder, dass er seinen eigenen Namen als Rufzeichen verwenden konnte. Was ihn zur Marinefliegerei getrieben hatte, wusste nur Manitu, aber Redhorse war ein exzellenter Pilot und niemand, mit dem die Chinesen Spielchen treiben konnten. Miller dachte an das kantige Gesicht des Indianers. Redhorse würde sie schon durchbringen. Er drückte den Schalter. »Hier Raindrop! Verstanden, und danke für den Beistand! Over and out!«

Auf dem Radar konnte er bereits erkennen, wie zwei der Jagdmaschinen aus der Formation ausscherten und begannen, über der langsameren Hawkeye ihre Kreise zu ziehen. Miller warf einen Blick zu Welles, der sich darauf konzentrierte, die Hawkeye nicht abdriften zu lassen. Der Rest der Besatzung war hinter ihnen im Rumpf der Maschine damit beschäftigt, die sechsundzwanzigtausend Fuß tiefer gelegene Wasseroberfläche mit der »großen Lupe« ihrer elektronischen Ausrüstung abzusuchen.

Miller wurde plötzlich klar, dass die Jagdflieger vermutlich keine Ahnung hatten, warum sich die langsame Aufklärungsmaschine ausgerechnet in dieses Gebiet vorwagte. Doch seit fünfzehn Uhr zweiunddreißig gab es ein Lebenszeichen der *Kentucky*. Satelliten hatten das Signal einer ihrer Notrufbojen aufgefangen, die aber vom Sturm offenbar schnell abgetrieben wurde. Fraglich blieb, ob auch das Boot selbst wieder hochkam.

Richard Welles schien etwas von den Gedanken seines Kopiloten zu ahnen, denn er runzelte die Stirn. »Ruf mal hinten an und frag die Kameraden, was sie auf dem Wasser haben.«

»Schon dabei.«

Augenblicke später drang die Stimme von Lieutenant Commander Thomas O'Brian aus dem winzigen Lautsprecher. »Es sieht nicht gut aus, Jungs! Ich habe mindestens drei Fregatten und einen Zerstörer auf dem Schirm. Sie sind heiß.«

»Hat sich eine Zielerfassung aufgeklinkt?«

O'Brian klang nicht glücklich. »Ich glaube, ja, aber sicher kann man bei dem Durcheinander nicht sein.« Er zögerte. »Es ist deine Entscheidung, ob und wie es weitergeht, Richard!«

»Na, wie fein! Und du hast vier von den Burschen zu bieten?«

»Vielleicht auch mehr, wenn ...« Tom O'Brian sprach den Satz nicht zu Ende. Er brauchte es auch nicht. Der Radarspezialist musste die Paracels bereits auf dem Schirm haben. Wenn sich in diesem Gewimmel aus kleinen Inseln und Riffen Schiffe versteckten, würde man sie erst erkennen, wenn sie strahlten. Wenn sie aber die Finger schön vom Radar ließen, waren sie für den Augenblick unsichtbar. *Wer strahlt, ist tot!* Er musste nicht eigens an die große Antenne erinnert werden, die sich über dem Rumpf drehte. Radartechnisch fiel die Hawkeye mit der Tür ins Haus. Richard Welles verzog unbehaglich das Gesicht. »Haben wir was von Nummer eins gehört?«

»Das muss aber unter uns bleiben, Richard. Nummer eins hat um zwölfhundert Zulu die letzte Routinemeldung abgesetzt. Ein Freund aus der anderen Crew hat mir das vor dem Abflug gesteckt. Wir haben jetzt Schweigen im Walde. Also wird sie irgendwo dort unten sein.«

4. Tag, 00 : 30 Ortszeit, 16 : 30 Zulu –
im Südchinesischen Meer,
atomgetriebenes Angriffs-U-Boot *Shi-Nan*

Kapitän Tsoshi wandte sich um, als der Navigationsoffizier seinem Kommandanten meldete: »Zweiter Suchkreis vollständig, Genosse Kapitän!«

Obwohl die Stimme von Fregattenkapitän Wong unbewegt klang, als er die Meldung bestätigte, glaubte Tsoshi, eine gewisse Befriedigung über den erneuten Fehlschlag herauszuhören. Davon ungerührt sagte er: »Sehr gut, Genosse Wong! Setzen Sie die Suche nach der *Long-Huang* fort!«

Sichtlich überrascht sah der ihn an. »Stimmt etwas nicht, Genosse Kapitän?« Ruhig und souverän fixierte er den Kommandanten der *Shi-Nan*.

»Soll das heißen, wir beenden die Fahndung nach dem U-Boot, das uns gerammt hat?«

Tsoshi zwang sich zu einem Lächeln, auch wenn Wong anfing, ihm auf die Nerven zu gehen. »Wenn Ihre Leute es mit zwei Suchkreisen nicht entdeckt haben, warum sollte es dann in einem dritten Anlauf gelingen, Genosse?« Er atmete tief durch. »Was glauben Sie denn, mit wem wir es bei dieser Kollision zu tun hatten?«

»Einem anderen U-Boot eben«, sagte Wong trotzig.

Dass man jemanden, der einem unterstellt war, zwar öffentlich loben, aber niemals vor dessen Untergebenen abkanzeln oder vorführen durfte, dessen war sich Tsoshi sehr wohl bewusst. »Um *was* für ein U-Boot es sich dabei gehandelt haben könnte, ist doch die entscheidende Frage! Ein Unterwasserriese kann es nicht gewesen sein, denn dann wären unsere Schäden weitaus beträchtlicher. Amerikaner oder Engländer dürften damit ausscheiden. Bliebe eigentlich nur ein russisches Modell, oder was meinen Sie?«

Wong zuckte mit den Schultern. »Ich habe keine Ahnung. Genosse! Wer kann das wissen?«

»Wenn es sich überhaupt um ein größeres Boot gehandelt haben sollte, dann kann es *nur* ein russischer Typ gewesen sein. Denn nur ein Akula-III wäre leise genug, um von Ihren Leuten auf so kurze Entfernung nicht bemerkt zu werden.« Er lächelte. »Lassen Sie mich Ihre Erinnerung auffrischen. Ein Akula ist erheblich größer als unsere *Shi-Nan*. Die taktische Geschwindigkeit liegt auch bei etwa fünfundzwanzig Knoten. Aber ein Akula ist nicht länger als unser Boot, dafür aber bauchiger, was aber seiner Manövrierfähigkeit keinerlei Abbruch tut. Typisch ist die im Verhältnis zum Rumpf relativ niedrige Flosse, die dafür etwas breiter und länger ausgefallen ist. Mehr ein guter altmodischer Turm.«

»Mir sind die technischen Charakteristika der Akula-Klasse durchaus bekannt, Herr Kapitän!« Wong war nun sichtlich gereizt. »Nur: Was soll das Ganze?«

Aufreizend geduldig dozierte Tsoshi weiter. »Selbst wenn die *Shi-Nan* ein Akula lediglich gestreift hätte, so gibt es praktisch nichts an einem solchen Boot, was auf halber Höhe gegen unsere Flosse schlagen konnte, ohne nicht auch gleichzeitig gegen andere Teile des

Rumpfes zu stoßen.« Wongs Gesicht nahm eine ungesunde graue Farbe an, doch Tsoshi fuhr unerbittlich fort: »Wenn also auch kein Akula in Betracht kommt, dann kann die Kollision überhaupt nicht mit einem größeren Boot erfolgt sein.«

»Mit was denn sonst? Etwa mit einem Kleinst-U-Boot von der *Guam*?« Er schüttelte triumphierend den Kopf. »Nein, denn die haben auf keinen Fall die Reichweite, um hier herumzukriechen.«

Tsoshi leistete sich ein weiteres Seufzen. »Dann hoffen wir mal, dass die Amerikaner das auch wissen!« Er sah auf die Uhr. »Wir setzen die Suche nach der *Long-Huang* fort. Um sechs Uhr morgen früh tauchen wir kurz auf, um einen Funkspruch abzusetzen.«

»Was ist mit den Beschädigungen?« Der Fregattenkapitän blickte Tsoshi gespannt an.

»Allem Anschein nach ist das Boot immer noch voll einsatzfähig. Sich der Bagatellen anzunehmen ist Ihre Sache und die Ihrer Besatzung.« Er tippte kurz grüßend an die Mütze. »Ich bin in der Kommandantenkammer.« Ohne einen weiteren Kommentar abzuwarten, verschwand er durch das Schott nach vorne.

4. Tag, 00 : 45 Ortszeit, 16 : 45 Zulu –
am Grund des Südchinesischen Meeres, USS *Kentucky*

Roger Williams schlug die Augen auf. Sein schmerzender Kopf brauchte einen Augenblick, um sich wieder an die Ereignisse zu erinnern. Zu seinen letzten Eindrücken gehörte das Gesicht Morgans. Hatte Billington den Commander erschossen? Hatte Morgan noch die Notrufboje nach oben geschickt, bevor ihn die Kugel traf? Er erinnerte sich an das Zischen.

Stöhnend richtete er sich auf und sah sich um. Einer von Billingtons Männern! Die MP lässig in der Armbeuge haltend, beobachtete er jede seiner Bewegungen. Vorsichtig, um seinen Bewacher nicht zu erschrecken, schwang er die Beine von der Koje. »Was soll das hier?«

»Major Billington hat befohlen, dass Sie bis auf Widerruf in Ihrer Kammer bleiben sollen, Sir.«

»Und was macht er inzwischen? Die Sprengung des Bootes vorbereiten?« Williams sah den Marine wütend an.

»Der Major tut, was notwendig ist, um zu verhindern, dass das Boot in falsche Hände fällt, Sir.« Das Gesicht des Mannes zeigte keine Regung.

»Und Sie und Ihre Kameraden machen da so einfach mit?«

»Wir gehorchen unseren Befehlen ... Sir!« Dieses Mal war die Pause vor dem »Sir« deutlich länger.

»Und hat der Major gesagt, wann er das Feuerwerk zünden will?«

Der Marine sah ihn ruhig an. »Wenn die Chinesen da sind, nicht früher.« Ein amüsiertes Lächeln spielte um seine Lippen. »Ein paar glauben, dass die Navy uns vielleicht doch noch rausholt. Also hat der Major zugesagt, den Kameraden eine Chance zu geben.«

Das klang nicht so, als baue der Mann auf die Hilfe der Navy. *Logisch! Billington würde niemanden als Aufpasser für ihn abstellen, den er für einen unsicheren Kantonisten hielt.* Er sah den Mann nachdenklich an. »Also soll ich hier in Ruhe abwarten, bis Billington uns alle umbringt?«

Der Marine nickte. »So ungefähr. Hauptsache, die Chinesen kriegen die *Kentucky* nicht.«

Williams verdrehte die Augen. »In meinem Schreibtisch ist eine Flasche Bourbon. Ist es erlaubt?«

Der Wachposten zögerte einen Augenblick, bevor er zurücktrat. »Bedienen Sie sich, Sir!«

»Danke!« Roger Williams kam schwerfällig auf die Beine und wankte zum Schreibtisch. Jede schnelle Bewegung vermeidend, öffnete er ein Seitenfach und brachte eine noch verschlossene Flasche zum Vorschein. Unter den wachsamen Blicken des Marine öffnete er den Verschluss und nahm einen kräftigen Schluck, bevor er die Flasche wieder in das Fach zurückstellte und abschloss. Mit einem kurzen Grinsen quittierte er den sehnsüchtigen Blick des Mannes. »Tut mir leid, Sie sind offensichtlich noch im Dienst!«

»Ja, zu schade, Sir!«

Williams dachte an die Pistole, die neben der Flasche lag. Offensichtlich war von den SEALs niemand auf die Idee gekommen, seinen Schreibtisch zu durchsuchen. Aber sein Gesicht verriet nichts von seinen Gedanken, als er bedauernd sagte: »Das ist wirklich ausgemachtes Pech!«

4. Tag, 01 : 00 Ortszeit, 17 : 00 Zulu –
über dem Südchinesischen Meer

Das schrille Pfeifen der Passivortung zerrte an den Nerven. Stimmen drangen aus dem Kopfhörer. Bill Henigson, bei seinen Kameraden besser bekannt als Outlaw, riss die Maschine in eine harte Rechtskurve und hörte im Interkom das gequälte Ausatmen seines Kampfbeobachters, als die Gravitationskräfte sie mit dem Vielfachen des eigenen Körpergewichts in die Sitze pressten. Doch obwohl die Superhornet leistete, was sie konnte, war ein enger Kurvenradius bei einer Geschwindigkeit von über eintausendsechshundert Stundenkilometern nicht drin, obwohl ihn der Pilot in seiner Verzweiflung mit neun G flog!

Über Lautsprecher kam von Redhourse der Befehl: »Outlaw! Break!« Aber Hennigson ignorierte ihn. Der Alte hatte leicht reden, die Fregatte hatte *ihn* auf ihr Zielerfassungsradar aufgeschaltet, nicht die Führungsmaschine!

Ein weiterer Piepton erklang, etwas dunkler, und auf dem Display, das in die Frontscheibe eingeblendet wurde, erschienen verschiedene Symbole. Aber alles, was ihn interessierte, waren ein kleiner Punkt und ein Viereck. Hinter sich hörte er Charles Whyte etwas murmeln, als sich die Maschine aus der Kurve wieder aufrichtete.

»Outlaw, nicht!«

»Charlie, Harpoon!«, Hennigsons Stimme klang gepresst, auch wenn der Andruck wieder auf zwei G gefallen war.

Whyte, der Beobachter, schaltete das Zielradar der F/A-18-F auf. Das Viereck in Hennigsons Display umrahmte den Punkt, und auch während die Maschine weiterflog, verlor sie den Kontakt nicht mehr. »Positiv, Bill!« Er blickte auf seine Anzeigen. »Banditen aus zwölf Uhr!«

Aus dem Augenwinkel sah Hennigson die Maschine von Redhorse in einer weiten Kurve wegscheren. Eine weitere F-18 verriet sich optisch, als der Nachbrenner eine lange Flammenzunge ausspie. Weitere Nachbrenner zündeten in der Dunkelheit, da die Kampfflugzeuge begannen, einander zu umkreisen. Aber für Hennigson war es zu spät, für Whyte war es zu spät und für die chinesische Fregatte *Fuangshe* war es ebenfalls zu spät. Ein Signal ergab das andere, so wie bei einem Streit ein Wort das andere ergibt und das Ergebnis absehbar ist. Zuerst hatten sich die beiden amerikanischen Maschinen ein paar wilde Abdrängmanöver mit ihren chinesischen Gegnern geliefert, dann, als sie den Paracels näher gekommen war, hatte die Fregatte sie ins Zielradar genommen. Es bedeutete nicht, dass sie wirklich feuern würde, sondern nur, dass sie bereit dazu war. Genau wie das Zielradar von Outlaws F-18 die Fregatte aufgefasst hatte.

Wieder gellten Stimmen aus den Kopfhörern. Die chinesischen Piloten brachen plötzlich zur Seite weg, als Outlaw weiter auf die Inseln zuflog. Der Luftraum um Hennigsons Maschine herum leerte sich wie von Geisterhand, als sei Outlaws F-18 plötzlich zu einem Aussätzigen geworden.

Der junge Pilot spürte die aufsteigende Panik! Die Chinesen wichen aus, um der eigenen Rakete nicht in den Weg zu geraten. Das konnte nur bedeuten, sie wussten, dass die Fregatte feuern würde! Alles, was man ihm in der Ausbildung zum Kampfflieger beigebracht hatte, vereinigte sich zu einem fatalen Entschluss. Der behandschuhte Daumen drückte den Knopf oben auf dem Steuerknüppel. Für einen winzigen Moment schien die Welt stillzustehen, dann zündete der Treibsatz der AGM-84 Harpoon unter Outlaws rechter Tragfläche. Nur noch rund fünfundzwanzig Meilen war die Fregatte entfernt! Beinahe augenblicklich erklang im Kopfhörer das Signal, dass die Rakete ihr Ziel selbsttätig erfasst hatte. Hinter ihm gab Whyte die Aufschaltung auf den Computer der Lenkwaffe auf. Ab diesem Augenblick konnte nichts mehr das endphasengelenkte Geschoss aufhalten. Hennigson brach nach links weg und versuchte, so weit wie möglich zu steigen. Die Turbinen heulten an der Leistungsgrenze, Anzeigen sprangen in den roten Bereich und wieder ertönte das schrille Warnsignal der Passivortung.

Ein Abstand von fünfundzwanzig Meilen bis zum Ziel bedeuten für die Harpoon, die von Outlaws F-18 eine Anfangsgeschwindigkeit von eintausendsechshundert Stundenkilometern mitnahm und die der eigene Raketenantrieb noch mächtig beschleunigte, eine Flugzeit von etwa neunzig Sekunden. Durch die Beschleunigung der Rakete selbst verkürzte sich diese Zeit auf etwa fünfzig Sekunden. Ein Kriegsschiff kann in dieser Zeit ungefähr vier Kabellängen oder etwas mehr als siebenhundert Meter zurücklegen, wenn es volle Fahrt läuft.

Die *Fuangshe* jedoch schlich mehr oder weniger zwischen den Inseln der Paracel-Gruppe hindurch, ohne dass sie deswegen wehrlos gewesen wäre. Das zuvor veranstaltete Pokerspiel mit elektronischen Signalen fand seine Fortsetzung, als nun die Waffensysteme gegeneinander antraten. Fünfzig Sekunden sind in der Operationszentrale eines modernen Kriegsschiffs fünfzig Ewigkeiten. Computer übernahmen die Kontrolle, weil das langsamste aller Systeme mit der Situation überfordert war – der Mensch.

Störsignale erfüllten den Äther, um die Radarerfassung der anfliegenden Rakete zu irritieren. Die Wahrscheinlichkeit, sie damit vom Ziel abzubringen, lag jedoch eher nur bei eins zu vier. Gleichzeitig schossen die ungelenkten Raketen zweier Rolling Airframes aus den Schächten, der *Fuangshe*, zweiundsiebzig an der Zahl, rasten sie der Harpoon entgegen, bildeten einen Raketenvorhang, der den Angreifer zur vorzeitigen Explosion bringen sollte. Die Chance, dass eine Seezielrakete einen solchen Airframe durchdringen kann, wird in den einschlägigen Militärhandbüchern im Durchschnitt mit etwa eins zu sieben angegeben, mit Unterschieden je nach Typ.

Die AGM-84 Harpoon verkörperte allerdings kein statistisches Mittelmaß, sie war schnell, extrem wendig und verfügte über einen der modernsten und am weitesten entwickelten Zielsuchköpfe der Welt.

Mächtiges Glück im Unglück hatte Bill Hennigson, der amerikanische Pilot, der den ganzen Schlamassel angerichtet hatte. Die Zielerfassungsradars der Fregatte hatten ihn erfasst und die Luftzielraketen der *Fuangshe* waren scharf. Während Schotts zuknallten und die Besatzung sich, so gut es ging, auf den Einschlag einer Rakete vorbereitete, begannen die Computer den automatisch eingeleiteten Countdown für die Luftzielrakete. Outlaws Glück bestand darin, dass der Kommandant der Fregatte die Feuerleitsequenz exakt zwei Sekunden vor Ende ihres Ablaufs abbrach. Kapitän zur See Ming handelte dabei den allgemeinen Befehlen entsprechend, die für den Verband ausgegeben worden waren. Einen eventuellen Krieg vom Zaun zu brechen war von niemandem gewollt, es ging ja nur darum, das Gesicht zu wahren.

Bill Hennigson dämmerte bereits, während seine Maschine ihn in einem weiten Bogen forttrug, dass der Chinese nicht feuern würde und auch nie die Absicht gehabt hatte. Als hinter ihm ein heller Fleck unter der Wolkendecke aufleuchtete, wusste er, dass seine Karriere beendet war … und dass das noch sein geringstes Problem darstellte.

Die *Fuangshe* wurde beinahe mittschiffs getroffen. Die Rakete bohrte sich tief in die Seite des Schiffes, bevor der Gefechtskopf detonierte. Feuerwogen rasten enge Gänge entlang und verbrannten Seeleute in Sekundenschnelle bei lebendigem Leibe. Trümmer flogen seitlich aus der aufgerissenen Bordwand. Weitere Explosionen folgten, als Bereitschaftsmunition an Deck hochging. Wasser drang in mehrere Abteilungen ein und ertränkte Dutzende Besatzungsmitglieder. Die Fregatte fing an, sich schwer nach Backbord überzulegen.

Durch das Meer aus Rauch und Flammen begannen die ersten Schiffssicherungstrupps sich einen Weg zu bahnen. Immer wieder mussten die Männer in Deckung gehen, weil weitere Explosionen folgten.

Aus einer wohlgeordneten Einheit war ein waidwundes Schiff geworden, das um sein Überleben kämpfte. Flammen schlugen aus dem Backbord-Seitendeck beinahe fünfzig Meter hoch in den Himmel, und bis zu den anderen Schiffen des Verbandes drang bereits der typische Geruch brennenden Öls. Antriebslos trieb die Fregatte näher auf die gefährlich lauernden Riffe zu.

Während erste Boote des Verbandes mit Hilfstrupps sich auf den Weg zu dem Havaristen machten, taten die Seeleute an Bord, was man ihnen in Hunderten von Übungen eingedrillt hatte: Sie löschten Brände, stützten Schotten ab, bargen Verwundete, und nach kurzer Zeit begannen die ersten tragbaren Pumpen, Wasser in einem breiten Schwall außenbords zu befördern. Die Situation war kritisch, aber noch war das Schiff nicht verloren. Der Kampf hatte gerade erst begonnen, ein Kampf, für den sie viele Jahre ausgebildet worden waren, auf den Tag hin, von dem jeder hoffte, er werde niemals eintreffen. Der Tag, an dem das Kriegsspiel keine Übung mehr sein würde … dieser Tag.

10. Kapitel

5. Tag, 19 : 00 Ortszeit, 00 : 00 Zulu – Washington, D. C.

Es dauerte Stunden, bis die Nachricht von dem Angriff Washington erreichte, und nochmals verging etliches an Zeit, bis die Verantwortlichen informiert waren. Der Präsident erfuhr von den Neuigkeiten erst beim Dinner. Zu dieser Stunde gab es auch bereits die ersten Meldungen der Rundfunk- und Fernsehstationen. Kommentatoren bemühten sich krampfhaft, die Lage zu analysieren, was natürlich ohne nähere Kenntnis der Vorgänge und der Hintergründe ein vergebliches Unterfangen war, und Politiker verschiedenster Couleur gaben bereits Stellungnahmen in den Medien ab.

In Europa war die Nachricht zu nachtschlafender Zeit eingegangen. Trotzdem wurden in aller Eile Krisenstäbe einberufen, und aus den Betten getrommelte Diplomaten der EU erklärten müde dreinblickenden Reportern, dass es unbedingt notwendig sei, die Krise auf diplomatischem Wege zu lösen.

Wegen dieses Vorfalls ließ sich der Präsident beim Dinner nicht aus der Ruhe bringen, geschweige denn den Appetit verderben. Wenn die Chinesen deswegen politisch ein Fass aufmachen wollten, dann würde es so kommen. Seine einzigen konkreten Ad-hoc-Maßnahmen bestanden darin, dass er einen Termin mit der

Außenministerin vereinbaren ließ, die sich auf dem Rückweg in die Staaten befand, und beiläufig einen Assistenten bat, William Boulden »irgendwie« zu informieren. Eine Aufgabe, der der Adlatus insoweit nachkam, als er im Hotel, in dem Boulden Zimmer reserviert hatte, die Nachricht hinterließ, er möge bitte dringend im Weißen Haus anrufen.

5. Tag, 08 : 00 Ortszeit, 00 : 00 Zulu – Peking

Die Nachricht hatte auch Peking während der Nacht erreicht. Verschiedene hohe Offiziere wurden telefonisch geweckt, verschiedene Entscheidungsmöglichkeiten erwogen und am Ende hatte die zentrale Militärkommission das letzte Wort. In den staatlich gelenkten Medien herrschte Schweigen.

Bei der routinemäßigen vormittäglichen Pressekonferenz, die für die akkreditierten Vertreter der internationalen Presse normalerweise die einzige Gelegenheit bot, Fragen an einen Regierungssprecher zu richten, sprachen die ersten amerikanischen Korrespondenten den Zwischenfall an. Der chinesische Pressesprecher reagierte völlig gelassen: »Soweit es die Volksrepublik China betrifft, ereignete sich letzte Nacht um ein Uhr vier auf der Fregatte *Fuangshe* eine Explosion, bei der mehrere Seeleute verletzt wurden. Über die genaue Ursache ist noch nichts bekannt, da das Schiff sich noch auf See befindet. Einheiten unserer Volksmarine leisten derzeit tatkräftige Hilfe. Alles, was an Mutmaßungen darüber hinausgeht, entspricht nicht den Realitäten.«

Als diese amtliche Botschaft verbreitet wurde, herrschte ein weltweiter Erklärungsnotstand, war doch eigentlich ein empörter diplomatischer Aufschrei von chinesischer Seite erwartet worden. Politische Stellungnahmen verstummten abrupt, denn es gab keinen Vorfall mehr, zu dem man um des eigenen Profils willen hätte Stellung beziehen können. Und in Peking schien man es bei der normalen Tagesordnung zu belassen.

5. Tag, 08 : 30 Ortszeit, 00 : 30 Zulu –
Südchinesisches Meer, auf halbem Weg zwischen
Paracel Islands und Macclesfield Bank

Als das Sonar der *Oz* die *Guam* erfasst hatte, waren sie ziemlich am Ende gewesen. Die Restkapazität der Batterien hätte, als das kleine U-Boot an Deck des Bergungsschiffes gehievt wurde, nicht einmal mehr eine Taschenlampe zum Leuchten gebracht.

Und am Ende ihrer Reserven waren auch DiAngelo und Harper. Sie hatten länger in dem Tauchboot zugebracht, als jemals geplant gewesen war. Unrasiert und nach Schweiß riechend, kletterten sie aus der engen Luke. Selbst ihrem obligatorischen Grinsen war die Erschöpfung anzumerken.

Captain Baxter erwartete sie bereits. Seit die *Oz* ausgesetzt worden war, hatte er die Operationszentrale überhaupt nur verlassen, um mal kurz die Toilette aufzusuchen. Siebzehn Stunden. Wenn er schon müde war, wie musste es dann erst um die beiden bestellt sein? Wichtig jedoch war nur eines: »Und? Sind Sie fündig geworden?«

DiAngelo schüttelte den Kopf. »Noch nicht, aber ich habe so ein Gefühl.« Mit einem dankbaren Nicken nahm er den Becher Kaffee entgegen, der ihm gereicht wurde.

»Ein Gefühl?« Baxter machte kein besonders geistreiches Gesicht und blickte verwundert auf das ramponierte Mini-U-Boot. »Was um Himmels willen haben Sie denn damit bloß angestellt?«

Commander Harper versuchte so unschuldig auszusehen, wie es ein zwei Meter großer Texaner mit Stoppelbart und einer Wollmütze auf dem Kopf nur fertigbringen konnte. »Wir? Wir doch nicht. Der Chinese kam von Backbord und hat die Vorfahrt nicht beachtet, Sir!«

Baxter nestelte etwas ratlos an dem mittleren Knopf seiner Uniformjacke herum. »Also so war das?«

»Yeah.« Tex Harper zuckte mit den Schultern. »Sieht schlimmer aus, als es ist. Ein paar frische Batterien, eine Handvoll Sicherungen, ein oder zwei Ersatzplatinen für die Systeme, und das wär's auch schon. Allerdings werden wir auch noch eine neue Thermoskanne für den Kaffee brauchen, denn unsere ist hinüber!«

»Äh ... ja ... äh ...« Baxter wackelte verdattert mit dem Kopf. »Äh ... natürlich, da können wir bestimmt aushelfen.« Er trat zur Seite, um DiAngelo den Vortritt zu lassen. »Gehen wir erst einmal in die Messe, ich glaube, die Neuigkeiten, die es gibt, werden Ihnen nicht gefallen.«

Der Texaner hob abwehrend die Hand. »Geben Sie mir zunächst noch einen Augenblick, um mit meinen Leuten zu reden, damit die Reparaturen schon mal in Angriff genommen werden können.« Er kratzte sich ungeniert am Hintern. »Sind die bestellten Batterien eigentlich schon da?«

»Der Hubschrauber ist angeblich damit unterwegs.« Baxter griente freudlos. Alles sah danach aus, als wollten Harper und DiAngelo bald wieder los. In Anbetracht ihrer Lage hatte er bei dem Gedanken ein verdammt mulmiges Gefühl.

5. Tag, 09 : 00 Ortszeit, 01 : 00 Zulu –
am Grund des Südchinesischen Meeres, USS *Kentucky*

Das qualvolle Warten dauerte nun schon geschlagene neun Stunden und nichts hatte sich getan. Ein geringer Trost war, dass wenigstens die Chinesen sie noch nicht aufgespürt hatten, denn sonst hätte Billington gnadenlos sofort das Boot gesprengt. Doch wo blieb die Navy? Das Unvorstellbare, dass man sie abgeschrieben hatte, durfte einfach nicht sein!

Immerhin hatte Billington ihm als Kommandanten erlaubt, ab und zu nach den Verletzten zu sehen. Sogar die Arbeiten im Unterdeck von Abteilung elf durften weiterlaufen, allerdings unter scharfer Bewachung. Auch wenn der Major sie gewähren ließ, so wusste doch jeder an Bord, dass es ihn nur einen Knopfdruck kosten würde, die *Kentucky* und jede Seele in ihr in die Luft zu jagen. Williams hatte einen neuerlichen Anlauf genommen, mit ihm zu sprechen, aber Billington schien für Vernunftargumente so gut wie gar nicht mehr empfänglich zu sein. Wie ein eingesperrtes Raubtier tigerte er in der Zentrale auf und ab, stundenlang. Selbst seine eigenen Leute beobachteten ihn mit zunehmendem Misstrauen, aber für den Augenblick war Major Billington immer noch der Mann am Schalter, ihrer aller Herr über Leben und Tod. So war der Kommandant unverrichteter Dinge in seine Kammer zurückgekehrt.

Der bisherige Wachposten war abgelöst worden, aber sein Nachfolger wirkte auf eine unheimliche Art und Weise genauso. Als seien sie alle in der gleichen Form gegossen worden. Williams fand, es sei an der Zeit, etwas zu unternehmen, und wiederholte die Whiskey-Nummer. Fröhlich mit der Bourbonflasche wedelnd, fragte er: »Auch einen?«

Der SEAL schüttelte den Kopf. »Tut mir leid, Sir, ich bin im Dienst!«

»Selber schuld!« Der Commander nahm einen Schluck aus der Pulle und verstaute sie etwas ungelenk wieder in der Schreibtischschublade, bevor er blitzschnell den Griff der Pistole umfasste. Der Sicherungsknopf glitt wie von selbst zurück. Als Williams durchlud und sofort die Waffe hochriss, wirbelte der Marine herum. Nicht mit einer derartigen Attacke rechnend, hatte er aber einen Tick zu lange gebraucht, das Schnappen des Verschlusses in dieser Umgebung richtig einzuordnen. Wie in Zeitlupe riss es ihn von den Beinen, als ihn die Neunmillimeter erwischte. Der kurze Feuerstoß, den er noch aus seiner MP abgeben konnte, fetzte lediglich ein paar Bände aus dem Bücherregal der Kommandantenkammer. Gellend bagann der Mann zu schreien, während Blut aus seinem Körper spritzte und der säuerliche Geruch von Kordit die Luft erfüllte. Williams unterdrückte die aufsteigende Übelkeit. Er wusste, er musste schleunigst weg von hier, denn sonst wäre alles umsonst gewesen.

Seine Füße trugen ihn ohne eigenes Zutun über die vertrauten Stahlplatten des Decks. Eines war klar, Billingtons Leuten durfte er nicht in die Arme laufen. Und dann stand es ihm plötzlich in aller Deutlichkeit vor Augen: Die Ladungen, die im Rumpf installiert waren, um das Boot zu zerstören, waren der Schlüssel zu allem Weiteren.

5. Tag, 13 : 00 Ortszeit, 05 : 00 Zulu – Peking

Während der Wagen, den General Wu geschickt hatte, ihn von dem Hotel am Pekinger Flughafen, in dem er nur kurz eingecheckt und sich frisch gemacht hatte, in die Hauptstadt brachte, verflog die erfrischende Wirkung der Dusche wieder. William Boulden musste sich zwingen, mit den Gedanken bei der Sache zu bleiben. Bereits während des langen Fluges hatte er von Bord der amerikanischen Maschine aus mehrere Telefongespräche geführt. Es sah so aus, als würden die Dinge in Bewegung kommen, aber darüber konnte er mit Thomas Brewster unmöglich sprechen, nicht jetzt und schon gar nicht in diesem Auto, von dem er mit ziemlicher Sicherheit annahm, dass es verwanzt war und jedes ihrer Wort aufgezeichnet wurde. Das hier war China, und obwohl die große Limousine russischer Bauart genauso zivil aussah wie der schweigsame Fahrer in seiner Chauffeurslivree, so gehörten sie dennoch zweifellos zum Militär.

Die Fahrt dauerte nicht einmal eine halbe Stunde und sie endete zur Überraschung der beiden Amerikaner vor einer Villa in einem Randbezirk. Boulden sah Thomas Brewster erstaunt an. »Ich dachte, wir treffen Wu im Außenministerium?«

»Ich verstehe das auch nicht, Sir!«, der Asienexperte des amerikanischen Außenministeriums spähte verwundert durch die getönten Scheiben. »Das scheint General Wus Privatresidenz zu sein!« Das Erstaunen stand dem Mann klar ins Gesicht geschrieben.

Boulden sah nachdenklich aus dem Fenster der Limousine, die auf einen kiesbestreuten Vorplatz rollte. Zwei Männer traten aus dem Eingang, einer von ihnen war eindeutig der General. Erstaunlich fand Boulden, dass der Mann, den er nur von den zehn Jahre alten Fotos in seinem Dossier her kannte, sich kaum verändert hatte. Sein graues Haar war nach wie vor voll, das Gesicht immer noch so markig wie ehedem.

Ein Bediensteter sprang herbei und öffnete den Schlag.

Boulden stieg langsam aus und wandte sich den beiden Chinesen zu. Wu streckte nach westlicher Sitte die Hand aus. »Willkommen in meiner bescheidenen Wohnstatt ... äh, Mr Boulden?«

Der Präsidentenberater lächelte verbindlich. »Ich danke Ihnen für diesen freundlichen Empfang, General.« Er deutete kurz auf seinen Begleiter. »Darf ich Ihnen Mr Thomas Brewster vom Außenministerium vorstellen?«

»Sehr erfreut«, erwiderte Wu mit einem angedeuteten Kopfnicken. »Der Herr an meiner Seite ist Kommissar Raiku, mit den Angelegenheiten im Südchinesischen Meer bestens vertraut. Wenn ich Ihren Botschafter richtig verstanden habe, wird dies wohl unser gemeinsames Thema sein.«

Boulden schüttelte dem Kommissar die Hand. Der Mann sah trotz seiner gelben Hautfarbe blass und übernächtigt aus, ein Indiz dafür, dass man ihn in aller Eile von irgendwoher herbeizitiert hatte, was zeigte, dass er wichtig war!

»Doch lassen Sie uns erst mal hineingehen, bevor wir uns den ernsten Dingen des Lebens zuwenden!«

Sie folgten Wu ins Innere der Villa, deren Mobiliar und Ausstattung eine aparte west-östliche Mischung bildete. Mit Interesse nahm Boulden die Details wahr, während er weiter mit dem General diplomatische Höflichkeitsfloskeln austauschte. Der Mann war allein schon deshalb gefährlich, weil er es sich offenbar leisten konnte, gleichzeitig in zwei Welten zu leben, vermutlich auch gedanklich.

Wu führte sie in eine Art Salon und sah sich mit einem nichtssagenden Lächeln zu ihnen um. »Setzen wir uns?« Er winkte einen der schweigsamen Bediensteten herbei, die es hier überall zu geben schien, und erteilte ihm in schnellem Chinesisch einige Anweisungen. Dann wandte er sich erneut Boulden zu. »Auch wenn wir hierzulande Tee bevorzugen, habe ich mir erlaubt, für Sie Kaffee zu bestellen, weil ich mir vorstellen kann, dass der Ihnen nach der langen Reise vielleicht eher guttun wird.« Seine Augen blitzten leicht amüsiert. »Ich nehme an, Sie haben den weiten Weg auf sich genommen, um uns im Namen Ihres Präsidenten die Besorgnis Ihrer Regierung hinsichtlich unserer Manöver in der Provinz Hainan in Kenntnis zu setzen?«

Boulden lauschte den Worten nach. Das Englisch des Mannes war perfekt, denn es war gar nicht so einfach, ein derartiges Statement in nur einem Satz unterzubringen, wenn man nicht die eigene Muttersprache benutzen konnte. Wu hatte es trotzdem geschafft, wofür ihm der Sonderbotschafter insgeheim durchaus Respekt zollte. »Sagen wir es einmal so«, hob er geschmeidig an, »Washington ist, gelinde gesagt, etwas irritiert über eine gewisse, nennen wir es Zurschaustellung Ihrer militärischen Macht in diesen internationalen Gewässern, auch wenn Sie diese als der Provinz Hainan zugehörig deklarieren möchten – eine Auffassung, die, wie Sie wissen, von der internationalen Völkergemeinschaft so nicht geteilt wird. Es könnte daher Verstimmungen geben.«

Der General sah ihn beinahe erfreut an. »Ah, ja, zumal jetzt, da eines unserer Schiffe brennend in der See treibt.«

»Sie wissen, dass wir jederzeit bereit sind, humanitäre Hilfe zu leisten, General.« Boulden erwiderte das Lächeln Wus in dem sicheren Wissen, dass amerikanische Hilfe das Letzte war, was Wu wollte. »Wir haben entsprechende Einheiten in der Nähe.«

Wu nickte würdevoll. »Ich danke Ihnen für das Angebot, Mr Boulden, das ich sehr zu schätzen weiß. Aber wir verfügen selbst über alle erforderlichen Mittel. Und es wäre zum gegenwärtigen Zeitpunkt politisch möglicherweise nicht klug, wenn ein amerikanischer Verband in *chinesische* Gewässer einlaufen würde.«

Die Betonung war nicht zu überhören.

5. Tag, 09 : 00 Ortszeit, 14 : 00 Zulu – Norfolk Naval Base

Der Tagesablauf der auf der Basis einquartierten Angehörigen der *Kentucky*-Besatzung war geprägt von der nervenaufreibenden Warterei auf neue Informationen. Als Frau des Kommandanten wurde Jenn Williams immer wieder bedrängt, nochmals nachzufragen, doch die Antwort des Verbindungsoffiziers fiel jedes Mal mehr oder weniger gleichlautend aus: Man tue, was möglich sei, aber bisher gebe es nichts Neues. Das entsprach auch den offiziellen Verlautbarungen. Aber es half Jenn nicht weiter, die immer wieder den Frauen der Crew in die Augen sehen und Hoffnung vermitteln musste, wo sie selbst nur Furcht verspürte. Angela DiAngelo, die versuchte, wenigstens den schlimmsten Druck abzufangen, wusste manches Mal nicht mehr, wo ihr der Kopf stand. Es war schwierig zu erklären, warum eigentlich nur ein einziges Schiff und nicht gleich mehrere nach dem Boot suchten, was einfach mit den Gegebenheiten vor Ort zusammenhing. Nicht selten wurde sie beschimpft, aber auch das war verzeihlich, wie fast alles in ihrer gegenwärtigen Lage. Was blieb, waren die bleierne Müdigkeit und die Verzweiflung, die wie eine ansteckende Krankheit wirkte.

Am Morgen hatte der Verbindungsoffizier die Nachricht überbracht, dass es nahe dem Suchgebiet zu einem

Zusammenstoß mit chinesischen Einheiten gekommen war, aber ansonsten keine näheren Einzelheiten mitzuteilen gewusst. Ein großes allgemeines Rätselraten begann und die verschiedensten Möglichkeiten wurden durchgespielt.

Angelas Handy klingelte, und sie brauchte einen Augenblick, das Gerät aus ihrer Handtasche zu fischen. »DiAngelo?«

»Lieutenant Commander Glass, Mrs DiAngelo! Wäre es Ihnen denn möglich, mit Mrs Williams schnell mal bei mir vorbeizuschauen?« Der Verbindungsoffizier zögerte. »Wenn es geht, unauffällig, so, dass es die anderen nicht sofort mitbekommen?«

Angela fauchte beinahe. »Geldentscheidungen sollte man nie übers Knie brechen, und die treffe ich nie ohne meinen Mann, doch der ist derzeit sowieso auf Reisen!«

»Was, bitte?« Lieutenant Commander Glass kam ins Stottern.

»Vergessen Sie es einfach!« Angela trennte die Verbindung und sah entschuldigend in die Runde. »Anlageberater! Eine der amerikanischen Plagen, gleich nach Versicherungsvertretern.« Sie zwang sich zu einem Lächeln, als die anderen, die mit am Tisch saßen, verständnisvoll nickten.

Sie wandte ihren Blick Jenn zu, die unkonzentriert an einer Babyjacke strickte und immer wieder Maschen verlor. »Ich brauche etwas frische Luft und du solltest ruhig mitkommen.«

Jenn legte ihr Strickzeug weg. Jede Ablenkung tat gut. »Warum auch nicht?«, erklärte sie.

Während sie sich auf den Weg nach draußen machten, war Angela froh über das nicht gerade zu einem Spaziergang einladende Wetter. Es verhinderte, dass sich noch jemand ihnen anschließen wollte! Das hätte sie jetzt gar nicht gebrauchen können.

Fünf Minuten später erreichten sie das Büro von LCDR Glass, der immer noch darüber nachgrübelte, was mit Angela DiAngelo losgewesen war. Als es klopfte und die Tür sich öffnete, weiteten sich seine Augen. »Sie?«

Angela zuckte mit den Schultern. »Sie wollten uns sprechen?« Ein leichtes Lächeln erschien auf ihren Lippen, als sie seine Verwirrung bemerkte. »Entschuldigen Sie das seltsame Telefonat, aber es ging mir darum, hinterher den anderen sagen zu können, der Anrufer sei mein Anlageberater gewesen.«

»Äh, ja, nun ... vielleicht ist es besser so. Ich ...«

»Haben Sie gute oder schlechte Neuigkeiten für uns, Commander?« Jennifers Stimme klang spröde.

»Darüber wollte ich zunächst mit Ihnen sprechen, bevor ich die Information allgemein publik mache.« Marcus Glass spielte nervös mit einem Kugelschreiber. »Eigentlich sind es gute Nachrichten, aber die Psychologen haben mich gewarnt, dass dabei die Gefahr einer eventuellen Überbewertung bestehen könnte.«

Angela schloss die Augen. »Nachrichten von der *Guam*?«

»Nicht direkt.« Glass überflog nochmals ein Fernschreiben und schob es über den Tisch. »Seit gestern gibt es ein Signal von einer Notrufboje der *Kentucky*. Sie treibt ab. Immerhin erklären die Experten, es sei ziemlich ausgeschlossen, dass sie sich ohne menschliches Zutun vom Boot gelöst haben kann. Leider kommen wir aber an die Boje selbst nicht ran.«

Die beiden Frauen sahen sich kurz an und ahnten schon, was kommen würde. »Die Chinesen haben sie aufgefischt?«

»Bisher nicht, soweit wir wissen, aber sie schwimmt in der Nähe eines chinesischen Kampfverbandes.«

Angela dachte nach. Die Boje trieb ab, aber da Strömungen und Winde bekannt waren, konnte man wenigstens schätzen, *wo* sie an die Oberfläche gekommen war. Damit hätte Bob auf der *Guam* kein Problem. Nur – wenn sich dort die Chinesen herumtrieben, dann ... ja, was dann? Genau das war die Frage.

Sie sah auf den Uhrzeitstempel des Fernschreibens. »Es hat lange genug gedauert, bis die Nachricht Sie erreichte. Ist es sicher, dass die *Guam* diese Informationen auch hat?«

Glass blickte überrascht auf. »Ich nehme doch an, dass ...«

»Besser nicht!« Angela sah ihn ernst an. »Vergessen Sie nicht, ich war selbst lange genug in der Navy aktiv. Können Sie ein privates Satellitengespräch mit der *Guam* organisieren?«

»Das sollte nicht allzu schwierig sein. Nur: Was mache ich jetzt mit den anderen Angehörigen?«

Jenn seufzte. »Sie sorgen für eine Satellitenleitung, und ich teile es denen mit, denn es geht immerhin um die Crew meines Mannes, Commander.« Bedingt durch ihre Schwangerschaft, erhob sie sich mühsam aus dem Stuhl. »Ich werde versuchen, in ihnen keine übertriebenen Hoffnungen zu wecken, aber ein bisschen ist besser als gar nichts, zumal es anscheinend doch noch Überlebende gibt.«

5. Tag, 11 : 00 Ortszeit, 16 : 00 Zulu – Washington, D. C.

Die Putzfrau kam am Freitag und nicht, wie Samuel gedacht hatte, schon einen Tag früher. Seit Jahren war es die gleiche Frau mittleren Alters, und da sie wie alle, die mit Boulden zu tun hatten, bis rückwärts in die Zeit ihrer Geburt von den Sicherheitsdiensten überprüft worden war, galt sie als vertrauenswürdig, besaß einen Schlüssel und kannte die Codes der Alarmanlage.

Den Besitzer des Penthouse traf sie dabei so gut wie nie an, denn der war um elf Uhr natürlich längst in seinem Büro. Sie wusste, dass er geschieden war, dass es wechselnde Frauenbekanntschaften gab, dass er seine Socken und die Unterwäsche selbst in die Waschmaschine stopfte, während er die Hemden für sie liegen ließ, was zwar eigentlich nicht zu ihren Aufgaben gehörte, doch was sollte es, sie wurde schließlich sehr gut dafür bezahlt.

Als Mrs Rose Smith die Wohnung betrat, stach ihr ein seltsam muffiger Geruch in die Nase, der irgendwie an verdorbenes Fleisch erinnerte. Nur dass Mr Boulden nicht kochte. Wenn er überhaupt jemals daheim aß, dann ließ er sich allenfalls eine Pizza bringen. Stirnrunzelnd sah sie sich um. Ein unangenehmes Gefühl beschlich sie, als würde jemand sie beobachten. Vorsichtig bewegte sie sich in Richtung des großen Wohnzimmers mit der Fensterfront zum Potomac. Die Sonne stand bereits hoch über der Stadt, und tief unten gingen die Menschen ihren Beschäftigungen nach, brauste der Verkehr. Doch nichts davon drang hier herauf, das Penthouse war eine Oase der Stille.

Das unheimliche Gefühl wurde stärker, obwohl Mrs Smith es abzuschütteln versuchte. Langsam blickte sie sich um. Weit aufgerissene Augen, die noch die Panik der letzten Augenblicke festhielten, erwiderten ihren Blick aus einem aufgequollenen Gesicht heraus. Mrs Smith begann zu schreien.

5. Tag, 11 : 15 Ortszeit, 16 : 15 Zulu – Washington, D. C.

Nicht sehr weit von Bouldens Penthouse entfernt saß Anthony Wong in seinem Apartment am Schreibtisch, einem antiken Stück, das früher einmal einem spanischen Kardinal als Arbeitsplatz gedient hatte. Ein nobles Geschenk, wie man es nur von einflussreichen und betuchten Freunden in den richtigen Kreisen erhalten konnte. Aber heute fragte Wong sich, ob der Kardinal nicht an ebendiesem Schreibtisch Todesurteile der Inquisition unterzeichnet hatte. Es wäre passend gewesen.

Mit gerunzelter Stirn überflog er noch einmal den Brief, den er gerade geschrieben hatte. »Sehr geehrter Mr Marsden, wenn Sie diese Zeilen erhalten, weise ich Sie kraft der mir vom Präsidenten erteilten Vollmachten an ...« Er gab sich große Mühe, brauchbare Fingerabdrücke auf dem Papier zu hinterlassen. Eine Unterschrift konnte man fälschen, Fingerabdrücke zwar auch, aber das war deutlich schwieriger.

Eine silberne Uhr auf dem Kaminsims zeigte mit glockenhellem Klang das Verstreichen einer weiteren Viertelstunde an. Mit einem Seufzen faltete Anthony den Brief und tütete ihn in ein Kuvert ein, das er sorgfältig verschloss, bevor er es mit einem weiteren Schreiben in einen größeren Umschlag steckte. Für einen Augenblick starrte Wong schweigend auf das Paket vor sich und wünschte, es gäbe eine andere Lösung, aber Radcliff war offenbar über jedes vernünftige Ziel hinausgeschossen.

Die Zeit drängte und er hatte noch viel zu tun. Es gab wie immer mehrere Möglichkeiten, und mit einer gewissen distanzierten Belustigung fragte sich der Asiat, welche Radcliff wählen würde. Es wäre für ihn sicherer, nicht zu dem Treffen zu gehen. Aber auch Soldaten schickte man gelegentlich in einen aussichtslosen Kampf. *Es gibt Dinge, die wichtiger sind als das eigene Leben!* Wong lächelte nachdenklich. *Zumal wenn man Schuld auf sich geladen hat.*

Er griff zum Telefon, und es dauerte nicht lange, bis sich in einem Notariat am anderen Ende der Stadt eine freundliche Dame meldete. Wong versuchte seiner Stimme einen selbstsicheren Klang zu verleihen. »Mein Name ist Smith und ich muss unbedingt noch vor drei Uhr Mr Frederics sprechen.«

»Mr Frederics hat den ganzen Nachmittag Termine, Mr Smith!« Die Tatsache, dass der Name in punkto Echtheit einer Dreidollarnote glich, schien die Sekretärin nicht zu beeindrucken. Wahrscheinlich beeindruckte ein Mr Smith niemanden in Washington, weder positiv noch negativ. Wong fragte sich ernsthaft, wie jemand hier überleben konnte, der *wirklich* Smith hieß! Aber er riss sich zusammen. »Ich gehe trotzdem davon aus, dass Mr Frederics Zeit für mich finden wird. Bestellen Sie ihm einen schönen Gruß und sagen Sie, dass ich seinen Namen von Sandstone habe.«

»Sandstone? Ist das einer unserer Klienten?«

Wong verzog das Gesicht. »Das halte ich für unwahrscheinlich. Dennoch sollten Sie jetzt besser gleich mit Ihrem Boss reden.«

Die Sekretärin dachte kurz nach und entschied sich dann, auf Nummer sicher zu gehen. »Bleiben Sie bitte einen Augenblick am Apparat, Sir!« Es klickte und Musik vom Band ertönte. Wong wappnete sich mit Geduld. Frederics würde nicht begeistert sein, von »Sandstone« zu hören, aber das Zauberwort würde seinen Zweck erfüllen.

Tatsächlich klickte es nach kurzer Zeit wieder und

eine Männerstimme meldete sich. »Frederics. Mr Smith, was kann ich für Sie tun? Sie erwähnten ...«

»Ich weiß, was ich gesagt habe«, unterbrach ihn Wong. »Es geht lediglich um einen kurzen Termin und eine Kleinigkeit, um die ich Sie bitte, aber das erkläre ich Ihnen in Ihrem Büro genauer.«

Der Jurist zögerte kurz, stimmte dann aber zu. »Passt es Ihnen um zwei Uhr?«

»Einverstanden, Mr Frederics, ich werde pünktlich bei Ihnen sein«, sagte Wong und legte auf.

In seinem Büro grübelte Mr Frederics darüber nach, wer dieser Mann sein konnte, der von Sandstone wusste. Das alles war so unendlich lange her. Doch Verrat vergaß man nicht und Mord verjährte nicht. Er würde sich den Wünschen dieses Mr Smith beugen müssen oder aber andere Maßnahmen ergreifen. Falls Smith sich eine Blöße geben würde.

11. Kapitel

5. Tag, 00 : 15 Ortszeit, 16 : 15 Zulu –
Südchinesisches Meer, USS *Guam*

Der Sturm war vorüber, der rote Lichtschein der brennenden Fregatte, der in der vergangenen Nacht den Himmel über den Paracels erhellt hatte, erloschen. Die Wolkendecke war beinahe geschlossen, sieben Achtel, wie Meteorologen dies ausdrückten, und es war entsprechend finster.

Der Verband drehte in einer weit gezogenen Dwarslinie nach Nordwesten ein. Nur ganz kurz blitzten blaue Lichtsignale auf, dann hatte auch das dritte Schiff den Kurswechsel bestätigt. Sehen konnten sie einander nicht, denn die Schiffe waren blind, die sonst unablässig rotierenden Radarantennen standen still. Alle Systeme waren auf Standby geschaltet. In den Funkschapps der Schiffe wurde nur noch darauf gelauscht, was sich im Äther tat. Kein Funkspruch, nicht einmal Kurzwellenkontakt mit den Kameraden von der *Kitty Hawk* oben am Himmel, überhaupt kein Signal verließ die abgedunkelten Schiffe. Wäre nicht ab und zu das Aufleuchten eines weißen Streifens Kielwasser gewesen, wenn der Mond doch einmal durch eine der wenigen Wolkenlücken schien, es hätten Gespensterschiffe sein können, die hier mit fünfzehn Knoten durch die Nacht schlichen, der Geschwindigkeit, die das langsamste

Schiff des Verbandes gerade noch laufen konnte. Etwa eine Stunde würden sie noch bis zu ihrem Ziel brauchen, das ein kleines, harmlos aussehendes Kreuz auf den Seekarten markierte.

Captain Thomas Baxter spähte aus der Brückennock in die Dunkelheit. Er wusste, dass die anderen Schiffe dort waren. Nur halblaut wurde die Meldung eines Ausgucks auf dem Signaldeck übermittelt: »*Victor Buckmann* Steuerbord achteraus, vielleicht fünf Kabel!«

»Danke!« Baxter wandte sich um, konnte aber den Lenkwaffenzerstörer der Arleigh-Burke-Klasse nicht entdecken, der ebenso blind und stumm unterwegs war wie sie selbst. Der Grund dafür war relativ simpel. Jedes Radargerät strahlte ungefähr dreimal so weit, wie es selber »sehen« konnte. Wenn man also einen Gegner erst einmal als leuchtenden Punkt vor sich hatte, dann wusste dieser schon seit mindestens einer halben Stunde, dass man anrückte. Also war es besser, blind in der Dunkelheit herumzufahren und zu lauschen. Auch wenn das Gefühl der Unsicherheit blieb. Man war eben so an Radar gewöhnt.

»Schiff Backbord voraus! Sieben oder acht Kabel, Captain!«

Das war auf seiner Seite. Baxter hob das Glas, aber alles, was er erkennen konnte, war ein schmaler Streifen Kielwasser, der von der USS *Shenandoah* stammte, einem Kreuzer der Ticonderoga-Klasse, darauf ausgelegt, mit sechsundzwanzig Knoten oder mehr Marschfahrt die Meere zu durchkreuzen. Bei dieser Gammelfahrt hinterließ er nicht einmal mehr ein breites Kielwasser. Auch ohne das Schiff zu sehen, konnte Baxter es sich in allen Einzelheiten vorstellen, von dem breiten, überdimensioniert wirkenden Aufbau bis hin zu den feuerbereiten Raketenwerfern. Sollte das hier schiefgehen, würde die *Shenandoah* das schwerste Kaliber sein, das in dieser Nacht ins Gefecht fuhr, auch wenn an dessen Ausgang wenig Zweifel bestehen konnten, sollten die Chinesen auf einem Tanz bestehen, denn zahlenmäßig waren sie haushoch überlegen. Aber Captain Thomas Baxter hoffte immer noch, dass es nicht so weit kommen würde. Langsam ließ er das Glas wieder sinken. »Auf andere Schiffe achten!« Er zwang sich zu einem leisen Lachen. »Nicht dass wir versehentlich einem Schlitzauge den Hintern küssen, Jungs!«

»Aye, aye, Captain!« Ein amüsiertes Glucksen folgte. »Das wäre wirklich zu blöde!«

Baxter riss sich zusammen. Der kleine Scherz hatte die Stimmung etwas gelockert. Es war immer das Gleiche. Wenn Offiziere noch Witze machten, konnte es nicht so schlimm stehen.

Unter Deck, in der Messe, erläuterte Robert DiAngelo noch einmal die Einzelheiten, um zu gewährleisten, dass auch wirklich alle über denselben Informationsstand verfügten. Ungefähr dreißig Leute hatten sich versammelt und es war furchtbar eng. »Also, wie Sie alle wissen, wurden Commander Harper und ich von einem chinesischen U-Boot angefahren. Damit ist die Rechnung relativ einfach geworden.« Er nahm einen Schluck Kaffee. »Die Chinesen hatten genau wie wir mindestens vier Tage Zeit. Und sie suchen etwas, weswegen das Boot, das uns gerammt hat, nur mit sehr mäßiger Geschwindigkeit unterwegs war.«

»Also suchen die auch nach der *Kentucky*?«

Der Captain richtete den Blick auf den Fragesteller. Lieutenant Commander Benson würde die *Fairy*, das zweite Tauchboot, steuern. Zum Glück hatten sie in der Zwischenzeit genügend Batterien erhalten, um beide Boote bis zum Stehkragen damit auszurüsten.

DiAngelo schüttelte den Kopf. »Ich glaube nicht. Vier Tage, die Chinesen waren näher dran und hatten mehr Möglichkeiten als wir. Hätte ihr Hauptaugenmerk der *Kentucky* gegolten, dann hätten sie vermutlich das Boot schon gefunden, und vielleicht haben sie es ja sogar. Aber in Wirklichkeit sind sie hinter etwas anderem her.«

Commander Harper streckte die langen Beine etwas weiter aus. »Wir nehmen an, dass die *Kentucky* in eine Kollision verwickelt wurde und die Chinesen sehr wahrscheinlich eines ihrer eigenen Boote suchen, das ebenfalls am Grund liegt.«

Benson schnappte nach Luft. »Aber wieso haben sie das dann noch nicht aufgespürt?«

»Eine berechtigte Frage«, meinte DiAngelo. »Es kann nur so gewesen sein, dass eines der Boote, oder sogar beide, beschädigt noch eine gewisse Strecke zurücklegen konnte, bevor es auf Grund ging. Eine Unterwasserkollision kann zeitversetzt alle möglichen Folgeschäden nach sich ziehen. Von daher ist eine Entfernung von zwanzig oder mehr Meilen vom Kollisionspunkt ohne weiteres denkbar.«

Er sah auf die Uhr. »Sie haben die Operationsbefehle gelesen. Die Position, die wir für die Notrufboje der *Kentucky* zum Zeitpunkt des Auftauchens zurückgerechnet haben, und die Position, an der wir mit dem Chinesen zusammengestoßen sind, liegen nur knappe zehn Meilen auseinander. Ansetzen werden wir bei der Position der Notrufboje, wobei Sie allerdings nicht davon ausgehen sollten, dass wir diese exakt ermitteln konnten. Ein paar Meilen hin oder her müssen wir einfach hinnehmen.« Er sah erneut auf die Uhr. »Unser

Zeitrahmen umfasst etwa vierzehn Stunden und er beginnt in etwa vierzig Minuten mit dem Aussetzen der Boote! Viel Glück, meine Herren!« Er grinste aufmunternd. »Und denken Sie daran, wir sind da unten nicht allein!«

5. Tag, 00 : 15 Ortszeit, 16 : 15 Zulu –
Südchinesisches Meer, USS *Wichita*

Das U-Boot, welches die Besatzungen der Hawkeyes, die die Routinemeldungen auffingen, nur als »Nummer eins« kannten, war mit gerade einmal vier Knoten unterwegs, machte aber so gut wie keine Fahrt über Grund, da die *Wichita* in eine ebenfalls etwa vier Knoten starke Strömung gedreht hatte. Wie ein überdimensionaler Raubfisch stand sie einfach in der Strömung.

Aber der gelangweilte Eindruck täuschte. »Nummer eins« hatte seine Befehle von der Siebten Flotte erhalten. Alle Systeme waren auf Passiv geschaltet und im Boot herrschte Ruhe. Die Chance, ein Boot zu verfolgen, das leiser war als eines der sagenhaften russischen Akulas, war gering, aber die Aussicht, selbst nicht von ihm erwischt zu werden, war gut, solange man nur ebenfalls leise genug war. USS *Wichita* war bereit einzugreifen für den Fall, dass *Fairy* und *Oz* etwas Rückhalt brauchten.

5. Tag, 00 : 15 Ortszeit, 16 : 15 Zulu –
am Grund des Südchinesischen Meeres, USS *Kentucky*

Wenige Minuten nachdem Roger Williams seinen Bewacher erschossen hatte, begann an Bord der *Kentucky* die Jagd auf ihn. Billington hatte vor Wut geschäumt und es an seinen Männern ausgelassen. Die Marines, die eben einen Kameraden verloren hatten, fühlten sich natürlich entsprechend verbittert, als sie sich schwer bewaffnet auf die Suche nach dem Kommandanten machten, der sich irgendwo im Boot aufhielt.

Nun, rund fünfzehn Stunden später, begann die Verbitterung der Männer in verzweifelte Wut oder widerwillige Hochachtung umzukippen, denn den Kommandanten hatten sie immer noch nicht. Williams lieferte sich im Gegenteil mit den Marines ein Katz-und-Maus-Spiel, bei dem man nie so richtig wusste, wer die Katze und wer die Maus war. Und Gründe, warum sie ihn nicht in die Finger bekamen, gab es viele, mehr, als Billington sich eingestehen wollte. Zwar befanden sich mehr als sechzig SEALs an Bord der *Kentucky*, doch einige von ihnen waren bei der Kollision verletzt worden und schieden daher aus, und rund zwei Dutzend waren nötig, um die reguläre Besatzung und die Rumpfbesatzung von Commander Morgan zu bewachen, und irgendwann mussten die Männer auch einmal schlafen. Immerhin waren sie, seit sie die Übernahme des Bootes vorbereitet hatten, mehr oder weniger ununterbrochen auf den Beinen. Praktisch war immer nur eine Handvoll Männer wirklich auf der Suche nach dem Kommandanten.

Aber es kam noch etwas hinzu: Die Marines befanden sich nicht auf vertrautem Territorium. Wo auch immer an Land – in einem Wüstendorf oder einem Dschungelversteck –, sie hätten Williams schon längst geschnappt. Sie waren jedoch in einem Atom-U-Boot, und dessen neunzehntausend Tonnen Wasserverdrängung ergaben im getauchten Zustand einen Hohlkörper von über fünfzigtausend Kubikmetern oder mehr als einhundertfünfundneunzigtausend Kubikfuß. Und in diesem Raum befanden sich Schotts, Maschinen,

Kabelschächte, Fluchtröhren, Schapps aller Art, Unterkünfte und Waffenmagazine. Das Innere der *Kentucky* war für Roger Williams eine vertraute Umgebung, für die Marines hingegen ein stählerner Irrgarten.

Selbst Major Billington hatte das Toben aufgegeben und brütete nur noch schweigend in der Zentrale vor sich hin, während seine Offiziere es tunlichst vemieden, ihm unter die Augen zu kommen.

Roger Williams fühlte sich müde und kaputt. Auf allen möglichen Umwegen hatte er sich durch das Boot geschlichen, war manches Mal unter den Flurplatten entlanggerobbt oder hatte sich unter Kojen versteckt. Gelegentlich war es eng geworden. Einmal hatte er oben auf einem Generator in Abteilung elf gelegen, während drei Marines alles rundherum absuchten.

Noch immer machte ihm die Tatsache zu schaffen, einen Menschen erschossen zu haben. Doch das galt es zu verdrängen, es gab Wichtigeres. Wenigstens hatte er den Mann gefunden, den er jetzt am nötigsten brauchte. Er hob den Kopf, um etwas näher an die Bodenplatte über sich zu kommen, und flüsterte: »Miles!«

Über ihm bewegte der Lieutenant sich unruhig. Er war zusammen mit etwa dreißig anderen in einen Raum gesperrt worden, der nur für acht vorgesehen war, und lag wie die meisten auf dem blanken Stahldeck. In den vergangenen Stunden hatte er mit seinen Leuten unter ständiger Aufsicht ununterbrochen in Abteilung elf und zwölf gearbeitet und war schließlich vor Erschöpfung eingepennt.

Der Kommandant versuchte es erneut. »Miles!«

Der Lieutenant rührte sich verschlafen, und es dauerte, bis er wieder so weit wach war, um den Sachverhalt zu begreifen. »Sind Sie das, Sir?«

Einer der Unteroffiziere, der noch munter gewesen war, reagierte prompt, marschierte zum Schott und lehnte sich dagegen, damit keine von Billingtons Figuren so ohne weiteres hereinschneien konnte.

»Wie kommen Sie da runter, Sir?«, fragte Miles.

»Das ist eine lange Geschichte. Ich brauche Ihre Hilfe.«

»Wir haben uns schon gedacht, dass was im Busche ist, nachdem die SEALs versucht haben, das ganze Boot auf den Kopf zu stellen. Was haben Sie jetzt vor?«

»Billington will das Boot angeblich zwar erst sprengen, wenn die Chinesen aufkreuzen, aber ich bezweifle, dass er noch so lange wartet. Er ist mit seinen Nerven wohl am Ende.«

»Die meisten seiner SEALs wohl auch. Klaustrophobie.« Der Lieutenant seufzte. »Der XO hat versucht, einigen der Marines ins Gewissen zu reden, woraufhin ihn Billington in Abteilung sieben hat einsperren lassen. Ich habe nur noch nicht herausbekommen, wo genau.«

Der Kommandant klammerte den XO aus seinen Überlegungen aus. Abteilung sieben war gefährlich, denn dort hatte sich auch das Gros der Seals einquartiert, und ein Herankommen an den Mann war kaum möglich.

»Den XO können wir wohl leider erst mal vergessen, dafür sind Sie jetzt umso wichtiger.«

Miles warf dem Unteroffizier am Schott einen kurzen Blick zu, aber draußen rührte sich nichts. »Was soll ich tun?«

»Wir haben im Rumpf insgesamt zehn Ladungen zur Selbstzerstörung des Bootes. An vier bin ich bereits herangekommen. Abteilung neun steuerbord, acht backbord und steuerbord sowie fünf, ebenfalls steuerbord.«

Der Torpedooffizier versuchte sich den schematischen Aufbau ins Gedächtnis zu rufen. Die Ladungen waren samt und sonders im Unterdeck untergebracht, für den Fall, dass das Boot an der Oberfläche gezwungen sein sollte, sich selbst zu zerstören. Im Grunde genommen reichte die Sprengkraft aber nicht aus, das Boot wirklich zu zerfetzen, sondern taugte lediglich dazu, den Rumpf aufzureißen und das Boot somit zu versenken. Doch abgesoffen waren sie sowieso schon! Was also sollte das Ganze? Trotzdem sagte er: »Die zwei in Abteilung vierzehn können Sie abhaken, Sir. Die steht unter Wasser, da kommt keiner mehr ran.«

Williams schüttelte den Kopf, was Miles auf der anderen Seite der Bodenplatten nicht sehen konnte. »Das reicht nicht. Wir müssen sichergehen, dass die Leitungen gekappt sind. Wenn Billington den Knopf drückt, muss der ganze Kram tot sein. Nicht dass wir hochkommen und uns bricht dann das ganze Heck endgültig ab!«

Die beiläufige Erwähnung einer Hoffnung, wieder aufzutauchen, schien alle in dem engen Deck zu elektrisieren, auch Miles. »Ich glaube, das kriegen wir hin, Sir, falls es nicht eine redundante Leitung durch das Oberdeck gibt.«

Williams überlegte kurz. »An die müsste man doch irgendwie von Abteilung zehn aus rankommen?«

»Ich versuche es, Sir! Mir wird schon ein Grund einfallen, da rumzuturnen.« Er zögerte. »Wir haben da noch ein anderes Problem! Das obere Schott von Abteilung elf macht immer mehr Wasser!«

»Wie schlimm ist es? Können Sie es noch einen oder zwei Tage über die Runden bringen?«

Miles wiegte den Kopf. »Ich bin mir nicht sicher, Sir. Wir haben es zwar abgestützt, so gut es geht, aber die ganze Geschichte scheint sich langsam durchzubiegen. Der Wasserdruck, Sir!«

Sie lagen in etwa zweieinhalbtausend Fuß Tiefe, hatten es einerseits mit dem herrschenden Oberflächendruck, andererseits dort, wo der Bootskörper aufgerissen war, mit den Druckverhältnissen der Umgebung zu tun. Damit war das Schott einer Belastung von rund hundert Tonnen ausgesetzt. Dem Kommandanten war sehr wohl klar, was das bedeutete, nur ging es ihm nicht anders als jedem an Bord: Er wusste nicht, was man dagegen tun konnte. »Dann bleibt uns wohl nur die Hoffnung, dass die Navy sich allmählich blicken lässt, Lieutenant. Doch zuvor sollten wir die restlichen Sprengladungen außer Gefecht gesetzt bekommen.«

»Ich beeile mich. Was ist mit neun und fünf an Backbord?«

»Da habe ich bereits eine Idee!«

»Eigentlich müssten wir den Bastarden das Boot wieder abnehmen, Sir!«

»Nein ... das gäbe ein Blutbad. Organisieren Sie mir lieber einen Happen zu essen, für den Fall, dass ich es schaffe, in den nächsten Stunden noch mal vorbeizukommen.«

Oberhalb der Flurplatten lauschte Miles, wie sein Kommandant nach vorne weiterrobbte. Der Lieutenant, der wie jeder wusste, dass beim Entschärfen einer Ladung auch mal was schiefgehen konnte, verspürte nur noch grenzenlosen Stolz darauf, unter einem Mann wie diesem Dienst tun zu dürfen, egal wie beschissen ihre Lage auch war!

5. Tag, 14 : 00 Ortszeit, 19 : 00 Zulu – Washington, D. C.

Im MPDC, dem Metroplitan Police Department of Columbia, herrschte wie üblich rege Betriebsamkeit. Nicht nur, dass sich in der Indiana Avenue Northwest eine der größten Polizeidienststellen der USA befand, sie war auch für eine der Städte zuständig, deren Kriminalitätsrate sich mehr und mehr der von New York anglich. Aber während die Kollegen vom NYPD es in der Regel mit dem Spektrum »gewöhnlicher« Kriminalität zu tun hatten, galt es in Washington bei einer Straftat immer auch, gewisse politische Aspekte nicht außer Acht zu lassen, die überraschend häufig eine Rolle spielten.

Im Falle der Toten aus dem Apartment war dies einfach gewesen. Der Besitzer des Penthouse saß in nationalen Krisenstäben und ging im Weißen Haus ein und aus, nicht erst seit der aktuelle Präsident im Amt war. Noch politischer ging es also nicht, und damit galten andere Regeln. Zwar waren von der Verfassung her alle Menschen gleich, aber manche waren eben noch gleicher. Für die Beamten des MPDC ein gewohnter Zustand. Nicht selten leisteten sie im Grunde nur die Anfangsarbeit der Ermittlung, bevor das FBI den Fall an sich zog, auch wenn es sich dabei nicht um ein Bundesverbrechen handelte und nur das MPDC dafür zuständig gewesen wäre. Aber die Realität war anders, und es nutzte nichts, sich dagegen aufzulehnen.

Detective Jim Conolly ließ sich deswegen jedenfalls keine grauen Haare wachsen. Wenn er den Fall an das FBI abgeben musste, damit die Jungs in den schicken Anzügen die Sache vertuschen konnten, dann war das eben so. Er hatte noch weitere Mordfälle auf dem Schreibtisch. Trotzdem runzelte er die Stirn, als er die ersten

Untersuchungsergebnisse überflog. Bei der Toten handelte es sich um eine Sekretärin im Außenministerium, Linda Walton, 38 Jahre alt, unverheiratet, erdrosselt in der Wohnung von William Boulden, 52 Jahre, Präsidentenberater. Jeder andere wäre wohl schon zum Verhör abgeholt worden, aber Bouldens Büro hatte nur mitgeteilt, der Chef sei derzeit nicht da, und darüber, wo er sich befiinde, könne im Interesse der nationalen Sicherheit keine Auskunft erteilt werden. Die übliche Phrase, mit der sich in der Hauptstadt alles und jedes begründen ließ, selbst gegenüber Beamten der Mordkommission. Es gab manchmal Tage, an denen Conolly nicht übel Lust hatte, seinen Job hinzuschmeißen.

5. Tag, 04 : 15 Ortszeit, 20 : 15 Zulu –
Südchinesisches Meer, USS *Oz* und *Fairy*

Die Suche hatte dieses Mal nicht lange gedauert. Kein fremdes U-Boot hatte sie angefahren, keine gefährliche Strömung ihnen Probleme bereitet. Nur die See tief unter dem Meeresspiegel war kalt und dunkel wie gewöhnlich. Selbst gelegentlich neugierig in die Druckfenster hereinstarrende Haie waren offensichtlich nicht in der Stimmung, sich mit den beiden Kleinst-U-Booten anzulegen. Ein Ärger, den sie nicht hätten gebrauchen können, denn ein ausgewachsener Makohai brachte es leicht auf ein Gewicht von über einer halben Tonne. Ein lebender Torpedo, der mit mehr als vierzig Knoten unterwegs sein konnte und auch nicht davor zurückschrecken würde, die tausend Zähne seines mächtigen Gebisses an so was wie der *Oz* und der *Fairy* auszuprobieren, wenn ihm danach zumute war.

Die Sendestärke der Unterwassertelefone hatten sie

bis zur Grenze der Verständlichkeit heruntergedreht. Die Stimme von Lieutenant Commander Benson an Bord der *Fairy* klang dünn und wie aus weiter Ferne: »Oh Scheiße!«

Robert DiAngelo blickte aus den vorderen Bullaugen. Der schwarze Rumpf in seinem Sichtfeld schien sich endlos weit in die Dunkelheit hinein zu erstrecken, was aber eine optische Täuschung war, die aus der begrenzten Reichweite der Scheinwerfer resultierte. Er wusste bei dem Anblick, den ihm die langsam weiter dahinschwebende *Oz* nach und nach vermittelte, nicht, ob er Erleichterung oder Entsetzen verspüren sollte. Erleichterung darüber, dass es sich dabei nicht um die *Kentucky* handelte, oder Entsetzen darüber, was mit diesem Boot und seiner Besatzung geschehen war.

»Die Bugsektion ist nur noch Schrott!«, stellte Harper mit hörbarer Betroffenheit fest. »Sieht aus, als sei dort etwas explodiert.«

DiAngelo nickte. »Mit Sicherheit. Die Kollision muss, den aufgerissenen Zellen nach, beinahe rechtwinklig erfolgt sein und es gab Folgeschäden.« Seine Stimme klang ebenso rau wie die des Commanders. »Wahrscheinlich Brände nach Kurzschlüssen. Das Boot sank nicht sofort, es war nur nicht in der Lage, wieder aufzutauchen. Und dann sind eben die Waffensysteme hochgegangen.« Er drückte den Knopf am Unterwassertelefon. »Benson, Sie nehmen die Backbordseite, wir Steuerbord. Arbeiten Sie sich langsam nach achtern vor. Vielleicht entdecken wir Schriftzeichen oder so etwas. Passivsonar so weit wie möglich hochfahren, möglicherweise gibt es doch noch Überlebende im Druckkörper.« Er ließ den Knopf los.

»Überlebende da drinnen?« Harpers Tonfall verriet, dass er daran nicht glaubte.

»Sein kann es immer«, meinte DiAngelo. »Auf der *Kursk* haben die Männer noch beinahe eine Woche gelebt, bevor das Aus für sie kam.«

Harper zuckte mit den Schultern. »Zumindest hat es so geheißen.«

5. Tag, 07 : 45 Ortszeit, 23 : 45 Zulu – Peking

William Boulden unterhielt sich am Frühstückstisch mit Thomas Brewster nochmals über ihr erstes Treffen mit Wu und Raiku. »Mehr als die alten, bekannten Positionen hatten die beiden nicht zu bieten.«

»Es war nicht anders zu erwarten, Sir.« Der Asienexperte rührte gedankenverloren in seinem Kaffee. »Die Chinesen beanspruchen das ganze Südchinesische Meer. Dass dies de jure nicht aufrechtzuerhalten ist, interessiert sie nur am Rande. Damit sehen sie auch keine Veranlassung, dort die ›Übungen ihrer Volksmarine‹, so die offizielle Sprachregelung, einzustellen.«

»Trotzdem passt das alles irgendwie nicht recht zusammen«, sagte Boulden nachdenklich. »Zum einen haben die Chinesen nicht das geringste Wort über die *Kentucky* verloren, und zum anderen scheint es sie gar nicht zu interessieren, dass eines ihrer Schiffe von einem unserer Piloten angegriffen wurde. Drittens sind sie massiv militärisch im Suchgebiet präsent, und viertens, Wu trifft sich mehr oder weniger privat mit uns. Das ist die eine Seite. Die andere ist, dass Raiku ein Zivilist ist, der uns als Politkommissar vorgestellt wurde.«

»Die Militärkommission ist eine der ganz großen Mächte im Land und neuerdings auch das Handelsministerium, das dank des Wirtschaftsbooms in die Lage versetzt wurde, der chinesischen Volksarmee behilflich zu sein, technologisch aufzuholen. Denkbar also, dass Raiku zum Handelsministerium gehört.«

Der Sonderbotschafter schwieg einen Moment nachdenklich. »Sollte dem so sein, dann wollen die Chinesen etwas. Es könnte aber genauso gut sein, dass der Mann beim Geheimdienst ist.«

»Die Chinesen wollen natürlich eine De-facto-Anerkennung ihrer Ansprüche, Sir!«, erinnerte ihn Brewster. »Es geht immerhin um Öl und Erdgas, Energiequellen, die sie benötigen, um ihre Abhängigkeit von Importen zu reduzieren.«

Boulden starrte sein Frühstücksei an, als erwarte er von dort die Erleuchtung. »Etwas stimmt nicht an dem ganzen Gedankengang. Die Chinesen wollen uns nicht im Südchinesischen Meer haben und aus irgendwelchen Gründen besonders jetzt nicht.« Er atmete tief durch. »Vermutlich weil die Brüder da irgendetwas treiben, was keiner mitkriegen soll!« Boulden blickte auf. »Fühlen Sie deswegen mal beim Pentagon vor, und ich versuche, Anthony Wong zu erreichen. Wir müssen in Erfahrung bringen, ob die Chinesen irgendwelche neuen Marineausrüstungen im Test haben. Vielleicht gibt es Gerüchte. Und dann klemmen Sie sich hinter die Botschaft, denn ich brauche eine direkte Verbindung zum Präsidenten. Es gilt, unseren kleinen informellen Besuch bei den Herrschaften noch etwas aufzupeppen.«

12. Kapitel

6. Tag, 08 : 15 Ortszeit, 00 : 15 Zulu –
Südchinesisches Meer, USS *Oz*

»Falls unsere Lauscherchen keinen Hörsturz erlitten haben, dann tut sich hier absolut nichts«, stellte Harper fest.

Die *Oz* stand inzwischen rund zehn Meilen nordwestlich von der Stelle, an der sie das chinesische Boot entdeckt hatten.

»Was nicht ist, ist nicht, obwohl theoretisch … Robert DiAngelo führte den Satz nicht mehr zu Ende und studierte stattdessen erneut intensiv die elektronische Seekarte auf einem der Monitore. Sein Gehirn ratterte förmlich, bis er entschied: »Die Howard-Untiefe! Den nächsten Suchkreis starten wir dort.«

»Yeah, aber an der flachsten Stelle immer noch über siebenhundert Fuß tief gelegen!«

»Schon, aber die einzige noch verbleibende einigermaßen flache Stelle, die Roger Williams angesteuert haben könnte, falls das mit der *Kentucky* überhaupt noch so weit ging. Ansonsten haben wir es rundum mit Tiefen zwischen dreitausend und fünftausend Fuß zu tun.«

»Also gut, die Batterien machen die Tour noch mit, nur fallen wir dann aus dem vorgegebenen Zeitrahmen raus.«

DiAngelo rechnete kurz nach. Die *Guam* hatte sie um 17:00 Uhr Zulu ausgesetzt. Rund sieben Stunden waren seitdem vergangen. Da sie nicht die Schnellsten waren, würde es fast drei weitere Stunden dauern, bevor sie überhaupt die Howard-Untiefe erreichten. Noch mal mindestens drei Stunden mussten für eine wenigstens oberflächliche Suche veranschlagt werden, was bedeutete, sie würden sich erst um kurz nach 07:00 Uhr Zulu auf den Weg zum Rendezvouspunkt machen. Nur hätten sie zu dieser Zeit schon dort sein sollen! »Wir müssen es drauf ankommen lassen. Steuern Sie also weiter nach Nordwesten und ich kümmere mich derweil um Plan B.« DiAngelo griente freudlos.

Harper sah ihn fragend an. »Plan B? Wusste gar nicht, dass wir auch einen Plan B im Ärmel haben, Captain!«

»Aber klar doch.« Der Captain grinste. »B wie Barbecue. Der Smut der *Guam* hat für uns ein Futterpaket zusammengestellt. Vielleicht muntert das Ihre Lebensgeister ja etwas auf, Commander!«

Der Texaner verdrehte die Augen. »Ich kenne den Burschen, und das kann daher nur so ein Zeug sein, das man im *Mittelwesten* fälschlicherweise für Barbecue hält.« Er starrte nach draußen, wo die Scheinwerfer die Dunkelheit zu durchdringen versuchten. Sie waren im Nichts, im absoluten Nichts. Zweitausend Fuß unter ihnen lag sandiger Grund. So ähnlich mussten sich auch Astronauten fühlen, nur dass die Barbecue aus der Tube bekamen. So gesehen waren sie gar nicht mal ganz so schlecht dran. Harper fragte sich, ob Benson auf der *Fairy* mit den gleichen Luxusproblemen zu kämpfen hatte. Eher unwahrscheinlich, denn die hatte sich bereits aufgemacht, die Nachricht vom Wrack des chinesischen Bootes möglichst rasch zur *Guam* zu bringen, falls sie sie auf einem der früheren Treffpunkte erwischte. Vor Beginn des Einsatzes hatten sie, zeitlich gestaffelt, eine ganze Reihe möglicher Treffpunkte vereinbart, damit die Chinesen kein Schema hinter dem Kurs, den die *Guam* lief, erkennen konnten. Aber ins Auge gehen konnte die Geschichte natürlich trotzdem.

Doch Harper kam nicht dazu, dem Gedanken lange nachzuhängen. Die Sonargeräte schlugen aus und gleichzeitig hallte es schauerlich aus den Lautsprechern, leere Coladosen schepperten von der Konsole zu Boden. Verdutzt umklammerte der Texaner den Steuerknüppel, aber da war nichts in der Nähe, was diesen Lärm verursachen konnte.

DiAngelo überflog die Anzeigen. »Geräusch in nulldrei-fünnef!« Er stülpte sich den Kopfhörer über und lauschte. Was er alles andere als leise hörte, klang wie das Kreischen einer gigantischen Bohrmaschine in Beton, aber trotz der Lautstärke irgendwie weit weg.

Da sie aus naheliegenden Gründen nur mit ihrem Passivsonar operieren konnten, musste die Frage nach der Entfernung der Geräuschquelle offenbleiben und auch, worum es sich dabei eigentlich handelte. Alles, was sie hatten, war eine Richtung.

Rasch bestätigte er einen Schalter und an der Rückwand des Cockpits begann ein digitales Aufzeichnungsgerät die Daten mitzuschreiben. Vielleicht wurde später jemand daraus schlau.

Commander Harper sah ihn von der Seite an. »Und lässt sich zu dem Spektakel irgendwas sagen?«

»Nicht wirklich. Ein U-Boot jedenfalls kann es in dieser Form nicht erzeugen. Aber irgendwas Mysteriöses passiert da am Grund. Bloß was, in Gottes Namen? Egal im Moment, wir laufen weiter nach Nordwesten, das sollte uns gut frei halten!«

»Aye, aye, Sir!« Langsam, wie sie nun einmal war,

schlich die *Oz* weiter durch die See. Das Geräusch an Steuerbord verstummte nach ein paar Minuten wieder.

6. Tag, 09 : 00 Ortszeit, 01 : 00 Zulu – Peking

Von den Informationen her, die ihm mittlerweile zugegangen waren, fühlte sich William Boulden für das zweite Treffen mit General Wu, das diesmal in ihrem Hotel stattfinden würde, bestens präpariert. Gemächlich schlenderte er mit Brewster zu dem kleinen Konferenzraum, dessen runder Tisch bereits mit den üblichen Getränken eingedockt war.

General Wu mit Kommissar Raiku im Gefolge traf fünf Minuten später ein. Nachdem die gegenseitigen Begrüßungsrituale abgewickelt waren und alle Platz genommen hatten, ergriff der Präsidentenberater das Wort. »Wir haben uns zu dieser informellen Runde zusammengefunden, um auszuloten, ob und wie die in der Südchinesischen See aufgetretenen Spannungen zu lösen sind, nicht mehr und nicht weniger.« Sein Blick suchte den des Generals. »Was also zwischen uns besprochen wird, wird von unserer Seite aus absolut vertraulich behandelt und in keinster Weise publik gemacht werden. Doch wenn Sie gestatten, dann möchte ich Ihnen zuerst einmal eine kleine Geschichte erzählen.«

General Wu nickte, aber sein Gesichtsausdruck verriet nicht, was er dachte.

»Also dann: Es waren einmal zwei Großmächte. Beide verfügten über moderne U-Boote, die sich ihrer Bestimmung gemäß überall auf der Welt herumtrieben. Schnell, leise und vor allem unsichtbar. Das war alles kein Problem, bis eines schönen Tages zwei der U-Boote unter Wasser zusammenstießen und beide Seiten sich genötigt sahen, nach deren Verbleib zu forschen, und dies in Gewässern, deren Status ungeklärt war. Alles musste daher natürlich sehr diskret ablaufen.« Boulden hielt kurz inne, bevor er fortfuhr, den Blick auf Raiku gerichtet: »Keine einfache Aufgabe, vor allem nicht für die Verantwortlichen vor Ort. Sie stimmen mir doch zu, Kommissar?«

Raikus Augen glitzerten. »Würde diese Geschichte stimmen, dann wäre das Ganze in der Tat eine sehr vertrackte Angelegenheit, Mr Boulden.«

»Das glaube ich auch. Zumal wenn man in Betracht zieht, dass solche U-Boote keine Kreuzfahrtschiffe sind und alles an Bord der strengsten Geheimhaltung unterliegt. Ein solches Boot in die Finger zu bekommen wäre für die jeweils andere Macht militärisch das große Los. Nur – stellen wir uns eine Frage: Was ist wichtiger, das eigene Geheimnis zu wahren oder das der anderen Großmacht zu ergründen?«

Für einen Augenblick hing Schweigen im Raum. Brewster wartete mit angehaltenem Atem, denn Boulden hatte damit die Karten auf den Tisch gelegt. Nun würde sich zeigen, was die Chinesen in der Hand hatten.

Plötzlich kam Bewegung in General Wu, der zu seiner Teetasse griff. »Eine interessante Geschichte, verbunden mit einer kniffligen Frage.« Während er umrührte, verharrte sein Blick nachdenklich auf Bouldens Gesicht. »Nur ist sie nicht die einzige spannende Frage.« Das Geräusch des Löffels verstummte. »Wie Sie so schön erzählen, ist der Status der Gewässer in Ihrer Geschichte ungeklärt. Diese Auffassung vertritt die eine Großmacht, während die andere genau gegenteiliger Meinung ist und den Status für geklärt hält. Es stellt sich daher doch die berechtigte Frage, was das

U-Boot der einen Großmacht, nennen wir sie A, in diesen Gewässern zu suchen hatte.«

Boulden zuckte nicht mit der Wimper. »Nennen wir es doch einfach eine reguläre Patrouillenfahrt durch Gewässer, durch die immerhin ein paar sehr wichtige Schifffahrtslinien verlaufen.« Er zögerte. »Und wie sähe die Fortsetzung aus? Nun, beide Großmächte wären gezwungen, in dem betreffenden Gebiet Flotteneinheiten kreuzen zu lassen. Zum einen, um ihre eigenen Suchaktivitäten zu tarnen, zum anderen, um die der anderen Nation zu behindern.«

Raiku schüttelte den Kopf. »So einfach ist das nicht, Mr Boulden. Wir betreiben hier ein hypothetisches Denkspiel, mehr nicht. Jenseits dessen sei, wie Sie auch unseren offiziellen Verlautbarungen entnehmen können, nochmals betont, dass die Ursache der Explosion an Bord der *Fuangshe* noch ungeklärt ist, wobei aber zumindest ein Raketentreffer schon mal ausgeschlossen werden kann!«

Boulden tat erstaunt. »Richtig, die *Fuangshe*, die hätte ich beinahe ganz vergessen.« Er lächelte schmal. »Von mir aus können wir die Fregatte, obwohl sie ein real existierendes Schiff ist, getrost mit in die Handlung unserer Story einbauen.«

General Wu beugte sich vor. »Ich glaube nicht, dass dieser Teil relevant ist, Mr Boulden. Außerdem hat Ihre Geschichte gleich zwei Haken. Was, wenn die Großmacht B kein U-Boot verloren hat und zudem auch nichts von einem U-Boot der Großmacht A weiß?« Er lächelte. »Wir wissen doch, wie in einem Realfall so etwas abläuft. Die Russen haben im Laufe der letzten Jahrzehnte ein paar Beispiele dafür geliefert. Ein fremdes U-Boot, das in den Gewässern eines anderen Landes auf Grund liegt, verursacht einen diplomatischen

Aufruhr, spätestens wenn die Presse davon erfährt.« Wus Lächeln wurde breiter. »Würde also B auf so einen politischen Bonus verzichten, zumal wenn die beiden Großmächte international gewissermaßen konkurrieren?«

Boulden gab sich den Anschein, kurz nachzudenken, aber in Wirklichkeit hatte er die Antwort längst parat. »B würde es tun, nämlich wenn dabei noch etwas weit Wichtigeres auf dem Spiel stünde.«

Raiku richtete sich steil auf. »Und was könnte das Ihrer Meinung nach sein, Mr Boulden?«

Der Sonderbotschafter hob in gespielter Hilflosigkeit die Hände. »Ich weiß es nicht. Es könnte auch damit zusammenhängen, dass A ein dreißig Jahre altes Boot verloren hat, dessen Fähigkeiten doch bereits erheblich besser dokumentiert sind als die eines nagelneuen U-Bootes der Großmacht B.«

Raiku wollte etwas sagen, aber Wu stoppte ihn mit einer kurzen Geste. »Dabei wollen wir es bewenden lassen, Mr Boulden. Es gilt ja schließlich auch noch ein paar reale Probleme zu lösen. Ich habe mir von den Kommandeuren der Volksmarine sagen lassen, dass unsere Flottenübung aller Voraussicht nach in etwa zwei Wochen abgeschlossen sein wird. Da nun schon einmal Verbände Ihrer Navy in chinesischen Gewässern stehen, halten wir es für einen Beweis unserer friedfertigen Absichten, wenn wir sie einfach ebenfalls ihre Manöver zu Ende bringen lassen. Es erscheint uns allerdings sinnvoll, um einen geregelten Ablauf für beide Seiten zu gewährleisten, eine Art Grenzziehung vorzunehmen, damit wir uns nicht gegenseitig ins Gehege kommen. Die Marine schlägt vor, dass Ihre Leute sich südlich des vierzehnten Breitengrades halten, unsere bleiben nördlich davon.«

»Ich muss gestehen, dass ich kein Seemann bin, General! Daher sei die Frage gestattet, wo der denn genau verläuft.«

»Ich musste es mir auch erst erklären lassen«, bekannte Wu. »Etwa einhundertzwanzig Seemeilen südlich der Paracel-Inseln, wie Sie die Xishas nennen. Etwas südlicher als die Höhe von Manila.«

»Oh, das ist ganz schön weit südlich!« Er versuchte sich ein kartographisches Bild der Lage zu machen, was ihm aber nur bruchstückhaft gelang. »Selbstverständlich werde ich Ihren Vorschlag an die entsprechenden Stellen weiterleiten, General. Ich möchte Ihnen aber dennoch jetzt schon zu bedenken geben, dass auch Einheiten anderer, mit uns verbündeter Marinen in diesem Seegebiet präsent sind. Und wenn mich nicht alles täuscht, dann liegen einige der philippinischen Stützpunkte eindeutig nördlich der von Ihnen vorgeschlagenen Linie.« Seine Stimme wurde etwas kühler. »Zudem sollten wir nicht vergessen, dass Malaysia und die Philippinen ja ebenfalls Anspruch auf einige der Inseln erheben, und deren Marinen sind ebenfalls an den Flottenübungen beteiligt.«

»Schade!« Wu zuckte erneut mit den Schultern, als habe das alles in Wirklichkeit keine Bedeutung. »Ich hatte gehofft, mit diesem Vorschlag könnte man unser beider Problem einfach aus der Welt schaffen.«

Boulden nickte. »Das ehrt Sie, aber leider sind die Verhältnisse doch um einiges komplexer.« Er zögerte. »Daher möchte ich anregen, die Frage, vor der die beiden fiktiven Großmächte in meiner Geschichte standen, eventuell noch einmal zu reflektieren.« Er lächelte verbindlich. »In der geschilderten Situation könnte ja auch der Fall eintreten, dass plötzlich jeder das U-Boot des anderen hat. Fragt sich, ob das die Dinge einfacher oder komplizierter macht.« Er richtete den Blick auf Raiku, der auf einmal so aussah, als habe er etwas Schlechtes gegessen. »Was denken Sie, Kommissar?«

Raiku musterte ihn etwas unwillig. »Vielleicht fehlen Ihrer Geschichte noch ein paar Details, die sie glaubwürdiger machen könnten.« Er zwang sich zu einem Lächeln. »Daran müssten Sie noch etwas feilen, bevor man diese Frage schlüssig beantworten könnte.«

»Nun gut! Aber auch ohne hypothetische Denkspiele haben wir ja genug zu tun.« Boulden sah wieder Wu direkt an. »General, ich will nicht unhöflich erscheinen, aber vielleicht kann Ihre Volksmarine noch einmal den Plan einer Trennung der Übungsgebiete überdenken. Es könnte ja durchaus noch eine elegantere Lösung geben. Ich werde unsere Navy bitten, das Gleiche zu tun.« Er lächelte breit und nickte Raiku zu. »Und natürlich werde ich bis zu unserem nächsten Treffen ein paar Details mehr zu dieser Geschichte beizutragen haben, Kommissar.«

6. Tag, 20 : 00 Ortszeit, 01 : 00 Zulu – Washington, D. C.

Anthony Wong hatte die vergangenen Stunden unter anderem damit verbracht, in die Kirche zu gehen und zu beichten. Er fühlte sich dadurch erleichtert. Was immer auch geschehen mochte, zumindest war er freigesprochen worden von all seinen Sünden.

Er hatte lange darüber nachgedacht, ob er wirklich zu dem vereinbarten Treffen in dem Hotel gehen sollte. Wong war schließlich nicht auf den Kopf gefallen. Die Wahrscheinlichkeit, dass der Senator vorhatte, sich seiner zu entledigen, war hoch, aber es bestand auch die Möglichkeit, dass es einen neuen Plan gab, für dessen Umsetzung Radcliff ihn brauchte. Vielleicht, aber auch nur vielleicht, gab es eine Fifty-fifty-Chance, den angerichteten Schaden wiedergutzumachen. Auch wenn die besser war als bei einer Wette beim Pferderennen, konnte er darauf nicht setzen, sondern musste hoffen, dass Radcliff sich vernünftig zeigte. Denn wenn nicht, war er tot.

Er erreichte das Hotel pünktlich zu der vereinbarten Zeit und marschierte stracks an der Rezeption vorbei, denn nachzufragen, wohin er musste, brauchte er nicht. Die Suite, in der der alte Sam seinen Geburtstag gefeiert hat! Trotz seiner Nervenanspannung musste Wong bei der Erinnerung daran lächeln. In Anbetracht der Tatsache, dass sich die Spitzen der sogenannten christlichen Rechten dort versammelt hatten, war es eine ziemlich wilde Party gewesen, bei der keine Sünde ausgelassen wurde.

Im Aufzug war Wong allein. Er holte den alten Colt 1911, den er mit sich führte, hervor und verbarg ihn unter dem leichten Regenmantel, den er über dem Arm trug. Nicht ganz wehrlos zu sein konnte im Fall der Fälle nicht schaden.

Im obersten Stockwerk klopfte er an die Tür der Suite. Stille. Er versuchte es noch einmal, aber wieder kam keine Antwort. Vorsichtig drehte er den Türknauf, stellte fest, dass nicht abgeschlossen war, und schlüpfte hinein. Ein seltsamer Geruch hing in der Luft, der ihm irgendwie bekannt vorkam.

Augenscheinlich war außer ihm noch niemand hier. Nach einer Falle sah das nicht aus. Wong entspannte sich etwas. Vielleicht wollte sich Radcliff wirklich nur mit ihm unter vier Augen treffen und hatte sich verspätet. So was konnte schließlich immer mal vorkommen, besonders bei einem Senator mit übervollem Terminplan. Wong beschloss, sich zur Beruhigung seiner Nerven einen Drink zu genehmigen. Als er den geschwungenen Bartresen der protzig dimensionierten Suite ansteuerte, verstärkte sich der merkwürdige Geruch, der ihm von Anfang an aufgefallen war. Das Begreifen kam spät. Erst als er den blutüberströmten reglosen Körper hinter dem Bartresen entdeckte, schaltete er, und sein Gehirn zählte eins und eins zusammen. Senator Radcliff ließ Tabula rasa mit jedem machen, der ihm gefährlich werden konnte. Und er würde der Nächste sein!

Auch wenn Samuel nichts für die Umstände konnte, die zu seiner Verspätung geführt hatten, war er dennoch darüber sauer. Hoffentlich hatte Wong – auch einer von denen, die das große Muffensausen gekriegt hatten – nicht schon die Leiche entdeckt. Trotzdem benutzte er nicht den Hotelfahrstuhl, bei dem man nie wissen konnte, wer sonst noch mitfuhr, sondern eilte die Stufen des leeren Treppenhauses nach oben. Acht Stockwerke waren kein Problem für einen Mann, der jeden Morgen fünf Meilen joggte.

Vorsichtig öffnete er die Tür zum Gang der Etage und blickte hinaus. Der Gang war leer. Mit ein paar schnellen Schritten erreichte er die Suite und stürzte mir nichts, dir nichts hinein, wobei er die schwere Glock automatisch aus dem Schulterholster zog. Die Waffe im Anschlag haltend, stutzte er. Wieso war da niemand?

Die Irritation währte nur einen Augenblick, aber selbst Sekundenbruchteile konnten, wie ihm vor langer Zeit seine Ausbilder eingebläut hatten, über das Leben eines Mannes entscheiden. Es war nur eine winzige Reflektion in den großen Fensterscheiben, die ihn herumwirbeln ließ, aber Wong hatte sich bereits hinter der Bar aufgerichtet und ihn ins Visier genommen.

Verdammtes Schlitzauge!, dachte Samuel, während er den Abzug der Glock durchriss, aber der alte Colt 1911 des Asiaten donnerte ebenfalls bereits los, noch während Samuel den Rückstoß in seiner Hand spürte. Der Einschlag wischte ihn von den Füßen, wobei seine überreizten Sinne noch registrierten, wie Wong seinerseits in die mit Gläsern bestückte Rückwand der Bar geschleudert wurde. Mühsam versuchte Samuel, wieder auf die Füße zu kommen. Im Barbereich rührte sich nichts mehr. Er musste sich zusammenreißen, und dann nichts wie weg von hier. Es konnte nicht lange dauern, bis jemand kam.

Trotz der nun immer stärker werdenden Schmerzen zog er sich an einem der Ledersessel hoch. Drei, vier tapsige Schritte schaffte er, bevor ihm schwindlig wurde, er erneut stürzte und liegen blieb, während das Blut aus der Austrittswunde an seinem Rücken im Teppichboden versickerte. Niemand brauchte Samuel zu erläutern, was ein Bauchschuss bedeutete. In der Hinsicht machte er sich nichts vor. Und selbst wenn er ganz rasch gefunden und wider Erwarten von tüchtigen Notfallchirurgen gerettet wurde, was hatte er denn noch groß zu erwarten außer der Todesstrafe und der Giftspritze in den Arm? Die Leichen, die im Namen der Sache produziert worden waren, gingen alle auf sein Konto. Samuel hustete und eine weitere Schmerzwelle raste durch seinen Körper. Er wusste, seine Zeit war um.

Die Glock, die er immer noch umklammert hielt, schien Tonnen zu wiegen. Aber er schaffte es, wie er immer alles geschafft hatte. Der Donner des letzten Schusses löschte allen Schmerz aus.

6. Tag, 11 : 00 Ortszeit, 03 : 00 Zulu –
im Südchinesischen Meer,
atomgetriebenes Angriffs-U-Boot *Shi-Nan*

»Kontakt in null-eins-eins! Abstand etwa sechs Meilen! Geschwindigkeit vier Knoten.«

Fregattenkapitän Wong fuhr herum, als die Meldung des Sonaroffiziers aus dem Lautsprecher drang. »Gibt es dazu auch einen Kurs?«

»Moment, Herr Kapitän, wir koppeln ihn mit!«

Kapitän zur See Tsoshi unterdrückte ein Lächeln und bemühte sich stattdessen um Sachlichkeit. »Irgendwas um drei-eins-fünf herum!«

»Darauf haben Sie also gewartet, Genosse Kapitän?«, fragte der Kommandant.

Tsoshi Sheizu konnte gerade noch den Impuls unterdrücken, das Gesicht zu verziehen. »Es war klar, dass die Amerikaner wiederkommen würden. Mich stört nur ...« Er hielt inne, dann griff er zum Mikrofon. »Sonar, haben Sie eine Ahnung, was das sein könnte? Ein Kleinst-U-Boot möglicherweise?«

Der Sonaroffizier nahm sich einen Augenblick Zeit. »Kurs ist drei-zwo-null. Klingt zumindest nicht wie ein normales U-Boot, Kapitän.«

»Wenn wir dranbleiben wollen, müssen wir das Ortungsgerät einholen, Kapitän!« Wongs Stimme klang drängend, als habe der Jagdinstinkt ihn gepackt.

Aber Tsoshi hob die Hand. »Noch nicht!« Gedanken rasten durch seinen Kopf. Er hatte nicht mit einem einzelnen Rettungs-U-Boot gerechnet. Im Geiste rekapitulierte er, was er aus Geheimdienstinformationen und Peilungen zusammensetzen konnte. Die *Guam* hatte zwei von diesen DSRVs an Bord! Wo war das zweite? Und konnte es wirklich sein, dass die Amerikaner ohne

Rückendeckung agierten? Nein, das war eher unwahrscheinlich. Für ihn war damit die Sachlage klar. Ruhig trug Tsoshi den Kurs in die Seekarte ein. »Er will zur Howard-Untiefe. Wong, lassen Sie einen weiten Kreis steuern! Aber Vorsicht mit dem Ortungsgerät!« Er blickte auf und fixierte den Kommandanten. »Ihre Leute sollen die Ohren aufsperren, irgendwo hier ist vielleicht noch ein zweites von diesen Mini-Dingern unterwegs. Und wenn ich mich nicht sehr täusche, haben sie auch noch einen großen Bruder mitgebracht.« Er lächelte nachdenklich. »Die Amerikaner werden nach der Kollision nicht mehr viel riskieren, weil sie nur zwei dieser Rettungs-U-Boote haben.«

Fregattenkapitän Wong nickte. »Das macht Sinn, Genosse. Aber wenn das kleine Boot die Harald's Bank erreicht, wird es irgendwann auch das amerikanische U-Boot finden.«

»Eine vertrackte Situation, nicht wahr?« Tsoshi sah ihn reglos an. Wong hatte den Finger auf den wunden Punkt gelegt. Noch immer hatten sie keine Spur ihres eigenen Bootes. Und nun näherten sich die Amerikaner dem Wrack der *Kentucky* und damit dem Testfeld. Er musste eine Entscheidung treffen. »Ich glaube, wir sollten sie das Boot finden lassen, Kapitän Wong.«

»Deren Boot ist nicht so entscheidend«, stimmte Wong zu. »Allerdings wird man nicht begeistert sein, wenn die *Long-Huang* oder die neuen Sperrbojen in falsche Hände fallen.«

Tsoshi dachte nach. »Lassen wir die Amerikaner trotzdem ihr Boot finden. Im Gegenzug werden sie uns zur *Long-Huang* führen.« Er lächelte ruhig. »Immerhin haben sie nur zwei dieser Rettungs-U-Boote, und von einem wissen wir ja, wo es steckt. Das Sonar sollte aber auf alle Fälle herauszufinden versuchen, ob nicht noch ein großes U-Boot irgendwo lauert, Los-Angeles-Klasse, Seawolf, so etwas in der Art. Ein Aufpasser, der es notfalls mit uns aufnehmen kann.«

»Ein Jagdboot?«, fragte Wong besorgt.

Sheizu Tsoshi lächelte kalt. »Was würden Sie denn einsetzen, wenn Sie in den Schuhen der Amerikaner steckten? Die Siebte US-Kavallerie?«

Wong starrte ihn kurz an und griff dann zum Mikro. »Sonar, wir laufen einen weiten Suchkreis nach Backbord. Möglich, dass irgendwo ein noch größeres U-Boot unterwegs ist, um dem kleinen Schutz zu geben. Das Gerät bleibt zunächst einmal noch draußen.«

Tsoshi lehnte sich mit verschränkten Armen gegen das Schott und beobachtete den Kurswechsel. Aber in Wirklichkeit waren seine Gedanken bei der taktischen Situation. Im Augenblick zog die *Shi-Nan* ein rund dreihundert Fuß langes Schleppnetz aus Sonarempfängern hinter sich her. So ein Towed Array, wie die englische Bezeichnung dafür lautete, arbeitete im Niederfrequenzmodus und war in der Lage, ein U-Boot über eine große Entfernung aufzuspüren. Der Nachteil war nur, dass man mit so einem langen Kabel am Heck enge Wendungen tunlichst vermied. Vor allem wenn man vorhatte, eventuell ein amerikanisches Jagdboot zum Tanz einzuladen.

13. Kapitel

6. Tag, 11 : 15 Ortszeit, 03 : 15 Zulu –
Südchinesisches Meer, USS *Oz*

Das kleine Tauchboot hatte die Howard-Untiefe erreicht, für deren flachste Stellen auf den Seekarten immerhin noch rund siebenhundertfünfzig Fuß Wassertiefe eingezeichnet waren. In Anbetracht der Tatsache, dass rundherum aber Tiefen von beinahe fünftausend Fuß erreicht wurden, kam sie praktisch als letzte Zufluchtsmöglichkeit für ein beschädigtes U-Boot, das nicht mehr an die Oberfläche konnte, in Frage, denn dem dort herrschenden Wasserdruck vermochte die Bootshülle noch standzuhalten.

»Wir gehen über die Sandbank und fahren dann eine mittelachsige Zickzacklinie, das ist das Einfachste.« DiAngelos Stimme klang beherrscht, obwohl er in Wirklichkeit nur mühsam seine Erregung zu zügeln wusste.

Tex Harper signalisierte seine Zustimmung durch eine Art gnädiges Knurren, obwohl er schon seit endlos vielen Stunden am Steuerstick der *Oz* saß, die eigentlich für Kurzeinsätze gebaut worden war, um U-Boot-Besatzungen abzubergen und sie entweder an die Oberfläche zu einem Schiff oder zu einem anderen U-Boot zu bringen. Kurze Fahrten, dafür war sie konstruiert, aber nicht für dieses ewige Herumschleichen in feindlichen Gewässern. Nicht einmal eine Toilette war vorgesehen worden, weshalb man menschlichen Bedürfnissen eben mit Hilfe eines verschließbaren Eimers nachgehen musste, was auch nicht gerade dazu beitrug, dass die Luft im Boot besser wurde.

DiAngelo blickte unwillkürlich nach oben, als über ihnen die Schrauben von Kriegsschiffen bereits mit bloßem Ohr zu hören waren, doch ohne Einsatz des Aktivsonars war eine genaue Entfernungsbestimmung nicht drin.

»Hört sich an, als seien es zwei!« Tex verzog das Gesicht. Die *Oz* war zu klein, um ein leicht erfassbares Ziel für ein Aktivsonar abzugeben, was aber nicht ausschloss, dass ein gutes Passivsonar sie dennoch einfangen konnte, wenn das Glück sie verließ.

DiAngelo konsultierte seine Displays. »Ich glaube, sie sind zu schnell, um uns mitzukriegen. Wir müssen es eben drauf ankommen lassen!«

»Yeah, warum auch nicht, nachdem wir schon einmal hier sind«, erklärte der Texaner. »Ich steuere dann mal auf das Flach! Vielleicht sollten Sie das Theater aufzeichnen. Die Experten können sich das später mal anhören.«

»Gute Idee!« DiAngelo schaltete den Rekorder wieder ein. Im Grunde funktionierte das Ganze wie eine Blackbox in einem Flugzeug. Nicht nur die Geräusche, sondern auch viele der Computerdaten wurden mitgeschrieben. Ein sinnvolles Verfahren, das es erlaubte, später noch Einzelheiten aus der Aufzeichnung zu erkennen, die der Besatzung in der Hektik des Einsatzes entgangen waren.

»Noch etwa zwei Meilen, dann hebt sich der Grund!« Harper schielte auf die elektronische Karte.

Bob nickte. »Wir treiben allerdings etwas ab. Steuern Sie drei-zwo-null, um auszugleichen.«

»Drei-zwo-null liegt an!«

Minuten verstrichen. Laut Karte begann der Grund unter ihnen anzusteigen, aber DiAngelo verzichtete auf das Echolot, um sich zu vergewissern. Es hätte zwar die Nerven beruhigt, aber auch jedes neugierige Kriegsschiff im Umkreis von einigen Meilen angelockt. In der Ferne verklang das Pfeifen der Turbinenantriebe der Fregatten und es kehrte wieder Ruhe ein, nur die Elektromotoren und die Schraube summten leise weiter.

»Ich habe ein Geräusch in Grün null-vier-null!« Der Captain lauschte weiter in seine Kopfhörer. »Ist nicht besonders stark, klingt aber wie Kontakt von Metall zu Metall.«

Commander Harper hob den Kopf. »Kurswechsel?«

»Die Straße scheint ja frei zu sein, sehen wir uns das also doch mal näher an.« DiAngelo nickte zustimmend. »Vielleicht haben wir ja auch einmal Glück!«

6. Tag, 11 : 25 Ortszeit, 03 : 25 Zulu –
Südchinesisches Meer,
atomgetriebenes Angriffs-U-Boot *Shi-Nan*

»Was bei allen Göttern …!« Der Fregattenkapitän starrte auf die Karte. Der letzte Kurswechsel hatte das amerikanische Tauchboot auf einen beinahe direkten Kurs zur *Kentucky* gebracht, aber das war es nicht, was Wong beunruhigte.

Tsoshi, der neben ihm stand, blieb gelassen. »Sie könnten Kontakt haben, eventuell über einen *distress pinger* auf einer uns unbekannten Frequenz, aber eigentlich sind sie dafür noch zu weit von dem U-Boot entfernt.«

Wong blickte auf. »Sie werden zu nahe an das Testfeld kommen.«

»Richtig!« Der Kapitän dachte nach. Er wusste schließlich so manches, was dem Kommandanten verborgen war. Zum Beispiel, dass es Absicht gewesen war, das amerikanische U-Boot in das Testfeld zu locken. Nur die nachfolgende Kollision war ein Unfall gewesen. Wie immer, wenn Tsoshi an Raikus Plan dachte, musste er ein Grinsen unterdrücken. Es war die wirksame Umkehrung all dessen, was man über militärische Geheimnisse zu wissen glaubte. Es hätte auch alles wunderbar geklappt, wenn der Kommandant der *Long-Huang* sich strikt an seine Befehle gehalten hätte. So aber war die Lage außer Kontrolle geraten. »Geben Sie stillen Alarm«, ordnete Tsoshi an. »Es kann sein, dass wir ebenfalls in das Testgebiet müssen.« Er grinste. »Wir haben darin ja schon etwas Übung.«

6. Tag, 11 : 25 Ortszeit, 03 : 25 Zulu –
Südchinesisches Meer, am Grund der Howard-Untiefe

Das Testgebiet bestand aus insgesamt etwa einem Dutzend am Grund verankerten Bojen. Die Hälfte waren Sonarbojen, die ständig im Niederfrequenzbereich lauschten. Vier weitere waren in der Lage, einen extrem lauten Geräuschpegel zu erzeugen, der dazu diente, das Sonar von U-Booten zu überlagern. Die Finesse daran war, dass das gigantische künstliche Bohrmaschinenschrillen, untermischt mit Frequenzen bis hinauf in den Ultraschallbereich wie auch hinunter in den Subschallbereich, genau definierte Unterbrechungen aufwies, kleine Frequenzbereiche, die von den beiden restlichen Bojen, oder auch einem eigenen U-Boot, genutzt werden konnten, trotz allem noch eine einigermaßen genaue Ortung eines Ziels vorzunehmen. Denn zwei der Bojen trugen jeweils zwei Anti-U-Boot-Torpedos und die notwendigen Zielerfassungssysteme. Alles war ausgeklügelt aufeinander abgestimmt, und obwohl sich das ganze System noch im Erprobungsstadium befand, so hatte es doch in mancher Hinsicht bereits die Erwartungen seiner Erfinder übertroffen. Die Bojenkette an der Howard-Untiefe war in der Lage, ein fremdes Atom-U-Boot, das unvorbereitet in deren Reichweite geriet, taub und damit hilflos zu machen und dann mit einem Aal zu versenken. Einem Torpedo, dem das U-Boot normalerweise leicht hätte entgehen können, aber nur dann, wenn es ihn auch kommen hörte, was die Geräuschbojen jedoch wirkungsvoll verhinderten.

In siebenhundertachtundsechzig Fuß Tiefe bewegte sich der obere Teil der Boje KR-15 auf dem Drehkranz, um dem erfassten Ziel zu folgen. Nur entsprach dessen Fertigungsqualität noch nicht ganz den Vorgaben der Entwickler. Immer wenn der Drehkranz sich bewegte, resultierten daraus leichte metallische Schabelaute.

6. Tag, 11 : 30 Ortszeit, 03 : 30 Zulu –
am Grund des Südchinesischen Meeres, USS *Kentucky*

Sie haben mich! Roger Williams versuchte sich so klein wie möglich zu machen, aber er wusste, dass er das Unvermeidliche nur hinauszögerte. Hinter ihm versperrte ein Schott den Weg weiter nach vorn, und das Luk, das ihn zum Unterdeck von Abteilung vier gebracht hätte, konnte er nicht mehr erreichen, ohne dass die Marines ihn sehen würden. Stundenlang war er durch das Boot gerobbt und geschlichen wie ein Gespenst und irgendwann vor Erschöpfung eingenickt. Noch immer war ihm vor Müdigkeit und Hunger schwindelig. Selbst jetzt, angesichts der drohenden Gefahr, fiel es ihm schwer, sich zu konzentrieren.

Die beiden Marines in dem engen Gang rissen die Waffen hoch. Für Sekundenbruchteile schien die Welt einzufrieren, während Williams in die schwarzen Mündungen der beiden Sturmkarabiner starrte. In Erwartung der Kugeln, die er sich gleich einfangen würde, versuchte er ein letztes Mal an Jenn und die Kinder zu denken.

Aber die SEALs, die offenbar andere Befehle hatten, schossen nicht. Der Ältere der beiden, den Rangabzeichen nach ein Gunnery Sergeant, brüllte ihn an: »MP fallen lassen, Hände hinter den Kopf, und kommen Sie langsam da raus!«

Der Kommandant tat, wie der Sergeant befohlen hatte. Dessen Begleiter schleuderte ihn grob gegen einen der Stahlspinde und zwang ihn, die Beine zu spreizen. »Haben wir dich!« Nachdem der Lance Corporal ihn mit professioneller Gründlichkeit abgetastet und auch noch die Pistole abgenommen hatte, gab er dem Sergeant mit dem Daumen ein Zeichen.

»Okay, Sie können sich umdrehen, Sir!«

Williams spürte den Drang, irre zu lachen. Selbst in einer Situation wie dieser wurde er noch mit »Sir« angeredet. Doch das Lachen verging ihm, bevor er auch nur damit anfangen konnte.

Der heimtückische Schlag von hinten mit dem Kolben des Karabiners in die Niere traf ihn gänzlich unerwartet. Ein glühender Schmerz fuhr ihm durch den Körper, und die Beine knickten ihm weg. Schwere Stiefel malträtierten seine Rippen und er spürte das Knacken brechender Knochen. Aber die Qual nahm und nahm kein Ende. Erst als sein Kopf von einem der Tritte getroffen wurde, empfing ihn eine gnädige Ohnmacht.

6. Tag, 11 : 45 Ortszeit, 03 : 45 Zulu –
Südchinesisches Meer, USS *Oz*

»Ich hab was!« Robert DiAngelos Stimme klang angespannt. »Könnte von einem *distress pinger* stammen.

»Lassen Sie mal hören, Captain!«

DiAngelo reichte ihm den Kopfhörer, den der Commander sich mit der freien Hand ans Ohr presste. Für einen Augenblick lauschte er schweigend. »Ja, das könnte hinhauen!«

Der AN/BQN-13 der *Kentucky* mit seiner auf Rettungszwecke begrenzten Reichweite von nicht einmal einer viertel Seemeile funktionierte offenbar auch noch nach fünf Tagen.

»Welche Richtung?«

»Null-null-fünf!«

Harper korrigierte den Kurs um eine Winzigkeit.

»Wir könnten natürlich kurz das Aktivsonar benutzen und hoffen, dass die Chinesen die Impulse nicht mitkriegen«, überlegte DiAngelo laut.

»Yeah, ein oder zwei Pings zur Abstandsmessung wären nicht schlecht«, meinte Harper.

»Okay, wir riskieren es!« Bob drückte die entsprechenden Knöpfe. Da Schall unter Wasser nicht besonders schnell läuft, dauerte es einen winzigen Augenblick, bis der Impuls sein Ziel erreichte und als Echo zurückkehrte.

»Wir haben sie! Abstand vierhundert Yards, in Grün null-eins-null. Tiefe zweitausendfünfhundert Fuß! Sie hängt am Abbruch der Untiefe!«

Der urplötzlich einsetzende Höllenlärm einer überdimensionierten Betonbohrmaschine, wesentlich lauter als beim ersten Mal, bereitete ihrer Euphorie ein vorläufiges Ende, ließ die Hülle der *Oz* vibrieren und quälte ihre Ohren bis zur Grenze des Erträglichen. »Fuck!« war alles, was der Commander dem entgegenzusetzen hatte.

DiAngelo hatte alle Peilungen aus dem Sonar verloren. Selbst die Quelle des lauten Kreischens konnten die Computer nicht wirklich ermitteln, denn die sonst so dünnen Linien der Peilungen waren breiten Winkeln auf dem Display gewichen, die *Oz* taub gestellt worden. Wozu und weshalb? Bobs Gedanken kreisten in rasender Geschwindigkeit um diese alles entscheidende Frage. Die Erleuchtung traf ihn fast wie ein Hammerschlag: Sie steckten in einer akustischen Tarnfalle, aus der heraus tödliche Gefahr drohte. »Runter!« Er schlug Harper auf die Schulter. »So schnell und so tief es geht!«

»Was? Wieso?«

»Torpedos!« DiAngelo langte hinüber auf die andere Seite des Cockpits und drückte die Hand des Commanders auf dem Joystick nach vorn. Zeit für lange Erklärungen hatten sie nicht mehr. Die stumpfe Nase der *Oz* senkte sich nach unten, als die unterstützenden Computersysteme Zellen fluteten und die Tiefenruder bis zum Anschlag nach oben stellten. »Steuern Sie null-zwo-null, Tex!«

Der Texaner hatte zwar die Situation noch nicht ganz begriffen, aber Befehl war Befehl. Er ließ die *Oz* sacken wie einen Stein, während er sie gleichzeitig mit den Schwenkschrauben auf den neuen Kurs zwang. Dreitausendzweihundert Fuß hatte die *Oz* überlebt, als sie von den Chinesen überrollt worden war! Ein Torpedo würde das nicht schaffen, sondern vorher zerdrückt werden.

Aus der Schwärze jenseits ihres Scheinwerferkegels tauchte ein Schatten auf, dicht gefolgt von einem zweiten. Noch bevor sie in irgendeiner Weise reagieren konnten, verschwanden die beiden Torpedos wieder in der Dunkelheit außerhalb ihres Blickfeldes. Es hatte den Anschein, als würden sie einfach einen Schwenk nach oben machen, aber das war eine optische Täuschung, da die *Oz* ja immer noch steil sank.

Es dauerte etwas, bis Commander Harper wieder den Mund öffnete. »Yeah, das erlebt man auch nicht alle Tage! Kommen die Biester zurück?«

Bob DiAngelo atmete pfeifend aus. »Ich glaube nicht.« Er begann zu lachen. »Das nimmt uns garantiert niemand ab. Die Zielsysteme haben uns für einen großen Täuschkörper gehalten!«

»Wie denn das?« Der Texaner sah ihn ungläubig an.

»Wir sind kein großes Echo. Außerdem sind wir langsam nach unten durchgesackt, wie es ein Täuschkörper auch tun würde. Die Elektronik hat uns deshalb als Köder identifiziert, und die beiden Aale sind einfach an uns vorbeigeschossen, um nach uns das Ziel neu aufzufassen. Wahrscheinlich haben wir ja beim Abtauchen auch einen netten Blasenschwall von uns gegeben.«

Commander Harper sah ihn einen Augenblick lang schweigend an, bevor er sich räusperte. »Yeah, Sie haben recht, Captain, das glaubt uns wirklich keiner.« Er strich sich mit dem Handrücken über das Kinn. »Nur: Was machen die jetzt, nachdem es außer uns wohl kein neues Ziel geben dürfte?«

»Das sollte uns nicht unbedingt mehr kratzen, denn wir dürften mittlerweile zu tief für sie sein.«

»Zu tief?« Harper blickte auf seine Anzeigen und dann aus den Bullaugen nach vorn. Der Meeresboden schien mit rasender Geschwindigkeit näher zu kommen. Er riss den Steuerstick zurück, aber das Anblasen brachte kaum noch was. Das Bewegungsmoment war einfach zu groß. Es war ein Gefühl, als würden sie in einen großen Pudding fallen. Schlammwolken wirbelten auf und nahmen ihnen das letzte bisschen Sicht. Aber es gab keinen harten Aufprall. Die *Oz* wurde mehr oder weniger sanft abgebremst. Reflexartig schaltete Harper den Antrieb ab, bevor die Schrauben Dreck ansaugen konnten.

»Angekommen!«, konstatierte er trocken.

Bob sah ihn misstrauisch an. »Hatten wir das nicht schon einmal?«

»Yeah, gestern, wenn mich die Erinnerung nicht täuscht.«

6. Tag, 11 : 47 Ortszeit, 03 : 47 Zulu –
Südchinesisches Meer,
atomgetriebenes Angriffs-U-Boot *Shi-Nan*

Mit der Annahme, es gäbe außer der *Oz* kein weiteres Ziel für die Torpedos, hatte Commander Harper sich getäuscht. Eines war die *Shi-Nan*, die in etwa vier Meilen Abstand der *Oz* gefolgt war. Als das Kreischen der Geräuschbojen durch das Wasser hallte, war die Besatzung bereits darauf vorbereitet gewesen, denn es war schließlich nur eine Frage der Zeit gewesen, bis das kleine amerikanische Boot in das Testgebiet eindringen würde, in völliger Unkenntnis der Gefahren. Daraus resultierten zwei Möglichkeiten: Entweder die Torpedos erwischten die Amerikaner, was zwar bedauerlich, doch eben unvermeidlich sein würde, oder aber sie vermochten das kleine Boot gar nicht als Ziel zu erkennen. Für die *Shi-Nan* ergab sich aber daraus auch kein prinzipielles Problem, da sie über die Selbstzerstörungssequenzen der Torpedos verfügte. Allerdings klaffte manchmal zwischen Theorie und Praxis ein gewaltiger Unterschied. Bereits als sie das erste Mal in das Testgebiet vorgedrungen waren, war es ihnen nicht gelungen, die Zielerfassung der Waffenbojen in ausreichendem Maß zu stören: Die in das Towed-Array eingebauten Geräuschsender, welche die Schallfrequenzen, mit denen die Zielerfassung arbeitete, blockieren sollten, hatten sich als zu schwach erwiesen.

Fregattenkapitän Wong rechnete also bereits mit irrlaufenden Torpedos. Als das Sonar die beiden anlaufenden Waffen inmitten des infernalischen Lärms meldete, waren bereits alle vorbereitet. »Abwehrmaßnahmen!« Er warf einen kurzen Blick zu Tsoshi, der Halt am Schott gesucht hatte. Der Kapitän nickte. Wong wandte sich zu seinem Ersten um. »Gerät abwerfen!« Während sich das Boot steil aufrichtete, ertönte bereits irgendwo von achtern ein leiser Knall, der aber im Durcheinander unterging. Nur der plötzliche Ruck war spürbar, als das Boot, von seiner Last befreit, vorwärtsschoss. Die große siebenblättrige Schraube drehte immer schneller und drückte das Boot in eine zunehmende Aufwärtsbewegung, die durch das Anblasen der Tauchzellen weiter verstärkt wurde. Gleichzeitig stieß die *Shi-Nan* mehrere Täuschkörper aus, die wild sprudelnd einen Blasenvorhang hinter das fliehende Boot legten. Wie vorgesehen wurden die Leitsysteme der Torpedos gestört, deren Elektronik entschied, durch den Blasenvorhang zu stoßen und erneut Ziel aufzufassen.

Kapitän Tsoshi musste trotz des Ernstes der Situation grinsen. Wong fuhr das ganze Manöver geradezu schulbuchmäßig. Ein feindlicher U-Boot-Kommandant, der sein Metier verstand, hätte nun die Möglichkeit gehabt, ihm in Richtung Oberfläche zu folgen und ihm einen weiteren Torpedo hinterherzuschicken. Aber sie hatten es mit einer Waffenboje zu tun, die ihre zwei Aale bereits verschossen hatte.

»Probieren Sie die Selbstzerstörungssequenz!« Tsoshis Stimme schien den Lärm und die durcheinandergerufenen Befehle mühelos zu übertönen.

Aus den Lautsprechern kamen die neuesten Meldungen des Sonars. »Torpedos stoßen an den Täuschkörpern vorbei. Abstand jetzt vierhundert Meter!«

Tsoshi entspannte sich. Die Kraft der Schraube und der Auftrieb vereinten sich zu einer Geschwindigkeit von mindestens vierzig Knoten. Das war zwar immer noch langsamer als die Torpedos, aber die mussten ja auch erst die *Shi-Nan* neu erfassen und dann ihren Kurs wechseln. Bis sie das geschafft hatten, ging ihnen wahrscheinlich vorher ohnehin der Strom aus.

»Torpedos folgen nicht! Kurs ist eins-sieben-acht! Abstand siebenhundert Meter!«

Tsoshi riss überrascht die Augen auf. »Aktivsonar! Alle freien Sequenzen!« Er wirbelte herum und verlor beinahe den Halt. »Wong!« Der Kapitän sprang über das steile Deck hinüber zur Konsole mit den Abwehrmaßnahmen.

Der Kommandant sah kurz verdutzt zu Tsoshi, dann begriff er. »Steuerbord zwanzig! Tiefenruder aufkommen, Maschine weiter volle Kraft!« Er biss sich kurz auf die Lippen. »Schotten schließen, auf Einschlag vorbereiten!« Dann fügte er, an Tsoshi gewandt, hinzu: »Es kann ja sein, dass bei so etwas auch was kaputtgeht, Genosse Kapitän!«

6. Tag, 11 : 47 Ortszeit, 03 : 47 Zulu –
Südchinesisches Meer, USS *Wichita*

Das Unmögliche war der *Wichita* scheinbar gelungen. Sie hatten ein U-Boot verfolgt, das sogar noch leiser als ein Akula war. Aber natürlich wussten Kommandant wie Sonaroffizier, dass sie bei der ganzen Sache auch eine gehörige Portion Glück gehabt hatten.

Als auch die *Wichita* urplötzlich vom Geräuschmantel der Bojen eingedeckt wurde, erwischte dies die Besatzung völlig auf dem linken Fuß. Von einem Moment auf den anderen war ihnen jede Möglichkeit genommen, festzustellen, was außerhalb ihrer Stahlhülle vor sich ging. Vorn im Bug entschied der Sonaroffizier entgegen allen ständigen Befehlen, auf Aktivsonar zu schalten. Die grellen leistungsstarken Impulse hallten durch den tobenden Lärm. Alles, was etwas weiter weg war, konnten sie vergessen. Aber die Augen des Sonaroffiziers weiteten sich, als aus dem Geräuschnebel mehrere Echos zurückkamen. »Zentrale! Der Chinese fährt ein Notauftauchmanöver!«

»Sind Torpedos im Wasser?«

»Keine Ahnung, Sir!« Der Lieutenant, der den Sonarbereich befehligte, blickte auf seine Monitore. »Schwaches Echo in Grün null-eins-fünf. Nah!«

Aus dem Lautsprecher hallten Stimmen, als der Kommandant Befehle brüllte. Das Boot richtete sich steil auf und folgte dem Chinesen zur Oberfläche. Aber es war zu spät. Schotten knallten zu und Handräder wurden herumgewirbelt. Über dem Kreischen der Geräuschbojen hörten sie ein immer schneller werdendes Ping, als die Zielsuchköpfe die beiden Torpedos der Testboje näher und näher an das Haken schlagende U-Boot heranführten.

14. Kapitel

6. Tag, 11 : 50 Ortszeit, 03 : 50 Zulu –
Südchinesisches Meer, chinesischer Kampfverband

Die unablässig arbeitenden Sonargeräte der meisten chinesischen Schiffe taugten nicht viel. Sie waren veraltet und von der Technik längst überholt. Aber selbst die neueren Einheiten hatten unter den herrschenden Bedingungen wegen der Unterschiede bei Temperatur und Salzgehalt des Wassers so gut wie keine Chance, über Passivsonar eines der U-Boote zu erfassen. Die *Wichita* nicht, die über die meiste Zeit hinweg nur kleine Fahrt gelaufen war, und die viel leisere *Shi-Nan* schon gar nicht.

Als die Boote jedoch plötzlich mit der Fahrt hochgingen, das Ping der Torpedo-Suchköpfe durch die Tiefe hallte und die ersten Täuschkörper blubbernd im Wasser hingen, war es vorbei mit der Ruhe. Alarmklingeln schrillten durch die engen Gänge der Kriegsschiffe, Männer rannten auf ihre Stationen und Schotts wurden hastig zugeschlagen. Kommandanten und Wachoffiziere, die von der Situation in den Operationszentralen überrascht wurden, mussten innerhalb von Sekunden Entscheidungen treffen. Über die UKW-Radios knatterten ganze Folgen von Befehlen in die abgedunkelten Gefechtsleitzentralen.

Die nachfolgende Wende des Verbandes südlich der

Paracels verlief nicht so sauber und exakt, wie sie unter Paradebedingungen hätte sein sollen, und wäre es ein Luftangriff gewesen, der den Verband bedroht hätte, so hätten sich nun einige gefährliche Lücken im Abwehrschirm der Rolling Airframes ergeben. Aber es war ja U-Boot-Alarm gegeben worden.

Während die Schiffe hektisch nach Steuerbord abdrehten, durchbrach die *Shi-Nan*, angetrieben von der Kraft der Schrauben und dem Auftriebsmoment, wie ein auftauchender Wal die Wasseroberfläche. Nur war das Boot viel größer. Ehe der Betrachter auch nur begriff, was vor sich ging, ragte der gerundete Bug bereits weit über das Wasser wie ein extrem schief stehender Turm. Einige Herzschläge lang hing das Boot in einem empfindlichen Gleichgewicht zwischen der Kraft der eigenen Bewegung und der unnachgiebigen Schwerkraft. Dann sackte es in einer weißen Gischtfontäne zurück ins Wasser. Augenblicke später verschwand die *Shi-Nan* bereits wieder unter Wasser, als hätte der Anblick der vielen Überwasserschiffe sie erschreckt.

Doch noch bevor die vielen Gläser, durch die das Manöver beobachtet wurde, wieder gesenkt werden konnten, sprang auch die *Wichita* steil aus der Tiefe empor, nur war es ihr im Gegensatz zur *Shi-Nan* nicht vergönnt, relativ ruhig in ihr Element zurückzugleiten. Zwei starke Explosionen schleuderten riesige Wassersäulen direkt an dem schwarzen Rumpf empor. Das Boot wurde von den Druckwellen hin und her geworfen und fiel mit starker Krängung nach Backbord zurück ins Wasser.

Für einen Augenblick herrschte atemlose Stille. Die Beobachter an Deck der gefechtsklaren Kriegsschiffe starrten auf das U-Boot, als sei es eine Fata Morgana.

Die *Wichita* selbst war zum Stillstand gekommen

und richtete sich schwerfällig wieder aus der Krängung auf, während sie bereits begonnen hatte, ein Notsignal zu senden. Innerhalb von Minuten nahmen die weiter südlich stehenden Einheiten der Siebten Flotte Kurs auf die Paracel Islands, die an Backbord der *Wichita* bereits als kleine Buckel am Horizont sichtbar waren.

Auch die Chinesen funkten. Keiner wusste wirklich, was zu tun war, und so wurden sofort alle erreichbaren Vorgesetzten in den Stäben informiert. Natürlich ließ sich so etwas nicht geheim halten und weniger als zwei Stunden später verbreiteten die Nachrichtenagenturen erste Eilmeldungen. »Amerikanisches U-Boot von Chinesen angegriffen. Schäden und Verluste noch unklar.«

6. Tag, 11 : 55 Ortszeit, 03 : 55 Zulu –
Südchinesisches Meer, USS *Oz*

Am Grund der Südchinesischen See sah Commander Harper Robert DiAngelo verdutzt an. »Waren das zwei?«

»Schien mir auch so.« Unsicher blickte er auf das Display des 3D-Sonars. »Der eine ist wieder getaucht, das habe ich mitbekommen. Nur: Wo ist er jetzt? Der andere scheint hingegen noch oben zu sein.« Er presste den Kopfhörer fester gegen das Ohr. »Ich höre Hilfsaggregate und Werkzeug.«

»Sagen Sie mir lieber, was die Chinesen machen. Nicht dass die uns hier entdecken.«

»Keine Sorge, die scheinen alle damit beschäftigt zu sein, so schnell wie möglich das Weite zu suchen. Seltsam, nicht wahr?«

Tex Harper runzelte die Stirn. »Eigentlich sollte man doch meinen, sie würden sich auf ein wehrloses U-Boot stürzen wie die Geier.«

Wieder studierte DiAngelo die Peilungen. Auch wenn sich mit Passivsonar Entfernungen ohne Kenntnis der Dezibel-Stärke des Geräusches am Entstehungsort nicht wirklich einigermaßen vernünftig abschätzen ließen, so war sich der Captain seiner Sache trotzdem wenigstens halbwegs sicher. »Vom Abstand her dürften sie mittlerweile so weit weg sein, um jede Waffe zu zünden, die für einen derartigen Einsatz in Frage kommt. Nur: Es tut sich nichts … absolut nichts!«

Die beiden Männer sahen sich einen Augenblick an, dann grinste DiAngelo. »Das kann ja wohl nur heißen, dass die chinesischen Kommandanten den Befehl haben, ein echtes Gefecht um jeden Preis zu vermeiden.«

Harper nickte. »Schön, aber was bedeutet das für das U-Boot da oben, das ja nur eines von unseren sein kann?« Er zuckte mit den Schultern. »Die Chinesen sind hinter uns hergedackelt und unsere Kameraden hinter denen. Ziemlich viel Verkehr hier.«

»Ja, leider!« Robert DiAngelo verzog das Gesicht zu einer Grimasse. »Dummerweise dürfte es sich dabei höchstwahrscheinlich um die *Wichita* handeln. Und damit ist mein echter Plan B im Eimer!«

Tex dachte einen Augenblick über die neue Situation nach. »Wir können nicht einmal auftauchen, um die Batterien zu laden, da wir ja keinen Dieselmotor haben.« Wütend riss er sich die Mütze vom Kopf und knüllte das gute Stück in seinen Pranken zusammen. »Dabei sind wir so dicht dran! Wir wissen, wo die *Kentucky* liegt. Alles, was fehlt, ist ein bisschen guter altmodischer Strom!«

Bob starrte hinaus in die aufgewirbelten Schlammwolken. »Sowie wir uns wieder der *Kentucky* nähern, nähern wir uns auch diesen U-Boot-Abwehrbojen, denn um etwas anderes kann es sich dabei ja nicht handeln.«

Nachdenklich kratzte er sich den Bart. »Wir können pokern und versuchen, uns sozusagen im Ortungsschatten der *Kentucky* heranzupirschen.«

»Yeah, könnte klappen«, stimmte Commander Harper ihm zu. »Nur reicht der Strom dann immer noch nicht.«

»Wie viele Amperestunden brauchen wir?«

Harper schürzte die Lippen und überlegte. Die Zahl, die er dann nannte, klang verdammt groß.

Aber Bob nickte. »Gut!« Er dachte nach. »Ich glaube, wir können Strom von der *Kentucky* beziehen. Wir wissen, dass die Notrufboje erst Tage nach dem Untergang ausgelöst wurde. Zu diesem Zeitpunkt hat es also noch Überlebende gegeben. Und ohne Strom wäre das kaum möglich gewesen.« Er sah den Commander an. »Aber man weiß nie. Es kann sein, dass ich mich täusche, und dann haben wir ein Problem.«

Harper schüttelte grinsend den Kopf. »Nein, wir haben dann kein Problem mehr, sondern stecken in diesem Fall tief in der Scheiße, Captain!« Die Finger des Commanders betätigten ein paar Schalter und scheinbar schwerelos begann die *Oz* sich vom Grund zu lösen. Langsam, beinahe im Kriechgang, nahm das Boot Fahrt auf. Beiläufig meinte der Texaner: »Und wir werden Aktivsonar brauchen, wenigstens ab und zu.«

DiAngelo blickte auf die Kursanzeige. Offenbar hatte Tex seine Entscheidung getroffen, denn die *Oz* steuerte dicht über dem ansteigenden Meeresboden auf die *Kentucky* zu.

6. Tag, 12 : 05 Ortszeit, 04 : 05 Zulu –
am Grund des Südchinesischen Meeres, USS *Kentucky*

Roger Williams schlug die Augen auf. Alles tat ihm weh. Obwohl der Schmerz ein Zeichen war, dass er noch lebte, wusste er im Augenblick nicht, ob er sich freuen sollte. Alles drehte sich um ihn. Erst mit Verzögerung begriff er, dass er auf den stählernen Decksplatten lag. Das Bild vor seinen Augen wurde langsam klarer. Ein Gesicht hing überdimensional über ihm, und eine irgendwie vertraute Stimme erklang in weiter Ferne: »Er kommt zu sich, Major!« Eine Pause. »Beinahe ein Wunder, nachdem Ihre Leute den Mann so zugerichtet haben.«

Das Gesicht verschwand. Williams versuchte, sich auf Details zu konzentrieren. Eine Plottafel, Konsolen, das Sehrohr. Ich bin in der Zentrale! Er versuchte sich aufzurichten, aber ein stechender Schmerz in der Brust hinderte ihn daran. Mit einem Stöhnen sank er zurück. Sofort erschien wieder das Gesicht über ihm und starrte ihn prüfend an. *Der Doc! Doc Miller, der Bordarzt!* Finger tasteten seinen Brustkorb ab. Irgendwie fiel ihm das Atmen schwer.

»Schaffen Sie ihn weg, wir haben andere Probleme!« Die Stimme kam ihm bekannt vor, aber für den Augenblick konnte er sie nicht einordnen. Wenn nur dieses Geräusch nicht gewesen wäre. Ein lautes gellendes Ping, ein Ton, der regelrecht durch die Schädeldecke zu schneiden schien. Reflexartig versuchte er sich aufzusetzen. Ich muss handeln! Sie haben uns eingepeilt! »Hart Steuerbord! Volle Kraft voraus! Frage: Tiefe?« Er glaubte, die Befehle zu rufen, aber in Wirklichkeit war es nicht mehr als ein hilfloses Krächzen. Warum bestätigt keiner? Warum bewegt sich das Boot nicht? Mit einem

Mal war die Erinnerung wieder da. Sie lagen am Grund, waren beschädigt!

Doc Miller beugte sich wieder über ihn. »Beruhigen Sie sich, Commander! Es ist alles in Ordnung.«

Williams schüttelte schwach den Kopf. »Nein, ist es nicht. Dieser Irre wartet doch nur auf die Gelegenheit, uns alle in die Luft zu jagen!«

»Bringen Sie den Kerl weg, Doc!« Major Billingtons Stimme war nahe am Überkippen. »Schaffen Sie ihn mir aus den Augen, oder, bei Gott, ich jage dem Verräter eine Kugel durch den Kopf!«

6. Tag, 12 : 05 Ortszeit, 04 : 05 Zulu –
atomgetriebenes Angriffs-U-Boot *Shi-Nan*

Das Boot war nach dem Notaufstieg sofort wieder in die Tiefe gesackt. Männer hatten Meldungen gebrüllt, Wong hatte einen wilden Strom von Befehlen herausgesprudelt, und Offiziere und Unteroffiziere hatten ihr Möglichstes getan, wieder Ordnung in das Chaos zu bringen. Trotzdem dauerte es, bis die Besatzung das durchgehende Boot wieder unter Kontrolle hatte.

Nach Tsoshi Sheizus Auffassung, der gegen das Schott gelehnt an seinem üblichen Platz stand und ruhig mit verschränkten Armen das Durcheinander beobachtete, hätte dies aber schneller gehen müssen. Gut, die Besatzung war noch relativ neu und die Männer noch nicht hundertprozentig aufeinander eingespielt. Trotzdem würde er bei nächster Gelegenheit mit Wong darüber reden müssen!

Langsam gewann die gewohnte Disziplin wieder die Oberhand. »Dreihundert Meter gehen durch!« Die Meldung des Zentralemaaten klang zumindest nicht mehr nach Panik. Tsoshi leistete sich ein schmales Lächeln. Es wurde Zeit, sich wieder an die Arbeit zu machen.

»Neuer Kurs wird null-sieben-null! Wong, bringen Sie uns zum amerikanischen Boot! Aktivsonar und Sperrsignal für die Bojenkette!«

Wong reagierte wie von der Tarantel gestochen. »Dann wird man uns hören!«

»Wenn das bis jetzt noch nicht der Fall war, dann überhören sie auch noch glatt das Aktivsonar. Das Gebrüll hier war ja nun nicht gerade ohne, oder?«

Betroffen senkte Wong den Blick. »Leider, Genosse Kapitän!« Er sah sich zu den Rudergängern um. »Backbord zehn! Neuer Kurs wird null-sieben-null! Umdrehungen für zehn Knoten!«

Zufrieden schmunzelte Tsoshi. »Eigentlich hat sich die Besatzung gut gehalten. Es war nur eben etwas laut. Wenn die Zeiten wieder ruhiger sind, sollten Sie daran noch etwas arbeiten, Genosse Wong.«

Der Kommandant starrte ihn verblüfft an. Nicht weil er keine Kritik erwartet hatte. Ganz im Gegenteil. Aber stattdessen hatte Kapitän Tsoshi erstmals angedeutet, dass er nach dieser Geschichte überhaupt noch ein Kommando haben würde. Seine Stimme klang heiser. »Danke, Genosse Tsoshi! Ich werde daran denken.« Immer noch unsicher, griff er zum Mikro, das ihn mit dem Sonarraum verband. »Sonar! Gehen Sie auf Aktiv! Wir nähern uns dem gesunkenen amerikanischen Boot und ich will keine Überraschungen erleben. Versuchen Sie auch, das kleine Tauchboot wiederzufinden.«

»Zu Befehl!« Augenblicke später hallten die ersten lauten Pings durchs Wasser und umgehend kam die erste Rückmeldung. »U-Boot am Grund in null-sechs-null, Abstand zwei Meilen, Tiefe neunhundert Meter.« Wong ignorierte die Meldung, das war ohnehin nur das gesunkene Boot, von dem sie bereits wussten. Aber die Meldung aus dem Sonarcompartment ging noch weiter. »Tauchboot in null-sieben-sechs, Tiefe achthundertfünfzig Meter, Geschwindigkeit zwei Knoten, Kurs ist drei-fünf-acht!«

Genau wie Tsoshi setzte auch Wong die Peilungen im Kopf zu einem Bild zusammen. Er sah den Kapitän an. »Sie sind beinahe am Wrack dran!«

»Ich weiß!« Tsoshi dachte nach. Es konnte durchaus sein, dass an Bord des amerikanischen Bootes noch Seeleute lebten, und es war auch nicht auszuschließen, dass jemand die Nerven besaß, sämtliche Datenaufzeichnungen mit nach oben zu nehmen, wenn es zu einer Rettungsaktion kam. Dann würde ihr neues U-Boot-Abwehrsystem nicht länger geheim sein, und die Amerikaner verfügten auch über genügend Material, um eine eigene Gegenstrategie zu entwickeln. Er verzog das Gesicht. »Frage: Schwimmt das andere U-Boot immer noch an der Oberfläche?«

Die Antwort aus dem Sonarraum erfolgte prompt. »Jawohl. Liegt bewegungslos in zwo-sechs-vier, Abstand dreieinhalb Meilen! Es gibt Werkzeuggeräusche, die nach Reparaturarbeiten klingen!«

Wong sah Tsoshi nachdenklich an. »Einmischen werden die sich vermutlich nicht so schnell können, aber sie bekommen natürlich alles mit, was hier unten vorgeht.«

»Dann müssen wir eben auf Zeit spielen!«

6\. Tag, 12 : 07 Ortszeit, 04 : 07 Zulu –
Südchinesisches Meer, USS *Oz*

Als das erste Ping die Hülle der *Oz* traf, sah Harper fragend zu DiAngelo hinüber. »Sieht so aus, als sei der Bart ab, Captain!«

»Scheint so! Volle Kraft voraus, sehen wir zu, dass wir die *Kentucky* erreichen, bevor uns der Chinese abdrängt.«

Wortlos schob Harper den Regler bis zum Anschlag hoch. Das Summen der Elektromotoren wurde lauter und die Fahrtmessanzeige kletterte auf »beeindruckende« vier Komma zwei Knoten.

»Es ist ein simples Rechenexempel, Commander.« Bobs Stimme klang, als säßen sie gemütlich irgendwo in einem Straßencafé statt in einem gejagten Tauchboot, das am Ende seiner Reserven angelangt war. »Wir benötigen noch knappe fünf Minuten, um die letzten paar Yards zurückzulegen. Der Chinese hingegen läuft ...«, DiAngelo blickte prüfend auf das Sonardisplay, »... zehn Knoten und steht fast zwei Meilen an Backbord von uns. Also wird er ungefähr zehn Minuten brauchen, um uns einzuholen, eher zwölf. Unser Echo wird sich bis dahin mit dem der *Kentucky* vermischen, und der Sonaroffizier wird nicht mehr genau ausmachen können, wo wir stecken.«

Commander Harper ließ sich die Erklärung durch den Kopf gehen. »Die Sache hat einen Haken, Bob! Der Befehls-Oberhäuptling könnte auf die Idee kommen, seine Torpedos auf uns und die *Kentucky* abzufeuern, um alle seine Probleme auf einmal zu lösen.«

»Stimmt, aber ich glaube, er wird nicht.«

Der Texaner sah ihn prüfend an, doch in DiAngelos Gesicht zuckte kein Muskel. »Mann, mit Ihnen möchte ich aber auch nicht unbedingt pokern, wenn's um einen dicken Pot geht!«

Trotz der Situation musste Bob lachen. »Hoffen wir, dass der Chinese ebenfalls passt!«

6. Tag, 23 : 07 Ortszeit, 04 : 07 Zulu –
Norfolk Naval Base, Virginia

Angela DiAngelo schrak aus ihrem unruhigen Schlaf hoch. Sie war für die Nacht in ihr Haus zurückgekehrt, auch auf das Risiko hin, von irgendwelchen Reportern belästigt zu werden. Aber sie brauchte ein paar Stunden Abstand von dieser Atmosphäre zwischen Hoffnung und Verzweiflung, die unter den Angehörigen im Stützpunkt herrschte. Die Nerven hatten die Belastungsgrenzen lange erreicht.

Für ein paar Augenblicke wusste sie nicht, was sie geweckt hatte. Das Herz schlug ihr bis zum Hals, als sei etwas Schreckliches passiert. Sie brauchte einen Moment, um zu begreifen, was sie spürte. Manche hielten es für ein Ammenmärchen, aber sie wusste, wenn man jemanden genug liebte, konnte man über Tausende von Kilometern fühlen, wenn er in Problemen war. *Bob!* Aufgeregt sprang sie aus dem Bett ... und hielt inne. Was sollte sie tun? Was *konnte* sie tun? Erschrocken stellte sie fest: nichts. Allenfalls sich wieder dorthin begeben, wo neue Nachrichten zuerst eintreffen würden. Drei Minuten später saß sie bereits im Auto und raste zur Basis, getrieben, als seien tausend Teufel hinter ihr her. *Bob!*

6. Tag, 12 : 15 Ortszeit, 04 : 15 Zulu –
Südchinesisches Meer, USS *Oz*

Zuerst war es nur eine verschwommene Erscheinung, dann tauchte wie aus dem Nichts ein riesiger gerundeter Bug auf. DiAngelo hielt den Atem an. Die Größe stimmte. Die Form stimmte. Er ignorierte das unablässige Ping des Sonars und konzentrierte sich auf das, was im Licht der Scheinwerfer zu erkennen war.

»Oh Mann, die hängen aber echt übel da!« Tex' Stimme klang belegt.

DiAngelo wusste nicht, was er sagen sollte. Es hatte den Anschein, als würde die *Kentucky* einfach schwerelos in die Dunkelheit ragen, nur leicht nach Steuerbord geneigt. Was der Texaner meinte, war jedoch klar. Es war *unmöglich*, dass das Boot frei schwebte. Es musste irgendwo nach achtern aufliegen, wahrscheinlich auf Felsen und Korallen. Nur der Bug hing bereits über den Abhang der Howard-Untiefe. Der eigentliche Meeresgrund lag mehr als fünfhundert Fuß tiefer. Ob das Boot es überstehen würde, wenn es abrutschte und da hinuntersank, war eine Frage, die sich DiAngelo lieber nicht stellen wollte. Mühsam räusperte er sich. »Von hier vorne aus sieht sie intakt aus. Tasten wir uns mal weiter am Rumpf entlang.« Nach einem kurzen Blick auf die Datenanzeige des Displays setzte er hinzu: »Der Chinese dreht einen Kreis. Ist jetzt ungefähr eine Dreiviertelmeile hinter uns.« Er grinste gezwungen. »Wahrscheinlich kriegt er uns im Sonar nicht mehr von der *Kentucky* getrennt.«

»Sein Pech!«, merkte Tex mit einer gewissen Genugtuung an. »Während ich pilotiere, könnten Sie vielleicht eine kleine Telefonanfrage starten.«

Unterwassertelefone einzupeilen war einfach, aber in

ihrer gegenwärtigen Situation war das auch nicht mehr groß von Belang. Bob drückte den Sprechknopf. »USS *Oz* an USS *Kentucky*, bitte kommen!«

Nichts erfolgte und DiAngelo versuchte es erneut. »USS *Oz* an USS *Kentucky*, bitte melden!«

Wieder drang nur hohles Rauschen aus dem Lautsprecher, während die *Oz* immer weiter am Rumpf der *Kentucky* entlangschlich, von der sie immer Teilabschnitte in den Lichtkegeln der Scheinwerfer mitbekamen. DiAngelo hatte inzwischen jedes Gefühl dafür verloren, wie lange es noch dauern würde, bis sie den Turm erreichten, den sie als Orientierungspunkt für die Notfallluken brauchten. Es gab deren drei auf dem Boot: ein Luk etwa sechzig Fuß hinter dem Turm, eines etwa zwanzig Fuß vor dem Turm und eine Piggyback-Luke sehr weit vorne. Normalerweise hätte dort ... »Tex, haben Sie erkennen können, ob auf dem Vordeck ein ASDV verankert war?«

»Nein, aber ...« Der Texaner atmete scharf aus. »Wenn sie eines dabeigehabt hätten, dann hätten sie ja damit aufsteigen können.« Er runzelte die Stirn. »Sollten nicht alle SSGNs eigentlich so ein Ding mitführen?«

Ein ASDV war ebenfalls ein Mini-U-Boot, zwar anders konstruiert als die *Oz*, aber im Grunde gar nicht so verschieden. Prinzipiell diente es dazu, SEAL-Teams an einer Küste abzusetzen. Aber genauso gut konnte man es auch als Rettungsboot verwenden. DiAngelo nickte nachdenklich. »Eigentlich schon!«

Tex nickte. »Hat sie aber offenbar nicht, oder es war nicht ordentlich angedockt, als die *Kentucky* das Rendezvous mit dem Chinesen hatte.« Harper warf einen mürrischen Blick auf seine Anzeigen. »Es wird eng, Bob. Ich suche uns wohl besser schon mal einen Parkplatz.«

»Und wo?«

Der Texaner kniff die Augen zusammen und starrte hinaus auf den Rumpf. »Was halten Sie in Anbetracht der Lage der *Kentucky* von der achteren Luke?«

»Einverstanden! Ich versuche derweil noch mal mein Glück. USS *Oz* an USS *Kentucky*! Bitte kommen! Verdammt, wenn ihr noch lebt, dann meldet euch gefälligst!«

Doch die *Kentucky* schwieg weiter zwischen den zertrümmerten Korallenstöcken. Waren sie zu spät dran und niemand an Bord lebte mehr, der antworten konnte? Sich die Kameraden vorzustellen, die bis zuletzt in Dunkelheit und Kälte auf Rettung gewartet hatten, bis ihnen die Luft ausging, war ein entsetzlicher Gedanke. Die Urangst eines jeden U-Boot-Fahrers, in einem stählernen Sarg am Meeresgrund zu enden.

»Wenn sich keiner meldet, macht auch keiner das Luk auf!« Harpers Stimme klang gepresst. »Und wenn noch Männer in Abteilungen gefangen sein sollten, die keinen Zugang zu einer der Rettungsluken haben, dann weiß ich nicht, wie wir die rausholen sollen.«

»Ein Luk lässt sich notfalls auch von außen öffnen.«

Tex schüttelte den Kopf. »Wie wollen wir denn sicher sein, dass die Abteilung darunter nicht vollgelaufen ist? Sonst sind wir nämlich sofort geliefert.«

»Dann nützt uns das Andocken auch nichts. Na fein. Und unsere Batteriekapazität reicht ohnehin nicht mehr für den Rückweg aus.«

»Zumindest nicht für die komplette Strecke.« Der Texaner rechnete kurz. »Falls uns aber die *Guam* vielleicht fünfzehn Meilen oder so entgegenkäme ...«

»Und uns findet.« DiAngelo schupperte mal wieder die juckenden Bartsprossen. »Da wird uns dann auch schon noch was einfallen.«

»Auch gut, bloß: Was machen wir jetzt?«

Bob sah nach draußen. »Setzen Sie die Inspektion des Rumpfs weiter fort, damit wir herausfinden, wo genau es die *Kentucky* erwischt hat. Ich versuche in der Zwischenzeit weiter mein Glück als Telefonist.«

Schwerelos glitt das kleine U-Boot weiter an dem versunkenen Koloss entlang. Vom Turm konnten sie nicht einmal die Oberkante erkennen, weil dafür die Lichtkegel der Scheinwerfer nicht ausreichten. Immer wieder hallte Bobs Ruf durch die Dunkelheit, aber keine Antwort kam zurück.

»O Mann, o Mann!« Tex Harper stoppte die *Oz* unwillkürlich ab und auch DiAngelo hielt den Atem an. Der bisher so glatte runde Stahlkörper war in diesem Abschnitt total verformt! Verformt und aufgerissen. Da, wo der Rumpf sich normalerweise zum Heck hin verjüngte, ragten geborstene Stahlplatten in die Höhe. Eine Abteilung hatte es komplett erwischt. Weiter nach achtern war der Druckkörper verbeult und stand in einem grotesken Winkel ab vom Rest des Rumpfes. Harper unterdrückte ein Stöhnen. »Was ist da passiert? Eine Explosion?«

DiAngelo schüttelte den Kopf. »Nein.« Er brauchte sich nicht anzustrengen, um sich die Situation vorzustellen. Es passte alles nahtlos zueinander. »Der Chinese hat sie bei der Kollision zuerst von der Backbordseite erwischt. Vermutlich muss Roger noch irgendwas geahnt und versucht haben, das Boot steil nach oben zu bringen.« Er beugte sich vor und zeigte aus dem Bullauge. »Sehen Sie? Das andere Boot muss nach Backbord gedreht haben und sein Unterschiff ist mehr oder weniger durch den Druckkörper gepflügt und hat das Heck beinahe abgerissen. Kein Wunder, dass der Chinese auch nicht mehr hochkam.«

»Gütiger Gott! Wer sich hier hinten befand, der war sofort tot! Wie stehen die Chancen, dass der Reaktor den Zusammenprall überstanden hat?«

»Die Geräte zeigen jedenfalls keine Radioaktivität an. Die Reaktorabteilung muss also einigermaßen heil geblieben sein.« In plötzlicher Wut drückte er erneut den Sprechknopf des Unterwassertelefons. »USS *Kentucky*, hier ist USS *Oz*. Kann mich jemand hören?«

Wieder ertönte das bekannte Lautsprecherrauschen, aber dann knackte es plötzlich, und eine zornige Männerstimme fauchte: »Wer sind Sie und was wollen Sie?«

Entgeistert starrten Bob und Tex einander an. Mit allem hatten sie gerechnet, nur nicht mit dieser Frage.

15. Kapitel

6. Tag, 12 : 20 Ortszeit, 04 : 20 Zulu –
Südchinesisches Meer, USS *Kentucky*

Auch wenn bisher niemand dazu gekommen war, Roger Williams wegzuschaffen, hatte Major Billington bisher darauf verzichtet, ihn zu erschießen. Denn die Ereignisse überschlugen sich. Ganz offensichtlich wurde die *Kentucky* von zwei Sonargeräten eingepeilt, da die endlose Folge der Pings einen ungleichmäßigen Rhythmus entwickelte. Und eine Stimme drang unablässig aus dem Lautsprecher des Unterwassertelefons. »USS *Oz* an USS *Kentucky*, bitte kommen!«

Es mussten zwei sein! Der Major spürte den Schweiß auf seiner Stirn, obwohl es in der *Kentucky* alles andere als warm war. *Ein Schlitzauge und ein Amerikaner? Oder am Ende gar zwei Chinesen?* Er atmete tief durch, aber das verschaffte ihm auch keine Erleichterung. Nicht zum ersten Mal kam es ihm vor, als würden die engen Stahlwände zusammenrücken, ihn zerquetschen. Nur unter größter Willensanstrengung gelang es ihm, den Alpdruck abzuschütteln. Wieder einmal! Es war knapp, jedes Mal war es knapper gewesen. Er wusste, irgendwann würde die Panik ihn überwältigen, und er würde die Kontrolle verlieren. Wenn es so weit war, gab es sowieso nur noch eines, was er tun konnte.

Nur mit Mühe konzentrierte er sich wieder auf die Situation. »Drei Teams, an jeder Luke eines. Verschanzt euch, falls die Burschen ins Boot wollen!«

Einer der Marines salutierte kurz und begann die Befehle weiterzugeben. Stiefel stampften über die Stahldecks, Waffen und Helme klapperten. Grimmige Gesichter warfen einander kurze prüfende Blicke zu.

Roger Williams hob mühsam den Kopf. »Was haben Sie vor, Billington?«

»Ich spreche mit ihnen!« Der Major warf ihm einen abschätzigen Blick zu. »Mal sehen, wer das ist! Aber bei Gott, wenn jemand mit Gewalt dieses Boot betritt, wird er es bereuen!«

Der Kommandant blickte dem Major in die Augen und sah den Wahnsinn darin flackern. Aber da war noch etwas anderes. »Das ist ein Amerikaner, begreifen Sie das nicht?« Er lauschte auf die immer wiederkehrende Bitte, sich zu melden. Über Unterwassertelefon klangen Stimmen immer sehr flach und weit entfernt, aber je länger er hinhörte, desto sicherer war er sich seiner Sache. »Ich kenne den Mann. Captain Robert DiAngelo, ein Freund.«

Für einen Augenblick wirkte Billington unsicher, aber der Eindruck verflog gleich wieder. Seine Stimme klang höhnisch. »Ist doch immer wieder nett, einen Freund zu treffen, ausgerechnet hier unten in der Südchinesischen See, nicht wahr?«

»Fragen Sie ihn doch nach seinem Namen, Sie Idiot!« Roger versuchte sich aufzurichten, aber die Schmerzen in seiner Brust ließen ihn hilflos zurückfallen.

Misstrauen breitete sich auf dem Gesicht des Majors aus. »Sie wollen bei diesem Rauschen eine Stimme einwandfrei identifizieren können?« Er schüttelte den Kopf. »Unglaublich!« Er grinste plötzlich, aber es war kein belustigtes Grinsen, eher ein Zähneblecken. »Ich werde ihn trotzdem fragen. Vielleicht ist er ja genauso ein Verräter wie Sie, Commander!«

»Sie sind wahnsinnig, Billington!«

Der Major sah ihn kalt an. »Das erwähnten Sie bereits. Gibt es vielleicht sonst noch was, was ich Ihrem *Freund* mitteilen soll?«

Rogers erster Gedanke war, Grüße an Jenn ausrichten und ihr sagen zu lassen, wie sehr er sie liebte. Aber dann fiel ihm etwas völlig anderes ein, was vielleicht einen Versuch wert war. Williams bemühte sich um unverdächtige Harmlosigkeit. »Ach verdammt, sagen Sie ihm einfach, bei seinem nächsten Besuch soll er Kaffee und Donuts mitbringen. Die besten gibt's beim Nakatome Building.«

Die Aufforderung aus dem Lautsprecher wurde immer drängender. »USS *Kentucky*, hier ist USS *Oz*. Kann mich jemand hören?« Der Major starrte das Gerät wütend an. Die *Kentucky* durfte nicht in falsche Hände fallen, und bei allem, was Major John Billington heilig war, es gab auch viele amerikanische Hände, die er als die falschen betrachtete. Als er den Hörer abnahm, war seine Stimme mehr ein wütendes Knurren. »Wer sind Sie und was wollen Sie?«

Sekundenlang herrschte Stille, nur unterbrochen von dem allgegenwärtigen Ping der Sonargeräte.

»Hier ist die USS *Oz*. Wir sollen die Besatzung bergen.«

Billington verzog das Gesicht. »Wie ist Ihr Name, Sir?«

»Captain Robert DiAngelo, US Navy. Mit wem spreche ich?«

Der Major straffte sich unwillkürlich. »Major John Billington, United States Marine Corps.«

»Wo ist Commander Williams?«

Billington warf einen kurzen Seitenblick auf die am Boden liegende Gestalt des Kommandanten. »Er ist im Moment unterwegs zu einem anderen Teil des Bootes. Er lässt Ihnen ausrichten, dass Sie das nächste Mal Kaffee und Donuts mitbringen sollen, wenn Sie vorbeikommen. Die besten gibt es beim Nakatome Building.« Er zuckte mit den Schultern. »Ich war nie da, aber wenn er es sagt?«

Ein paar Herzschläge lang herrschte Stille, dann drang Captain DiAngelos Stimme wieder aus dem Lautsprecher. »Ich hab's notiert. Anderweitig geht es ihm gut?«

»Wie uns allen, den Umständen entsprechend.«

DiAngelo schien sich mit jemandem kurz zu beraten, bevor er weitersprach. »Gut, Major. Wir sind hier, um Sie und die Besatzung zu retten. Dazu müssen wir aber mehr über die Situation wissen. Haben Sie Strom, wie viele Überlebende gibt es, in welchen Abteilungen sind Männer eingeschlossen?«

»Eine Menge Fragen, Sir. Wir haben Strom, Luft, Wasser und Verpflegung. Die Situation ist stabil. Mehr möchte ich Ihnen im Moment nicht sagen. Hat man Ihnen vor dem Auslaufen ein Codewort für uns mitgegeben?«

Die Männer in der Zentrale starrten Billington an. Es war bei Geheimaktionen nicht ungewöhnlich, einen Abbruchbefehl mit einem Codewort zu bestätigen, aber ob das in diesem Fall noch relevant war?

»Bedaure, Sir, hat man leider nicht. Sie benötigen das Codewort?«

»Andernfalls muss ich Sie notfalls mit Gewalt daran hindern, dieses Boot zu betreten. Meine Befehle sind in dieser Hinsicht eindeutig, Sir!«

6. Tag, 12 : 20 Ortszeit, 04 : 20 Zulu –
Südchinesisches Meer,
atomgetriebenes Angriffs-U-Boot *Shi-Nan*

Kapitän Tsoshi und Fregattenkapitän Wong, die das Unterwassertelefonat mitgehört hatten, blickten sich verwundert an.

»Sieht so aus, als habe dieser Billington das Spielen auf Zeit übernommen, Genosse Kapitän.«

»Das alles hilft uns nichts. Dieser Major erklärte, es fehle nicht an Luft, Wasser, Proviant, also kann sich das noch Ewigkeiten hinziehen. In der Zwischenzeit hängen wir hier herum und das zweite Tauchboot der Amerikaner findet die *Long-Huang* und kann in aller Ruhe unsere gesamten Systeme ausspionieren.«

»Und dann retten sie auch noch die Besatzung der *Kentucky* und nehmen die Datenaufzeichnung gleich mit. Damit haben sie dann auch noch unser neues U-Boot-Abwehrsystem geknackt.« Wong sah Tsoshi ernst an. »Ich bin mir bewusst, dass die Entscheidung bei Ihnen liegt, Genosse Kapitän, aber die Amerikaner befinden sich in Gewässern, die von der Volksrepublik China beansprucht werden. Wir können jederzeit einen Torpedo auf den Eindringling abfeuern.« Der Fregattenkapitän zuckte mit den Schultern. »Ich weiß, dass diese Lösung für Aufruhr sorgen wird, aber der wird sich auch wieder legen.«

»Oder in einem Krieg enden, in dem keiner was zu gewinnen hat.« Er dachte nach. Alles erschien auf einmal so logisch. Sie hatten den Amerikanern die Information zugespielt, dass in diesen Gewässern die neuen Boote übten, und sie dadurch angelockt. Raiku hatte dafür gesorgt, dass zudem glaubwürdige Gerüchte über angebliche technische Probleme und dergleichen in den USA an die richtigen Ohren gelangten. Der Teil war offensichtlich gelungen. Danach war es nur noch darum gegangen, den Amerikanern hinter den Kulissen vorzuführen, dass China über die Mittel verfügte, seine Ansprüche auch gegen die US Navy durchzusetzen. Es war von Anfang an ein Pokerspiel gewesen. Raiku hatte ihm zig Alternativszenarien vorgelegt für den Fall, dass der Plan nicht wie gedacht funktionieren würde. Nur für die Möglichkeit, dass alles zu gut funktionieren würde, hatten sie keine Alternativen in petto. In der Zwischenzeit hing ein amerikanisches Boot mit schweren Havarien an der Oberfläche herum, ein anderes lag auf Grund, und wo ihr eigenes Schwesterboot lag, wusste niemand. Oder vielleicht doch? Tsoshi begann zögernd zu lächeln. »Vielleicht können wir zwei Fliegen mit einer Klappe schlagen. Wir sollten mit diesem DiAngelo reden, bei einem sehr diskreten Gespräch, versteht sich.«

Wong riss die Augen auf. »Sie wollen ihm doch nicht etwa ein Treffen auf der *Shi-Nan* anbieten?«

»Warum nicht? Ich wette, er wird kommen.« Kapitän Tsoshi zuckte mit den Schultern, aber das Funkeln in seinen Augen verriet, dass sein Gleichmut nur gespielt war. »Glauben Sie, dass sich ein Kapitän zur See normalerweise in einem kleinen Tauchboot in der Gegend herumtreibt?« Er sah Wong in die Augen. »Nein, dieser Captain Robert DiAngelo muss der Kopf sein, der für diese ganze Suchaktion verantwortlich ist. Sonst wäre seine Anwesenheit hier vor Ort bei seinem Rang kaum zu erklären. Aber bevorteilt sind im Moment wir. Sein Boot muss nach all diesen Stunden ziemlich am Ende der Reserven sein. Der Mann hat viel riskiert, und ich finde, das besagt einiges über ihn.« Zufrieden lächelte er. »Es dürfte folglich eine interessante Unterhaltung werden. Und wenn wir ihn und seine Begleiter von der vorderen Luke gleich zu Ihnen führen, dann bekommen die beiden gerade einmal die Kombüse, einen Gang und die Kommandantenkammer zu Gesicht. Nicht gerade ein Risiko für die Geheimhaltung.«

»Sie nehmen also an, Genosse Kapitän, die Amerikaner wissen, wo der Gelbe Drache gesunken ist?«

»Nennen Sie es Instinkt, Genosse Wong. Aber die Burschen kriechen hier schließlich bereits seit einigen Tagen über den Grund, und das immerhin in Tiefen, die wir in dieser Form nicht erreichen.«

6. Tag, 12 : 20 Ortszeit, 04 : 20 Zulu – Peking

Der Anruf erwischte Boulden, kaum dass er nach einem Gespräch mit Langley aufgelegt hatte. General Wu nahm sich wenig Zeit für eine Vorrede. »Mr Boulden, es gibt ein Problem. Ich weiß nicht, ob man Sie schon informiert hat, aber eines Ihrer U-Boote ist beschädigt worden und treibt nun auf die Paracel-Inseln zu.«

»Und um welches Boot handelt es sich dabei?«

»Anhand der Nummer am Turm gehen unsere Marineexperten davon aus, dass es die *Wichita* ist. Das Boot hat auf unsere Kontaktversuche allerdings nicht reagiert.« Wu schien ziemlich erregt zu sein. »Sie wissen, was die Welt zu diesen Vorgängen sagen wird. Die bösen Amerikaner haben sich wieder in fremden Gewässern rumgetrieben und die bösen Chinesen haben geschossen. Wir kennen beide die Presse, Mr Boulden.«

Unwillkürlich nickte der Präsidentenberater. »Ja, ich fürchte, Sie haben recht.« Er räusperte sich kurz, bevor er die entscheidende Frage stellte. »Haben Sie denn geschossen?«

»Nun, es sieht so aus, als sei Ihr Boot, ohne uns zu informieren, in ein Manövergebiet gelaufen, in dem Übungen mit einem neuen Abwehrsystem stattfinden.«

»Ah ja!« Boulden verzog das Gesicht. »Und Ihrem Abwehrsystem ist nun unser Boot zum Opfer gefallen?«

»Es hat zumindest den Anschein.« Wu zögerte. »Natürlich sind im Rahmen dieser Angelegenheit auch die Sicherheitsinteressen meines Landes betroffen, Sie verstehen?«

Und ob! Ihr habt neue Systeme in internationalen Gewässern getestet! Nur mit Mühe konnte er den aufwallenden Zorn unterdrücken. »In Washington ist es Nacht, aber ich versuche jemanden an die Strippe zu bekommen. Dann sehen wir weiter.« Er dachte nach. »Wann und wo wollen wir uns treffen?«

»Ich kann in einer Stunde in Ihrem Hotel sein.«

»Geben Sie mir zwei Stunden, damit ich jemanden in Washington erreichen kann.«

»Abgemacht, dann in zwei Stunden!« Wu legte auf.

Boulden dachte nach. Er würde wegen dieses Vorfalls den Präsidenten direkt anrufen müssen. Fragte sich nur, in welcher Stimmung der sein würde. Um zwanzig nach elf am Abend wahrscheinlich in keiner guten, was seinen Job nicht einfacher machte. Er brauchte unbedingt noch weitere Informationen, aber die konnte er sowieso nicht von Washington bekommen.

6. Tag, 12 : 20 Ortszeit, 04 : 20 Zulu –
Südchinesisches Meer, USS *Oz*

»Was nun?« Tex blickte auf den Captain, der reglos im Sitz neben ihm saß und nur unverwandt durch die

Bullaugen auf die *Kentucky* starrte, die wie ein gestrandeter Wal in den Korallen lag.

»Captain?« Harper schüttelte ihn an der Schulter.

DiAngelo schien aus einem Trancezustand zu erwachen. Er starrte den Texaner ungläubig an. »Da wird doch glatt der Hund in der Pfanne verrückt!«, murmelte er ungläubig.

»Dann müssen wir uns dieses verdammte Codewort eben besorgen. Irgendjemand wird es ja wohl wissen.« Der Commander deutete auf die Anzeigen. »Viel wichtiger ist, was wir jetzt machen. Für die Rückkehr zur *Guam* reicht der Batteriestrom nicht mehr aus.«

Bob lauschte dem Ping des eigenen Sonars hinterher, das sich mit den chinesischen Ortungsimpulsen zu einem unregelmäßigen Rhythmus vermischte. »Ich frage mich, was der Chinese nun vorhat. Es wäre ein Wunder, wenn er nicht mitgehört hätte, und irgendwer von denen dürfte auch Englischkenntnisse haben.«

»Dann weiß er jetzt, dass er nicht reinkommt, genauso wenig wie wir. Von außen betrachtet ein Patt, würde ich sagen.« Tex sah ihn neugierig an. »Es sei denn, Sie wissen darüber mehr.«

»Ja und nein«, meinte Bob. »Wir sollen Kaffee und Donuts mitbringen, wenn wir wieder vorbeischauen.« Er grinste schmal. »Natürlich hat Roger das alles wieder durcheinandergebracht. Sich in allen Einzelheiten an alte Filme zu erinnnern war noch nie seine große Stärke. Aber immerhin hat er noch den Namen des Gebäudes gewusst.«

»Was für ein Film, was für ein Gebäude?« Harper bekam runde Augen. »Dieses Naka-Dingsbums?«

»Genau!« Der Captain versuchte es sich auf seinem Platz etwas bequemer zu machen. Nach der ewigen Sitzerei tat ihm mittlerweile jeder Knochen weh. Trotzdem fühlte er sich wieder richtig gut drauf. Sie hatten die *Kentucky* gefunden, und er wusste, woran er war. Roger lebte noch und mit ihm offensichtlich ein großer Teil seiner Crew. »Dieser Major Billington hat offenbar die Kontrolle an Bord übernommen, vermutlich mit Gewalt. Ich habe keine Ahnung, warum, aber so wie es scheint, muss Williams in der Zentrale gewesen sein, als es zu der Kontaktaufnahme mit der *Kentucky* kam. Nur hat Billington ihn nicht mit uns sprechen lassen.«

»Das alles wollen Sie der Bitte um ein paar Donuts entnommen haben?« Der Commander sah ihn ungläubig an. »Sie nehmen mich doch auf den Arm! Das war ein Witz, oder?«

»Ich fürchte, nicht. Wir haben so ein ähnliches Ding schon mal vor zwei Jahren durchgezogen. Roger kennt mich sehr gut, wir sind seit Jahren befreundet. Also wusste er, dass ich die Nachricht verstehen würde.«

»Was für eine Nachricht denn, verdammt noch mal?«

Bob lächelte. »Das Nakatome Building war der von Gangstern besetzte Wolkenkratzer, in dem der Film ›Stirb langsam‹ gespielt hat. Und die Sache mit den Donuts ist eine gestrichene Szene von der ›Making of‹-CD. Bruce Willis sagt so etwas über Funk zu dem Polizisten unten auf dem Parkplatz, als er versucht, ihn zu überzeugen, dass er kein Irrer ist, der im Haus Amok läuft.«

»Okay ... okay. Ich kenne den Film zwar nicht, aber mal ehrlich, sind Sie bei dem, was Sie sich da zusammengereimt haben, Ihrer Sache auch sicher?«

»Sagen Sie es mir, wenn Ihnen was Besseres einfällt.« Der Captain stülpte sich den Kopfhörer über und lauschte in das Passivsonar. »Da oben ist eine Menge los, aber nichts, was auf einen Waffeneinsatz hindeutet. Die *Wichita* führt Reparaturen aus, es wird mächtig rumgehämmert. Die Chinesen kreisen in weitem Abstand.«

»Also hoch zur *Wichita*, vielleicht können wir ja bei ihr Strom tanken.« Der Texaner warf einen letzten Blick auf die *Kentucky*, dann leitete er den Aufstieg ein.

Ein Summen durchdrang die Stille zwischen den Ortungsimpulsen. »Telefon!« DiAngelo fischte den Hörer aus der Halterung. »USS *Oz*, Captain DiAngelo am Apparat.« Tex neben ihm gab ein ersticktes Glucksen von sich. Bob war ein noch verrückterer Hund als er selbst, und das wollte was heißen.

Eine höfliche Stimme in einem leicht lispelnden Englisch kam aus dem Lautsprecher. »Kapitän Tsoshi Sheizu, an Bord des Jagdbootes *Shi-Nan* der chinesischen Volksmarine, Captain. Ich hoffe, ich störe nichts Wichtiges mit meinem Anruf?«

Bob zwinkerte Tex zu, als habe er mit diesem Anruf gerechnet. »Nein, wir wollten gerade Kaffeepause machen.«

»Das passt ja ausgezeichnet!« Kapitän Tsoshi schien über DiAngelos belustigte Art nicht im Geringsten erstaunt zu sein. »Vielleicht kann ich Ihnen stattdessen einen Tee anbieten. Ich denke, unser Smutje kann auch für eine warme Mahlzeit sorgen.« Er zögerte. »Wir sollten uns unterhalten. Immerhin liegt eines Ihrer Boote in chinesischen Gewässern auf Grund.«

»In Gewässern, die von China beansprucht werden. Ein feiner Unterschied, nicht wahr?«

»Überlassen wir die Politik den Politikern«, schlug Tsoshi vor. »Als Seeleute sind wir uns wohl beide darüber klar, dass wir genug mit den anstehenden Rettungsmaßnahmen zu tun haben werden.«

Großartige militärische Geheimnisse barg die *Oz* als

Rettungsboot keine. Von der Seite her war die Sache also kein Problem. Wichtig war nur, dass jemand wusste, wo sie waren. »Also gut, ich nehme Ihr Angebot an. Ich schätze, Sie haben eine geeignete Luke?«

»Ausgelegt nach internationalem Standard wie alle modernen U-Boote, befindet sich unsere ungefähr fünfundzwanzig Meter vor dem Turm auf dem Vordeck.«

»Okay. Wir werden etwa fünfzehn Minuten brauchen. Müssen nur vorher der *Wichita* noch kurz Bescheid geben, dass wir nicht zum Essen kommen.«

Tsoshi schien sich kurz mit jemandem zu besprechen. »Dazu müssen Sie noch etwas aufsteigen und null-zwo-zwo steuern. Ihre *Wichita* treibt auf die Inseln zu.«

DiAngelo blickte kurz auf seine Sonaranzeigen und verglich die Daten mit der elektronischen Seekarte. Was der Chinese sagte, stimmte. Und mehr als maximal eine Meile Reichweite konnte man aus dem Unterwassertelefon kaum rauskitzeln. »Bis dahin hat unsere große Schwester noch zwanzig Meilen, und so stark kann der Wind momentan auch nicht sein, denn sonst triebe sie schneller ab.«

»Zehn Stunden sind noch Zeit, Captain. Ich nehme an, das reicht zur Reparatur. Oder falls nicht, wird man sich an anderer Stelle darüber verständigt haben, wer das Boot an den Schlepphaken nimmt.« Was sich über Wasser tat, schien für Tsoshi nicht von erstrangiger Bedeutung zu sein. »Da es wohl nichts bringt, wenn wir bei Ihrer *Kentucky* bleiben, folge ich Ihnen einfach.«

Die beiden Boote schwenkten auf Nordnordost ein. Es dauerte knapp zwanzig Minuten, bis die kleine, langsame *Oz* in den Reichweitenbereich des Unterwassertelefons der *Wichita* kam. Bereits kurz darauf jagten die Antennen des großen U-Bootes einen Funkspruch hinaus. Die *Oz* schwebte zu diesem Zeitpunkt bereits über dem Vordeck der *Shi-Nan*, um anzudocken.

Die Zeiger der Uhren oder deren digitale Zahlen liefen weiter. Während Captain DiAngelo und Commander Harper an Bord der *Shi-Nan* zuvorkommend bewirtet wurden, in Peking General Wu und Präsidentenberater William Boulden ihre gegenseitigen Konsultationsgespräche über die Krisenlage fortsetzten und sich an Bord der *Wichita* die Maschinisten im Schweiße ihres Angesichts mühten, die von den Torpedoexplosionen angerichteten Schäden wenigstens provisorisch wieder zu beheben, erfassten die Sonarsysteme eines schon ziemlich betagten chinesischen U-Bootes der Volksmarine weit unten im Süden des Südchinesischen Meeres einen regelrechten Geräuschteppich. Und es dauerte, bis die Sonarleute mit ihrer veralteten Technik daraus schlau wurden. Erst nach und nach konnten sie in dem Pulk Zerstörer der Arleigh-Burke-Klasse und Ticonderoga-Kreuzer ausmachen, wobei mehrere Schiffe blieben, die sie typenmäßig nicht identifizieren konnten. Und im Zentrum dieses Verbandes, umgeben von einer eigenen U-Boot-Sicherung, lief ein Gigant der Meere, angetrieben von vier riesigen Schrauben mit einem Durchmesser von jeweils sieben Metern, hinter denen die zweihundertachtzigtausend Pferdestärken der Motoren steckten. Beinahe fünfundsechzig Meter ragte der Brückenaufbau über die Wasseroberfläche des dreihundertzwanzig Meter langen Kolosses. Die USS *Kitty Hawk* war mit sechzigtausend Tonnen Verdrängung der letzte amerikanische Großträger mit konventionellem Antrieb. Ihre moderneren atomar betriebenen Schwestern erreichten leicht achtzigtausend Tonnen und mehr. Aber mit ihren fünfundachtzig Flugzeugen und ihrem kampfstarken Geleit war »Miss Kitty«, »ShittyKitty« oder auch »Battle Cat«, wie sie je nach Stimmung von den Seeleuten an Bord genannt wurde, Herzstück des schlagkräftigsten Verbandes, der in den letzten sechzig Jahren diese Gewässer befahren hatte.

Mit voller Kraft setzte sich das chinesische U-Boot einige Meilen ab, um an der Oberfläche den Kontakt per Funk zu melden. Die Kampfgruppe würde trotz hoher Fahrt immer noch etliche Stunden brauchen, um am Ort des Geschehens einzutreffen.

6. Tag, 08 : 00 Ortszeit, 13 : 00 Zulu – Washington, D. C.

Aus rot geränderten Augen starrte Jack Frederics den dicken Umschlag auf dem Schreibtisch vor sich an. Er hatte nicht gewagt, ihn zu öffnen, obwohl er sich die ganze Nacht über gefragt hatte, was in dem Kuvert stecken mochte. Aber er hatte einmal den Fehler gemacht, sich in Dinge einzumischen. Es war zwar lange her, doch wenn das damals nicht geschehen wäre, müsste er sich jetzt keine Sorgen machen.

Der Anwalt sah resigniert auf die Uhr. Die Zeit war abgelaufen. Er hatte die ganze Nacht gewartet, dass Smith sich melden oder zumindest eine E-Mail mit dem vereinbarten Kennwort schicken würde. Aber nichts war erfolgt. Für diesen Fall hatte Smith ihm eine Nummer genannt, die er dann ab acht Uhr anrufen sollte. Er ahnte, wen er da an die Strippe bekommen würde, wenn er die Nummer wählte, was ihn auch nicht gerade heiterer stimmte. Den Gedanken, das Kuvert samt Inhalt einfach verschwinden zu lassen, konnte er vergessen. Denn wenn er das tat und der Mann das jemals herausfinden sollte, was bei dessen Möglichkeiten zu erwarten stand, dann würde er ihn aus dem Verkehr ziehen.

Zögernd wählte er die Nummer und bereits nach nur zweimaligem Tuten meldete sich der Gesprächspartner. »Marsden.«

»Frederics, Mr Marsden. Ich rufe aus Washington an.«

»Schön für Sie!« Es hörte sich an, als ob Marsden nebenher in einer Kaffeetasse rührte. »Was kann ich für Sie tun? Und nebenbei, woher haben Sie diese Nummer, Frederics?«

»Das ist eine lange Geschichte, Mr Marsden.« Der Anwalt spürte, wie ihm der Schweiß auf die Stirn trat, aber für einen Rückzieher war es zu spät. In der Zwischenzeit würde man längst ermittelt haben, von wo er anrief. »Ich habe hier ein verschlossenes Päckchen von einem Mr Smith vorliegen, das ich Ihnen zustellen soll, falls er sich nicht fristgemäß heute Morgen um acht Uhr bei mir meldet, was er nicht getan hat. Mr Smith war es auch, der mir Ihre Nummer gegeben hat, Mr Marsden.«

»Smith? Frederics, Sie werden sich nie ändern!« Marsden war nicht nur hart und skrupellos, sondern er vergaß auch nie jemanden, mit dem er zu tun gehabt hatte. Frederics fühlte einen Schauer seinen Rücken hinunterlaufen.

»Nun, egal, Sie haben da offenbar etwas, was diesem Smith sehr wichtig gewesen sein muss. Sind Sie sicher, dass es sich nicht um einen Spinner handelt?«

»Er kannte ein paar Dinge aus der Vergangenheit, Orte und Namen. Ein Asiat oder Halbasiat, falls Ihnen das weiterhilft.«

Roger Marsden in seinem Büro im gar nicht so fernen Langley zuckte zusammen. In Geheimdienstkreisen hatte der etwas rätselhafte Tod Anthony Wongs am Abend zuvor bereits die Runde gemacht. »Also jemand aus unserer Branche?«

»Nicht mehr meine Branche, schon lange nicht mehr, Mr Marsden. Die Antwort lautet dennoch: Ja.«

Marsden grinste nur mäßig amüsiert über Frederics Irrtum. Wer einmal im Sumpf gesteckt hatte, der kam nie wirklich wieder raus, sollte er auch noch so fest daran glauben. Aber das war im Augenblick nebensächlich. »Können Sie mir sagen, wann Smith das Päckchen bei Ihnen hinterlegt hat?«

»Gestern Nachmittag. Hören Sie, ich will das Ding loswerden und es dann vergessen, in Ordnung?«

Roger Marsden lehnte sich in seinem Ledersessel zurück. Frederics würde kaum mehr wissen als das, was er schon gesagt hatte. Er erinnerte sich an den Mann, ein mittelmäßiger Agent in den lange vergangenen Zeiten vor dem Zusammenbruch der Sowjetunion. Selbst als Doppelagent war er nur von sehr bescheidenem Nutzen gewesen. Irgendwann hatte er mehr oder weniger versehentlich seinen Kontaktmann erschossen. Marsden hatte nicht mehr alle Details parat, obwohl er damals dafür zuständig gewesen war, die Angelegenheit unter den Teppich zu kehren. Aber seither hatte es noch viele weitere solcher Geschichten gegeben. »Also gut, so machen wir es. Sie rühren sich nicht von der Stelle, ich schicke jemanden vorbei. Danach vergessen Sie alles, Frederics! Alles, habe ich mich klar ausgedrückt?«

»Vollkommen klar, Mr Marsden!« Der Anwalt zögerte. »Und danke!«

Marsden verzog das Gesicht. »Schon gut!« Ohne auf

einen weiteren Kommentar zu warten, legte er auf. Der Computer auf seinem Schreibtisch zeigte längst die zu der Telefonnummer gehörige Adresse an.

16. Kapitel

6. Tag, 21 : 30 Ortszeit, 13 : 30 Zulu –
Südchinesische See, USS *Kitty Hawk*

Die Kampfgruppe um den Träger *Kitty Hawk* hatte die *Wichita* erreicht, lange bevor das antriebslose U-Boot auf das Bombay-Reef treiben konnte. Ohne dass die chinesischen Einheiten auch nur versucht hätten, das Manöver zu stören, hatte einer der Flottenversorger das Boot in Schlepp genommen. Noch immer wurden Reparaturen ausgeführt, aber man war an Bord inzwischen optimistisch, dass sich die *Wichita* am nächsten Tag aus eigener Kraft auf den Weg nach Yokosuka würde machen können. Früher hatten atomgetriebene Einheiten prinzipiell Japan gemieden, was mit jenen beiden schrecklichen Augusttagen des Jahres 1945 zusammenhing, den Atombombenabwürfen auf Hiroshima und Nagasaki. Ein Atom-U-Boot, das Japan anlief, wäre vor fünfzehn Jahren noch undenkbar gewesen, vor zehn Jahren ein Politikum, doch in den letzten fünf Jahren war es mehr oder weniger Routine geworden.

Die *Guam* und der sie begleitende Deckungsverband waren auf einen Funkspruch der *Kitty Hawk* hin ebenfalls zum Hauptverband gelaufen. Nachdem die *Fairy* überraschend früh an einem der Treffpunkte aufgetaucht war, hatte man ewig nichts mehr von der *Oz* gehört, bis der erlösende Funkspruch von der *Wichita* eingetroffen war. Von den Chinesen mit Strom und Pressluft versorgt, war das kleine Boot, mit zwei Flaschen Reiswein als Geschenk im Gepäck, danach in der Nähe eines amerikanischen Zerstörers aufgetaucht, der die *Oz* bis zum Eintreffen der *Guam* an den Haken nahm.

Nun, da die Nacht langsam über die Kriegsschiffe hereinbrach, war es Zeit, sich über das weitere Vorgehen klar zu werden. Im Vortopp der *Kitty Hawk* wehte die Flagge von Vice Admiral Curt Walker, dessen Bitte, um halb zehn zu einer Besprechung an Bord des Flaggschiffes zu erscheinen, nur ein in höfliche Form gekleideter Befehl war. Es entwickelte sich ein reger Barkassenverkehr, mit dem die Offiziere der verschiedenen Schiffe zu dem Flugzeugträger gebracht wurden. An der Gangway zwitscherten unentwegt die Bootsmannsmaatenpfeifen ihren gellenden Gruß, wenn die Kommandeure der einzelnen Einheiten mit der traditionellen Seite begrüßt wurden.

Captain Robert DiAngelo hinkte das Seefallreep empor und legte grüßend die Hand an die Mütze, als die Pfeifen schrillten. Bewegungslos verharrte er bis zum Abpfiff.

Die schlanke Gestalt ihm gegenüber mit den drei goldenen Sternen auf den Schulterstücken und ebenso vielen Goldstreifen am Ärmel musste Vice Admiral Curt Walker sein. Neben ihm stand ein älterer Captain, offenbar der Kommandant der *Kitty Hawk*. Bob trat zur Seite, um das Seefallreep für Commander Harper frei zu machen, und trat auf den Admiral zu. Grüßend legte er die Hand an die Mütze. »Melde mich an Bord, Sir!«

Ungeachtet des herrschenden Rauchverbots glomm, eingeklemmt im linken Mundwinkel, die bei Walker unvermeidliche Zigarre. »Captain DiAngelo!« Er streckte die Hand aus. »Nun treffen wir uns also doch noch.«

DiAngelo nahm die dargebotene Rechte und schüttelte sie. »Ich muss mich ja noch für die *Guam* bedanken.«

»Nicht so bescheiden!« Vergnügt schmunzelnd wandte er sich dem Captain an seiner Seite zu. »Ich habe dem Mann mal beinahe den Hintern weggeblasen, versehentlich natürlich. Darf ich vorstellen? John Gilchrist, Kommandant der *Kitty Hawk*. Robert DiAngelo, eigentlich zur CIA überstellt, aber immer dabei, wenn es gilt, ein U-Boot zu finden und nicht nur zu suchen.«

»Willkommen an Bord«, sagte Gilchrist. »Der Admiral hat mir schon ein bisschen was von der Geschichte erzählt. Muss wohl ziemlich haarig gewesen sein!«

»Es ging noch mal gut!« DiAngelo konnte ein befriedigtes Grinsen nicht ganz unterdrücken. »Zum Schluss hatten wir ja unser Boot wieder.«

»Yeah!«, meinte Tex Harper, der gelassen angeschlendert kam, während der Lautsprecher hinter ihm noch verkündete: »USS *Oz* an Bord.« Sollte es jemals Gründe für Commander Harper geben, nicht in T-Shirt und Kampfanzughose rumzulaufen, so war der Besuch bei einem Vizeadmiral auf dessen Flaggschiff jedenfalls keiner davon. Und wie immer thronte die blaue Wollmütze auf dem Schädel des ellenlangen Texaners. Die irritierten Blicke des Admirals und seines Kommandanten schien er überhaupt nicht zur Kenntnis zu nehmen. »Dass *der* Mann als maritimer Trüffel-Suchhund einen besonderen Ruf hat, kann ich mir lebhaft vorstellen.«

Walker zwinkerte. »Und Sie sind der Kommandant der *Oz*?«

»Na ja, Kommandant, das klingt etwas bombastisch.

Die letzten Tage waren wir nur zu zweit, Captain DiAngelo und ich.« Tex zuckte mit den Schultern und musterte angelegentlich die Zigarre des Admirals, während er dessen Hand schüttelte. »Feuer frei, Sir?«

»Warten Sie besser damit, bis wir in meiner Kammer sind, sonst krieg *ich* am Ende noch deswegen Ärger.« Schmunzelnd wandte er sich um und führte sie in das Labyrinth der Decks und Korridore.

»Dies, meine Herren, sei vorausgeschickt: Es geht hier nicht um die Klärung irgendwelcher Gebietsansprüche. Auch die Manöver und Tests, die die Chinesen hier veranstalten, sind Sache der Politiker. Für uns geht es einzig und allein nur mehr um die *Kentucky*, nachdem sich die beschädigte *Wichita* wieder in unserer Obhut befindet.« Der Admiral nickte dem Kommandanten der *Wichita* kurz zu, der versuchte, sich an dem langen Konferenztisch unsichtbar zu machen. »Trotzdem, dies ist eine Demonstration der Stärke. Die Chinesen sollen ruhig wissen, dass wir nicht bereit sind, uns von ihnen die Suppe versalzen zu lassen. Und der Aufmarsch unserer Flotte ist dafür ganz fraglos ein schlagkräftiger Beweis. Doch jetzt möchte ich zunächst einmal Captain DiAngelo bitten, uns über die aktuellen Ereignisse im Zusammenhang mit der *Kentucky* zu berichten.«

Bob stand auf und war sich der prüfenden Blicke aller sehr bewusst. Aber unsicher sein und Unsicherheit zeigen waren zwei verschiedene Paar Schuhe. Er rang sich ein nichtssagendens Lächeln ab. »Guten Abend, Gentlemen. Ein paar von Ihnen werden sicher schon davon gehört haben, dass ich zum Lunch an Bord eines chinesischen Jagdbootes war. Wir haben uns mehr zufällig in der Nähe der *Kentucky* getroffen und offenbar hatte der Kapitän der *Shi-Wan* namens Tsoshi das dringende Bedürfnis nach einem Abgleich der Interessen. Mit anderen Worten, er wollte etwas wissen, ohne selbst etwas zu verraten. Aber das Essen war nicht schlecht.«

Erwartungsgemäß gab es einige Lacher. »Doch nun zur Situation: Die *Kentucky* liegt etwa zweitausendfünfhundert Fuß tief in einer nur mäßig stabilen Lage. Sie kann jederzeit weiter das Riff hinunterrutschen, und ich muss nicht extra ausführen, was das in letzter Konsequenz bedeutet. Wenigstens in anderer Hinsicht scheint die Lage stabil zu sein. Es gibt eine vermutlich große, aber noch unbekannte Anzahl Überlebender und sie verfügen über ausreichend Strom, Luft und Proviant.«

»Warum wurde dann noch nicht mit der Bergung begonnen? Haben die Chinesen versucht, das zu verhindern?«

»Das nicht, aber natürlich möchten sie vermeiden, dass militärische Geheimnisse, die man eventuell an Bord der *Kentucky* gesammelt hat, das Boot verlassen. Wir unsererseits wollen selbstverständlich keinesfalls, dass unser Boot den Chinesen in die Hände fällt, auch wenn es sich bei der Ohio-Klasse ja nicht gerade um die neueste Errungenschaft der Technik handelt.«

Der Fragesteller verzog das Gesicht. »Entschuldigen Sie, Sir, aber worin besteht dann eigentlich die Problematik?«

Walker erhob sich, sog nochmals kräftig an seiner Zigarre und sah den Captain, der die Frage gestellt hatte, ernst an. »Das Problem ist, dass niemand weiß, worauf die Chinesen wie reagieren, zumal es bereits Zusammenstöße gegeben hat. Wir haben versehentlich deren Fregatte *Fuangshe* von einem Flugzeug aus mit

Raketen zusammengeschossen, und die *Wichita* entging nur knapp Volltreffern durch zwei Torpedos, die aber offenbar ursprünglich nicht für sie bestimmt waren.«

DiAngelo schaltete sich wieder ein. »Außerdem bitte ich Sie, nicht zu vergessen, dass wir das Boot erst heute gefunden haben.« Er runzelte die Stirn. »Unser zentrales Problem ist aktuell, dass der Einsatz der *Kentucky* im Rahmen einer Geheimoperation erfolgt ist. Mit anderen Worten, die Besatzung wird uns nicht ins Boot oder auch nur Leute abbergen lassen, bevor wir nicht das korrekte Codewort für den Operationsabbruch beibringen können, über das wir im Moment aber nicht verfügen.«

»Das klingt wieder einmal verdächtig nach einer verdammt windigen CIA-Geschichte«, empörte sich einer der Kommandanten.

»In der Hinsicht muss ich Sie enttäuschen, aber die CIA setzt alle Hebel in Bewegung, uns das Codewort zu beschaffen. Dessen ungeachtet gibt es aber noch ein zweites Problem. Die Kollision der *Kentucky* erfolgte mit einem chinesischen Jagdboot neuester Bauart, einer Schwester der bereits erwähnten *Shi-Nan*.« Seine Stimme wurde ernst. »Die Chinesen sind mit ihren Neuentwicklungen, die unter dem Projektnamen 9-3 liefen, wesentlich weiter vorangekommen, als wir alle bisher angenommen haben. Es wurde zwar so manches darüber gemunkelt, aber bisher waren sich die meisten Experten darin einig, dass sie unserer Los-Angeles-Klasse nicht das Wasser reichen können. Dem aber ist nicht so, wie wir jetzt wissen. Die Boote sind leise, gut bewaffnet und schnell. Was wir bisher von ihren Sonarsystemen mitbekommen haben, reicht zumindest an die Qualitäten unserer eigenen Systeme heran. Sie können dazu später den Kommandanten der *Wichita* befragen. Der springende Punkt ist, dass eines dieser Boote bei der Kollision ebenfalls beschädigt wurde. Es kam offenbar später zu einer Nachfolgeexplosion, jedenfalls liegt das Boot rund fünfzehn Meilen von der *Kentucky* entfernt ebenfalls am Grund. Soweit wir es bisher herausfinden konnten, gibt es keine Überlebenden. Nur haben die Chinesen das Boot bisher selbst nicht gefunden, und das bedeutet, dass sie wie der Teufel hinter der armen Seele hinter diesem Boot her sein werden, bevor wir die technischen Details analysieren können.«

Stille senkte sich über die Versammlung. Sie alle waren schließlich Seeleute. Mochten Politiker auch über ideologische Feindschaften reden, zunächst einmal bedeutete DiAngelos Erklärung für die Anwesenden nur, dass ein Schiff mit seiner Besatzung verloren gegangen war.

Endlich hob der Kommandant, der zuerst Fragen gestellt hatte, den Kopf. »Was werden wir nun tun?«

»Wir werden die Besatzung der *Kentucky* retten, das hat, wie Admiral Walker bereits erklärt hat, Priorität. Ich hoffe, wir bekommen in den nächsten Stunden das Codewort aus Langley geliefert. Falls nicht, müssen wir nach Alternativen suchen.«

»Und die Chinesen? Sie haben mit diesem Kapitän Tsoshi gesprochen – trauen Sie ihm?«

DiAngelo lächelte. »Kapitän Tsoshi ist ein pflichtbewusster Seeoffizier wie wir alle hier. Das bedeutet, er wird tun, was er für das Beste für sein Land hält.«

»Mit anderen Worten?«

»Er wird versuchen, uns über den Tisch zu ziehen, ohne einen Krieg auszulösen.«

6. Tag, 21 : 30 Ortszeit, 13 : 30 Zulu –
Südchinesische See, USS *Guam*

Lieutenant Thomas Wilks, immer noch geplagt von Seekrankheit und dem dringenden Wunsch, wieder festen Boden unter die Füße zu bekommen, tat, was er konnte. Aber trotz modernster Technik war es alles andere als einfach, eine Verbindung zu William Boulden nach Peking zu bekommen, und genauso schwierig, einen bestimmten Mann in Langley zu erreichen. Wütend nahm er Zuflucht zur guten altmodischen E-Mail. Nicht die sicherste Methode, aber immerhin verfügbar, auch wenn es keine Garantie gab, dass die Botschaft überhaupt abgefragt wurde. Wilks bemühte sich um möglichst unverfängliche Formulierungen.

Hallo Will,
habe gehört, Du bist jetzt in China, Gratulation zur Beförderung. Wir haben hier etwas unruhige Zeiten, aber wenigstens haben wir nach etwas Suchen Dein Paket gefunden. War nicht so einfach, hier liegen ja noch ein paar nicht abgeholte Pakete herum. Melde Dich mal, wenn Du Zeit hast.

Onkel Bob

Als er den Text auf dem Monitor nochmals durchgelesen hatte, war er mit sich durchaus zufrieden. Onkel Bob, das würde Boulden gefallen. Mit einem Klick auf die Maustaste sandte er die Nachricht ab.

6. Tag, 11 : 30 Ortszeit, 16 : 30 Zulu –
Langley, Virginia

Mit spitzen Fingern öffnete Roger Marsden den Umschlag, den Jack Small ihm gebracht hatte. Jack selbst saß auf der anderen Seite des Schreibtisches, nippte an einem Kaffee und schaute ansonsten skeptisch drein. »Was tun Sie, wenn der Inhalt tatsächlich aus einer Art politischem Nachlass von Anthony Wong besteht? So was kann sich leicht zu einem weiteren Geheimdienstskandal auswachsen und wer will da schon involviert sein?«

Die beiden Männer kannten sich seit vielen Jahren. Marsden war ursprünglich so etwas wie Jacks Ausbilder gewesen, dann waren sie lange Kollegen im Feldeinsatz, bevor Marsden als Projektleiter zurück nach Langley ging. Später wurde Small ebenfalls Projektleiter, und Marsden, der ihm bei einer ziemlich schiefgelaufenen Geheimaktion im Fernen Osten unter die Arme gegriffen hatte*, wurde Vizedirektor und gleichzeitig verantwortlich für die gesamte Feldaufklärung. Vizedirektor als Dienstbezeichnung hörte sich bedeutend an, doch deren gab es innerhalb der CIA rund fünfzig, und darüber immer noch etwa zwanzig Direktoren, bevor der eigentliche Mann an der Spitze kam! Was aber nichts daran änderte, dass Marsden seit den Tagen als einfacher Außendienstagent eine beeindruckende Karriere hingelegt hatte, und irgendwie war Jack Small immer dabei gewesen. Es war einfach, derartige Dinge mit ihm zu besprechen.

»Sie kennen nur einen Teil der Geschichte, Jack. Anthony Wong war gebeten worden, etwas über eine

---

* Siehe Peter Brendt, *Shallow Waters*.

Operation Hiob herauszufinden, aber es kam nie eine Antwort. Und nun ist er tot.«

»Von einem Profi erschossen, den er aber seinerseits auch erwischt hat.« Jack nickte nachdenklich. »Also glauben Sie, alles hängt miteinander zusammen, Boss?«

Marsden zog etliche eng mit Hand beschriebene Seiten aus dem Kuvert. Wong hatte sichergehen wollen, dass kein Zweifel aufkamen, dass er der Verfasser war. Konzentriert begann Marsden die Seiten zu lesen. Jack Small fasste sich in Geduld. Wenn sein Boss recht hatte, würde das für eine Weile der letzte ruhige Moment sein.

Nach einigen Minuten lehnte sich Roger Marsden zurück und starrte einen Augenblick lang aus dem Fenster. Dann wandte er sich Small zu. »Wir müssen die Sache vorerst im kleinen Kreis halten, wenn irgend möglich. Welche Projekte haben Sie derzeit laufen?«

»Nur Routineangelegenheiten, nichts, womit meine Leute nicht auch so fertig werden.« Small sah Marsden neugierig an. »Worum geht es?«

»Wenn das, was Wong aufgeschrieben hat, den Tatsachen entspricht, dann geht es um nichts Geringeres als eine Verschwörung. Und er nennt dabei die Namen großer Tiere aus Politik und Wirtschaft. Und er beschreibt auch die Operation Hiob.«

»Dann hat er also vor seinem Tod doch noch was darüber rausbekommen?«

»Nein, das nun nicht gerade. Wong bekennt nämlich, zu den Drahtziehern gehört zu haben.« Angewidert schob er die Seiten über den Schreibtisch Small zu. »Doch lesen Sie selbst.«

Der Agent überflog sie und pfiff schrill durch die Zähne. »Wenn sich das verifizieren lässt, dann rollen in Washington ein paar Köpfe.«

»Große Köpfe, und eben deswegen darf genau das nicht geschehen.«

Jack Small grinste schief. »Wenn man es genau betrachtet, dann dürfen wir uns in solche politischen Entscheidungen gar nicht einmischen.«

»Ja, und wenn man es genau betrachtet, gibt es die Hälfte von uns sowieso nicht.« Marsden deutete auf die Papiere, die Small immer noch in den Händen hielt. »Was diese Leute getan haben, ist nicht nur *ein* Verbrechen, sondern bildet gleich eine ganze Reihe davon. Aber in einigen Punkten kann ich sie verstehen. Nicht ihr Vorgehen, das ist abgesehen von allem anderen dilettantisch, und Sie wissen, wie sehr ich das verachte. Aber ein paar von deren Beweggründen kann ich durchaus nachvollziehen.«

Small sah seinen Boss misstrauisch an. »Was also werden wir tun?«

»Was wohl? Unsere Pflicht. Unser Land verteidigen, gegen Feinde von innen und von außen, alle Vorschriften außer Acht lassen und Peinlichkeiten unter den Teppich kehren.«

»Also das Übliche?«

Marsden nickte grimmig. »Sie kümmern sich um die Hintergründe, und ich sehe zu, dass ich DiAngelo erwische. Er hängt derzeit irgendwo im Südchinesischen Meer herum und versucht, unsere Jungs zu finden, während da unten vielleicht bald ein Krieg ausbricht.« Ein neuer Gedanke kam ihm. »Steckt William Boulden nicht in Peking, um mit den Chinesen zu reden?«

»So ist es.«

»Also noch jemand, der jede Hilfe brauchen kann.«

Jack Small zog die Brauen in die Höhe. »Was aber, wenn er dem Weißen Haus steckt, was wir hier treiben? Ich habe nicht den Eindruck, als wollten sie unsere

Chefs einweihen, vom Präsidenten ganz zu schweigen.«

»Sie kennen die Spielregeln, Jack. Hundertprozentig glaubwürdiges Dementi! Wenn einer der Chefs vor die Mikrofone und Kameras treten muss, dann muss er im Brustton der Überzeugung sagen können, er habe von nichts gewusst.«

»Nur wird er hinterher Sie zur Rechenschaft ziehen, egal wer von den Chefs es auch immer sein mag.«

Marsden blies die Backen auf. »Verdammt, ich bin so lange in der Firma hier und meine Pension kann mir keiner streichen. Entweder ich mache meinen Job richtig oder gar nicht.« Er grinste plötzlich. »Über zwanzig Jahre habe ich riskiert, mir eine Kugel einzufangen, und nun soll ich mir Sorgen machen, irgendwo zum Angeln geschickt zu werden? Wenn meine Frau das hier wüsste, würde sie beten, dass die mich endlich in den Ruhestand schicken.«

Jack wusste genau, dass Marsden den Job nie an den Nagel hängen würde, jedenfalls nicht freiwillig. Wenn er das gewollt hätte, hätte er schon vor Jahren einen der unzähligen hoch bezahlten Posten als Sicherheitsberater annehmen können. Aber es gehörte bei der CIA einfach nicht zum guten Ton, zuzugeben, dass man seinen Job mochte. Small seufzte. »Also gut, dann mache ich mich mal auf die Socken. Die Cops werden begeistert sein, mich zu sehen.« Er zögerte. »Es gibt da jemanden, den ich gerne mit ins Boot nehmen würde.«

Marsdens Blick wurde starr. »Wen?«

»Sie kennen sie nicht. Chen-Liu. Sie hat für uns in China gearbeitet, bis wir sie voriges Jahr rausholen mussten. Sie spricht Chinesisch und ich muss mir möglicherweise Wongs Familie vorknöpfen.«

»Ist sie vertrauenswürdig?«

»Ich behaupte, ja.«

»Also gut, dann schnappen Sie sich die Dame von mir aus – zu was auch immer.«

17. Kapitel

6. Tag, 01 : 00 Ortszeit, 17 : 00 Zulu –
Südchinesisches Meer, USS *Guam*

Die Kriegsschiffe waren abgedunkelt, wie immer unter Gefechtsmarschzustand. Nur für die *Guam* waren alle Beschränkungen aufgehoben. So bildete der Katamaran einen einsamen, weithin sichtbaren Lichtfleck in der Nacht. Aber der Eindruck täuschte. Immer wieder blitzten gelegentlich Bugwellen aus der Dunkelheit auf und erinnerten an die Anwesenheit der anderen Schiffe.

Es war ein seltsames Gefühl, sich vorzustellen, dass im Umkreis von hundert Meilen über achtzig kampfbereite Schiffe mit heißen Waffensystemen kreuzten. Während auf See noch gewisse Abstände eingehalten wurden, ging es am Himmel enger zu. Schon den ganzen Tag über hatten die Kampfpiloten der beiden Luftwaffen in ihren allgegenwärtigen Jägern mit riskanten Flugmanövern auszuloten versucht, wer im Ernstfall der Bessere sein würde. Nicht selten passierten chinesische und amerikanische Maschinen einander bei doppelter Schallgeschwindigkeit im Abstand einiger weniger Yards. Das geringste Zucken eines der Piloten würde beide Jets in einem grellen Flammenball aufgehen lassen. Und die Jungs da oben machten nach wie vor munter weiter. Selbst an Deck der *Guam* konnte man trotz der hellen Bogenlampen erkennen, wenn sie bei ihrem Tanz die Nachbrenner zu Hilfe nahmen.

Robert DiAngelo schaute nur noch selten auf. Alles, was ihn interessierte, waren die Aktivitäten auf dem Arbeitsdeck. Überall standen Pressluftflaschen und Batterien herum. Hinter den Bullaugen der vordersten Kugeln beider Boote bewegten sich Gestalten undeutlich im Widerschein der Gerätedisplays. Andere Männer waren dabei, eine neue Schürze unter der Andockluke der *Oz* zu montieren. Bob sah auf die Uhr. »Wir haben noch etwa eine Stunde. Ich hoffe, jemand meldet sich aus der Heimat und sagt uns das verdammte Codewort.«

»Yeah, wäre an der Zeit!«, knurrte Harper. »Der Alternativplan gefällt mir nicht.«

»Mir auch nicht, aber es ist unter Umständen tatsächlich die letzte Möglichkeit, die uns bleibt.«

Der Texaner nickte langsam. »Zu dumm, dass wir keine Ahnung haben, was im Boot vorgeht.«

»Ich rechne nicht gerade damit, dass man uns mit offenen Armen empfangen wird. Diese ganze Kiste stinkt gewaltig. Bisher hat mein Adjutant noch nicht einmal herausfinden können, von wem die Aktion angeleiert wurde. Wer auch immer sich die ausgedacht hat, ist offenbar bereit, das Boot mit Mann und Maus zu opfern.« Zorn klang in Bobs Stimme mit. »Es ist unglaublich, wie einfach es ist, ein U-Boot zur Verfügung gestellt zu bekommen, wenn man an den richtigen Hebeln sitzt.«

»Ihr Freund, dieser Roger Williams, muss doch gewusst haben, was gespielt wird? Immerhin ist er der Kommandant.«

»Sie wissen, wie das ist, Tex. Man bekommt seine Befehle, steigt ein und fährt los. Selbst wenn sie einem noch so seltsam vorkommen. Solange die richtigen Stempel drauf sind, laufen die Dinger durch die gesamte Befehlskette, ohne dass jemand Fragen stellt.«

»Captain DiAngelo bitte dringend in den Funkraum!« Die laute Stimme aus dem Deckslautsprecher unterbrach ihre Unterhaltung und Bob machte sich auf den Weg.

Unter Deck erwartete ihn bereits Thomas Wilks. »E-Mail, hochverschlüsselt, ich habe sie gleich schon mal durch mein Notebook gejagt.«

»Danke!« DiAngelo setzte sich hinter den aufgeklappten Rechner und überflog die Nachricht. Marsden hatte sich auf das Wesentliche konzentriert, keine Namen erwähnt und nur die Fakten der Operation Hiob beschrieben. Bob spürte den Zorn erneut in sich aufwallen. Er hatte sich so etwas Ähnliches schon gedacht, aber die Dimension der Operation überstieg seine Vorstellungen.

»Einhundertvierzig Mannschaften und Unteroffiziere, fünfzehn Offiziere. Dazu dreißig SEALs und eine Sondergruppe unter einem Commander Walter Morgan mit sechzig Mann und sechs Offizieren.« Der Teufel mochte wissen, wie viele von den zweihundertfünfzig noch am Leben waren. Die Schäden an der *Kentucky* waren alle achtern gewesen und dort musste es schätzungsweise fünfzig Tote gegeben haben. Blieben rund zweihundert Mann, die ihre Quartiere und Stationen weiter vorne hatten. Für die *Fairy* und *Oz* würde dies zehn Touren bedeuten, mit Drücken und Quetschen vielleicht acht. Es war aber äußerst unwahrscheinlich, dass die Chinesen sie so lange unbehelligt lassen würden. Und die hochgelobte McCann-Rettungskammer konnten sie unter diesen Umständen genauso vergessen wie die Panzertaucher.

Lieutenant Wilks sah seinen Vorgesetzten betroffen an. »So viele?«

»Die *Kentucky* ist ja auch kein kleines Boot.« Bob zuckte mit den Schultern. »Was mir jedoch abgeht, ist eine viel wichtigere Information aus Langley. Thomas, ich brauche Skynet, eine Verbindung zu Marsden mit voller Verschlüsselung. Kriegen wir das hin?«

Thomas Wilks nickte ruhig. »Es sollte klappen. Allerdings …« Er sah sich um.

Der Captain verstand. Die anwesenden Funker gehörten der Navy an, nicht der CIA. Und wenn Wilks sich deren Hilfe bediente, bestand natürlich das Risiko, dass sie die Passwörter für das Einloggen ins Netzwerk mitbekamen. »Das ist unser geringstes Problem, denn die können später geändert werden. Also, ans Werk!«

6. Tag, 01 : 10 Ortszeit, 17 : 10 Zulu – Langley, Virginia

»Skynet mit hoher Verschlüsselung, Sir. Captain DiAngelo aus dem Südchinesischen Meer.« Die Stimme der Sekretärin klang so gelassen, als erfolgte der Anruf aus einer Bar um die Ecke.

»Stellen Sie durch.«

Es knackte ein paarmal, dann erschien auf dem Display seines Telefons die Meldung, dass es sich in diesem Fall um eine abhörsichere Satellitenleitung handelte. »Marsden!«

»DiAngelo. Hallo, Roger!«

»Sie hören sich müde an, Bob, aber Sie haben ja auch eine nette Bullenscheiße am Hals.«

»Wenigstens wissen wir jetzt, worum es geht, auch wenn Sie mir offensichtlich nicht alles mitgeteilt haben.« DiAngelo klang verärgert. »Was ich brauche, ist ein Abbruchcode. In der *Kentucky* sitzt ein gewisser Major Billington, und ich nehme stark an, er hat mit seinen SEALs das Kommando übernommen. Er fordert von uns ein Codewort, sonst will er uns notfalls mit Waffengewalt daran hindern, das Boot zu betreten.«

Marsden räusperte sich mühsam. »Bisher sind wir auf keinen solchen Code gestoßen. Was wir bisher wissen, stammt so ziemlich alles von Anthony Wong, der diese Informationen bei einem Anwalt hinterlegte, bevor er erschossen wurde.«

»O nein!«, entfuhr es DiAngelo. »Da haben wir wohl den Bock zum Gärtner gemacht! Den Tipp, den Geheimdienstkoordinator eventuell einzuspannen, um etwas über Hiob herauszufinden, verdankt Boulden nämlich mir.«

»Wong hat jedenfalls von Anfang an in der Geschichte mit dringesteckt.«

»In Sachen Codewort bringt uns das jetzt auch nicht weiter. Haben Sie denn schon jemanden beim Wickel, der hinter Wong stand?«

Für einen Augenblick dachte Marsden darüber nach, ob er diese Informationen an DiAngelo geben sollte. Aber der Mann, der von der Navy zu ihrem Verein gekommen war, galt als unbedingt zuverlässig. »Das nicht, Bob, es handelt sich dabei um zu große Tiere: Senator Radcliff, das Aushängeschild der christlichen Rechten, Sam Sullivan, einer der Ölbosse von Texas, Dexter Reardon, Fernsehprediger und Wahlkampfgeldbeschaffer für den Präsidenten, und, last but not least, Professor Timothy O'Neal. Jedenfalls scheint das die Spitze zu sein. Dazu kommen etliche Generäle, Admiräle, Offiziere der verschiedensten Ränge und eine schier endlose Liste, NSA, CIA, FBI und so weiter.«

Bob pfiff durch die Zähne. »Roger, bedeutet das, wir kommen an keinen von denen ran? Einer von denen muss doch das verdammte Codewort haben!«

»Ja, aber wer, und wie es aus ihm rausholen? Die Brüder wissen ganz genau, dass man keinen von ihnen jemals vor ein öffentliches Gericht zerren wird. Nicht einmal der wagemutigste Oppositionspolitiker traut sich da ran. Denn wenn diese Eiterbeule aufgestochen wird und lautstark platzt, dann war Watergate dagegen nur ein harmloses Debakel. Der Schaden wäre ungleich höher.«

Bob klang etwas ungeduldig. »Ich habe noch eine halbe Stunde, bevor ich entscheiden muss, was ich tue. Und mit Politik habe ich nichts am Hut, Roger, mein Job ist es, mehr als zweihundert Amerikaner vom Meeresgrund zu holen. Haben Sie denn Boulden schon erwischt?«

»Bisher noch nicht.« Marsden zögerte. »Ich glaube zudem nicht, dass es klug wäre, ihm alles zu erzählen. Im Zweifelsfall muss er glaubwürdig auf seine Unwissenheit pochen können.«

»Was wollen Sie unternehmen, Roger? Sie können die Sache doch nicht einfach auf sich beruhen lassen.«

»Nein, das werde ich auch nicht. Aber genauso wenig kann ich zulassen, dass unsere Nation wegen ein paar Verrückter Schaden nimmt.« Er machte eine Pause. »Auch wenn ich Ihnen daher den Code nicht besorgen kann, jedenfalls nicht innerhalb der nächsten dreißig Minuten.«

»Verdammt, Roger, es geht um das Leben unserer Leute in einem gesunkenen amerikanischen U-Boot!« Bob schnappte hörbar nach Luft.

»Hören Sie, Bob, wir tun, was möglich ist, okay? Aber Sie sollten trotzdem über Alternativen nachdenken.«

»Das tue ich, Roger, das tue ich die ganze Zeit. Aber die Alternativen sind alle sehr unschön, wenn Sie verstehen, was ich meine.«

6. Tag, 01 : 15 Ortszeit, 17 : 15 Zulu –
am Grund des Südchinesischen Meeres, USS *Kentucky*

Höchst behutsam hatte der Doc Commander Williams wenigstens wieder vom Boden auf den Kommandantensitz der *Kentucky* gehievt. Äußerlich regungslos verfolgte Roger das Geschehen in der Zentrale, was aber in erster Linie damit zusammenhing, dass der Arzt ihn vor allen abrupten Bewegungen gewarnt hatte, weil es sonst jederzeit passieren könne, dass sich eine der gebrochenen Rippen in seine Lunge bohre.

Major Billington stand mit seinen Offizieren am Kartentisch und studierte die ausgerollten Konstruktionspläne der *Kentucky*. »Ich denke, sie werden Gas oder Blendgranaten einsetzen. Machen Sie Ihren Leuten nochmals nachdrücklich klar, was es für uns alle bedeutet, wenn wir in die Hände der Kommunisten fallen sollten – lebend!«

»Es steht also nicht zweifelsfrei fest, dass es wirklich ein Amerikaner war, der per Unterwassertelefon angerufen hat, Sir?«

Billington betrachtete den Lieutenant, der die Frage gestellt hatte, als habe dieser etwas Obszönes geäußert. *Natürlich waren es Amerikaner, du Tropf! Bloß: Wenn diese Geschichte hier an die Öffentlichkeit kommt, sind Militär und Geheimdienste auf Jahrzehnte hinaus diskreditiert. Das Land wird von irgendwelchen gottlosen Linken regiert werden, die eine Gefahr für Amerika nicht einmal dann erkennen würden, wenn sie sie bereits in den Arsch kniff!* Aber Billington war schlau genug, dem Lieutenant nicht zu erklären, dass er sie alle aus politischen Gründen, die wichtiger waren als sie selbst, zu Märtyrern machen wollte. Er hatte sich jenen Leuten, die an die gleichen patriotischen Dinge glaubten wie er, schon vor langer Zeit mit Leib und Seele verschworen. Und genau deswegen hatte man ihn für diese Operation ausgewählt. Doch der Lieutenant war noch zu jung, um verstehen zu können, was wirklich zählte. Er brauchte ihm nur in die Augen zu sehen. Der Mann wollte *leben*! Billington blickte weg, als habe er etwas Ekelerregendes gesehen. »Lieutenant, was glauben Sie, wie viele Leute die Chinesen haben, die in der Lage sind, perfekt Amerikanisch zu sprechen? Tausend? Zweitausend? Auf jeden Fall mehr als genug. Deshalb kommt hier auch niermand rein, der nicht über das Codewort für den Abbruch der Operation verfügt.«

Williams stöhnte gequält auf. »Verdammt, Billington, die Operation ist längst gescheitert!«

»Es ist erst vorbei, wenn es vorbei ist, Commander! Meine Marines ergeben sich jedenfalls nicht!«

Im Achterschiff der *Kentucky* betrachtete Lieutenant Miles misstrauisch das Schott. Die Wasserrinnsale waren deutlich größer geworden. Schon seit vierundzwanzig Stunden liefen die Pumpen ununterbrochen, um das Wasser wieder aus dem Boot zu schaffen, das auch aus den ebenfalls leckenden Luken zum oberen Teil der Abteilung elf oder vielleicht noch ganz anderen Stellen eindrang. Dave Miles wusste es nicht; es war auch irrelevant.

Einer seiner Männer kam die schmale Leiter hochgeklettert und warf einen routinemäßigen Blick auf das Schott. Dann nickte er kurz dem Lieutenant zu. »Wir sind so weit fertig, so gut es geht, heißt das.« Er grinste schief. »Eine hübsche Sauerei, aber wenn es hilft?«

Der unverkennbare Geruch des Elektroschweißens drang immer noch aus der Luke. Eigentlich war es ein Wahnsinn, die Luft in einem gesunkenen U-Boot zusätzlich zu belasten, aber die Situation war völlig anders als alle Szenarien, die sie jemals während der Ausbildung auch nur am Rande gestreift hatten. Im Grunde ging es ihnen gar nicht so schlecht, wie dies unter den Gegebenheiten zu erwarten gewesen wäre. Aber dafür standen jetzt die Stoppelhopser überall mit ihren Waffen herum. Er musste nicht einmal den Kopf recken, um zu sehen, dass draußen, ein Schott weiter, ebenfalls zwei Wachposten standen.

»Dann sehe ich mir die Bescherung mal an«, sagte der Lieutenant möglichst laut, damit die Marines es auch mitbekamen. Denn USS *Kentucky* war jetzt kein normales U-Boot mehr, sondern nach dem Willen von Major John Billington eine belagerte Festung, und wer von ihnen sich darin bewegen wollte, brauchte gute Gründe.

6. Tag, 01 : 30 Ortszeit, 17 : 30 Zulu – Peking

William Boulden blickte aus dem Fenster seines Hotelzimmers auf das immer noch pulsierende Leben dieser Stadt, die nie zu schlafen schien. Doch in seinen Gedanken war er draußen in der Südchinesischen See. Er hatte mit Wu gesprochen, dann mit Washington, dann wieder mit Wu und schließlich kurz mit Vice Admiral Walker. In der Zwischenzeit war der angekündigte Stab eingetroffen und hatte sich um ihn versammelt, aber er hatte keine Ahnung, was der ihm jetzt nutzen sollte, geschweige denn, dass er schon die Zeit gehabt hätte, die Leute kennenzulernen.

Müde rieb er sich die Augen und wandte sich um. »Die Nachricht, dass sich die *Wichita* wieder im Gewahrsam unserer Flotte befindet, ist natürlich erfreulich. Die Chinesen haben also Wort gehalten und sich nicht eingemischt.«

»Es sieht demnach so aus, als spielten die Chinesen ehrlich«, sagte eine noch junge Frau, die wie Brewster dem Außenministerium entstammte.

Boulden grinste. »Ehrlich? Wu spielt im Rahmen seiner Interessen, nichts anderes.« Er trat zu der Wand, an der inzwischen eine große Karte des Südchinesischen Meers befestigt worden war. Minutenlang starrte er auf die in Gelb und Blau gehaltenen Konturen. Keiner der Anwesenden wagte es, seine Gedanken zu stören, eine Vorstellung, die Boulden insgeheim belustigte. Als er wieder zu sprechen anfing, wusste er, dass alle trotz der späten Stunde voll konzentriert waren. »Es ging die ganze Zeit um nichts anderes als das hier.« Er deutete auf die Karte. »Die Chinesen wissen, dass sie mit ihrem Anspruch zur Gänze auch nicht durchkommen werden. Bereits 2002 wurde auf chinesische Initiative hin eine Konferenz über einen ›Verhaltenskodex‹ in diesen Gewässern einberufen. Aber obwohl alle Anrainerstaaten geladen waren, erschienen einige gar nicht erst, der Rest konnte sich nicht auf irgendetwas einigen.« Er seufzte. »Es war nicht so, dass Chinas Ansprüche eine Blockade dargestellt hätten. Aber Malaysia und die Philippinen beanspruchen ja auch überlappende Territorien. Brunei macht ebenfalls gleiche Rechte geltend. Es war ein Chaos, so viel ich gehört habe.«

»Und dann tat sich erst mal gar nichts?«

»Doch, die Chinesen gerieten unter Druck, nur hat das keiner mitbekommen. Bevor deren Wirtschaftsboom voll einsetzte, waren diese Gebietsansprüche nicht wirklich virulent. Aber mittlerweile sind sie auf die Öl- und Gasvorräte dieser Region dringender denn je angewiesen. Und sie brauchen eine Zugriffsmöglichkeit auf diese Energiequellen, so rasch es nur geht. Das ist genau der springende Punkt.« Er deutete erneut auf die Karte. »Ständig paradierten in dem Gebiet in den letzten paar Jahren die modernsten Einheiten der chinesischen Volksmarine. Alle hielten diese Demonstration für eine Art Muskelspiel. Aber bringen Sie die Dinge doch einmal in die richtige Reihenfolge. Jemand vermutet irgendwo am Meeresgrund Öl. Der nächste logische Schritt ist eine Vermessung, außerdem müssen Proben genommen werden.« Er grinste. »Im Grunde war es genial. Die Kriegsschiffe kreuzten scheinbar ziellos durch das fragliche Gebiet und niemand machte sich groß Gedanken über dieses Schaulaufen. Man wusste ja, was es sollte. Nur wenn jedes der Schiffe einzelne Streifen des Meeresgrundes so nebenher mit seinem Aktivsonar vermessen hat, sieht die Geschichte schon wieder ganz anders aus.«

»Und somit hätten sie dann ein Puzzle gehabt, das nur noch zu einer Karte des Meeresgrundes zusammengesetzt werden musste«, ergänzte Brewster.

»Richtig! Und was braucht man, wenn die Exploration abgeschlossen ist? Natürlich erst einmal die Gewässer ungestört für sich, bevor man mit den Bohrungen beginnen kann. Die Marinen der Philippinen, Bruneis oder Malaysias mit ihren Seelenverkäufern hatte China nicht zu fürchten. Aber es gab jemanden, den es nicht einfach ignorieren konnte ... uns! Denn wir sind mit diesen Staaten schließlich durch verschiedene Abkommen verbunden. Also musste man damit rechnen, dass man statt ein paar veralteter Landungsboote auf einmal die Siebte Flotte am Hals haben würde. Was also tun? Einen bewaffneten Konflikt mit uns vom Zaun zu brechen würde nicht weiterhelfen. Zu versuchen, uns irgendwie dazu zu bringen, uns aus diesen Gewässer zurückzuziehen und einen De-facto-Status zu akzeptieren, war aus chinesischer Sicht daher sicher der bessere Ansatz!«

»Und wie soll der funktionieren?« Die junge Analytikerin sah ihn gespannt an.

Boulden zuckte mit den Schultern. »Schauen Sie sich die Welt mal als Ganzes an. Unsere Streitkräfte sind im Irak und in Afghanistan massiv im Einsatz. Sie einfach abzuziehen und diese Länder sich selbst zu überlassen ist auf absehbare Zeit wohl undenkbar in Anbetracht der dort herrschenden Verhältnisse. Außerdem weiß noch niemand, wie sich die Dinge im Iran entwickeln. Unsere Kräfte sind also stark gebunden und anderweitig konzentriert. Vielleicht könnten wir es militärisch sogar schaffen, uns hier zu behaupten, aber dies wäre wiederum politisch fatal. Wenn es daher den Chinesen im Vorfeld gelänge, uns überzeugend zu demonstrieren, dass wir hier nur unter schweren Verlusten irgendetwas gebacken kriegen, dann wäre jeder Gedanke an ein Standhalten vom Tisch. Ganz einfach.«

So langsam kam das Begreifen. »Ein Wink mit dem Zaunpfahl: Was wollt ihr eigentlich hier? Wir haben euch doch gezeigt, dass sich nicht einmal eure U-Boote hier ungefährdet bewegen können. Deshalb auch die neuen U-Boot-Abwehrsysteme, die als eine Art Vogelscheuche funktionieren sollten.«

»Natürlich.« Boulden blickte in die Runde. »Blieb

also nur noch, ein entsprechendes Exempel zu statuieren. Die Chinesen legten einen Köder aus und jemand schickte ein U-Boot los. Es handelte sich natürlich mal wieder um eine nicht genehmigte Aktion, die zur Abwechslung aber nicht von einem unserer Geheimdienste, sondern gleich von der Politik ausging. Aber das ist unwichtig. Doch dann ging irgendetwas schief. Die *Kentucky* kollidierte mit einem chinesischen Boot, beide sanken und die Chinesen waren die eigentlich Gelackmeierten. Das mit dem Beweis, den sie uns unter die Nase reiben wollten, hatte zwar geklappt, aber nun mussten sie damit rechnen, dass wir während der Suchaktion nach unserem U-Boot auch auf ihre geheimen Vorbereitungen in Sachen Ölförderung stoßen würden. Es ist nur eine Vermutung, aber ich glaube, die Chinesen sitzen bereits in den Startlöchern, um sich die Paracel Islands oder zumindest Teile davon unter den Nagel zu reißen.« Mit dem Zeigefinger tippte Boulden auf die Karte. »Die Howards-Untiefe! Wenn ich wetten soll, würde ich sagen, sie wollen hier bohren. Hier ist ihr neues U-Boot-Abwehrsystem positioniert, hier operieren ihre U-Boote und mittlerweile auch ihre Flotte und hier liegt aber nun auch die *Kentucky*.«

Alle starrten die Karte an. Endlich brach Brewster das Schweigen. »Verdammter Mist! Wir müssen den Präsidenten warnen.«

»Nicht nur das.« Boulden bedeutete ihm, sitzen zu bleiben. »Ich habe mir erlaubt, das bereits zu erledigen, genauso wie ich unseren Kommandeur vor Ort gewarnt habe, nachdem ich ihn schon einmal an der Strippe hatte.« Mit innerem Vergnügen sah er, wie einige der Kommunikationsspezialisten erbleichten.

»Sir, die Leitung ist nicht …«

Boulden winkte ab, konnte aber ein Grinsen nicht

unterdrücken. »Ich weiß! Und da mir nicht ganz unbekannt ist, wo wir uns befinden, möchte ich annehmen, dass General Wu in der Zwischenzeit auch darüber Bescheid weiß. Und mit ihm die zentrale Militärkommission, der Parteirat und der Vorsitzende.« Er stutzte und sah die Technikerriege an. »Ich hoffe, ich kann mich wenigstens darauf verlassen?«

6. Tag, 01 : 45 Ortszeit, 17 : 45 Zulu –
Südchinesisches Meer, USS *Guam*

Zufrieden betrachtete Bob die undeutlichen Schemen längsseits der *Guam*. Sie waren nicht mehr als kleine Buckel im Wasser, aber der Eindruck täuschte. Kein U-Boot, das mehr oder weniger zwischen seinen Tauchzellen hängt, kann höher aus dem Wasser heraus, als die Montagehöhe der Zellen es zulässt. Und der jeweils größte Teil der *Oz* und der *Fairy* befand sich nun einmal unterhalb dieses »Schwimmrings«. Einzig der dritte der kleinen Schatten ragte etwas höher empor.

Auch Tex Harper musterte den Neuzugang mit einer Mischung aus Sorge und Zuversicht. Die *Northern Star* war das ASDV der *Wichita* und primär dafür gedacht, SEAL-Teams an Stränden abzuliefern. Deswegen verfügte es nicht über die Maximaltauchtiefe der beiden anderen Boote, und es konnte auch, zusätzliche Batterien und Pressluftflaschen hin oder her, nicht so lange im Einsatz bleiben. Doch obwohl die *Northern Star* gegenüber der *Oz* und *Fairy* technisch im Nachteil war, würde ihr heute Nacht eine wichtige Rolle zukommen.

DiAngelo sah Tex an. »Sie kommen klar?«

»Wir bringen zusammen neuntausend Pfund Auftrieb. Plus ein paar Reserven, von denen keiner weiß, wie er sie veranschlagen soll. Was keiner weiß, ist, was die Andockvorrichtungen von solch einem Versuch halten.«

Bob zuckte mit den Schultern. »Es gibt nur einen Weg, das herauszufinden, nicht wahr?«

»Scheint so!« Die beiden Männer schüttelten sich die Hand, bevor Harper zurücktrat und grüßend die Hand an die Wollmütze legte. »Und passen Sie auf sich auf, Sie werden heute Nacht 'ne Menge Aufmerksamkeit auf sich ziehen, Sir.«

18. Kapitel

6. Tag, 13 : 30 Ortszeit, 18 : 30 Zulu – Washington, D. C.

Im Vorzimmer des Senators, dessen Sekretärin mit atemberaubender Geschwindigkeit die Tastatur ihres Computers bearbeitete, brauchten sie nicht lange zu warten, bis die große schallisolierte Tür zum Allerheiligsten sich öffnete und Senator George Radcliff heraustrat, den die Presse auch gern schon mal als den »Silberlöwen« bezeichnete. Abgesehen davon, dass es in Georgia vermutlich keine Bergpumas gab, war der Spitzname aber durchaus passend, wie Small befand. Noch während der Senator die vorherigen Besucher mit einem warmen Lächeln und einem kräftigen Händedruck verabschiedete, erhoben sich Chen-Liu und Small.

»Ich nehme an, Sie sind die Herrschaften von Associated Press?«, fragte Radcliff jovial.

Ungerührt nickte Small. »So ist es.«

Der Senator legte die Stirn in nachdenkliche Falten. »Normalerweise ist es allerdings nicht üblich, dass Presseleute ihre Bitte um ein Gespräch mit mir mit dem Wunsch nach absoluter Diskretion koppeln.«

Small versuchte es mit einem Lächeln. »Investigativer Journalismus, Senator. Und vielleicht ist es ja gerade für Sie interessant, sich die Geschichte anzuhören, an der wir im Augenblick recherchieren.«

Das solariumgebräunte Gesicht des Senators verfinsterte sich schlagartig um zwei bis drei Nuancen. »Was bilden Sie sich ein ...«

»Schade!« Small tat, als wolle er gehen. »Anthony Wong meinte, Sie würden die Story interessant finden.«

Chen-Liu beobachtete, wie der Senator erneut die Farbe wechselte, zwischen zornrot und kalkweiß. Aber seine Stimme klang bereits deutlich weniger herrisch. »Warten Sie!«

»Also wollen Sie doch mit uns reden?«

»Ich habe Anthony Wong gekannt. Nicht so gut, wie ich es vielleicht hätte tun sollen, aber das stellen wir ja bei vielen unserer Freunde erst fest, wenn sie von uns gegangen sind.«

Chen-Liu konnte Smalls Wut auf diesen Heuchler geradezu körperlich spüren.

Aber Small beherrschte sich. »Ja, so ist das leider. Vielleicht sollten wir besser in Ihr Büro gehen, Senator?«

Radcliff zögerte einen Augenblick, dann nickte er und wandte sich an seine Sekretärin, die den Auftritt verständnislos verfolgt hatte. »Anne, zweimal Kaffee, einmal Tee, schlage ich vor.« Dann marschierte er vorneweg und sie folgten ihm. Die viel gerühmte Höflichkeit Georgias war offenbar des Senators Sache nicht.

Der »Silberlöwe« deutete auf zwei Besuchersessel, bevor er selbst um seinen Schreibtisch herumging und sich dahinter niederließ. Sein Arbeitszimmer war edel und teuer eingerichtet, ganz auf imposante Wirkung angelegt: Seht her, welch ein Mann von Welt, erfolgreich und gottesfürchtig zugleich, hier residiert. Seltsamerweise schienen diese beiden Besucher davon völlig unbeeindruckt zu sein. Radcliff räusperte sich. »Kannten Sie Anthony Wong gut?«

»Nicht direkt«, sagte Small, während er seinen Dienstausweis aus dem Jackett fischte und vor dem Senator auf den Tisch legte.

George Radcliff starrte auf den Ausweis und hob dann wieder den Kopf. »Ist sie auch bei der CIA?« Er deutete mit dem Kinn zu Chen-Liu.

»Oh, Mrs Chen war lange für uns in Asien tätig und jetzt ist sie es hier.« Er musste sich einen Augenblick unterbrechen, weil die Sekretärin die Tür öffnete und auf einem kleinen Rollwagen die Getränke brachte. Für Momente war nur das Klappern von Tassen zu hören. Der Senator zog indigniert die Brauen in die Höhe, als Small den Tee für sich reklamierte. Der Agent grinste flüchtig. »Ich habe in Asien angefangen, Tee zu trinken, Mrs Chen kam hier auf Kaffee. So spielt das Leben.« Er dankte der Sekretärin mit einem kurzen Kopfnicken.

Kaum dass sich die Tür hinter ihr geschlossen hatte, wurde der Agent brutal direkt. »Nun zu Ihnen, Radcliff. Ist Ihnen bekannt, dass Anthony Wong ein umfassendes Geständnis hinterlassen hat?«

»Was für ein Geständnis denn? Ich verstehe nicht, was Sie damit meinen.« Der Senator wirkte völlig gelassen.

Small nahm die Teetasse und nippte daran. Anerkennend nickte er. »Ein guter Tee, Senator, wirklich.« Er fixierte sein Gegenüber mit den Augen. »Wir können viel Zeit sparen, wenn wir offen miteinander reden. Wir wissen alles über Hiob – oder zumindest beinahe alles. Auch die Spuren Ihres Killers ließen sich nicht schwer zurückverfolgen, auch wenn er schon tot war, als wir ihn fanden.« Er blies leicht die Backen auf. »Mein Gott, einer von unseren ehemaligen Leuten. Es hat keine fünf Minuten gedauert, die Fingerabdrücke zu identifizieren. Alles, was ich von Ihnen möchte, ist ein einziges Detail. Ein Codewort. Sie wissen, welches. Es geht um das Leben von über zweihundert Amerikanern und vielleicht darum, einen Krieg zu verhindern.«

Radcliff blieb die Ruhe in Person. »Ich weiß nicht, wovon Sie reden, Agent. Sie kommen hier in mein Büro und tischen mir wahnwitzige Geschichten auf. Ihren Hiob kenne ich nicht, nur meinen aus der Bibel. Trotzdem könnte es vielleicht nicht verkehrt sein, meinen Anwalt herzuzitieren.«

Chen-Liu, die nicht in das Gespräch einbezogen wurde, nutzte die Gelegenheit, sich umzusehen. Hinter Radcliffs schwerem Eichenschreibtisch hingen an der Wand die Flaggen der USA und Georgias. Rechts daneben gab es eine Galerie gerahmter Fotos, die ihn mit einer Fülle von Prominenten zeigten. Ohne Mühe fand sie zwischen Hollywoodstars und Wirtschaftsmagnaten nicht nur den amtierenden Präsidenten, sondern auch dessen Vorgänger.

Jack Small merkte, dass er bei Radcliff auf Granit biss. Der Senator leugnete alles. Natürlich würde man ihm vor Gericht nachweisen können, dass er log, aber das bekümmerte einen George Radcliff nicht im Geringsten, weil er wusste, dass es niemals dazu kommen würde. Und Jack Small wusste aus ganz anderen Gründen, warum Senator Radcliff nicht vor einen irdischen Richter würde treten müssen. »Es tut mir leid«, sagte er, »dass Sie uns nicht helfen wollen, Senator.«

»Ich täte es ja gern, wenn ich könnte! Diese Männer in dem U-Boot tun mir zwar unendlich leid, aber auch auf die Gefahr hin, mich zu wiederholen, ich weiß von keinem Codewort. Ich kann Ihnen daher nur empfehlen, sich doch besser mal in Ihrem eigenen Laden umzuhören, Agent Small. Ansonsten ist Ihnen hoffentlich klar, dass ich mit Peter Hoekstra vom Geheimdienstausschuss über Ihren Besuch sprechen werde?«

Small lächelte konziliant. »Dieses Vergnügen ist Ihr gutes Recht, Senator, und bleibt Ihnen unbenommen.« Langsam stand er auf. »Bemühen Sie sich nicht, wir finden unseren Weg auch so, Senator.«

Auch Chen-Liu hatte sich erhoben, und ohne sich zu verabschieden, marschierten sie einfach zur Tür hinaus.

Senator Radcliff fühlte sich im weiteren Verlauf des Nachmittags zunehmend unwohl. Eine innere Unrast hatte ihn befallen, die er sich nicht erklären konnte. Mit dem Besuch der beiden CIA-Agenten hatte dies nichts zu tun, denn die konnten jemandem wie ihm, der zweimal pro Monat mit dem Chef das Geheimdienstausschusses und dem CIA-Direktor speiste, keine Angst einjagen. Dennoch wurden die Beklemmungen immer schlimmer. Es schien, als würden die Wände seines Büros zusammenrücken, um ihn zu zerquetschen. Er bekam keine Luft mehr. Verzweifelt zerrten seine Finger am Knoten der Fünfhundertdollarkrawatte, aber selbst als er den gelockert hatte, wollte sich keine Linderung einstellen. Verzweifelt drückte er auf die Taste der Wechselsprechanlage. »Hilfe!« Er glaubte geschrien zu haben, aber in Wirklichkeit hatte er nicht mehr als ein Röcheln zustande gebracht. Die Zeit schien aus dem Takt zu geraten, seine Sekretärin glotzte ihn nur fassungslos an. Er hatte den Eindruck, als ob Tonnen auf seiner Brust lasteten. Und dazwischen dieses alles durchdringende Stechen. Seine Hände krallten sich in das Seidenhemd. Er versuchte etwas zu sagen, schaffte es aber nicht mehr. Und dann wurde es rund um ihn schwarz.

Kurz darauf konnte der herbeigerufene Notarzt nur noch den Tod feststellen. Es würde natürlich eine Obduktion geben, aber, so erfuhr die Presse bereits wenig später, das sei nur eine reine Formsache. Es stünde außer Frage, dass Senator George Radcliff einem Herzanfall erlegen sei, unzweifelhaft eine Folge seines mörderischen Arbeitspensums, das er sich aufgebürdet hatte. Es dauerte nicht lange, bis es die ersten Stellungnahmen anderer Senatoren und verschiedener Kongressmitglieder gab, die sein Wirken in den höchsten Tönen lobten und den Verlust für die amerikanische Politik zutiefst bedauerten. Man konnte den Eindruck gewinnen, als sei der Senator nie umstritten gewesen. Und insbesondere die, die ihn immer am heftigsten angegriffen hatten, und selbst jene, von denen man wusste, dass sie Radcliff persönlich verabscheut hatten, stimmten Hymnen auf ihn an. Eine glanzvolle Vorstellung des Politzirkus, der schließlich reibungslos weiterlaufen musste.

»Verdammt, ich fange glatt noch damit an, die pharmazeutischen Fortschritte zum Wohle der Menschheit zu lieben!« Small grinste schief.

Chen-Liu zuckte mit den Schultern. Falls es ihr irgendwelche moralischen Kopfschmerzen verursachen sollte, dem Senator etwas in den Kaffee gekippt zu haben, so war ihr davon jedenfalls nichts anzumerken. »Er wird nicht mehr reden, das Geständnis Wongs verschwindet und wir müssen uns etwas einfallen lassen. Das Codewort haben wir noch immer nicht.«

Small sah sie an. »Hast du eine Idee? Die Chancen standen ja von vornherein schlecht.«

»Ich weiß noch nicht.« Nachdenklich lehnte sie sich in ihrem Wagen zurück, von dem aus sie die Ankunft des Notarztes beobachtet hatten. Operation gelungen, Patient tot! »Es könnte sein, ich brauche Internet.«

»Abgesicherte Leitungen?«

Sie schüttelte den Kopf. »Ganz normales Internet. Irgendein Café. Außerdem muss ich den Geschmack wieder aus dem Mund kriegen. Kaffee!« Unwillkürlich schüttelte sie sich.

Small leistete sich ein leichtes Lächeln. »In Ordnung, gleich nachdem wir unseren nächsten Besuch erledigt haben.«

6. Tag, 03 : 00 Ortszeit, 19 : 00 Zulu –
Südchinesisches Meer, USS *Northern Star*

Lieutenant Webster und Chief Petty Officer Jackson, der Pilot und der Sonarbeobachter der *Northern Star*, hatten sich in der Enge der Röhre als Bordkameraden ganz anderer Art als Tex Harper entpuppt, und nicht zum ersten Mal ertappte sich Bob dabei, wie er sich den Texaner zurückwünschte. Die beiden Männer waren ruhig und diszipliniert, keine Frage. Wahrscheinlich würden sie seinen Befehlen ohne zu zögern folgen, bis in die Hölle, wenn es sein musste. Nur wäre ihm lieber gewesen, wenn sie auch etwas mehr selbstständiges Denken gezeigt hätten.

Als habe er etwas von den Gedanken des Captains geahnt, ließ Harper seine Stimme aus dem Unterwassertelefon vernehmen. »Drehen auf drei-vier-null! Ausführung!« Unwillkürlich sah DiAngelo auf die Uhr. Genau drei Uhr morgens. Die *Oz* lag sekundengenau im Zeitplan.

»Bestätigen?«

DiAngelo schüttelte den Kopf. »Negativ, Lieutenant!« Es klang wie: »Natürlich nicht!« Er beugte sich vor und spähte über die Schulter des Sonarmaaten. »Haben Sie etwas?«

»Nichts, Sir, gar nichts!«

Im Lautsprecher rauschte es erneut etwas, und eine andere Stimme drang wie aus weiter Ferne zu ihnen: »Drei-vier-null, wir folgen dem Dad, Chef!« Benson auf der *Fairy* war offenbar gut drauf.

»Wir warten noch eine Minute«, sagte DiAngelo, »dann drehen Sie ebenfalls auf drei-vier-null, Lieutenant.«

»Aye, aye, Sir!« Webster bestätigte den Befehl ohne eine Regung. *Ich an seiner Stelle hätte mich gewundert.* Es war nicht schwer, sich die beiden DSRVs an ihrer Steuerbordseite vorzustellen, eine halbe Meile entfernt und gut zweihundert Faden tiefer. Durch die verzögerte Kursänderung wuchs der Abstand wieder ein paar Yards an und sie waren sowieso schon an der Grenze der Reichweite.

Bob fragte sich, ob er mit so etwas rechnen würde. Sicher war er sich da nicht. Aber er wusste, wenn Kapitän Tsoshi dies in sein Kalkül nähme, dann hätten sie mit Zitronen gehandelt. Er schüttelte den Gedanken energisch ab.

6. Tag, 14 : 15 Ortszeit, 19 : 15 Zulu – Washington, D. C.

Detective Jim Conolly beäugte über die auf dem Schreibtisch liegende Mappe hinweg die beiden Beamten, die sich als Angehörige des FBI ausgewiesen hatten. Damit war genau das eingetreten, was er sich bereits gedacht hatte: Das MPDC würde den Fall abgeben. Politische Gründe.

Missmutig warf er den beiden Gestalten einen weiteren prüfenden Blick zu. Ein Mann und eine Frau, er in einem Anzug, der den Monatslohn eines gewöhnlichen Bullen kostete, und sie in einem dunklen Kostüm irgendeines teuren Modeschneiders. Trotz dieses typischen Outfits und der Dienstausweise hatte Conolly das Gefühl, dass etwas nicht stimmte.

»Mister, Sie stinken!«

»Oh?« Jack Small, alias Special Agent Greardon, blickte den Detective offenherzig an. »Wie kommen Sie darauf?«

»Sie sehen aus wie FBI-Agenten, und Sie haben die Ausweise, die dazu passen. Aber was Ihnen fehlt, ist die Arroganz. Die Bundesboys wären hier reinmarschiert und hätten verlangt, ihnen den kompletten Vorgang auszuhändigen.«

Small machte kein besonders geistreiches Gesicht. »Ich dachte, genau das hätte ich getan?«

»Sie waren dabei *höflich*!« Conolly grinste. »Die FBI-Leute halten dies gegenüber einem gewöhnlichen Stadtbullen nie für nötig und in dieser Stadt erst recht nicht.«

»Trotzdem danke für den Kaffee«, sagte Small, weil ihm nichts Besseres dazu einfiel.

»Ich nehme an, Sie sind von irgendeinem Geheimdienst, von welchem auch immer. Doch das ist mir eigentlich egal. Mich interessiert an dem ganzen Mordfall eigentlich nur die Täterfrage.«

Small und Chen-Liu wechselten einen schnellen Blick. Dann schüttelte der Agent langsam den Kopf. »Der Mann, der das getan hat, ist tot. Der Mann, der ihm den Auftrag dazu erteilt hat, ebenfalls. Es ist eine ziemlich dreckige Geschichte und wir sind hier nur die Putzfrauen.« Er zuckte mit den Schultern. »Natürlich könnte ich Ihnen sagen, dass Sie, wenn Sie wissen, was gut für Sie ist, besser Ihre Nase nicht tiefer in die Sache stecken sollten. Und ebenso natürlich würde Sie das erst recht scharfmachen.«

Detective Conolly grinste träge. »Etwas verstehen Sie also doch von Bullen?«

»Manchmal sind unsere Jobs nicht so verschieden, ob Sie es glauben oder nicht.«

»Wenn ich Sie eben richtig verstanden habe, kann es Boulden nicht gewesen sein, denn der lebt noch und turnt in China rum.« Conolly betrachtete angelegentlich seine kurzgeschnittenen Fingernägel. »Vielleicht sollte ich Sie beide erst einmal in aller Ruhe überprüfen lassen. Und so lange, bis das durch ist, brauche ich mit Ihnen eigentlich gar nicht zu reden, geschweige denn Unterlagen rauszurücken. Um mich freundlich zu stimmen, müssen Sie mir daher schon was bieten.«

»Auch wenn Sie das später in keinem Bericht finden werden?«

»Auch dann! Eine Frau ist schließlich brutal ermordet worden.«

Linda Waldon! Small musste vor sich selber zugeben, dass er sich nie Gedanken über das Opfer gemacht hatte. »Okay. Der Mann, der Linda Waldon getötet hat, war ein Profi, ein ehemaliger Agent. Nach unserem jetzigen Informationsstand war die Frau eine Statistin, deren einzige Rolle darin bestanden hatte, als Leiche in dem Penthouse aufgefunden zu werden, um Boulden zu diskreditieren und dessen Reise nach China zu verhindern.«

Der Detective der Mordkommission seufzte. »Die Niederungen der hohen Politik. Sie ziehen den Fall an sich und er wird vertuscht werden. Die arme Linda wurde von einem Irren umgelegt und das war es dann.«

»Scheint so.« Small fühlte sich sichtlich unwohl in seiner Haut.

6. Tag, 14 : 15 Ortszeit, 19 : 15 Zulu – Südchinesisches Meer, atomgetriebenes Angriffs-U-Boot *Shi-Nan*

Aus den Lautsprechern drang die Stimme des Sonaroffiziers. »Kontakt eins in null-sieben-null, Abstand zweitausend Meter, vier Knoten auf zweihundert Meter Tiefe. Kurs jetzt drei-vier-null. Kontakt zwo …«

Was folgen würde, waren alles haufenweise Oberflächenkontakte. Hinter ihnen waren die Amerikaner unterwegs, vor ihnen die eigenen Leute. Tsoshi betrachtete die Linien, die ein Navigationsgast auf der Plottafel eingezeichnet hatte. Eines der amerikanischen Kleinst-U-Boote verließ in dieser Situation den Schutz des Verbandes und steuerte in etwa in Richtung der *Kentucky*.

»Der Kommandant scheint darauf zu bauen, inmitten des Lärms, den die Kampfschiffe verursachen, unentdeckt zu bleiben, Genosse Kapitän.«

»Mit der Annahme könnten Sie sogar recht haben. Aber ich bezweifle, dass er wirklich zur *Kentucky* will.«

»Wie das?«, fragte der Kommandant der *Shi-Nan*.

»Die halten zwar auf die *Kentucky* zu, aber wenn Di-Angelo und Konsorten das Codewort bereits hätten, um in das Boot zu kommen, dann wären die nicht allein unterwegs. Denn in dem Fall würden die Amerikaner versuchen, die Besatzung mit allem, was sie haben, abzubergen.«

»Und was machen wir?«

»Ihm unauffällig folgen, denn er wird uns zur *Long-Huang* führen, dem Gelben Drachen. Ich will, dass Sie ab jetzt ständig eine Feuerleitlösung bereithaben.« Tsoshi nickte, als er das Begreifen in Wongs Augen sah. »Für den Amerikaner. Wir geben unser Boot nicht auf, bevor wir nicht Genaueres wissen.«

»Die Befehle …«

»Ich kenne die Befehle, Genosse Wong. Aber es ist meine Entscheidung.«

6. Tag, 14 : 20 Ortszeit, 19 : 20 Zulu –
Südchinesisches Meer, USS *Northern Star*

Die Stimme des Sonarmaaten klang belegt. »Ich glaube, ich habe ihn. Nur ab und zu bei Kurswechseln ein ganz leichtes Strömungsgeräusch. Irgendwo an Backbord achteraus, Sir. Etwas mehr als eine Meile zuletzt.« Der Mann schien beinahe in seine Kopfhörer hineinkriechen zu wollen.

Von Robert DiAngelo fiel die Anspannung, unter der er gestanden hatte, etwas ab. »Er hat also angebissen. Es war der logische Sektor.« Im Kopf setzte er die ungefähren Peilungen automatisch in ein dreidimensionales Bild um. Der Chinese musste jetzt die *Fairy,* das letzte Boot, im Sonar haben, jedenfalls wenn sein System einen Schuss Pulver wert war. Die leisere *Northern Star,* die dazu noch weiter entfernt war, würde er nicht ausmachen können, und die *Oz* wurde durch die *Fairy* mehr oder weniger verdeckt. Lieber wäre es ihm gewesen, wenn der Chinese sich gleich hinter die *Northern Star* geklemmt hätte, aber man konnte eben nicht alles haben.

Nachdenklich blickte er auf das Unterwassertelefon. Sie hatten das Gerät in seiner Leistung so weit wie möglich heruntergeregelt und außerdem auf eine andere Frequenz umgestellt. Es war nicht sehr wahrscheinlich, dass die Chinesen mithören konnten, aber es bestand immer ein gewisses Risiko, dass sie mitbekamen, wenn jemand sendete. Aber dieses Risiko musste er eingehen. DiAngelo drückte auf den Knopf. »Phase zwo, ich wiederhole, Phase zwo. Keine Bestätigung.«

19. Kapitel

6. Tag, 04 : 15 Ortszeit, 20 : 15 Zulu –
am Grunde des Südchinesischen Meeres,
USS *Kentucky*

Seit Major Billington das Boot in seine Gewalt gebracht und die Marines auf ihre Posten gescheucht hatte, herrschte nur noch in jenen Teilen des Achterschiffs, die nicht aufgrund der Kollision vollgelaufen waren, so etwas wie geschäftige Betriebsamkeit. Die SEALs ließen Dave Miles und seine Männer bei ihren Sicherungsmaßnahmen gewähren und kontrollierten nur ab und zu auf Kontrollgängen, was im unteren Bereich der Abteilung elf vor sich ging, ohne sich jedoch allzu sehr mit technischen Details aufzuhalten.

Der Torpedooffizier sah auf die Uhr. Es wurde Zeit. »Also gut, Männer, das muss jetzt wirklich halten.« Aber trotz der optimistischen Worte musterte er nicht ganz überzeugt die Konstruktion, die sie hier zusammengeschweißt hatten.

Ein breitschultriger Unteroffizier und einer der Torpedomixer bauten sich vor dem Lieutenant auf, meldeten die Ausführung des Auftrages und grüßten knapp.

»Sehr gut. Dann würde ich sagen, Sie erholen sich erst einmal ein bisschen.« Miles' Blick streifte zwei Marines, die in der Nähe des Durchgangs zum Reaktorcompartment herumhingen. »Die anderen können mit anpacken, um noch mehr Verstrebungen hinter dem Schott zu verkeilen. Vielleicht hilft es ja.«

Einer der Marines hob grinsend den Kopf. »Noch mehr, Lieutenant? Dann wird man sich ja da ganz schön durchquetschen müssen.«

»Immer noch besser, als wenn uns der Segen unvermittelt wegbricht.« Dave Miles schnitt eine Grimasse. »Dann saufen wir hier unten nämlich ab und der Rest des Bootes steht ohne Luft und Licht da.«

Einer der beiden Marines zuckte mit den Schultern. »Es kann eh nicht mehr lange dauern, bis die Chinesen hier sind, und dann ist das nicht mehr Ihr Problem, Lieutenant.«

»Sicher!« Miles nickte gelassen. »Uns wachsen dann schon allen Flügel, nicht wahr?« Er wandte sich zu seinen Männern um. »Meine Güte, so durchgeknallt wie die möchte ich auch mal sein.« Er schlug in die Hände. »Also gut! Da steht das Baby. Wir müssen es nur vorsichtig den Niedergang hochschieben und dann oben um die Ecke kriegen.«

Das »Baby« war im Prinzip ein dreieckiger Bock, in dessen Mitte ein ziemlich stabil aussehendes Stahlrohr hing. Man musste kein Genie sein, um den Sinn der Konstruktion zu begreifen. Wenn es den Männern gelang, sie den Niedergang hochzuwuchten und entsprechend in Position gedreht zu bekommen, konnte das schwere Stahlrohr, ehemals ein Teil der Backbord-Hilfsturbine, gegen das undichte Schott und auf der anderen Seite gegen das Druckschott zum Vorschiff hin verkeilt werden. Es würde nur eine ziemlich anstrengende Plackerei werden, die ganze Konstruktion genau in diese Position zu bekommen.

Männer schlugen Tampen und Heißketten an und legten sich ins Zeug. Langsam, Zoll für Zoll hob sich das Gestell und schob sich, Heck voran, in die viereckige Luke nach oben. Rufe ertönten, die Miles anzeigten, dass sich der hintere Teil bereits jenseits des Süll befand. Lieutenant Miles sprang herum wie Rumpelstilzchen und versuchte, überall gleichzeitig zu sein. Zeitweilig war nicht mal mehr eine Daumendicke Platz zwischen dem Süll und den Stützrahmen des Gestells.

»Hiev weg! Hiev weg!« Der Chor der rufenden Männer wurde leiser und die Bewegungen der Metallkonstruktion wurden langsam, aber endlich war der Punkt erreicht, an dem das Heck des Gestells langsam zum Vorschiff hin kippte. In Zeitlupe verschwand die Vorderseite, und der dicke, abgepolsterte Kopf der Röhre richtete sich gegen das Schott. Dave wand sich wie ein Aal zwischen die Metallstreben und überwachte das Ansetzen selbst. Endlich, im dritten Versuch, saß alles so, wie sie es geplant hatten. Schwer atmend spähte der Lieutenant die Strebe in Richtung Vorschiff entlang.

Ein paar Marines, die in dem Gang unter der achteren Decksluke auf Posten waren, hatten dem lautstarken Manöver belustigt zugesehen. Von ihrer Warte aus machte es natürlich keinen Sinn mehr, sich noch so intensiv um die alte *Kentucky* zu bemühen. Verdammt, am Ende würden sie den Zossen sowieso sprengen müssen! Einer der SEALs brachte es auf den Punkt. »Hey, Jungs, an eurer Stelle würde ich lieber einen trinken. Das war jetzt ja alles so richtig schön für die Katz, nicht wahr?«

Einer der Männer drehte sich um und maß die feixenden Marines mit bösen Blicken. »Wenn Ihr Blödmänner nicht so vernagelt wärt, könnten wir jetzt in Ruhe an der Sonne einen heben.«

»Wo? In einer chinesischen Arrestzelle gibt's allenfalls Tee und keine Drinks, Mann!« Er wieherte los, als sei das alles ein guter Witz, aber Lieutenant Miles registrierte, dass keiner der Marines die Waffe auch nur für einen Augenblick senkte. Was für ein Irrsinn!

Er holte tief Luft. »Gebt Ruhe, alle beide! Jeder macht seinen Job, und damit basta!« Er wedelte mit den Armen. »Also, verschrauben und fertig, Männer!«

Der Mann, der sich mit dem Marine hatte anlegen wollen, nickte gehorsam. »Aye, aye, Sir!« Sein Blick begegnete dem des Lieutenants, und Miles sah das Funkeln in seinen Augen. Während seine Leute ihn unauffällig abschirmten, ertasteten seine Finger die Kabel im Mittelstück der Röhre. Es dauerte nur ein paar Sekunden, bis er sich wieder aufrichtete, denn alles war ja schon so weit vorbereitet worden. »Alles klar. Jetzt erst mal Pause. Ich gehe noch mal in den Reaktorkontrollstand. Seht zu, dass ihr noch was von dem guten Dosenobst aus den Vorräten des Smutjes abkriegt.«

Zögernd nickten die Männer, auch wenn keiner unnötig lange in der Nähe des »Babys« herumstehen wollte. Achtzig Kilo Plastiksprengstoff, ursprünglich in einer der Selbstzerstörungseinrichtungen angebracht, aufgeteilt in zwei Ladungen, ruhten nun im Inneren der Stahlröhre, die gegen das Schott abgestützt war. Im Grunde glich die ganze Konstruktion eher einem Torpedo als einer echten Bombe, aber Miles war nun einmal Torpedospezialist. Auf Knopfdruck hin konnte er eine von zwei Zündsequenzen auslösen. Das Ganze war gar nicht einmal so kompliziert.

Natürlich war es ratsam, möglichst weit weg zu sein, wenn Miles das Ding zündete, aber wenn sie sich nun im Boot verteilten, würden sie aufhören, als Einheit zu existieren. Und jeder würde, wenn es so weit war, allein auf sich gestellt kämpfen müssen.

6. Tag, 04 : 20 Ortszeit, 20 : 20 Zulu –
Südchinesisches Meer,
USS *Northern Star*, USS *Oz*, USS *Fairy*

Von den beiden DSRVs, die sich antriebslos einfach auf den Meeresgrund hatten sinken lassen, war keine Spur mehr zu entdecken, und Captain DiAngelo baute darauf, dass es den Chinesen genauso ergehen würde. Kein Geräusch, keine Ortung. Und die Chinesen würden es nicht wagen, in der Nähe der amerikanischen Zerstörer ihr Aktivsonar zu verwenden.

Er tippte Lieutenant Webster an den Kontrollen auf die Schulter. »Es ist so weit! Volle Kraft, wir drehen auf null-drei-fünnef! Wenn Sie den Hang erkennen können, folgen sie ihm einfach nach Steuerbord.« Er peilte auf die elektronische Karte. »Sollte nicht mehr sehr weit sein.«

»Er ist noch da!«, meldete der Sonarmaat. »Gerade eben hatte ich ein schwaches Geräusch. Aber verdammt, ist der leise.«

»Versuchen Sie herauszufinden, ob er sich an uns ranhängt. Wenn er näher an die Untiefe kommt, gibt es vielleicht ein paar Strömungsgeräusche.«

»Aye, aye, Sir!« Chief Petty Officer Jackson wandte sich wieder seiner Konsole zu.

Bob konnte nur hoffen, dass der Chinese der *Northern Star* tatsächlich folgen würde. Nur fünf Meilen entfernt im Nordosten lag die Spitze der Howard-Untiefe. Wenn sie diesen Punkt erst einmal gerundet hatten, und vor allem, wenn sie die *Shi-Nan* erst einmal um diesen Punkt herumgelotst hatten, dann würde alles auf dieser Seite für die Chinesen im Ortungsschatten der Untiefe versinken. *Eine Stunde!* Die Strömung würde das Manöver beschleunigen. *Eine Stunde, bis*

Tex Harper und Lieutenant Commander Benson sich wieder vom Grund lösen und sich an die Arbeit machen konnten.

Commander Harper betrachtete missmutig die wieder einmal um seine *Oz* herum aufwallenden Schlammwolken im Wasser. Geräusch durften sie keines verursachen, aber ein bisschen Licht war unproblematisch. In ein paar Minuten würde sich der schwebende Dreck wieder senken, und die neugierigen Bewohner der Tiefsee würden kommen, um sich den Neuankömmling anzusehen. Vorsichtig natürlich, denn hier unten wusste niemand so genau, ob er Futter finden würde … oder Futter werden würde.

Dreitausend Fuß! Wenigstens nicht ganz so tief wie die letzten beiden Male. Aber dem Texaner kam es langsam so vor, als würde er bereits eine ganze Woche hier am Grund im Schlamm herumlungern. »Joe, was haben wir noch in der Thermosflasche?«

Joe Rudetzki, sein regulärer Sonarbeobachter, der seinen angestammten Platz von Captain DiAngelo zurückerobert hatte, schüttelte die Flasche. »Noch genug drinnen, Tex!« Beinahe gleichzeitig sahen beide Männer auf die Uhr. Eine Stunde galt es noch zu warten, bis sie sich wieder vom Grund lösen konnten. Dann beinahe gegen die Strömung zurück zur *Kentucky* noch einmal eine Stunde. »Yeah! Es könnte schlimmer kommen.« Er zwinkerte, als ein großer Schatten aus der Dunkelheit auftauchte und neugierig das U-Boot anglotzte. »Wir haben Besuch!«

»Hoffentlich friedlich!«

Kalt und ausdruckslos starrten die Augen des Hais durch die Bullaugen, bevor der lange Körper herumschwang. Seine Schwanzflosse streifte noch einmal kurz den Aufbau, dann war das Untier verschwunden.

»Na dann«, meinte Harper erleichtert. »Nun hoffe ich wirklich, dass der Kaffee nicht den Vorschriften entspricht!«

Rudetzki, gebürtig aus Montgomery, Alabama, schürzte empört die Lippen. »Was glaubst du denn, Tex? Von der Mischung wachsen dir glatt noch Haare auf der Brust!«

6. Tag, 16 : 00 Ortszeit, 21 : 00 Zulu – Washington, D. C.

»Also wollen Sie mir allen Ernstes erzählen, Sie haben gar nichts, Jack?« Roger Marsden klang ziemlich sauer.

Small saß telefonierend auf dem Beifahrersitz, während seine Partnerin den Wagen zurück nach Langley steuerte. Doch der Gedanke, tatsächlich mit leeren Händen zurückzukehren, war alles andere als angenehm. Nicht wegen Marsden, sondern weil ohne dieses verdammte Codewort vielleicht schon bald Menschen sterben mussten. Der Agent wusste, dass er relativ lahm klang. »Chen-Liu hat eventuell eine Idee. In Radcliffs Büro hingen zwei alte Kinoplakate zwischen teuren Ölschinken herum. Eines war ›Citizen Kane‹. Und nun, es ging da ja um ›Rosebud‹.«

Für Augenblicke hüllte sich Roger Marsden in beredtes Schweigen. »›Citizen Kane‹ sagen Sie? Wen wollen Sie darauf ansetzen? Die psychologische Abteilung? Oder Hollywood?«

»Robert DiAngelo, er könnte …«

Marsden unterbrach ihn. »Vergessen Sie DiAngelo, der befindet sich im Einsatz und dürfte wohl länger nicht erreichbar sein.«

»Bleibt also nur die Möglichkeit, nochmals alle Computer nach dem Umfeld von Senator Radcliff zu durchforsten. Vielleicht stoßen wir ja doch noch auf jemanden in seiner allernächsten Umgebung, dem er genug vertraut haben könnte, um ihm das Codewort zu geben.«

»Nein ...« Marsden klang auf einmal deutlich aufgekratzt. »Der Senator war, wie die meisten Politiker, ein ausgemachter Rückversicherer. Er wird Vorkehrungen getroffen haben, selbst im Falle einer Katastrophe in keinerlei Weise in Erscheinung treten zu müssen.«

»Wie meinen Sie das, Boss? Ich komme jetzt nicht mehr ganz mit.«

»Ich war ein Idiot!«, erklärte Marsden völlig gelassen, als spräche er über das Wetter. »Ich habe in dem Zusammenhang wie ein hypnotisiertes Kaninchen immer nur auf das politische Washington gestarrt. Doch wir müssen in diesem Fall ganz woanders ansetzen. Entweder bei der Siebten Flotte, vielleicht auf der *Guam* selbst oder im Umfeld von Bob DiAngelo.«

»Oh, wie ...« Small brach ab. »Verdammt! Waren wir so blind?«

»Scheint so. Wir nahmen an, wir hätten die Navy ins Spiel gebracht, aber in Wirklichkeit war sie bereits involviert, seit Hiob die *Kentucky* sozusagen umgeleitet hat. Dann glaubten wir, DiAngelo sei von uns angesetzt worden, aber in Wirklichkeit hat Hiob Boulden gesagt, wen er anrufen sollte. Und es war klar, wen DiAngelo kontaktieren würde, wenn es galt, im Südchinesischen Meer ein U-Boot zu suchen.«

»DiAngelo war ein Fallback-Plan?« Small schluckte. »Aber das würde bedeuten, er ...«

»Nein, nicht unbedingt. Aber jemand, der ihn sehr

gut kennt und einschätzen kann, muss beteiligt gewesen sein.« Marsdens Stimme klang kalt. »Wir wissen spätestens seit Wongs Geständnis, dass sie überall Leute sitzen haben, und die Kerle können das Ganze wohl kaum ausgeknobelt haben, ohne über einen Zugang zu unseren Analysen zu verfügen.«

»Und was machen wir jetzt?« Smalls Stimme klang belegt.

Marsden dachte einen Augenblick über die Frage nach, dann räusperte er sich. »Ich hoffe, Sie beide haben alles dabei, was sie für eine Reise brauchen. Ich will Sie in einer Stunde am Dulles Airport sehen.«

»Südchinesisches Meer?«

Marsden brummte zustimmend. »Richtig. DiAngelo soll für uns U-Boote finden. Ihm die Läuse aus dem Pelz zu halten, ist unser Job.«

6. Tag, 06 : 30 Ortszeit, 22 : 30 Zulu –
Südchinesisches Meer, USS *Oz*

Commander Tex Harper schwitzte Blut und Wasser, und das nicht ohne Grund. Wie eine gewaltige stählerne Klippe schien der Turm der *Kentucky* über der winzigen *Oz* aufzuragen. Er wusste, dass Benson weiter achtern es auch nicht einfacher hatte, aber wenigstens sah es dort nicht so wüst aus, und er lief nicht ständig Gefahr, von der Strömung gegen eine Stahlwand gedrückt zu werden.

»Noch etwas voraus!« Rudetzkis Stimme klang gepresst. Er spähte aus dem seitlichen Bullauge und versuchte sich zu orientieren. Die Metallschürze unter der mittleren Rumpfkugel musste genau über die Luke gebracht werden, bevor die Haken greifen und das DSRV auf dem Deck fixieren konnten. Erst danach war es möglich, einen Druckausgleich zu schaffen und die Luken von Rettungsboot und havariertem U-Boot zu öffnen. So weit jedenfalls die Theorie.

Ein metallisches Knirschen wurde hörbar, und das sanfte Schweben des Bootes wurde durch ein paar harte Rucke unterbrochen. Tex fluchte unflätig. Eigentlich hätte er in dieser Situation mit Hilfe eines Peilsenders in der Lage sein sollen, das Boot genau in Position zu bringen, aber nun, da er das Ding gebraucht hätte, blieb die *Kentucky* stumm.

Er ließ die Schrauben in ihren Strahlröhren rückwärtslaufen. »Noch einmal!«

»Achtung! Hier kommt die Decksnaht!« Rudetzki peilte hinaus und konnte schemenhaft die lange Schweißnaht erkennen. »Runter!«

Harper reagierte sofort. Die Schwenkpropeller des Boots zogen es nach achteraus unten. Unter dem Rumpf schabte wieder Metall auf Metall, aber der erfahrene Pilot fühlte, wie die Greifhaken in die Vertiefungen beidseits der Luke passten. Mit einer Hand schlug er auf den großen Schalter, während seine andere den Joystick in Neutralstellung brachte. Das Summen der Elektromotoren verstummte. Und durch die plötzliche Stille hallte das »Klonk«, als die stählernen Haken griffen und das winzige Boot fest auf der gewaltigen *Kentucky* verankerten. USS *Oz* war angekommen.

20. Kapitel

7. Tag, 08 : 00 Ortszeit, 00 : 00 Zulu –
Südchinesisches Meer,
atomgetriebenes Angriffs-U-Boot *Shi-Nan*

Fregattenkapitän Wong schielte ein weiteres Mal auf die Uhr. Seit Stunden folgten sie nun bereits dem amerikanischen Tauchboot. Die Verfolgung war einerseits einfach, denn das Boot war nicht gerade auf Lautlosigkeit hin konstruiert, andererseits erforderte es immer wieder viel Aufmerksamkeit und Fingerspitzengefühl, in den wechselnden Strömungen selbst mit diesem Schleichtempo zu navigieren. Immerhin lag die optimale taktische Geschwindigkeit der *Shi-Nan* bei fünfundzwanzig Knoten, während das amerikanische Boot nun, nachdem es vor einer Weile um die Ostspitze der Howard-Untiefe gelaufen war, beinahe vierkant gegen den Strom lief. Damit blieben nur noch müde zwei Knoten über Grund übrig. Das Hauptproblem der *Shi-Nan* bestand also die meiste Zeit darin, nicht versehentlich die Amerikaner einzuholen.

»So langsam müssten wir was finden, Genosse Kapitän.«

Tsoshi, der es sich zeitweilig in einem Konsolensessel bequem gemacht hatte, nickte langsam. »Entweder wir erreichen demnächst die *Long-Huang* oder wir liegen völlig falsch. Dann hat der Ami etwas anderes vor. Nur was?«

»Die Abwehrsysteme?« Wong zermarterte sich das Gehirn, was dieses »andere« sein konnte, aber er kam zu keinem sinnvollen Ergebnis. »Sie müssen wissen, dass die Systeme einen Kreis abdecken.« Nachdenklich betrachtete der Kommandant den Kapitän, der mit halb geschlossenen Augen in seinem Sessel saß und ratlos wirkte, was bei ihm bisher noch nie der Fall gewesen war. Tsoshi hatte ihn ein paarmal ziemlich dumm dastehen lassen, aber im Zweifelsfall hatte er immer weitergewusst.

In Tsoshis Gestalt kam Bewegung. »Spielen Sie Go?«

Verblüfft sah ihn Wong an. »Nur selten, Genosse Kapitän.« Er lächelte schüchtern. »Ich fürchte, ich bin nicht besonders gut.«

»Keine Sorge!« Tsoshi lachte kurz. »Ich werde Sie nicht zu einer Partie herausfordern, um uns diese endlose Verfolgung zu verkürzen.« Er wurde wieder ernst. »Ob Go oder Schach, wie es diese amerikanischen Offiziere spielen, eigentlich ist es immer das Gleiche. Zug um Zug versucht jeder, den Gegner zu überlisten. Und jeder Zug, der einem der Spieler einen Vorteil bringt, bringt gleichzeitig auch einen Nachteil für den anderen.« Er holte tief Luft. »Ich fürchte, unser Gegner hat einen gewissen Raumvorteil gewonnen. Wenn wir höhergehen, um mehr von der anderen Seite der Untiefe auffangen zu können, wird unser eigenes U-Boot-Abwehrsystem uns einpeilen, und auch wenn wir uns dem leicht entziehen können, so hat dann doch jeder ganz genau mitbekommen, wo wir sind. An dem Amerikaner vorbeizustoßen brächte uns auch nur dann weiter, wenn irgendwo vor uns der Gelbe Drache auf dem Grund liegt. Aber daran zweifle ich in der Zwischenzeit. Wenn er wirklich zu unserem Boot wollte und es sich hier an der Nordseite der Howard-Untiefe befände, dann hätte er einfacher um die Westspitze laufen und sich nun mit der Strömung tragen lassen können. Sein Kurs macht nur einen Sinn, wenn die *Long-Huang* irgendwo nicht weit von der Ostspitze entfernt liegt. Aber wir sind beinahe zwei Meilen an diesem Punkt vorbei, und er macht nicht die geringsten Anstalten, etwas anderes zu tun, als an der Untiefe entlangzulaufen.«

»Also zurück?«

»Es wäre eine Möglichkeit.« Kapitän Tsoshi zögerte. »Eine sehr offensichtliche Möglichkeit, finden Sie nicht?«

»Nicht immer ist das falsch, Genosse Tsoshi. Können Sie ausschließen, dass die Amerikaner nicht genau in diesen Minuten versuchen, die Besatzung der *Kentucky* abzubergen?« Wongs Stimme wurde schärfer. »Womöglich mitsamt allen Daten über unsere U-Boot-Abwehr?«

»Soweit wir wissen, ist ein großer Teil der Besatzung noch am Leben. Was schätzen Sie, wie viele Leute das sein mögen?«

»Mindestens hundert, wenn nur die reguläre Besatzung an Bord war. Da die *Kentucky* als SSGN katalogisiert ist, kommen möglicherweise Einsatzgruppen hinzu, worauf die Anwesenheit dieses Majors hindeutet.«

»Richtig!« Tsoshi richtete sich auf. »Sagen wir also, mindestens hundertfünfzig, vielleicht auch mehr. Veranschlagen wir daher mindestens sechs Touren mit den kleinen Booten, von denen wir eines vor uns haben.«

»Das andere kann also die Besatzung gar nicht abbergen, bevor wir einmal um diesen Unterwasserberg herum sind, ist es das, was Sie mir bedeuten wollen, Genosse Kapitän?«

Der Kapitän schüttelte den Kopf. »Nein, die Amerikaner sind nicht so dumm, als dass sie das nicht auch wüssten. Rechnen können die auch. Um den Zeitfaktor zu verkürzen, haben sie eigentlich nur eine Möglichkeit.«

»Und die wäre?«

Tsoshi lächelte nachdenklich. »Ein großes U-Boot nahe genug an die *Kentucky* heranzubringen, dass die reine Fahrtzeit pro Tour nicht mehr als, sagen wir, zehn Minuten beträgt. Addieren wir noch jeweils fünf Minuten zum Andocken an der *Kentucky* und am Mutterboot und jeweils zehn zum Ein- und Aussteigen hinzu, so macht das also vierzig Minuten pro Pendelfahrt und damit exakt vier Stunden insgesamt, bei sechs Touren. Immer noch nicht gerade wenig.«

Wong sah ihn an. »Die Frage ist, ob wir dann eingreifen sollen, Genosse Kapitän. Unsere Befehle lauten, zu verhindern, dass Daten über die neuen Abwehrsysteme geborgen werden, aber nicht, die Besatzung zu töten.«

Tsoshi nickte. »Wieder richtig und auch eine gute Frage. Doch Sie vergessen unser Hauptproblem. Die *Long-Huang* ist ungleich wichtiger als die U-Boot-Abwehrsysteme. Was, wenn die Amerikaner das genauso sehen?«

Tsoshi Sheizu sah sich um. »Es wird Zeit, mit den Amerikanern zu pokern.«

»Aber ... aber ...«, stammelte Wong, »wir haben doch gar nichts in der Hand.«

»Zum dritten Mal richtig, Genosse Wong.« Tsoshi studierte angelegentlich das taktische Plot. »Nur: Wissen das die Amerikaner?« Er wandte sich dem Waffenleitoffizier zu. »Ich nehme an, sie haben eine Feuerleitlösung parat?«

7. Tag, 08 : 05 Ortszeit, 00 : 05 Zulu –
Südchinesisches Meer, USS *Northern Star*.
Auf der Nordseite der Howards-Untiefe

Mit eintausendfünfhundert Fuß Tiefe war die *Northern Star* bereits weit jenseits ihres theoretischen Limits angelangt. Erste Außenbordverschlüsse machten zunehmend Wasser, und die kleine Pumpe tat ihr Möglichstes, das Wasser wieder außenbords zu befördern, aber sie hatte immerhin einen Wasserdruck von über den Daumen gepeilt fünftausend Pfund pro Quadratfuß zu überwinden. Für Bob DiAngelo, der dem Motor des gequälten Aggregats lauschte, war es ohnehin schon ein Wunder, dass die Pumpe überhaupt noch ihren Dienst versah.

»Lange wird sie es nicht mehr machen, Sir! Vielleicht noch eine Viertelstunde, dann müssen wir hoch, mindestens bis auf tausend, Sir!« Lieutenant Websters Stimme war immer noch ruhig und sachlich, aber in seinem Gesicht begann sich der Stress langsam abzuzeichnen.

Captain DiAngelo nickte. »Das ist mir bewusst, aber jede Minute zählt, in der wir für die *Oz* oder die *Fairy* gehalten werden. Der Chinese wird irgendwann sowieso eine Entscheidung treffen müssen.«

»Geräusche von achtern!« Der Sonarmaat unterbrach die Unterhaltung der beiden Offiziere. Mit halb geschlossenen Augen lauschte er in seine Kopfhörer. »Hört sich an, als würden die ein Rohr neu laden.« Bloß wieso und weshalb? Die Chinesen mussten doch schon seit Tagen voll armiert sein und einen Torpedo hatten sie bisher auch noch nicht verschossen. Wozu also das Ganze?

»Wir halten Kurs und Geschwindigkeit, bis wir mehr

wissen!« DiAngelos Stimme klang angespannt. »Petty Officer, was macht er jetzt?«

»Immer noch arbeiten in seiner Bugsektion. Wie gesagt, das hört sich an wie ein Nachlademanöver. Ich höre chinesische Stimmen, Heißketten, Metall auf Metall. Und rhythmische Rufe, so ähnlich wie unser Fierweg!«

Deutlicher konnte man einen Nachladevorgang gar nicht beschreiben. Bob spürte einen Schauer auf seinem Rücken. Ein Nachladen machte keinen Sinn, zumindest keinen, der sich ihnen erschloss! Deutlich sah er das ausdruckslose Gesicht Kapitän Tsoshis im Geiste vor sich. Wenn der nachladen ließ, hatte er einen Grund! Mochte er ihn verstehen oder nicht. Er fuhr herum. »Bringen Sie uns hoch, Webster. So schnell es geht!«

Während Lieutenant Webster bereits Zellen anblies, lauschte der Sonarmaat weiter. DiAngelo ahnte, was gleich als Meldung kommen würde. »Er geht mit der Fahrt hoch und dreht nach Steuerbord ab.«

Im Geiste zählte er die Sekunden mit. Die *Shi-Nan* drehte von dem drohenden Abhang weg und legte an Fahrt zu. »Achtung, er wird vermutlich gleich wieder in einem Bogen zurückkommen und einen Torpedo vorbeischicken!«

Die beiden Männer in dem engen Cockpit wandten sich um und DiAngelo konnte das Erschrecken in ihren Gesichtern sehen. Wütend wedelte er mit der Hand. »Los, hoch mit uns, und wenn ich den Befehl gebe, halten Sie sich bereit, wieder nach unten zu verschwinden, Lieutenant!«

Sekunden dehnten sich zu Ewigkeiten. Endlich, und für Bob war es fast eine Erlösung, meldete der Sonarmaat: »Er feuert! Torpedo im Wasser!«

»Hart Steuerbord, drehen Sie auf ihn zu! Volle Kraft!«

DiAngelo brüllte den Befehl in Websters Ohr, als die Ruhe der Unterwasserwelt plötzlich von den grellen Pings eines Zielsuchkopfes unterbrochen wurde. »So ein Mistkerl!«

Die *Northern Star* begann sich in einer Schraubenkurve auf die Seite zu legen. Der Bug reckte sich mehr und mehr nach oben. Auftrieb, Maschinenkraft, und je weiter das Boot herumkam, auch die Strömung, vereinten sich zu der für die *Northern Star* beinahe unvorstellbaren Geschwindigkeit von sechs Knoten. Sechs Knoten bedeuten eine Kabellänge pro Minute, zweihundert Yards. Der Torpedo legte bereits kurz nach dem Ausstoßen in derselben Zeit die fünffache Entfernung zurück. Genau auf die kleine *Northern Star* zu, die sich dem angreifenden Aal entgegenschleppte.

7. Tag, 08 : 05 Ortszeit, 00 : 05 Zulu –
Südchinesisches Meer, auf der Südseite
der Howard-Untiefe, USS *Kentucky*

Seit etlicher Zeit ging etwas vor, und keiner im Inneren der *Kentucky* wusste, was es war. Aber wenigstens hatte es dazu geführt, dass Major Billington ihn wieder in die Zentrale und auf seinen gewohnten Sessel hatte bringen lassen.

»Frage: Bootslage?« Roger Williams hätte nicht fragen müssen, um zu wissen, dass sein Boot alles andere als ruhig auf dem Riff lag. Falls es sich überhaupt noch dort befand, was der Kommandant ernsthaft bezweifelte.

»Achtunddreißig Grad hecklastig, ein Grad Krängung nach Backbord!« Der Zentraleoffizier las die Zahlen von einem der vielen Anzeigegeräte ab. Die Heckkrängung war nicht gerade die Neuigkeit. Immerhin sahen alle Männer in der Zentrale so aus, als würden sie im nächsten Augenblick zum tief unter ihnen liegenden Heck über die Stahlplatten rutschen.

Williams versuchte seine gebrochenen Rippen von der Armlehne entfernt zu halten, aber so richtig klappte das auch nicht.

»Was geschieht mit uns?« Major Billington sah den Kommandanten verunsichert an. Vor eineinhalb Stunden hatten offensichtlich zwei Tauchboote an den Luken der *Kentucky* angedockt, aber der erwartete Angriff war ausgeblieben. Stattdessen hatte sich unter gewaltigem metallischem Knirschen die Bootslage verändert.

»Ist das nicht naheliegend? Sie müssen am Rumpf Auftriebskörper angebracht haben, um den Bug anzuheben.«

»Warum sollten sie das tun?«, fragte Billington misstrauisch.

»Denkbar ist manches. Vielleicht hing unser Bug bereits über einem Abgrund?« Williams grinste leicht. »Sieht so aus, als wollte uns jemand helfen! Vielleicht waren die Leute, die Sie weggeschickt haben, ja wirklich Freunde?«

»Hören Sie auf, Sie wissen genau, worum es hier geht, Williams!«

»Da bin ich mir nicht mehr ganz so sicher. Das ist eine Operation der Geheimdienste, so besagen es meine Befehle. Aber offensichtlich nicht aller Geheimdienste, richtig?«

Die Männer um sie herum in der Zenrale spitzten die Ohren. Major Billington winkte nur ab. »Tun Sie Ihren Job, ich tue meinen.« Er sah sich nachdenklich um. »Sie wollen mir also weismachen, dass von draußen unser Bug angehoben wurde? Mann, Sie verarschen mich doch, oder? Das ist ein riesiges Boot!«

»Und?« Williams zuckte mit den Schultern. »Wir sind unter Wasser, Billington, da funktionieren die Regeln von Größe und Gewicht etwas anders.« Er sah die Zweifel im Gesicht des Majors. »Sie kennen es doch vom Tauchen. Wenn Sie einatmen, haben sie plötzlich etwas mehr Auftrieb, obwohl Sie viel größer sind als die fünf Liter Atemvolumen, die sie gerade bewegt haben.«

»Okay, so weit kann ich folgen«, sagte der Major und wirkte nicht mehr ganz so angespannt.

Roger Williams unterdrückte den Impuls, sich imaginären Schweiß von der Stirn zu wischen. Zum Glück war der Major in technischen Fragen nicht besonders bewandert, sonst hätte er womöglich die Konsequenz aus dem begriffen, was er ihm gerade erklärt hatte. Die *Kentucky* hatte nahezu keine Schlagseite mehr, und das konnte nur bedeuten, dass sie frei im Wasser schwebte. Das alles war zu verrückt, um es rein mit dem Verstand einer Landratte zu begreifen. Der XO hatte kurz nach dem Untergang ausgerechnet, dass ihr Auftriebs-Gewichts-Verhältnis ohne Hilfe bereits nahezu null zu null aufging. Alles, was die *Kentucky* am Grund festhielt, waren ein paar lausige Tonnen Untertrieb, den zwei angedockte DSRVs überwinden konnten, immer vorausgesetzt, die Andockvorrichtungen hielten dem Gewicht stand. Das eigentliche Problem bestand auch nicht einmal im Auftrieb, sondern darin, dass die kleinen leistungsschwachen Antriebe der beiden Tauchboote die riesige *Kentucky* kaum kontrollieren konnten. Auch Roger Williams hatte keine Ahnung, wie sie das machten, aber irgendwie schafften sie es. Nur zeigte der Kompass schon seit über einer Stunde einen Generalkurs von null-drei-null an. *Nach Nordosten! Und ich dachte, da sitzen die Chinesen.*

»Wir können nichts weiter tun, als abzuwarten, Major! Es hat sich ja für uns nichts wirklich verändert.« Williams zuckte mit den Schultern.

Achtern im Reaktorkontrollstand hielten sich Lieutenant Dave Miles und seine beiden Techniker krampfhaft an den Sesseln fest. Noch immer lief der Reaktor, und sollte es nach ihnen gehen, dann würde es so bleiben. Auch der Lieutenant hatte erkannt, was geschah, und konnte sich ungefähr ausrechnen, in welche Richtung die Fahrt ging. Zu den Chinesen! Hatte der Major also vielleicht doch recht gehabt?

»Wir sollten das Schott schließen, nur für alle Fälle, Sir!«

»Tun Sie das«, sagte Miles zu dem Unteroffizier. »Wir wissen nicht, was für Auswirkungen die Hecklastigkeit auf das Schott zwischen den Abteilungen zehn und elf hat.«

Der alterfahrene U-Boot-Fahrer sah den jungen Offizier ruhig an. »Um das Schott mache ich mir gerade weniger Sorgen, Sir! Eigentlich sollte der Druck sogar geringer geworden sein. Ich wüsste lieber, was die Marines aus der Situation machen.«

»Wie meinen Sie das?«

»Wenn es losgeht, wird Billington hier auch ein paar seiner Heinis haben wollen.«

»Oh Mann!«, entfuhr es Miles. »Dann schließen Sie mal ganz fix das Schott und verkeilen es obendrein.«

7. Tag, 08 : 05 Ortszeit, 00 : 05 Zulu –
Südchinesisches Meer, USS *Oz* auf der USS *Kentucky*

Die kleine *Oz* kämpfte und Tex Harper mit ihr. Die Strömung war nicht so gleichmäßig, wie sie es sich gewünscht hätten, und immerhin konnten sie sich nicht einfach mittreiben lassen. Vielmehr mussten sie einen Kurs im spitzen Winkel zur Richtung der Strömung einhalten. Aber die *Kentucky* war eine große, manchmal geradezu bösartige Last, die immer wieder durch ihre Rumpfform in die Strömung gedreht wurde.

»Verdammt!« Erneut drückte Harper den Joystick bis zum Anschlag nach Backbord. »Wie sehen die Batterien aus?«

Rudetzki sah kurz auf den Spannungsmesser. »Wir verbrauchen zu viel Strom. Benson wird es nicht besser gehen.«

»Kannst du es genau durchrechnen?«

Das Boot schien sich in Zeitlupe etwas zu drehen. Alle Reaktionen liefen nicht mehr so schnell und umgehend ab, wie sie es gewohnt waren. Die gewaltige Masse der *Kentucky* wirkte wie ein Treibanker. Und wehe, sie unterschätzten diese langsam-behäbigen Ausbruchsversuche des Monsters unter ihnen. Wenn diese Masse erst einmal zu stark in Bewegung geriet, verfügten sie nicht mehr über die Kraft, sie zu stoppen.

Die Elektromotoren summten gequält auf, als sie versuchten, das Monster zurück auf den geplanten Kurs zu zwingen.

Joe Rudetzki musste nicht lange rechnen. »Wenn es so weitergeht, haben wir knapp eine halbe Stunde vor unserem Parkplatz keinen Saft mehr.«

»Also zwei Stunden, von jetzt an gerechnet?«

»So ungefähr!«

»Ruf Benson an, wir müssen uns was Neues einfallen lassen.«

Der Sonarbeobachter sah den Texaner fragend an. »Auf alle Alternativparkplätze kommen die Schlitzaugen sofort, wenn sie erst mal merken, dass die *Kentucky* weg ist.«

»Hast du mal darüber nachgedacht, dass wir so viel Strom verbrauchen, weil der Druck auf dem Rumpf der *Kentucky* größer ist, als wir angenommen haben?«

Joe schüttelte sich unwillkürlich. »Dann können wir die ganze Navigation vergessen. Wir kommen zwar weiter, als wir gedacht haben, nur wird dann genau da nichts sein, was uns weiterhelfen würde.«

»Yeah, das ist das eine Problem. Das andere ist, dass ich keine Ahnung habe, wie viel die *Kentucky* noch abkann.« Harper deutete mit der freien Hand auf das Deck, das vor ihnen emporragte wie eine Abschussrampe. »Es sieht seltsam aus, als würde der Rumpf arbeiten.«

»Oh Scheiße!« Rudetzki malte mit einem Filzstift einen Punkt auf das Bullauge und peilte schweigend über die Markierung nach vorn. Endlich seufzte er. »Verdammt, ich glaube, du hast recht.« Er griff zum Hörer. »Ich ruf dann mal Benson. Wenn Schweißnähte brechen und Wasser in den Rumpf eindringt, dann gute Nacht, Marie! Das Riesenbaby sackt weg und nimmt uns gleich mit.«

Tex spähte aus den Bullaugen. Zu sehen, wie sich das Deck verwand, war ein erschreckender Anblick, auch wenn es sich nur um Zoll handelte. Die Stimme des Texaners klang rau. »Yeah, keine nette Vorstellung. Aber sie arbeitet ja nur ein bisschen.«

7. Tag, 08 : 08 Ortszeit, 00 : 08 Zulu –
Südchinesisches Meer, USS *Northern Star*.
Auf der Nordseite der Howards-Untiefe

Das Ping des Zielsuchkopfes wurde immer schneller und lauter, je näher die Waffe ihrem Ziel kam. Die *Northern Star* machte es der Elektronik einfach. Stur lief sie mit all ihrer nicht sehr beeindruckenden Kraft dem Torpedo entgegen. Instinktiv wollte Lieutenant Webster den Joystick zur Seite reißen, aber Captain DiAngelos Hand lag über der seinen und hielt ihn eisern fest.

Das Ping wurde zu einem nicht mehr abreißenden Schrillen. Wie ein Geisterfahrer erschien der Torpedo kurz im Licht der Scheinwerfer, bevor er oberhalb der Bullaugen gegen die Bootshülle schlug. Laut vernehmlich hallte ein »Bong« durch die enge Röhre.

»Er ist nicht explodiert?« Webster starrte fassungslos und totenbleich DiAngelo an.

»Übungstorpedo!« Bob zuckte mit den Schultern. »So ganz neu ist der Trick immerhin auch nicht mehr.« Er studierte das 3D-Sonar. »Immerhin war es ein sauberer Kopfschuss. Und was macht unser chinesischer Freund jetzt?«

Der Sonarbeobachter lauschte rundum. Verblüffung zeichnete sich auf seinem Gesicht ab. »Er ist nicht mehr da!« Fassungslos studierte er seine Instrumente. »Einfach weg, wie von der Tiefe des Meeres verschluckt!«

»Nett. Er hat damit gerechnet, dass wir alle nur auf den Torpedo achten würden, und sich dann mit Hochgeschwindigkeit verkrümelt.«

»Warum dann der Torpedo?«, fragte Webster. »Er hätte sich doch sowieso jederzeit absetzen können.«

»Das schon, aber vielleicht wollte er verhindern, dass wir auch nur ansatzweise mitkriegen, wohin.«

»Er hätte uns versenken können.« Die Nerven des jungen Lieutenants wirkten immer noch sehr angegriffen.

Bob grinste schmal. »Jederzeit. Aber nehmen Sie sich nicht zu wichtig, Lieutenant. Der ist hinter bedeutenderen Dingen als uns her.«

»Aber wohin ist er verschwunden?«

»Das, Lieutenant, das ist nun die echte Hunderttausend-Dollar-Frage.«

7. Tag, 08 : 15 Ortszeit, 00 : 15 Zulu –
Südchinesisches Meer,
atomgetriebenes Angriffs-U-Boot *Shi-Nan*

Das Boot hatte seine taktische Geschwindigkeit von fünfundzwanzig Knoten erreicht. Während die Amerikaner durch den Torpedo abgelenkt waren, hatten ein paar schnelle Kurswechsel die *Shi-Nan* mehr oder weniger verschwinden lassen. Nicht gerade ein Kunststück bei einem Boot, das man getrost als das leiseste seiner Art bezeichnen konnte, und zudem nicht gegenüber einem kleinen Tauchboot mit beschränkten Sonarmöglichkeiten, zumal wenn dessen Besatzung auch noch durch einen Übungstorpedo abgelenkt wurde, von dem sie annehmen musste, es handele sich dabei um einen scharfen Aal.

Trotzdem verspürte Kapitän Tsoshi Unruhe, die Amerikaner hatten ihn geblufft. Es machte keinen Sinn, sich das verheimlichen zu wollen. »Genosse Kommandant, wir halten von dem Amerikaner ab, bis wir fünf Meilen Abstand haben.«

»Und was dann?«

»Wir gehen über das östliche Ende der Sandbank, zwei Meilen von der Spitze entfernt. Danach Kurs einsdrei-null bis eins-vier-null. Der NO soll einen Zickzackkurs in diesem Bereich ausarbeiten.«

Der Fregattenkapitän nickte widerspruchslos und meldete auch keine Bedenken mehr wegen der eigenen U-Boot-Abwehrsysteme an. »Über die Sandbank ist klar, Genosse Kapitän. Aber wieso dann nach Südosten? Wir können die Amerikaner immer noch beim Abbergen der *Kentucky*-Besatzung erwischen.«

Tsoshi nickte. »Richtig. Aber ich habe mich an etwas erinnert. Als wir den Amerikanern das erste Mal begegnet sind, nicht der *Wichita,* sondern den kleinen Booten, da kamen sie aus Südost.«

»Ja, da operierte ihr Verband.« Wong trat an den Kartentisch.

Tsoshi nickte. »Ich glaube, wir haben es mit zwei Sorten Amerikanern zu tun. Klingt irgendwie blöd, aber ich glaube, bei denen weiß manchmal auch die rechte Hand nicht, was die linke tut.«

Fregattenkapitän Wong grinste freudlos. »Das soll ja bei anderen Marinen auch vorkommen. Demnach sind wir ab sofort wieder hinter dem Gelben Drachen her?«

»Die *Long-Huang* darf unter gar keinen Umständen von den Amerikanern geborgen und analysiert werden. Sie haben die *Shi-Nan* im Einsatz miterlebt und wissen, dass sie mit ihren neuesten Virginias nicht nur mithalten kann, sondern überhaupt nur unter den allerbesten Bedingungen zu entdecken ist, denn sie ist im Moment das leiseste U-Boot der Welt. Das Wrack könnte ihnen ungeahnten Aufschluss darüber geben, wie weit unsere Boote sind. Aber was eventuell noch viel schlimmer wäre: An Bord der *Long-Huang* lassen sich vielleicht Beweise dafür finden, dass wir die ganze Geschichte mit der *Kentucky* mit voller Absicht und gezielt provoziert haben.« Tsoshi seufzte. »Die meisten Kommandanten dort oben wissen von alledem nichts und werden reagieren, wie man es ihnen beigebracht hat. Also muss die *Long-Huang* weg, bevor es deswegen zu einer noch ernsthafteren Konfrontation kommen kann.«

Wong nickte langsam. »Und an uns ist es, dies zu erledigen, Genosse Kapitän.«

»Genau, wir müssen ran, zumal wir inzwischen ziemlich genau wissen, wo die Amerikaner unser Boot *nicht* gefunden haben.« Tsoshi blickte auf die große Uhr über dem Schott. »Die Zeit ist abgelaufen. Lassen Sie auf Gefechtsstation gehen, Schotten schließen. Die Besatzung soll sich für alle Fälle auch auf einen Angriff durch Unterwassereinheiten vorbereiten.« Er lächelte schmal. »Wir werden, wenn nötig, direkt unter den amerikanischen Zerstörern operieren.«

21. Kapitel

7. Tag, 10 : 30 Ortszeit, 02 : 30 Zulu – Südchinesisches Meer, atomgetriebenes Angriffs-U-Boot *Shi-Nan*

»Schleichfahrt! Ruhe im Boot!« Fregattenkapitän Wongs Stimme klang ruhig, als wolle er ein durchgehendes Pferd beruhigen. Dabei verhielt sich die *Shi-Nan* völlig kontrolliert. Seine Sorge galt mehr den Männern. Nach mehreren Kontakten auf größere Entfernung kamen sie nun so richtig in den Schlamassel.

Kapitän Tsoshi stieg über das Süll des vorderen Luks. »Was haben wir?«

»Zwei Zerstörer rechts voraus, Genosse Kapitän. Abstand etwa sechs Meilen, Geschwindigkeit vierundzwanzig, Kurs drei-fünf-null im Moment!«

Damit hatten sie rechnen müssen. »Wo läuft der Träger?«, fragte Tsoshi.

»Etwa sechzehn Meilen, in drei-null-null.«

»Dann muss das wohl die Außensicherung sein. Sonst noch was?«

Wong deutete auf die Plottafel. »Jede Menge, Genosse Kapitän. Aber alles etwas weiter weg. Die Nächsten sind ein Kreuzer und eine nicht identifizierbare Einheit in drei-vier-fünf, Kurs drei-fünf-null, Abstand acht Meilen, Fahrt dreizehn Knoten. Ziemlich langsam für einen Kreuzer, deswegen vermute ich, der andere kann nicht schneller.«

»Ein Verband im Verband? Und das Ganze dann in

der Außensicherung?« Tsoshi verzog das Gesicht. Oben war heller Tag und der Himmel sicher voller Flugzeuge. Trotzdem!

»Wie ist das Wetter oben?«

»Sonar sagt leichter Seegang. Das stimmt mit dem Wetterbericht überein, den wir letzte Nacht empfangen haben. Sie wollen einen Blick auf die Zerstörer werfen?«

Tsoshi schüttelte den Kopf. »Die unbekannte Einheit hinter dem Kreuzer könnte das Bergungsschiff *Guam* sein.«

»Das wäre ein ziemlicher Glücksfall!« Wong sah ihn ruhig an. »Sie steht nordwestlich des Hauptverbandes.«

Der Kapitän nickte nachdenklich. »Ja, ich frage mich nur, warum. Zu dumm, dass wir unser Aktivsonar nicht benutzen können.« Er zögerte. »Trotzdem, der Sonaroffizier soll auch mal den Grund nach Geräuschen abhören.«

Wong griff zum Mikro. »Sonar! Hier ist der Kommandant. Nehmen Sie auch mal den Grund vor, aber vergessen Sie dabei die Zerstörer nicht!«

»Die Amerikaner beunruhigen Sie?« fragte Tsoshi.

»Sie nicht?«

»Sie werden uns an Backbord passieren, etwa eine Meile entfernt.« Tsoshi zuckte mit den Schultern. »Panikartig nach Steuerbord abzudrehen würde ihnen nur unnötig die breite Silhouette zeigen, falls einer auf die Idee kommt, sein Aktivsonar einzusetzen.«

»Was also tun wir?«

Tsoshi dachte kurz nach. »Wir gehen tiefer und behalten den Bug so lange wie möglich auf sie gerichtet. Halten Sie die Waffensysteme bereit. Wenn sie angreifen, schlagen wir zurück, aber nicht vorher.«

»Wir haben bereits einen Torpedo auf ein amerikanisches Tauchboot abgeschossen, Genosse Kapitän, falls ich daran erinnern darf.«

Tsoshis Augen glitzerten amüsiert. »Sicher, Genosse Wong, aber ich bezweifele, dass die Herrschaften da oben das bereits wissen.«

7. Tag, 11 : 00 Ortszeit, 03 : 00 Zulu – Südchinesisches Meer, USS *Oz*, USS *Fairy*

»Kann Benson etwas mehr anblasen?« Commander Harpers Stimme klang angespannt, während er die Maschinen noch etwas höherdrehen ließ. Er verdrängte den Gedanken an die fast leeren Batterien. Es war ihrer aller Entscheidung gewesen.

Rudetzki gab die Bitte an Benson weiter, den Kommandanten der *Fairy*. Ruhig lauschte er einen Augenblick in den Hörer des Unterwassertelefons. »Er versucht es.«

Tatsächlich schien sich ein paar Augenblicke später das breite Deck vor ihnen etwas zu senken. Eine Täuschung, denn in Wirklichkeit produzierte die *Fairy* mehr Auftrieb und dadurch kam der achtere Teil der *Kentucky* etwas mehr in die Höhe. Aber immer noch hing die *Fairy* auf der achteren Luke rund sechzig Fuß tiefer unter Wasser.

»Benson versucht, das Heck herumzudrücken, aber er kann für nichts garantieren.« Rudetzki blinzelte. »Wäre die eleganteste Lösung, Skipper.«

»Yeah!« Harper versuchte einen Blick zur Seite hin zu erhaschen, aber das breite Deck versperrte die Sicht. »Okay, er soll nach Steuerbord drücken, wir halten nach Backbord dagegen. Auf drei!«

Rudetzki griff zum Hörer. »Benson, ihr sollt auf drei nach Steuerbord halten.« Wieder musste er die Antwort abwarten. Im Boot war es kühl und Kondenswasser lief von den Wänden. Aber alles, was nicht unbedingt lebensnotwendig war, war abgestellt oder auf ein Minimum reduziert worden, um Strom zu sparen. »Benson ist bereit!«

»Drei!« Harper drückte den Joystick nach links.

Wieder einmal war es, als würden zwei Fliegen versuchen, einen Elefanten herumzuwuchten. Es ging, aber es sah eigentlich nicht so aus, als würde es wirklich funktionieren. Mit quälender Langsamkeit tickte die Anzeige des Kompasses herum, während die hungrigen Motoren die letzten Ampere aus den Batterien zogen. Null-zwo-acht ... null-zwo-sieben ... immer weiter tickte die Nadel. Zeit dehnte sich zu Ewigkeit, aber mehr und mehr näherte man sich der ersehnten null-null-null.

»Ping!«

Tex' Kopfhaut schien sich zusammenzuziehen. Das hatte ihm jetzt gerade noch gefehlt!

»Ping!«

»Woher kommt der Bursche?«

Rudetzki nahm ein paar Schaltungen vor und lauschte in seinen Kopfhörer. »Aktivsonar in Rot null-vier-eins, Abstand vier Meilen, Kurs zwo-sechs-fünf an der Oberfläche. Zwoter Kontakt auf gleichem Abstand in Rot null-drei-acht!« Joe zerquetschte einen Fluch zwischen den Lippen. »Ich kriege sie nicht genau. Die *Kentucky* ist der Sonarsphäre im Weg!«

»Ping!« Zum dritten Mal traf der scharfe Sonarimpuls das Boot. Es klang irgendwie falsch. Harper brauchte einen Augenblick, um zu begreifen, warum. »Das muss ein Echo sein – von der *Kentucky*!« Er überlegte fieberhaft. Es konnte nicht mehr lange dauern, bis die beiden Kriegsschiffe, und nur um die konnte es sich handeln, neugierig wurden und nachsehen kamen. »Signal an Benson: Wir gehen runter und setzen das Riesenbaby ab!«

Rudetzki blickte auf die elektronische Karte. »Etwa fünfzehnhundert Fuß. Relativ eben, wenn ich der Karte glauben darf. Keine Angaben über den Meeresboden.« Er zögerte. »Könnte genauso gut Felsen sein.«

»Yeah, ich weiß! Und keinerlei Deckung!« Er zuckte mit den Schultern. »Es muss uns nicht gefallen, aber vielleicht geht das Boot als Wrack durch. Soll hier in der Gegend ja einige davon geben!«

»Ich sage es Benson!« Rudetzki griff zum Hörer. »*Fairy*, wir gehen runter und setzen die *Kentucky* ab.« Er lauschte der Erwiderung und wandte sich dann an Tex. »Er fragt, was wir dann vorhaben.«

Der Texaner schob sich die Mütze tiefer in den Nacken. »Dann? Dann werden wir versuchen, die Chinesen wegzulocken!«

Rudetzki verdrehte die Augen. »Mit dem, was wir an Strom haben, kommen wir keine fünf Meilen weit. Wahrscheinlich gerade mal zwei.«

Eine halbe Stunde später meldete Rudetzki, hilflos mit den Schultern zuckend: »Wir müssen hoch, die Batterien sind jetzt beinahe restlos leer.«

Tex Harper sah sich mit wildem Blick um, aber der ersehnte rettende Einfall blieb aus. Von einem Augenblick zum anderen erlosch seine Entschlossenheit. »Wie weit entfernt von der *Kentucky*?«

»Vier Meilen im Osten, Tex!« Joe legte ihm die Hand auf die Schulter. »Du hast mehr getan, als irgendjemand erwarten konnte.«

Wie zur Bestätigung donnerten wieder Explosionen durch die Tiefe. Zu weit entfernt, um die abgestumpften Sinne der beiden Männer noch beunruhigen zu können, zumal es nur vereinzelte harte Schläge waren. Tex verzog das Gesicht. »Schreckbomben?«

Die Chinesen hatten schnell herausbekommen, dass der Kontakt, den sie hatten, zu klein und zu wendig für die Torpedosysteme war. Die *Oz* mochte langsam sein, aber sie konnte auf einem Teller wenden und dabei gleichzeitig mindestens ebenso schnell die Tiefe wechseln wie jeder der Aale.

Rudetzki schüttelte noch nachträglich den Kopf bei der Erinnerung. Die meiste Zeit hatte das kleine Boote einfach beinahe stillgestanden und war erst im letzten Moment aus der Bahn der Torpedos geschwenkt. Der Sonarmann hatte gewusst, dass Harper im Umgang mit dem kleinen Tauchboot gut war – wie gut, wusste er jetzt. Und die Chinesen wussten es auch, nachdem sie über den Daumen gepeilt vierzig Millionen Yuan an Volksvermögen verheizt hatten. Die *Oz* hatte die Zielsysteme der Aale ins Leere laufen lassen wie ein Torero den angreifenden Stier. Immer an der Grenze zur Katastrophe, bis den Dingern einfach der Treibstoff ausgegangen war.

»Schreckbomben! Wenn sie die *Fairy* beim Wickel hätten, würde es sich anders anhören.« Rudetzki zuckte mit den Schultern. »Denke ich wenigstens.« Vor etwas über einer Stunde hätte er eine solche Einschätzung noch nicht gewagt. Aber nun, nachdem die Chinesen die *Oz* eine Weile auf die gute altmodische Art gejagt hatten, sprach er darüber mit der Ruhe eines Veteranen. Laut seiner überschlägigen Zählung hatten die Schlitzaugen bisher knapp fünfzig Bomben geworfen. Keine sonderlich präzise Vorgehensweise bei einer U-Boot-

Jagd, doch für die *Oz* war es die Hölle gewesen. Die krepierenden Ladungen hatten das Boot herumgewirbelt wie ein Blatt im Wind. Alles, was zu Bruch gehen konnte, hatte dies getan. Das einzige Licht im Cockpit kam derzeit von den schwach glimmenden Markierungspfeilen, die den Weg zum Luk wiesen, und von ein paar wie durch ein Wunder noch arbeitenden Anzeigen.

Commander Harper betrachtete seinen Beobachter von der Seite. Er fühlte sich wie erschlagen, müde und ausgelaugt. Alle Angst war tief in seinem Inneren konzentriert, ein harter kalter Knoten irgendwo in seinem Magen. Aber er wusste, dass er diesen Gefühlen nicht freien Lauf lassen durfte, er musste durchhalten wie die gute alte *Oz*.

Joe fühlte den Blick seines Vorgesetzten. Man fuhr nicht jahrelang zusammen in so einer kleinen Röhre spazieren, ohne zu wissen, was den anderen bewegte. »Okay, hoch, raus und dann ab in die Tiefe mit ihr.« Seine Stimme klang heiser. »Ich versuche mal herauszufinden, wo die Burschen stecken.« Er stülpte sich den Kopfhörer über und begann zu lauschen. Aber aus irgendwelchen Gründen waren die Geräusche alle nur dumpf und verschwommen. Wahrscheinlich hatte das Gerät was abbekommen. »Ungefähr in Grün null-vierfünf, drei oder vier Meilen. Klingt, als ob sie kreisen, nicht allzu schnell.«

Harper warf einen Blick auf den Kompass. »Wir laufen genau West, einen Knoten durch das Wasser.«

»Die Strömung ist hier nicht mehr so stark wie etwas weiter südlich, aber wir treiben immer noch nach Osten ab. Zwei Knoten, was meinst du?«

»Yeah, könnte hinkommen.« Er sah Rudetzki prüfend an und bemerkte die aufkeimende Hoffnung in dessen Augen. »Sag bloß, du willst ...«

»Es ist besser, als aufzutauchen, jedenfalls hier.«

»Eine Hand am Ventil, eine am Schnellablass. Wir haben fast keinen Strom mehr, um eigene Fahrt aufzumachen.« Der Texaner grinste. »Wow, und da sagen die Leute, ich sei ein verrückter Hund.« Er nickte Joe anerkennend zu. Aber seine Stimme war ernst. »Es könnte klappen, Joe! Nur: Wenn nicht ... ich meine, du musst dir darüber klar sein, was wir riskieren.«

Joe Rudetzki blies die Backen auf. »Um den Chinesen nicht in die Hände zu fallen, ist es den Versuch allemal wert.«

Harpers Grinsen leuchtete im Widerschein der Armaturen. »Okay, die Chance, nach Hause zu kommen, haben wir uns verdient.« Er wandte sich um. »Ich drehe uns noch etwas mehr in den Strom und schalte dann ab.«

7. Tag, 12 : 30 Ortszeit, 04 : 30 Zulu –
Südchinesisches Meer, USS *Kitty Hawk*

»Signal von der *Victor Buckmann,* Sir!« Der Flaggleutnant kam atemlos in Vice Admiral Curt Walkers Kammer gestürzt und wedelte mit einem Funkspruch. »Kontakt mit einem unbekannten U-Boot, etwa achtzehn Meilen von uns.«

»Von der *Victor Buckmann,* sagen Sie?« Walker musste sich nicht anstrengen, um sich das Gesicht von deren Kommandanten vorzustellen. Jung für seinen Rang, ein Draufgänger, aber manchmal zu sehr auf das konzentriert, was direkt vor seiner Nase lag, um nach links und rechts zu sehen. »Sollte der nicht auf die *Guam* aufpassen?«

»Die *Guam* steht nur ein oder zwei Meilen ab.« Das

Gesicht des Flaggleutnants wirkte gestresst. Natürlich wusste der Admiral jederzeit, wo seine Schiffe waren. Und genauso selbstverständlich erwartete er dies auch von ihm. »Sie wird von der *Shenandoah* geschützt, während die Zerstörer Sicherung laufen, Sir.«

Curt Walker grinste zerknautscht. »Ich erinnere mich an meine Befehle, Sub. Nur versuche ich mir gerade darüber klar zu werden, wie der Kommandant der *Victor Buckmann* sie auslegen wird.«

Der Sub-Lieutenant wirkte unsicher. »Nun, er hat den Kontakt gemeldet.«

»Eben ...«, Curt Walker tippte sich an die Nase, »... er hat aber nicht einmal um neue Befehle gebeten. Ich wette zehn Dollar gegen einen Hosenknopf, dass er bereit ist, dem Chinesen an die Gurgel zu gehen, falls er es nicht bereits getan hat.« Er dachte kurz nach. »Signal an *Victor Buckmann* mit Kenntnis an *Shenandoah:* Falls das Boot der *Guam* zu nahe kommt, hat er Feuererlaubnis. Signal an *Diligent*: Die Escort Group soll zwei Zerstörer zusätzlich für *Shenandoah* abstellen. Habe ich sonst noch etwas vergessen?«

»Ich glaube nicht, Sir!«

»Gut!« Walker nickte gnädig. »Dann schicken Sie auch ein Signal an die *Guam*. Ich will wissen, ob sie was von ihren Tauchbooten gehört hat. Die Hawkeyes sollen in Richtung des Einsatzgebietes der Tauchboote aufklären.« Sein Gesicht wurde ernster. »Außerdem U-Boot-Warnung an alle Einheiten. Ich glaube, jetzt haben wir wirklich alles, junger Mann. In zehn Minuten bin ich auf der Brücke und erwarte dort den stärksten Kaffee, den die Kombüse brauen kann.«

7. Tag, 12 : 30 Ortszeit, 04 : 30 Zulu –
Südchinesisches Meer, USS *Northern Star*

Das kleine Tauchboot tanzte wie eine Schneeflocke im Wind. Von allen Seiten dröhnten die Explosionen, deren Druckwellen wie mit Schmiedehämmern auf die Hülle der *Northern Star* einschlugen. Bob DiAngelo versuchte verzweifelt, nicht seinen Halt am rückwärtigen Schott zu verlieren. Irgendwo in dem Durcheinander hörte er einen Aufschrei, konnte aber nicht ausmachen, ob es Webster oder sein Signalmaat gewesen waren.

Lichter flackerten und aus einem der Schaltkästen regnete es Funken. Für einen Augenblick schien das Boot auf einigermaßen ebenem Kiel zu verharren und DiAngelo langte nach dem Schalter der Pumpe. Aber kein kleines grünes Licht ging an, offenbar hatte sie auch den Geist aufgegeben.

Ein weiterer harter Doppelschlag traf die *Northern Star* – die letzte Vorankündigung des drohenden Untergangs ihrer kleinen Welt?

»Fregatte dreht nach Steuerbord!«

Die überraschte Stimme des Sonarmaaten drang an DiAngelos Ohr, der sofort begriff, dass keine weiteren Ladungen um sie herum mehr krepieren und ihnen den Todesstoß versetzen würden. Nur noch das unheimliche Gluckern, mit dem das Wasser in die von den Explosionen gerissenen Hohlräume strömte, erfüllte die plötzlich eingetretene Stille. Und ein weiteres Geräusch. Wie ein Güterzug, der näher kam. Schlagende Schrauben.

»Er zackt«, erklärte der Petty Officer. »Der andere dreht einen weiten Bogen nach Norden. Wird etwas Zeit brauchen, um zurückzukommen.« Er warf einen

Blick über die Schulter. »Wenn Sie hier für einen Augenblick übernehmen, Sir, dann versuche ich mal etwas Ordnung zu schaffen.«

Beide Männer vermieden es, einen Blick auf Lieutenant Webster zu werfen. Der Offizier saß an den Konsolen und konzentrierte sich im Augenblick wieder auf seine Aufgaben, aber sie wussten nicht, ob sie ihm trauen konnten. Als die ersten Ladungen explodiert waren, hatte er völlig durchgedreht. Erst ein kräftiger Kinnhaken von DiAngelo hatte den Lieutenant wieder zur Besinnung gebracht. Seither hatte es keine Probleme mehr gegeben, aber …

DiAngelo schüttelte den Gedanken ab. »Ich übernehme. Das meiste macht sowieso der Computer.« Er tippte dem Lieutenant auf die Schulter. »Steuern Sie zwo-fünf-null, zwei Knoten! Die Burschen nehmen sich Zeit. Wahrscheinlich werden sie vor dem nächsten Angriff wieder eine nette saubere Dwarslinie bilden.« Der Captain kratzte sich am Kopf. »Möchte wissen, hinter wem die her waren. Eigentlich kann es sich ja nur um eines unserer beiden DSRVs gehandelt haben.«

Der Petty Officer zuckte mit den Schultern. »Welches Boot es auch gewesen sein mag, die Chinesen müssen es verloren haben, sonst hätten sie sich nicht derart auf uns konzentrieren können.«

»Tja, des einen Freud, des anderen Leid, so ist das nun mal!«

»Ich glaube, wir haben einfach nur Pech gehabt, Sir!«

»Beschreien Sie das bloß nicht!«

Mittlerweile hatten die beiden Männer die Plätze getauscht und DiAngelo blickte über die Anzeigen. Webster steuerte wortlos den befohlenen Kurs. Er reagierte wie eine Maschine. Hinter DiAngelo machte sich der Sonarmaat an die Arbeit, wenigstens die dringendsten Dinge zu reparieren, soweit das unter diesen Umständen möglich war. Sie brauchten die Pumpe. Sie brauchten sie einfach!

7. Tag, 13 : 30 Ortszeit, 05 : 30 Zulu –
atomgetriebenes Angriffs-U-Boot *Shi-Nan*,
USS *Victor Buckmann*

»Verdammt, womit zur Hölle orten die uns?« Wong blickte sich um, aber keiner seiner Offiziere konnte ihm eine Antwort darauf geben. Seit inzwischen drei Stunden bemühten sie sich, an dem Zerstörer vorbei jene unbekannte Einheit anzusteuern, in der sie das Bergungsschiff *Guam* vermuteten. Aber immer wenn sie auch nur versuchten, in die Richtung zu drehen, schob sich einer der Zerstörer drohend dazwischen, und mittlerweile rauschten auch noch zwei weitere mit hoher Fahrt aus dem Hauptverband heran.

Tsoshi zuckte mit den Schultern. »Entweder verfügen die Amerikaner über ein stark verbessertes Sonar, von dem wir nichts wissen, oder es handelt sich um etwas anderes. Vielleicht Magnetometer? Aber dafür sind wir eigentlich zu schnell. Infrarot? Keine Ahnung!«

»Wenn wir nicht dahinterkommen, werden Sie nie einen Blick auf dieses Schiff werfen können, Genosse Tsoshi!«

Der Kapitän nickte ruhig. »Aber wir wissen, dass es sich in Fahrt befindet und Kreise zieht. Das bedeutet, es führt keine wie auch immer geartete Bergungsoperation durch. Wahrscheinlich wartet es nur auf die Rückkehr der Tauchboote.«

Der Kommandant der *Shi-Nan* nickte. »Das ergäbe Sinn. Aber wo befindet sich dann die *Long-Huang*?«

Müde nahm Tsoshi die Mütze ab und strich sich durch das schwarze Haar. »Allem menschlichen Ermessen nach müsste sie irgendwo hier sein.«

Wong warf einen erneuten Blick auf die Plottafel. Die Kurse der amerikanischen Einheiten sahen aus wie das Gekritzel eines Irren. Dauernd änderte jemand Kurs und Geschwindigkeit, und die beiden Navigationsgasten trugen alles relativ zu ihrem Kurs, der sich ebenfalls dauernd änderte, ein. »Wenn die Amerikaner wissen, wo *Long-Huang* liegt, wie hoch ist dann die Wahrscheinlichkeit, dass sie trotzdem keinen Versuch unternehmen, das Boot zu inspizieren?«

Tsoshi blickte auf. »Vor ein paar Stunden hätte ich gesagt, sehr gering. Aber im Moment weiß ich auch nicht mehr so recht, was ich glauben soll.«

»Sonar an Zentrale! Führungszerstörer dreht nach Backbord auf uns zu. Geht mit der Fahrt hoch!«

Die beiden Kapitäne in der Zentrale sahen sich kurz an. Das war eine unverhoffte Wendung. Wollte der Amerikaner nun ernsthaft angreifen?

Achthundert Fuß höher, an der Wasseroberfläche, richteten sich Ferngläser auf ein paar schimmernde Ölflecken, die auf dem Meer trieben.

»Geben Sie die Peilungen weiter an die Operationszentrale. Vielleicht kriegen sie den Burschen besser ins Sonar, wenn sie wissen, wo er ungefähr steckt.« Dem Offizier mit den Rangabzeichen eines Full Captain, er war gerade einmal Mitte dreißig, stand das Jagdfieber ins Gesicht geschrieben. Er war hinter einem U-Boot her, zu dem sein Sonaroffizier immer nur für kurze Augenblicke Kontakt halten konnte. Wenn das Boot keine Ölspuren hinterlassen hätte, dann hätte es sie vermutlich längst abgehängt, so leise, wie es war. Der Kommandant des Zerstörers schwenkte sein Glas nach Backbord. Nur ein paar Meilen entfernt zeichneten sich zwei Silhouetten gegen den hellen Horizont ab. Wenn schon der Kreuzer mit seinem großen Kommandoturm unverkennbar war, dann war es dieses unförmige Bergungsschiff erst recht. Aber Schönheit hin oder her, die Wichtigkeit der *Guam* stand im Augenblick außer Frage. Man musste kein Hellseher sein, um zu prophezeien, wohin das U-Boot laufen würde, wenn sie es nur ließen. Wie ein schnüffelnder Fährtensuchhund schob USS *Victor Buckmann* ihren Bug in die Ölspur und folgte der unsichtbaren Beute.

Kurz vor und hinter dem Turm der *Shi-Nan* gab es jeweils einen kleinen Tank, der nichts weiter als ganz gewöhnlichen Diesel enthielt, vorgesehen für den unwahrscheinlichen und bisher noch nie eingetretenen Fall, dass der Reaktor komplett längere Zeit ausfiel. Mit dessen Hilfe hätte die *Shi-Nan* wenigstens an der Oberfläche ein Notstromaggregat betreiben können.

Der Tank vor dem Turm war bereits an dem Tag beschädigt worden, als der Turm und die Stahlplatten davor unsanft Bekanntschaft mit der Titanstahlhülle gemacht hatten, die sich unter der Plastikummantelung der *Oz* verbarg. Bei dem Zusammenstoß war nicht nur ein Raum in der hohen Flosse geflutet worden, sondern auch eine Schweißnaht entlang des vorderen Bunkers eingedrückt worden. So klein der Riss auch war, ständig entwich durch ihn Öl, stieg in Blasen zur Oberfläche auf und bildete dort Flecke, die ein aufmerksamer Ausguck erspähen konnte. Die *Shi-Nan* hatte ihre Unsichtbarkeit eingebüßt.

22. Kapitel

7. Tag, 14 : 45 Ortszeit, 06 : 45 Zulu –
Südchinesisches Meer, USS *Northern Star*

Immer weiter wich die *Northern Star* nach Süden aus, und immer größer wurden die Kreise, die die beiden chinesischen Fregatten jedes Mal fahren mussten, um nach den WaBo-Abwürfen den Sonarkontakt zu ihnen wieder aufzubauen.

»Unsere Chancen stehen gar nicht so schlecht«, kommentierte DiAngelo diese Entwicklung. »Wir sind ein kleines Ziel, dazu die starken Strömungen, die auch für unterschiedliche Salzgehalte und Temperaturschichtungen sorgen und den Sonarleuten ihr Geschäft erschweren. Ich frage mich nur, warum sie es nicht mit Anti-U-Boot-Raketen versucht haben. Hätte ja sein können, dass wir bewaffnet sind, dann hätte diese altmodische U-Boot-Jagd für die Burschen ganz schön ins Auge gehen können!«

Irgendwo an Steuerbord detonierten erneut ein paar Bomben, aber die Druckwellen reichten nicht einmal mehr aus, um das Boot durchzuschütteln.

»Tief!«, bemerkte der Captain. »Sie vermuten uns immer noch auf neunhundert Fuß.«

Der Petty Officer schielte auf die Anzeigen. »Zweihundert sind ja auch unverschämt dreist, wie sollen sie schließlich auf so eine Schnapsidee kommen?«

»Na, ich verrate es ihnen bestimmt nicht.« Bob

streckte die schmerzenden Knochen etwas aus. »Allerdings können wir uns nicht auf die Suche nach der neuen Position der *Kentucky* machen und dadurch, wenn's blöd läuft, möglicherweise die Chinesen zu unserem Boot führen.«

»Also was tun?«

»Wir laufen zurück zur *Guam*.«

Hinter ihnen, vor dem flachen Buckel und der Brandung des Bombay Reef, blieben zwei kleine Fregatten zurück. Während der mehr als vierstündigen U-Boot-Jagd hatten sie über einhundert Wasserbomben geworfen und auch drei Anti-U-Boot-Raketen abgefeuert, ohne einen sichtbaren Erfolg vorweisen zu können. Die Racks auf den Achterdecks standen leer und für die altmodischen Werfer auf den Seitendecks gab es keinerlei Nachschub mehr. Dennoch ... die beiden Fregatten hatte ihren Auftrag erfüllt, der lautete, zu verhindern, dass sich U-Boote dem Hauptverband näherten, der nur vierzehn Meilen nördlich, beinahe bei der Bremen-Bank, kreuzte. Soweit es die chinesischen Kommandanten betraf, waren ihre Bemühungen erfolgreich gewesen.

7. Tag, 14 : 45 Ortszeit, 06 : 45 Zulu –
Südchinesisches Meer, USS *Fairy*

Fische beglotzten neugierig ihre veränderte Umgebung. Ihr Interesse galt, aus purer Fressgier, den beiden Toten hinter den zerborstenen Bullaugen der Kommandokugel der *Fairy*. Der Druck einer in allernächster Nähe explodierenden Ladung hatte ihre Hülle aufgerissen und dem kleinen Tauchboot ein schnelles, schreckliches Ende gebracht. Und mit ihm Lieutenant Commander Benson und dessen Partner, die in dem eiskalten Wasser jämmerlich und qualvoll ertranken. Unbemerkt. Noch während die beiden Männer tausendzweihundert Fuß unter ihnen starben, hatten die Fregatten über ihnen zur nächsten Gefechtskehrtwendung angesetzt.

7. Tag, 16 : 15 Ortszeit, 08 : 15 Zulu –
Südchinesisches Meer,
atomgetriebenes Angriffs-U-Boot *Shi-Nan*

Der Angriff auf sie, so es denn überhaupt einer werden sollte, versprach, sich als äußerst bemerkenswertes Manöver zu gestalten. Jedenfalls fand Kapitän zur See Tsoshi das. Er sah in Wongs aufgebrachtes Gesicht und musste lächeln. »Er will uns nicht wirklich versenken, nur etwas erschrecken, Genosse Kommandant.«

»Was macht Sie so sicher?« Fregattenkapitän Wong wandte sich kurz um. »Neuer Kurs eins-neun-null!« Mit halbem Ohr lauschte er den Bestätigungen, während er seine Aufmerksamkeit in Erwartung einer Antwort wieder Tsoshi zuwandte.

Der Kapitän lauschte den schnell schlagenden Zerstörerschrauben. Sie selbst waren nur noch hundert Meter tief. In dieser relativ geringen Tiefe hörte es sich an, als schicke ein Expresszug sich an, sie zu überfahren. Tsoshi nickte befriedigt und griff an Wong vorbei zum Mikrofon. »Sonar, wie schnell läuft er?«

»Kurs zwo-sieben-fünf mit sechzehn Knoten!«

»Danke!« Tsoshi drehte sich um und strahlte. »Da haben Sie es. Wenn es ihm ernst wäre, würde er wegdrehen und eine von seinen Harpoons feuern. Oder er würde erheblich höhere Fahrt laufen. Bei dem Tempo kann er es gar nicht riskieren, Wasserbomben zu werfen, denn die würden ihm wahrscheinlich das eigene Heck wegreißen.«

»Er läuft auf einem Kurs, der ihn über mein Boot bringen wird. Und wir sind uns wohl einig, dass er uns geortet hat!« Wong schien von Tsoshis Argumenten wenig angetan zu sein, und an den Gesichtern der anderen Männer in der Zentrale konnte der Kapitän leicht ablesen, dass es ihnen genauso ging.

»Sie wollen gerne auf Tiefe gehen?«

Wong nickte. »Auf mindestens vierhundert Meter und danach einen Kurswechsel auf null-neun-null.«

»Also gut! Ich gebe Ihnen die vierhundert, aber wir drehen nicht ab.« Tsoshi deutete auf die Plottafel. »Wir laufen im Augenblick wieder auf die *Guam* zu. Die Amerikaner sind nervös, irgendetwas geht dort vor, und sie wollen nicht, dass wir dabei stören.«

»Und worum soll es sich dabei handeln?«

»Von der Uhrzeit her könnte es sein, dass sie ihre Tauchboote zurückerwarten.«

»Sollte dem so sein, wissen Sie in Bälde auch, dass wir einen Torpedo auf eines der Boote abgeschossen haben. Spätestens dann werden sie rachsüchtig werden.«

Tsoshi nickte. »Entweder das, oder jemand bei den Amerikanern begreift, was hier schiefläuft.« Aufmunternd klatschte er in die Hände. »Also gut, vierhundert Meter, Fahrt für dreißig Knoten! Kurs eins-neun-null beibehalten!«

»Sonar an Zentrale: Auftauchendes U-Boot, zwei Meilen rechts voraus!«

Tsoshi fuhr herum. »Wieso haben Sie das vorher nicht mitbekommen? Welchen Kurs, welche Fahrt?«

»Keine Fahrt, Genosse Kapitän! Es scheint zu treiben. Zu hören war eben nur, wie er seine Tauchzellen angeblasen hat.«

Ein paar schnelle Schritte brachten Tsoshi an den Kartentisch. »Der Bursche treibt wirklich. Er muss so knapp an Batteriestrom sein, dass es knapper nicht geht.« Gedanken rasten durch seinen Kopf. »Zwei Meilen voraus?« Zwei Meilen zurückzulegen bedeutete für die *Shi-Nan* ungefähr vier Minuten, aber das war unkritisch. Das Boot war gerade dabei, noch tiefer zu gehen, und von daher bestand keine Kollisionsgefahr. Anders sah es mit dem Zerstörer aus, der ebenfalls auf diesen Punkt zwei Meilen voraus zusteuerte. So ein Tauchboot ragte nicht weit über Wasser. Von den Männern auf einer hohen Brücke und den Leuten an den Überwachungsgeräten konnte es leicht übersehen werden, wenn ...

Er fuhr herum. »Hart backbord, neuer Kurs null-neun-fünf! Aufkommen auf achtzig Meter. Waffenoffizier, Feuerleitlösung für Rohr zwo auf den Zerstörer!«

Wong starrte ihn an. »Rohr zwo enthält ...«

»Ich weiß, unseren letzten Übungstorpedo, und genau den brauchen wir jetzt.«

7. Tag, 16 : 20 Ortszeit, 08 : 20 Zulu – USS *Oz*

Immerhin bis in das Rendezvousgebiet hatte es die kleine *Oz* geschafft, bevor ihre letzte Kraft wirklich nur noch zum Auftauchen reichte.

Joe schlug seinem Commander ausgelassen auf die Schulter. »Gute Nummer, Mann, was?«

»Yeah!« Tex lehnte sich zurück. »Unglaublich!« Er streckte seinen verkrampften Rücken und rappelte sich aus seinem Sessel auf. »Aber jetzt sind die Batterien wirklich alle!« Er grinste. Die Batterien waren schon fast leer gewesen, als sie sich von den chinesischen Fregatten abgesetzt und allein den Kräften der Natur anvertraut hatten. Kaltes Wasser strömte in die Südchinesische See, warmes hinaus, sauber aufgeteilt in eine Tiefen- und eine Oberflächenströmung, wobei beide wegen der Trichterform der See relativ schnell liefen. Alles, was sie hatten tun müssen, war, sich immer in der richtigen Tiefe von der richtigen Strömung mitnehmen zu lassen. Ohne die Möglichkeit, aus eigener Kraft einen Kurs zu halten, ohne Einsatzmöglichkeit ihrer modernen Navigationssysteme, sondern angewiesen auf gute altmodische Koppelnavigation und ohne Computerunterstützung bei der Trimmung des Bootes. Joe Rudetzki hatte die Ventile über Stunden hinweg per Hand und nach Gefühl bedient.

Der Seegang ließ das Tauchboot tanzen wie einen Korken, aber in diesem Augenblick glaubte keiner der beiden Männer, jemals etwas Schöneres verspürt zu haben. Sie gingen in die mittlere Kugel und der Texaner stieg die Metallleiter empor. Als er das Luk öffnete, begrüßte ihn ein Schwall lauwarmen Seewassers. Salzige Luft drang durch die Öffnung. Für einen Augenblick hing der Commander an der Leiter und tat nichts weiter, als erst einmal ganz tief durchzuatmen, bevor er die restlichen Sprossen emporkletterte und den Kopf aus der Luke steckte.

Alles, was er zuerst wahrnahm, waren Wellen. Das Deck der *Oz* lag nicht mehr als ein paar Zoll über dem Wasser.

Ein Wellenberg hob das Rettungs-U-Boot mühelos auf seinen Rücken. Tex Harper sah sich um und sein Unterkiefer fiel herab. »Oh! Bloody Hell!« Das Panorama war überwältigend. Ein strahlend blauer Himmel überspannte eine weite blaue See, auf der die

Schiffe wie Spielzeugmodelle wirkten, die ruhig ihre Bahnen zogen. Ein leichter Wind zog über die schwache Dünung. Aber der Commander hatte nur Augen für den scharf geschnittenen Bug mit der breiten Fahrtwelle. Der Zerstörer lief hohe Fahrt. Hoch in seinem Topp flatterte ein schwarzer Wimpel, der anzeigte, dass das Schiff hinter einem U-Boot her war. Eine Warnung für andere Schiffe, dem Zerstörer besser aus dem Weg zu gehen, weil dieser auf alle Fälle seiner Beute folgen würde. Und für Tex Harper wirkte der Bug verdammt groß – und nahe! Er konnte sogar mit bloßem Auge schon einzelne Gestalten in der Brückennock unterscheiden. Hektisch kletterte er vollends auf das schmale Deck und begann verzweifelt mit den Armen zu winken.

7. Tag, 16 : 21 Ortszeit, 08 : 21 Zulu –
Südchinesisches Meer, atomgetriebenes
Angriffs-U-Boot *Shi-Nan*, USS *Victor Buckmann*

Mit einem kaum wahrnehmbaren Ruck verließ der Torpedo das Rohr. »Hart backbord!«, ordnete Fregattenkapitän Wong an. »Volle Kraft voraus. Erster, bringen Sie uns auf hundert Meter rauf.« Bevor er den letzten Befehl erteilte, sandte er einen vorwurfsvollen Blick zu Tsoshi, der reglos gegen das Schott gelehnt stand. »Schotten öffnen, Leinenkommando bereithalten!«

Draußen im Wasser nahm der Torpedo Fahrt auf und raste geradewegs auf den Zerstörer zu. Eine Schusslage wie aus dem Bilderbuch, der Kurs des Torpedos und die Steuerbordseite des heranstürmenden Kriegsschiffes bildeten beinahe einen rechten Winkel, und der verbleibende Spielraum, der dem Schiff blieb, war viel zu gering für erfolgreiche Ausweichmanöver.

In der Operationszentrale der *Victor Buckmann* überschlugen sich die Ereignisse.

»Radarkontakt, eintausendachthundert Yards steuerbord voraus, Fahrt null!«, rief mit gellender Stimme der Radargast.

Der Kommandant blickte auf seinen Schirm, doch alles, was er entdecken konnte, war ein winziger verwaschener Punkt. »Was zur Hölle ist das?«

Der Radargast kam nicht dazu, Erklärungen abzugeben, denn aus dem Lautsprecher hallte bereits die Meldung des Sonaroffiziers: »Torpedo im Wasser, Grün eins-eins-null, Fahrt vierzig Knoten, steigend.«

Der Kommandant erbleichte. Er hatte die Entschlossenheit des Chinesen unterschätzt. Seine *Victor Buckmann* lief gerade einmal halbe Fahrt, zu wenig für schnelle Ausweichmanöver. Was blieb, war nur ein verzweifelter Versuch! »Ruder hart steuerbord, Backbordschraube voll voraus, Steuerbord voll zurück!« Er drückte einen der vielen Knöpfe auf seinem Schaltbrett, und die Alarmklingeln begannen überall im Rumpf zu schrillen. T-T-T-T! Lang ... Lang ... Lang ... Lang, der letzte Alarmcode kurz vor einem unvermeidlichen Einschlag. Zum Glück war das Schiff bereits unter Gefechtsbereitschaft gefahren. Aber in den Maschinenräumen richteten sich nicht wenige Augen ängstlich auf die Bordwände, als könnten die Männer das Geschoss bereits herannahen sehen. Oben an Deck starrten Männer auf die See, um vielleicht doch irgendwo die verräterische Blasenbahn ausmachen zu können. In der Sonarabteilung verfolgten die Männer den Lauf des Torpedos mit angehaltenem Atem.

Unter den gewaltigen Kräften von Ruder, Vortrieb und den gegenläufig drehenden Schrauben legte sich die *Victor Buckmann* schwer auf die Steuerbordseite und begann, in die Torpedobahn zu drehen, um ein möglichst schmales Ziel zu bieten! »Komm herum! Komm doch herum!«, ging als ein stilles Stoßgebet durch viele Köpfe.

»Abstand eintausend Yards!« Unbarmherzig meldete der Sonaroffizier die abnehmende Entfernung. Eine halbe Seemeile noch. Und der Zerstörer kämpfte sich nach wie vor durch die Drehung, das Steuerborddeck beinahe von der See überwaschen, die Backbordseite hoch aufgerichtet. Sekunden wurden gezählt, als würde der Abschluss des Manövers Sicherheit bringen.

»Harpoon! Feuerleitoffizier, Feuer frei!« Die Stimme des Kommandanten klang hart. Das Feuer eröffnet hatte schließlich der andere. Seine *Victor Buckmann* hatte nur noch zwanzig Sekunden, nicht genug, um das Schiff zu retten, aber ausreichend, um wenigstens den Chinesen mitzunehmen.

Zehn Sekunden vor dem Einschlag richtete sich das Schiff langsam wieder auf, als der Druck von Ruder und Schrauben nachließ. Vom Achterdeck stiegen zwei weiße Rauchsäulen in den Himmel, als sich die beiden Raketen aus ihrem Launcher lösten. In kurzen Bögen überbrückten die Flugkörper die Distanz und setzten jeweils einen U-Jagdtorpedo ab, der jeder für sich, kaum im Wasser, mit der automatischen Zielerfassung begann.

7. Tag, 16 : 22 Ortszeit, 08 : 22 Zulu – USS *Oz*

Commander Harper und Chief Petty Officer Rudetzki konnten nur ahnen, ob sie vom Zerstörer aus gesichtet worden waren. Aber urplötzlich schallten von dem heranstürmenden Schiff Alarmklingeln herüber. T-T-T-T! Torpedoalarm!

Die beiden Männer ließen die Arme sinken und sahen sich kurz fragend an. Hatten etwa sie den Chinesen hierhergelockt?

Die Silhouette des Zerstörers schien länger zu werden, als das Schiff abdrehte. Im Hintergrund konnten sie bereits weitere Zerstörer ausmachen, die mit der Fahrt hochgingen. Harper schluckte trocken, als er begriff. Das Schiff vor ihm war geliefert. Der Gefechtskopf eines schweren U-Boot-Torpedos enthält mehrere hundert Pfund hochbrisanten Sprengstoffs, die bei einem Volltreffer ausreichen, um die Unterwasserflanke aufzureißen und den Untergang zu bewirken. Und die Männer auf den Schiffen, die jetzt herbeieilten, wussten das ebenfalls. Sie kamen, um die Besatzung zu retten ... und um Rache zu nehmen!

Joe und Tex sahen sich erneut an. Hilflos zuckte Rudetzki mit den Schultern, denn er wusste nicht, was er sagen sollte. Der Zerstörer würde sie nicht mehr über den Haufen fahren und sie waren gerettet. Aber um welchen Preis?

7. Tag, 16 : 22 Ortszeit, 08 : 22 Zulu –
atomgetriebenes Angriffs-U-Boot *Shi-Nan*

»Torpedo im Wasser! Zwei U-Jagdtorpedos! Abstand ...« Der Rest der Meldung ging bereits in den rasenden Pings zweier Suchköpfe unter.

Kapitän Tsoshi sprang auf, während Wong wie vom Blitz gerührt nur die Bordwand anstarrte. Er musste brüllen, um den plötzlichen Lärm zu übertönen. Die Torpedos waren bereits sehr nahe, aber sie mussten noch mit der Zielerfassung beschäftigt sein und konnten noch nicht viel Fahrt aufgenommen haben. »Vorne oben dreißig, hinten unten zwanzig, volle Fahrt! Erster, fünfundzwanzig Tonnen vorlastig!«

Steil senkte sich der Bug, Befehle hallten aus den Lautsprechern, irgendwo schlugen Metallschotte zu.

Fregattenkapitän Wong fuhr herum und schrie Tsoshi an: »Sie! Sie haben uns alle umgebracht!«

Tsoshi winkte ab. »Später, Wong!« Er nickte dem NO zu. »Geben Sie mir einen Abfangkurs auf die *Guam*! Sonar kann Ihnen sagen, wo der Zossen ist. Mitkoppeln!« Verfolgt vom hallenden Ping der Suchköpfe, das nicht abzureißen schien, rauschte das Boot in die Tiefe. Tsoshi fauchte los: »Erster, ich nehme Tiefenmeldungen dankbar entgegen!«

Sofort begann der verblüffte Offizier die Tiefen auszusingen. »Einhundertfünfzig Meter gehen durch! Einhundertsechzig! Einhundertsiebzig!«

Tsoshi schob den größeren Wong einfach zur Seite und sah auf die Plottafel. »Backbord zwanzig! Erster, bei zweihundertfünfzig Metern Tiefenruder aufkommen! Drehen Sie aber weiter nach Backbord!« Er grinste, als sei das alles ein Riesenspaß. »Ach ja, dann können Sie uns auch wieder auf ebenen Kiel bringen!«

Hinter dem steil absinkenden Boot drehten die beiden Torpedos in das verwirbelte Schraubenwasser ein und stürmten mit ständig steigender Geschwindigkeit hinterher. Mit seinem Manöver hatte Tsoshi Zeit gewonnen, mehr nicht.

7. Tag, 16 : 23 Ortszeit, 08 : 23 Zulu – USS *Victor Buckmann*

»Fünfzig Yards!« Der Sonaroffizier brüllte die Meldung mit gellender Stimme regelrecht in sein Mikro. »Einschlag!«

Sekunden wurden zu Ewigkeiten. Die Männer hielten den Atem an. Aber der erwartete Donnerschlag blieb aus. Keine Wassersäule schoss an der Bordwand des Zerstörers in die Höhe, kein Explosionsteppich rund um das Schiff herum zeigte an, dass der Torpedo ihnen den Kiel gebrochen hatte, und auch keine Wassermassen strömten durch eine aufgerissene Bordwand.

Die Stimme des Kommandanten klang in der Stille beinahe sanft. »Eh ... und was war jetzt das?«

In die Gestalten kam Bewegung.

»Operationszentrale! Ich habe hier was Seltsames!«

Der Kommandant nahm das Mikrofon. »Etwas Seltsames, Sonar? Noch seltsamer?«

»Der Torpedo morst!« Der Mann klang, als könne er es nicht fassen.

»Was denn? Oder muss ich raten?«

»EN, immer wieder EN!« Der Sonaroffizier seufzte. »Und fragen Sie mich nicht, was das bedeutet!«

»EN sagen Sie?« Der Kommandant nahm die Mütze ab. »Es bedeutet, dass wir übungsmäßig versenkt sind!« Seine Stimme klang müde. »Feuerleit, zerstören Sie die beiden Harpoons! Für heute haben wir genug Ärger angerichtet!« Er schüttelte ungläubig den Kopf. »Er hat einen Übungstorpedo geschossen. So ein verrückter Hund!«

Überall im Schiff erwachten Männer aus ihrer Erstarrung, schlugen sich erleichtert auf die Schultern oder zündeten sich verbotenerweise in stillen Ecken Zigaretten an. Sie waren am Leben! Viele sollten erst Stunden später erfahren, was vorgegangen war, aber für den Augenblick genügte es ihnen, dass es keine Explosion, keine Brände und keine Wassereinbrüche gegeben hatte.

Augenblicke später rollten zwei dumpfe Explosionen durch die Tiefe. Zwei runde Explosionsteppiche breiteten sich weit entfernt von der *Victor Buckmann* aus und ein Schwall toter Fische trieb auf. Aber kein Öl, keine Wrackteile und keine menschlichen Überreste. Noch während die ersten Meldungen aus den Antennen des Zerstörers jagten, begann die Suche nach dem U-Boot erneut, aber dieses Mal zog es die *Shi-Nan* vor, in der sicheren Tiefe versteckt zu bleiben. Eine halbe Stunde später nahm die *Victor Buckmann* die treibende *Oz* ins Schlepptau.

7. Tag, 16 : 30 Ortszeit, 08 : 30 Zulu –
atomgetriebenes Angriffs-U-Boot *Shi-Nan*

Kapitän Tsoshi hatte auf seinem weiten Kreis nach Backbord gleich mehrere Täuschkörper ausstoßen lassen. Wohin die Torpedos auch vorstießen, überall standen neue Blasenwolken im Wasser. Getreu ihrer Programmierung suchten die Torpedos daher tiefer und tiefer.

»Lassen Sie uns langsam zurück auf zweihundert Meter steigen!« Kapitän Tsoshis Stimme klang ruhig und gelassen. Nachdem die Torpedos nicht mehr in unmittelbarer Nähe waren, konnte er sich den Luxus normaler Gesprächslautstärke wieder leisten. »Langsam, Erster. Wir wollen keine Aufmerksamkeit erregen.« Er grinste. »NO, wie sieht es mit einem Abfangkurs auf die *Guam* aus?«

»Null-vier-drei bei zwanzig Knoten, Genosse Kapitän!«

Tsoshi Sheizu lächelte zufrieden. »Da haben wir auch gleich den neuen Kurs, Erster!« Er wandte sich um.

»Genosse Kommandant, wenn Sie übernehmen wollen?«

Wong sah ihn an, als zweifle er an seinem Verstand. »Die beiden ...«

»Ja, die beiden Torpedos!« Tsoshi sah auf die Uhr. »Acht Minuten sind sie jetzt im Wasser. Ich gebe ihnen ...«

Ein heftiger Doppelschlag rollte durch das Wasser, aber die Explosionen waren so weit entfernt, dass die *Shi-Nan* nur leicht erzitterte.

»Noch zwei Minuten, wollte ich sagen. Dann wäre ihnen spätestens der Treibstoff ausgegangen.« Tsoshi zuckte mit den Schultern. »Der Amerikaner reagiert schneller, als ich dachte, sowohl beim Feuern als auch beim Abbrechen.«

»Wir müssen uns absetzen!«, meinte Wong zögernd.

Tsoshi blickte ihn erstaunt an. »Absetzen? Wieso denn das? Das erwartet doch jeder. Nein, wir werden jetzt zur *Guam* fahren und nachsehen, was die Amerikaner so treiben.«

7. Tag, 17 : 30 Ortszeit, 09 : 30 Zulu – USS *Northern Star*

Auch Captain DiAngelo und die Besatzung der *Northern Star* befanden sich auch dem Rückweg. Da die *Northern Star* noch über genug Strom verfügte, hatten sie sogar ein ganzes Stück auf die *Oz* aufgeholt. Über Sonar hatten sie die weit entfernten Explosionen beim Verband eine Stunde zuvor mitbekommen. Ein dumpfes Wummern in der Tiefe, aber nicht zu vergleichen mit der Hölle, aus der sie kamen.

»Was tun wir, Sir?«

»So ziemlich jeder andere ist schneller als wir. Also

können wir nur auf den Verband zuhalten und sehen, wen wir zufällig finden. Genügend Schiffe sind ja unterwegs.«

Lieutenant Webster blickte auf den Kompass. »Kurs eins-sechs-null liegt an, aber mit der Strömung wird das effektiv eher eins-zwo-null über Grund sein.«

DiAngelo lächelte kurz. Der junge Offizier bemühte sich redlich, die Scharte seines nicht eben rühmlichen Verhaltens bei dem Angriff wieder auszuwetzen. Er musste gleichzeitig steuern und das Sonar bedienen, weil die beiden anderen Männer mit der Ausführung der allernötigsten Reparaturen beschäftigt waren. »Das passt ganz gut und bringt uns näher an die Mitte des Verbandes ran.«

Der Petty Officer, der von achtern nach vorn gekommen war, hatte die Worte mitbekommen. »Je schneller uns unsere Leute aus dem Wasser fischen, desto besser, Captain!« Er hob hilflos die Arme. »Die Pumpe ist schon wieder am Abnippeln und immer noch dringt an allen möglichen und unmöglichen Stellen Wasser ein. Sehr lange gebe ich uns nicht mehr, bis wir so schwer werden, dass wir nur noch sinken können.«

Eine klare Ansage, mit der eigentlich feststand, wie der Captain nur entscheiden konnte.

»Moment noch!«, schaltete sich Lieutenant Webster ein, der aufgeregt am Stellrad des Sonars drehte. »Ich hab da was!«

»Und?«

»Weiß nicht genau. Kommt jedenfalls von unten.«

DiAngelo schnappte sich das zweite Kopfhörerpaar. Auch wenn das Geräusch leise war, so handelte es sich dabei eindeutig um Klopfzeichen, schwach und unregelmäßig, aber immerhin. Wie elektrisiert schaltete er die elektronische Karte auf einen den Ausschnitt vergrößernden Maßstab um. Die Position, von der die Klopfzeichen kamen, war eindeutig die des vor einer Woche gesunkenen chinesischen Bootes. Unfassbar eigentlich. »Anblasen, hoch mit uns und Hilfe herbeifunken!«

7. Tag, 18 : 30 Ortszeit, 10 : 30 Zulu – USS *Kitty Hawk*

Vice Admiral Curt Walker sichtete die aufgelaufenen Funksprüche, als sein Flaggleutnant eintrat. »Sir?«

Der Admiral blickte auf. »Was gibt's, Flags?«

»Eine Maschine, von Luzon kommend, befindet sich im Anflug. Mit zwei Leuten aus Washington an Bord, wie der Pilot uns hat wissen lassen. Kann nicht mehr lange dauern, bis sie da sind.«

»Okay, wenn sie gelandet sind, schicken Sie mir die beiden Vögel sofort vorbei!«

Der Lieutenant salutierte knapp. »Jawohl, Sir, sofort!«

Curt Walker wartete, bis sich die Tür hinter seinem Flaggleutnant schloss, und zündete sich erst mal eine neue Zigarre an. Besuch aus Washington, der hatte ihm jetzt gerade noch gefehlt!

Als der Adjutant zehn Minuten später eine Frau und einen Mann in die Kammer des Admirals führte, deutete Walker demonstrativ auf den Papierstapel auf seinem Schreibtisch. »Ich habe ein vermisstes eigenes U-Boot, einen abgesoffenen Chinesen, eine internationale Krise und einen Angriff auf eines meiner Schiffe, der eigentlich gar keiner war!« Er richtete die Zigarre drohend wie ein Kanonenrohr auf die beiden Ankömmlinge. »Und was haben Sie mir Schönes zu bieten?«

»Gestatten Sie, Sir, dass wir uns zunächst vorstellen.

Die Lady an meiner Seite ist Agent Chen-Liu, ich bin Jack Small und beide sind wir von der CIA. Wir müssten so schnell wie möglich auf die *Guam.*«

»Verraten Sie mir, weshalb?«

Small verzog sein Gesicht. »Wir müssen dort dringend jemand befragen, Sir!«

»Dafür schulden Sie mir aber erst noch eine Erklärung, Agent Small!«

23. Kapitel

7. Tag, 20 : 35 Ortszeit, 12 : 05 Zulu – USS *Kitty Hawk*

»Thomas Wilks ein Verräter?« Robert DiAngelo starrte Jack Small ungläubig an.

»Anders können wir es uns nicht erklären.«

»Niemals ...« Der Captain hielt sich krampfhaft an seiner Kaffeetasse fest.

Admiral Walker räusperte sich. »Bob, vielleicht sollten Sie sich erst einmal anhören, was Mr Small zu sagen hat. Dann können wir immer noch beschließen, was zu tun ist.«

Der CIA-Agent nickte dem Admiral dankbar zu. »Marsden besteht darauf, dass wir Wilks ausquetschen, was ja nur logisch erscheint. Als die ganze Operation schieflief, war es dieser Samuel, der Erfüllungs- und Vollstreckungsgehilfe von Hiob, der Boulden anrief und aufforderte, Sie einzuschalten, Captain. Das ergibt nur dann einen Sinn, wenn Hiob sicher war, Sie könnten das Problem auch lösen.«

»Das verstehe ich nicht ganz.« Bob nahm einen Schluck Kaffee. »Ich meine, es ist mein primärer Job, U-Boot-Bewegungen zu analysieren. Die Firma bezahlt mich schließlich dafür.«

Chen-Liu lächelte ihn begütigend an. »Als erfolgreicher Troubleshooter, wenn es gilt, verschwundene U-Boote zu finden, sind Sie seit Ihrer aktiven Zeit bei der Navy schon lange keine unbekannte Größe mehr.

Ergo musste der Kopf von Hiob davon ausgehen, dass Sie bei der Suche nach der *Kentucky* eingeschaltet werden und unter Umständen den Abbruchcode brauchen würden. Und dazu bedurfte es für den Fall der Fälle eines Vertrauten in Ihrer nächsten Umgebung.« Nachdenklich sah sie ihn an. »Nur zwei Männer sind zur *Guam* geflogen, Sie und Lieutenant Thomas Wilks. Da Sie nicht zu Hiob gehören, bleibt also nur Wilks.«

Bob verzog das Gesicht. »Danke für das Vertrauen. Aber haben Sie schon einmal daran gedacht, dass wir es mit einer Herde idealistischer Trottel zu tun haben? Fundamentalistische rechte Christen, die Geheimdienst spielen? Ich glaube, Sie sollten nicht von zu viel Logik ausgehen. Überhaupt ... warum quetschen Ihre Leute diesen Hiob nicht einfach aus, Small?«

Jack wand sich etwas. »Das dürfte sich als schwierig erweisen, Captain.«

»Warum? Ist er so ein großes Tier?«

Jack sandte einen hilfesuchenden Blick zu seiner Kollegin. Die Chinesin sah Bob an und zuckte mit den Schultern. »Sagen wir es so, er hat sich überraschend von dieser Welt verabschiedet.«

»Oh!« Bob schluckte. »Trotzdem! Sie liegen falsch. Ich kenne Thomas Wilks, er ist immerhin seit zwei Jahren meine rechte Hand. Die Lösung muss woanders liegen.«

Chen-Liu sah ihren Kollegen an. »Vielleicht ist der Code doch Rosebud?«

»Rosebud?« DiAngelo sah überrascht auf. »Rosebud? Wie in ›Citizen Kane‹?«

»Sie kennen den Film?« Chen sah ihn fragend an.

DiAngelo nickte. »Doch wie kommen Sie gerade auf Rosebud?«

»Hiob, oder genauer der Kopf dieser Operation,

hatte zwei Filmplakate in seinem Büro. ›Vom Winde verweht‹ und ›Citizen Kane‹.« Jack Small beugte sich erwartungsvoll vor. »Er war ein Südstaatler, aus Georgia, um genauer zu sein.«

Bob lehnte sich zurück und nahm einen weiteren Schluck von seinem Kaffee. »Nein! Das wäre denn doch zu flach. ›Vom Winde verweht‹ spielt in Georgia. Das würde sich also erklären. Und ›Citizen Kane‹ ist eine zum Teil ziemlich bösartige Anspielung auf William Randolph Hearst. Der Zeitungszar, der den Ausbruch des amerikanisch-spanischen Krieges um Kuba 1898 nach Kräften förderte, um mit Sensationsberichten seine Auflagen zu steigern. In Sachen Hiob glaube ich allerdings nicht, dass diese Leute einen Krieg anstrebten.«

»Also eher nicht Rosebud?« Der Admiral hinter seinem Schreibtisch wedelte mit der unvermeidlichen Zigarre. »Wir können nicht lange Rätsel raten. Die Zeit läuft uns davon. Im Augenblick drängen zwei Probleme: die *Kentucky,* was wohl jedem klar sein dürfte, und nun auch das chinesische Boot. Captain DiAngelo hat mit der *Northern Star* Geräusche aufgenommen, die darauf hindeuten, dass es doch noch Überlebende in dem Rumpf geben könnte.« Etwas hilflos zuckte Walker mit den Schultern. »Es sind nicht gerade unsere Leute, aber mein Gott, wir können sie nicht da unten verrecken lassen, falls es noch eine Chance für sie gibt.«

Commander Harper, der bisher schweigend eine der Zigarren des Admirals geraucht hatte, nickte. »Die *Oz* wird von meinen Leuten bereits wieder klargemacht. Allerdings sollten wir uns Sorgen wegen der *Fairy* machen. Sie ist überfällig.« Er betrachtete angelegentlich die Havanna. »Nach dem, was die *Oz* und *Northern*

Star durchgemacht haben, müssen wir wohl oder übel davon ausgehen, dass die *Fairy* versenkt wurde.« Seine Stimme wurde härter. »Von den Chinesen.«

Admiral Walker dachte einen Augenblick über diesen Einwand nach. Dann schüttelte er den Kopf. »Soweit wir jetzt wissen, haben die Chinesen unter Beteiligung der *Kentucky* ein Atom-U-Boot mit Besatzung verloren, und zudem hat einer unserer Flieger eine Rakete in eines ihrer Schiffe gejagt.« Er räusperte sich. »Selbst wenn die Chinesen eines unserer Tauchboote versenkt haben, und sosehr ich den Verlust unserer Leute bedaure, aber in dieser Sache haben wir immer noch viel mehr Dreck am Stecken.« Sein Blick bohrte sich in Harpers Augen. »Wenn ich Ihnen den Befehl gebe, werden Sie dann losfahren und diese Seeleute rausholen? Mit all Ihrem Können und Ihrer Erfahrung?«

Tex drehte die Zigarre zwischen den Fingern. »Ja, Sir, das werde ich. Wenn Sie mir verraten, wie ich das machen soll.«

»Wie ›wie‹?«

»Das Problem ist nicht, ob ich will, sondern ob ich kann. Das chinesische Boot liegt sehr tief. Wir wissen nicht, unter welchen Druckverhältnissen die Leute überlebt haben. Was wir also brauchen, ist eine Druckkammer. Und selbst dann wird's extrem schwierig!«

Jack Small wiegte den Kopf. »Die Chinesen würden es sicherlich missverstehen, wenn wir beginnen, eine vollständige Rettungsoperation aufzuziehen. Das sieht dann doch eher danach aus, als würden wir versuchen, geheimdienstliche Informationen zu gewinnen.«

Walker gab ein paar Qualmwölkchen von sich. »Was brauchen Sie, Commander Harper?«

»Ein Boot der Los-Angeles-Klasse als Mutterschiff,

um die Bergungswege zu verkürzen. Wir müssten versuchen, eine McCann-Druckkammer auf dem Boot anzudocken, auf der wir dann selbst andocken können. Das gibt uns bessere Chancen. Die Druckkammer kann ja dann wieder die *Guam* an Bord nehmen.«

Der Admiral senkte den Blick. »Dann können wir das wohl vergessen. Unser nächstgelegenes Boot braucht mindestens zwei Tage, bis es eintrifft.«

»*Unser* Boot«, erklärte Bob. »Dafür haben aber die Chinesen eines hier operieren!«

»Yeah!« Der Texaner nickte. »Das könnte klappen. Die Luken entsprechen internationalem Standard. Nur wissen wir nicht, wo das Boot steckt. Und da sich die Dinger auch nicht dauernd bei ihrem Hauptquartier melden, wissen es die Chinesen vermutlich auch nicht.«

»Und hinzu kommt auch noch, dass die *Victor Buckmann* ihm zwei Torpedos hinterhergeschossen hat.« Curt Walker runzelte die Stirn. »Also ich wäre an Stelle des chinesischen Kommandanten ziemlich sauer.«

»Das mag er ruhig sein, aber er hat noch einen Vorgesetzten an Bord, und ich glaube, mit dem kann man reden«, erklärte Bob. »Ich habe so eine Idee, wo er steckt. Wir müssen ihm dann nur das richtige Bonbon hinhalten!«

»Alles schön und gut, aber was ist mit der *Kentucky,* mit dem Codewort und mit Wilks?«, wollte Small wissen.

»Wilks?« Bob sah ihn ungerührt an. »Der muss für mich dringend etwas recherchieren. Besser, Sie lassen ihn das in Ruhe tun. Ich wette, es gibt irgendwo in der Bibel, im Buch Hiob, eine Stelle über zerrissene Pläne, die sein Herz besessen haben. Irgendetwas in der Art.«

»Wie kommen Sie darauf?« Jack sah ihn aus großen Augen an.

DiAngelo zuckte mit den Schultern. »Ganz einfach. Der Priester in Atlanta predigt das im Hintergrund in ›Vom Winde verweht‹, als die Stadt fällt. Vielleicht erinnern Sie sich an die Belagerungsszene?« Er dachte kurz nach. »Ich bin mir fast sicher, das stammt aus Hiob, es kann gar nicht anders sein. Und die entsprechende Bibelstelle ist das Codewort.«

Schweigen breitete sich im Raum aus. Endlich nickte der Admiral. »Es ist Ihre Entscheidung, Bob. Es kann sein, dass der Verrückte auf der *Kentucky* das Boot in die Luft bläst, wenn Sie falschliegen.«

Der Captain nickte langsam. »Kann sein, aber ich glaube es nicht.«

7. Tag, 20 : 30 Ortszeit, 12 : 00 Zulu –
atomgetriebenes Angriffs-U-Boot *Shi-Nan*

»Aktivität, Genosse Kapitän!« Der Sonaroffizier zögerte kurz. »Ich höre Winschen, es könnte sein, dass die Amerikaner ein Tauchboot aussetzen!«

Tsoshi Sheizu stieß sich vom Kartentisch ab, an dem er gelehnt hatte. Es war die Meldung, auf die er gewartet hatte. »Sonar, ich will Meldung, wenn das Boot ablegt!« Im Augenblick glitt die *Shi-Nan* lautlos mit nur sechs Knoten dahin. Dreihundert Meter über ihr schlugen die Schrauben der *Guam* und schützten das U-Boot unfreiwillig vor neugierigem Sonar.

»Was versprechen Sie sich davon, das Boot zu verfolgen?«, fragte Kommandant Wong.

Der Kapitän verzog keine Miene. »Nun, das Boot kann nur zur *Kentucky* oder zu unserem Boot wollen, und von beiden wissen wir derzeit nicht, wo sie stecken.«

»Sonar für Operationszentrale! Die Schrauben des kleinen Bootes laufen an. Es scheint sich vom Mutterschiff zu lösen. Die *Guam* stoppt!«

»Maschine stopp!«, befahl Wong sofort.

Das allgegenwärtige Summen des Antriebs erstarb. Für einen Augenblick herrschte Stille, bis Kapitän Tsoshi nachfragte. »Was macht das kleine Tauchboot?«

»Ich höre, wie Zellen ausgeblasen werden. Es taucht.«

»Welcher Kurs, verdammt noch mal?«

»Verzeihung, Genosse Kapitän!« Der Sonarmann schluckte. »Gar kein Kurs. Es hat nur von der Bordwand weggedreht ... Es kommt geradewegs hierherunter.«

In der Zentrale klingelte es. Wong riss die Augen auf.

Tsoshi Sheizu schüttelte ungläubig den Kopf. »Diese Amerikaner!« Er sah den Kommandanten an. »Wenn Sie gestatten?« Aber bei diesen Worten war er bereits beim Unterwassertelefon und hatte den Hörer in der Hand. Aufmerksam lauschte er für einen Augenblick. Er wusste genau, solange er den Knopf nicht drückte, sendeten sie nicht und konnten so auch nicht eingepeilt werden. Der Amerikaner sprach also seine Botschaft ins Blaue hinein, wobei er aber zumindest annehmen musste, dass sie sich innerhalb der begrenzten Reichweite seines Unterwassertelefons befanden.

»Worum geht es?« Wong flüsterte, als könnten die Amerikaner ihn hören.

»Sie werden es nicht glauben, Genosse Kommandant, aber er will Ihr U-Boot chartern!«

»Er?«

»Captain DiAngelo! Der Offizier, der uns hier schon einmal besucht hat. Er bittet um Erlaubnis, an Bord kommen zu dürfen.«

Wong sah ihn ausdruckslos an. »Er weiß also, dass wir hier sind?«

»Noch nicht definitiv, denn ich habe bisher nicht geantwortet. Aber er vermutet uns irgendwo hier. Wahrscheinlich weil er sich in unserer Lage ebenfalls so verhalten hätte.«

Knappe zehn Minuten später griffen die Fixierhaken der Schleusenschürze der *Oz* in die dafür vorgesehenen Halterungen auf dem Oberdeck der *Shi-Nan*. Das Manöver klappte reibungslos.

Kapitän Tsoshi, Fregattenkapitän Wong und ein paar Seeleute erwarteten den Besuch unter dem vorderen Luk. Die Augen der Chinesen wurden größer und größer, als der Reihe nach Captain DiAngelo, Commander Tex Harper, die Agenten Small und Chen-Liu und zum Abschluss Lieutenant Thomas Wilks die schmale Metallleiter herabgestiegen kamen. Naturgemäß richtete sich das Interesse der Seeleute zunächst auf Chen-Liu, kein Wunder, waren sie doch bereits einige Zeit in See. Aber Wong und Tsoshi starrten vor allem auf Jack Small, der nach wie vor seinen zerknautschten Zivilanzug trug. Eines um den Hals gehängten Schildes mit der Aufschrift »Geheimdienst« bedurfte es unter diesen Umständen nicht noch extra.

DiAngelo trat vor und reichte Kapitän Tsoshi die Hand. »Nett, Sie wiederzutreffen, Kapitän.«

»Wie ich sehe, haben Sie dieses Mal Gäste mitgebracht, Captain DiAngelo?«

Der Amerikaner nickte. »Commander Harper kennen Sie ja bereits. Lieutenant Wilks ist mein Adjutant und Miss Chen-Liu und Mr Small sind von der CIA.«

»Sie bringen gleich Ihren Geheimdienst mit auf unser Boot?«

»Oh, meine Güte, Commander Harper und ich verstehen viel mehr von U-Booten als unsere beiden Agenten hier.« DiAngelo grinste. »Außerdem bekommen sie nur ein Stück Gang, die Kombüse und die Kommandantenkammer zu Gesicht, von der ich annehmen darf, dass dort derzeit nichts Geheimes herumliegt.«

Fregattenkapitän Wong musterte DiAngelo scharf. »Sie haben uns noch immer nicht gesagt, was Sie wollen.«

Bob schüttelte den Kopf. »Ich habe es am Unterwassertelefon bereits erwähnt. Wir wollen Ihr Boot chartern!«

»Das ist ein Witz, Captain!«

»Yeah, das Ganze ist ein völlig idiotischer Witz!«, fauchte Tex Harper.

»Okay, wir haben alle nicht viel Zeit, Kommandant. Wir wenig, Sie vielleicht gar keine mehr. Wir brauchen Ihr Boot als Mutterschiff für unser Tauchboot. Es geht darum, ein paar Leute aus einem abgesoffenen U-Boot zu holen, die möglicherweise seit einer Woche Luft unter hohem Druck geatmet haben.«

»Ihr Boot?« Tsoshi sah ihn prüfend an. »Sprechen wir offen, die Druckhülle Ihres Bootes ist intakt. Wir sprechen da nicht von einer Luftblase.«

Bob winkte ab. »Nicht die *Kentucky*. Es geht um *Ihr* Boot.«

Wong schnaufte. »Die Volksmarine Chinas hat kein U-Boot verloren, wie der stellvertretende Vorsitzende der Militärkommission Ihrem Sonderbotschafter in Peking eigens bereits mitgeteilt hat.«

»Oh, ja ...« Bob zwinkerte Tsoshi zu. »Wir sollten vielleicht bei dieser Version bleiben.«

Der Kapitän sah DiAngelo an. »Sie sind also gekommen, um uns zu sagen, wo unser Boot liegt? Und nicht nur das, Sie bieten auch an, Überlebende von dem Boot zu retten?« Er zog misstrauisch die Augen zusammen. »Was ist für Sie dabei drin?«

»Sehen Sie, das ist genau das Problem. Die ganze Geschichte ist verfahren genug. Wir müssen Überlebende von beiden Booten retten. Ich fürchte nur, dass die meisten Kommandanten in diesem Seegebiet, Amerikaner und Chinesen gleichermaßen, nicht in die Geschehnisse im Hintergrund eingeweiht sind. Was bedeutet, dass wir damit rechnen müssen, dass jeder auf uns schießt.«

Tsoshi nickte langsam. »Ich beginne zu begreifen.« Er sah plötzlich Small an. »Welche Rolle spielen Sie?«

»Miss Chen und ich sind der Geschichte von Washington aus nachgegangen. Es waren etliche Leute darin verwickelt. Nicht ganz ohne Zutun Ihres Geheimdienstes, würde ich sagen.«

Tsoshi Sheizu ging darauf nicht weiter ein, sondern wandte sich wieder DiAngelo zu. »Ich möchte ungern die *Shi-Nan* zu nahe an Ihrer *Kentucky* haben, wenn Ihr Major Billington den falschen Knopf drückt.« Er seufzte. »Also gut, gehen wir in die Kommandantenkammer. Oder haben Sie bereits einen Kurs zu unserem Boot?«

Bob kramte einen Zettel aus der Tasche und reichte ihn Wong. »Die Position, auf der wir Klopfzeichen empfangen haben. Die zweite Position ist die Lage Ihres Bootes. Aber wir müssen noch auf eine Druckkammer von der *Guam* warten.«

»Eine Druckkammer?«

Tex Harper schob sich nach vorne. »Yeah, eine Druckkammer. Wir können sie auf Ihrem Luk verankern und selbst oben auf der Kammer andocken.« Er zuckte mit den Schultern. »Sagen wir eine halbe Stunde, bis alles sicher verzurrt ist.«

Wong setzte zum Protest an. »Genosse Kapitän, Sie können nicht …«

Chen-Liu fiel ihm auf Chinesisch ins Wort. »Er kann und er sollte, Kommandant.« Sie lächelte entschuldigend. »Dieses Mal haben wir alle das gleiche Ziel. Gewöhnen Sie sich daran.«

Eine Dreiviertelstunde später nahm die *Shi-Nan* Kurs auf die *Long-Huang*. Für den leistungsstarken Antrieb des Atom-U-Boots war es im Prinzip nur ein Katzensprung, für den die *Northern Star* zuvor Stunden gebraucht hatte. Weit über dem U-Boot, an der Oberfläche, setzten sich in der beginnenden Dunkelheit die *Victor Buckmann* und ein weiterer Zerstörer auf Befehl Admiral Walkers ebenfalls in Bewegung. Etwas langsamer folgten die *Guam* und ihr Schutzengel, der Raketenkreuzer *Shenandoah*.

»Müssen die so dicht an uns dranbleiben?«

Bob nickte. »Ja, zu unserer Sicherheit. Ihre Ölspur fällt zwar jetzt bei Nacht mehr oder weniger aus, doch das ist nicht weiter tragisch. Das Strömungsgeräusch der Druckkammer auf dem Vordeck reicht aus, dass sie uns per Sonar folgen können.«

Wong verzog keine Miene, als DiAngelo die Ölspur erwähnte, hatte er doch so was Ähnliches schon vermutet. »Sie können aber hoffentlich verstehen, dass mir diese Begleitung etwas unangenehm ist?«

»Akzeptiert!« Bob blickte Tsoshi an. »Können wir von hier aus Commander Harper erreichen?«

Der chinesische Kapitän nickte einem Offizier auf der anderen Seite der Zentrale zu. Nur schweren Herzens hatte er den Amerikaner mit in die Zentrale genommen, in der es sicherlich einiges für ihn Interessantes zu sehen gab. Aber so verrückt es klang, das hier war jetzt eine amerikanische Operation. Irgendwie jedenfalls.

Der Offizier nahm ein paar Schaltungen vor, und plötzlich drang aus dem Lautsprecher oberhalb des Kommandantensitzes Harpers Stimme: »Was ...? Oh yeah, Telefon! Sind Sie das, Bob?«

»Bin ich!« DiAngelo nickte. »Wie weit seid Ihr?«

Tex schien zu grinsen. »Getestet! Fertig, wenn Sie es sind, Partner!« Er zögerte. »Haben die Chinesen schon ausgesucht, wer mitkommt?«

DiAngelo warf einen fragenden Blick zu Tsoshi. Der Kapitän nickte und deutete auf seine eigene Brust. Bob wandte sich wieder dem Mikro zu. »Kapitän Tsoshi selbst.« Irgendwie hatte er es nicht anders erwartet. Also Harper, Tsoshi, er selbst und, nicht zu vergessen, Duffi. Er grinste bei dem Gedanken. Duffi war ein Roboter, nicht gerade etwas Außergewöhnliches in der Tiefseebergung, aber heute würde er vielleicht sein Gewicht in Gold wert sein.

7. Tag, 21 : 30 Ortszeit, 13 : 00 Zulu – USS *Oz*

Lautlos schwebte die *Oz* über der schweigenden Form des großen U-Bootes. Der Bug war völlig zerstört. Wenn es eine Hoffnung gab, dann weiter achtern. Jedenfalls war sich DiAngelo sicher, dass sie Klopfzeichen gehört hatten. Vielleicht die letzten Lebenszeichen, da in der Zwischenzeit wiederum einige Stunden vergangen waren, die über Leben und Tod bereits entschieden haben mochten.

Tsoshi Sheizu beugte sich zwischen die beiden Sitze

im Cockpit, starrte durch die Bullaugen hinaus und sah zu, wie Duffi über das Deck schwebte. Alle paar Meter ließ Harper den Roboter etwas tiefer sinken und kräftig mit den Manipulatorarmen auf den Stahl klopfen, was Duffi jedes Mal wieder etwas in die Höhe trieb.

Es war unmöglich, die Gedanken des Chinesen zu erraten. *Ein Boot wie sein eigenes!* Bob lauschte in die Kopfhörer. Er wusste, dass oben die Sonaroffiziere der beiden Zerstörer und rund hundert Yards an Backbord ihr chinesischer Kollege auf der *Shi-Nan* ebenfalls auf jedes noch so kleine Antwortzeichen lauern würden. Nicht weit entfernt hingen Sonarbojen von den beiden Kriegsschiffen herab, die gleichermaßen nur dazu dienten, *noch* besser zu hören. Sollte es noch Leben in diesem Rumpf geben, dann würden Sie es finden!

Fast eine Stunde arbeiteten sie sich nun schon ergebnislos am Rumpf des Gelben Drachen entlang.

»Anruf von der *Victor Buckmann*!« Das Englisch des chinesischen Offiziers, der den Platz des zweiten Mannes übernommen hatte, war ganz passabel. »Sie glauben, Sie haben etwas. Auf der Backbordseite!«

Kapitän Tsoshi hob den Kopf. »Hoch! Rüber auf die andere Seite!«

»Yeah!« Tex Harper starrte den Chinesen wütend an. »Noch befehle ich hier, Sir!« Er grinste plötzlich. »Okay, Captain DiAngelo tut es!«

»Dann machen Sie mal, dass Sie rüberkommen, Tex!« Bob bedachte den Texaner mit einem warnenden Blick. Ihm war klar, dass der Mann sauer war, weil er felsenfest überzeugt war, dass die Chinesen die *Fairy* auf dem Gewissen hatten, auch wenn es vieles anderes gab, was schiefgelaufen sein konnte. Wenn er ihm zuvor nicht eindringlich klargemacht hätte, dass sie die Chinesen brauchten, hätte der Texaner wohl noch etwas mehr gebockt.

»Aye, aye, Captain!« Mit einem letzten bösen Blick über die Schulter zu Tsoshi ließ Harper die *Oz* nach oben und über das Deck gleiten. Für einen Augenblick verschwand Duffi aus dem Blickfeld, aber der Roboter würde folgen, da er durch ein Steuerkabel mit der *Oz* verbunden war.

Der Chinese am Sonar presste die Kopfhörer fester an sein Ohr und lauschte. »Klopfzeichen, aber sehr schwach!«

»Wo?«

»Irgendwo im Antriebsbereich. Achterschiff!«

Die beiden Kapitäne, die gebeugt hinter den Sitzen standen, wechselten einen Blick. »Sehr weit weg von der nächsten Notluke«, erklärte Tsoshi.

»Wir brauchen Taucher! Vielleicht können wir auch Duffi dorthin bringen?«

Commander Harper starrte auf die schwarze Hülle vor ihnen. Selbst im Licht der Scheinwerfer wirkte die Bordwand verschwommen und unwirklich. »Vergessen Sie es! Wenn das eine Luftblase wäre, dann wären die Leute längst tot.« Seine Stimme klang spröde. »Dort hinten verjüngt sich der Rumpf. In dieser Tiefe hätte der Wasserdruck die Blase auf ein Hundertstel ihres ursprünglichen Volumens komprimiert. Jeder Atemzug hätte dementsprechend auch ein Vielfaches der Luft gekostet.« Er zuckte mit den Schultern. »Im Mittelschiff, wo die Abteilungen größer sind, mehr Raum haben, hätte es für eine Handvoll Männer vielleicht eine theoretische Chance gegeben, in einer Blase zu überleben. Aber nicht dort achtern.«

»Aber wir hören Klopfzeichen!«

»Ich behaupte ja auch gar nicht, dass dort keiner lebt, nur nicht in einer Luftblase. Ihre Leute stecken in einer immer noch dichten Abteilung.« Die Stimme des Texaners klang abwesend. »Wenn wir einfach ein Schott öffnen, heißt es für die Männer in Sekundenbruchteilen gluck, gluck, Ende!«

»Es gibt also keine Chance?«

»Das habe ich nicht gesagt!« Harpers Stimme klang scharf.

»Was haben Sie vor, Tex?«, fragte Bob.

»Das kommt drauf an.« Der Commander schob seine Wollmütze nachdenklich zurecht. »Die Männer sind erschöpft, wahrscheinlich nur noch zeitweise bei Bewusstsein. Vielleicht unterkühlt. Sie werden wenig zur eigenen Rettung beitragen können. Wir können also versuchen, das ganze U-Boot hochzuholen, um Schneidbrenner einzusetzen. Die Alternative wäre, ein Loch zu machen, reinzugehen und sie einzusammeln, bevor sie überhaupt die Zeit finden, zu ertrinken.«

»Oh?« Bob sah ihn ratlos an. »Was schlagen Sie vor?«

»Hochholen dauert zu lange. Das Loch, Sir! Ist nicht so unmöglich, wie es sich anhört, auch wenn es ein paar Steuerdollars kosten wird.«

Kapitän Tsoshi blickte gespannt von einem zum anderen. »Ich komme nicht darauf, wie das gehen soll.«

»Ganz einfach. Wir sprengen ein Loch, aber wir tun das innerhalb eines abgesicherten Raumes.« Tex grinste schmal. »Die Druckkammer! Wir können sie nicht auf einem normalen Wartungsluk verankern, aber wir kriegen sie mit etwas Schweißarbeit trotzdem dicht. Dann sprengen wir das Luk innerhalb der Druckkammer, gehen durch die Schleuse der Kammer wieder rein und kommen nach unten ins Boot. Der ganze Raum bleibt unter Normaldruck.«

»Vorausgesetzt, die Explosion reißt nicht die ganze Kammer weg!« Kapitän Tsoshi nickte nachdenklich. »Aber wir können uns wohl unter diesen Bedingungen bei der Dicke des Stahls nicht durch das Luk schneiden.«

Bob sah Tsoshi an. »Darf ich das als Einverständnis werten?«

Die dunklen Augen des Chinesen begegneten den blauen des Amerikaners. »Ja, tun Sie, was nötig ist.« Er zögerte. »Ich nehme an, Sie können sich denken, welche Befehle ich habe für den Fall, dass ...?«

Bob nickte. »Später, wenn die Männer raus sind.« Er wandte sich an Harper. »Wie lange wird es dauern?«

»Zwei, vielleicht drei Stunden. Auf der *Guam* haben wir alles, was wir dazu brauchen.«

24. Kapitel

7. Tag, 21 : 00 Ortszeit, 13 : 00 Zulu – USS *Oz,* USS *Guam,*
atomgetriebenes Angriffs-U-Boot *Shi-Nan*

»Alles fertig?« Tex Harpers Stimme klang gepresst.

Aus dem Unterwassertelefon drangen die verschiedenen Stimmen.

»*Guam:* Fertig, die Schleuse auf Ihr Kommando aufzuwinschen!«

»*Shi-Nan:* Krankenstation bereit, Druckkammer bereit!«

»Rudetzki: Mein Finger juckt schon!«

»Joe, mach keinen Blödsinn!« Joe Rudetzki steckte in einem Panzertauchanzug. Er hatte auch den Zünder für die bereits in der aufgeschweißten Druckkammer montierte Sprengladung in der Hand.

»Ich kann mich zurückhalten, Tex!«

»Oh! Dafür bin ich sehr dankbar!« Der Commander wurde ernst. »Also, es muss alles sehr schnell gehen; wir wissen nicht, wie lange unsere Bastelarbeit hält!«

»Gib Laut, wenn du bereit bist, Partner!« Natürlich war Joe näher dran, als er eigentlich sein sollte. Und natürlich wusste das auch Harper, aber das war eben der Job. Sie holten Leute aus U-Booten. In diesem Fall halt zur Abwechslung Chinesen aus einem chinesischen Boot. Er sah sich kurz durch die zolldicken Quarzglasscheiben um. Die Scheinwerfer der anderen Tieftauchanzüge bestätigten, was er schon geahnt hatte. *Ver-*

dammt, wir sind alle zu nahe dran! Aber sollte es eng werden, würde es wertvolle Sekunden sparen.

In der *Oz* wandte sich Harper an DiAngelo und Tsoshi. »Noch irgendwelche wertvollen Kommentare der hohen Herrschaften? Andernfalls legen wir jetzt los.«

»Von mir nicht!« Kapitän Tsoshi sah Bob an, der die letzte Entscheidung hatte. »Sie?«

»Was auch immer geschieht, Sie haben getan, was möglich war, Tex! Und nun los!«

»Yeah!« Der Texaner grinste. »Aber warten Sie mit den Rosen, bis wir fertig sind!« Er drückte den Knopf und sprach in den Hörer des Unterwassertelefons. »Feuer frei, Joe!«

Rudetzki fackelte nicht lange. Beinahe augenblicklich erklang ein dumpfer Schlag. Nicht laut, aber hallend. So ähnlich wie ein Kanonenschlag in einem leeren Fass.

Aus dem Lautsprecher hallte die Stimme von Rudetzki. »Los!«

Commander Harper drückte den Regler des Elektromotors ganz nach vorne und auch die *Oz* setzte sich in Bewegung. Weiteres Stimmengewirr drang aus dem Unterwassertelefon:

»*Shi-Nan:* Kommen näher!«

»Hier Joe, ich gehe in die Schleuse!«

Das war der kritische Moment. Bob hielt den Atem an. Die Schleuse war gerade eben groß genug, Rudetzki in seinem Panzertaucher hineinzulassen. Wenn die Schleuse leergepumpt war, würde er sich aus dem Anzug winden müssen. Dort drinnen war er ganz allein, bis es ihm gelang, in den eigentlichen Druckraum zu gelangen. Erst von dort konnte er wieder Kontakt aufnehmen.

»Verdammter Idiot!« Harper starrte sich beinahe die

Augen aus dem Kopf. Aber da drang auch schon die Stimme eines anderen Tauchers aus dem UW-Telefon, der etwas auf Chinesisch sagte.

»Sie sehen keine Luftblasen!« In Kapitän Tsoshis Übersetzung schwang ein guter Teil Erleichterung mit. »Die Schweißnaht scheint zu halten!«

Im Inneren der Druckkammer rutschte Rudetzki die Leiter hinunter und prallte hart auf das untere Luk. Alles war so verdammt eng hier. Der Anzug blieb unbeachtet in der Schleuse zurück. Der Chief Petty Officer nahm sich nicht einmal die Zeit, die Luke zur Schleuse zu schließen. Alles war trocken, aber die Beleuchtung war natürlich hin.

Er richtete den Strahl seiner Taschenlampe auf den Boden der Kammer. Vorsichtig tastete er die Ränder der Luke ab, die nach unten führte. Auch hier alles trocken. Kein Wunder, das Ding war dazu gebaut, einem gewaltigen Wasserdruck standzuhalten. Missmutig zuckte er mit den Schultern. Es blieb nur ein Weg, herauszufinden, ob in der untersten Abteilung alles dicht war. Vorsichtig drehte er das Handrad. Aber kein Wasser wurde in den engen Raum der Kammer gedrückt. Erleichtert atmete Rudetzki auf. Phase eins gelungen und der Patient war immer noch nicht tot!

Endlich war der Verschluss offen. Feuchte Luft, vermischt mit Gestank aller Art, drang nach oben. Joe verzog das Gesicht. Unwillkürlich fragte er sich, was er dort unten vorfinden würde. Seit der Sprengung waren gerade einmal drei Minuten vergangen. Er überlegte kurz, ob er sich bei der *Oz* melden sollte, ließ es aber sein, denn bisher gab es noch nicht viel zu berichten.

In dem kleinen Tauchboot schien jeder Atemzug eine Ewigkeit zu dauern. Schweigend starrten sie alle durch die Bullaugen zum Deck der *Long-Huang*, auf dem die Druckkammer wie eine hässliche Warze zu sitzen schien. Jeder stellte sich so ziemlich jede mögliche und unmögliche Katastrophe vor, die sich im Inneren des großen Stahlzylinders abgespielt haben könnte.

Im Strahl von Joes Taschenlampe wurden schemenhaft Konturen sichtbar, Maschinenteile, zur Unkenntlichkeit verbogen. Stahl knackte warnend und erinnerte ihn daran, dass die dichte Verbindung zwischen Druckkammer und Boot nur improvisiert war.

Rudetzki kniff die Augen zusammen. »Ist da jemand?«

Alles, was er als Antwort bekam, war ein Stöhnen. Erschrocken wich er zurück. Erst nachdem er ein paarmal tief durchgeatmet hatte, näherte er sich erneut dem aufgesprengten Wartungsluk. Laut Kapitän Tsoshi lag darunter der Maschinenraum. Langsam stieg er die verbogenen Reste der Leiter hinunter in den Bauch der *Long-Huang*. Aber er kam nicht weit. Die ineinander verkeilten Reste einiger Hilfsaggregate bildeten ein undurchdringliches Gewirr. Das ganze U-Boot musste bei der Kollision oder der späteren Folgeexplosion herumgeworfen worden sein wie eine alte Blechbüchse.

Er wollte sich umwenden und einen anderen Weg suchen, doch dann stockte er. »Tock-Tock-Tock ... Tock ... Tock ... Tock ... Tock-Tock-Tock ...« Rudetzki wartete nicht ab, bis der Unbekannte, der das SOS-Zeichen geklopft hatte, die Nachricht wiederholen würde. Ihm reichte es, dass er erkannt hatte, aus welcher Richtung sie gekommen war. Irgendwo unter dem Trümmerhaufen gab es ein Luk! Mit bloßen Händen machte er sich an die Arbeit.

»Was treibt Joe da nur so lange?« Der Texaner hielt seine geliebte Wollmütze in den großen Händen und knetete und verdrehte sie zu immer neuen Formen. »Er ist bereits seit über einer Stunde da drinnen!«

»Wir können einen der anderen Taucher reinschicken«, schlug Bob vor.

Tex sah ihn ernst an. »Nicht gut! Dann stecken zwei da drinnen fest, wenn es dumm läuft. Abgesehen davon würde das nur was bringen, falls Joe sich noch in der oberen Schleuse aufhält. Wenn er in der Kammer ist ... oder tiefer ...« Tex zuckte mit den Schultern. Dann würde Rudetzki sich selbst helfen müssen, falls er überhaupt noch lebte.

Captain DiAngelo registrierte, dass aus dem Unterwassertelefon keine Stimmen mehr zu vernehmen waren. Alle warteten, nicht nur sie hier. Die Männer auf den Zerstörern, die Männer auf der *Shi-Nan*. Alles in allem mussten es mindestens achthundert Mann sein, die nichts anderes taten, als auf die erlösende Meldung eines einzigen Mannes zu warten.

Als sie endlich kam, fiel daher nicht nur Commander Harper ein Stein vom Herzen. »Hier ist Joe! Tex, bist du da?«

Harper sprach direkt ins Mikrofon, statt den Hörer zu benutzen. »Hallo, Joe, hier ist Tex!« Er versuchte seiner Stimme einen sarkastischen Klang zu geben. »Schön, dass du mal von dir hören lässt!«

Aber Rudetzki schien überhaupt nicht zu der üblichen Frotzelei aufgelegt zu sein. »Tex, ich habe fünfzehn Überlebende, zwei Tote und einen, bei dem ich mir nicht sicher bin. Alle sind verletzt und völlig am Ende.« Er schluckte hart. »Ich kriege die nie alle in die Druckkammer und es geht ihnen wirklich beschissen!«

»Dein Anzug steckt noch in der Schleuse?«

»Positiv, Tex!«

Der Texaner warf die Wollmütze achtlos hinter sich. »Wir sind in zwei Minuten da. Kannst du das untere Luk schließen?«

»Alles klar, Tex!« Es hörte sich an, als würde Joe bereits ein Luk schließen. »Ist so gut wie erledigt. Wie willst du das Baby schaukeln?«

Harper griente freudlos. »Einer der Taucher macht das Luk auf und kettet das Ding an unser Boot. Dann raus damit und weg! Bis gleich also.«

»Fünfzehn, die nach über einer Woche noch leben!« Kapitän Tsoshi konnte es kaum fassen.

Bob schloss für einen Augenblick die Augen. Der bloße Gedanke, was die Männer durchlitten haben mussten, war schaudererregend. »Wie viele waren es insgesamt?«

»Einhundertvierzig Offiziere, Unteroffiziere und Mannschaften!« Tsoshis Stimme klang spröde. »Ich wünschte, wir könnten sie alle nach Hause bringen!«

»Wir können und wir werden, wenn Sie nicht allzu versessen darauf sind, Ihre Befehle auszuführen!« Commander Harper steuerte die *Oz* bereits über die Schleuse der Druckkammer. »Aber die Lebenden zuerst!« Ruhig sah er zu, wie der gewaltige Schatten der *Shi-Nan* im Licht seiner Scheinwerfer erschien. Fregattenkapitän Wong brachte sein Boot, von dem sie angenommen hatten, dass es gar nicht so tief runterkönne, ohne Rücksicht auf das Risiko so dicht heran wie möglich. Harper grinste. Das würde die reinste Leistungsschau des guten Willens werden!

William Boulden lauschte fassungslos in den Hörer. »Sie haben *was*?« Er wusste ganz genau, dass General Wu einen Mitschnitt des Gespräches erhalten würde, trotzdem schaltete er vorsichtshalber auch sein eigenes Aufzeichnungsgerät ein.

»Ich habe mir erlaubt, das Boot zu chartern, gewissermaßen, irgendwie ...« Captain DiAngelo schien nach den richtigen Worten zu suchen. »Sehen Sie, Ihre Anweisung lautete, die ganze Sache so diskret wie möglich aus der Welt zu schaffen. Und das war ein Schritt in die richtige Richtung.«

Boulden stöhnte innerlich auf. »Mindestens vier vollständige Besatzungen in unserer Flotte wissen davon und natürlich auch die Besatzung des chinesischen Bootes.«

»Auf den Zerstörern hatte so gut wie niemand überhaupt eine Ahnung, welches Boot dort unten lag. Bescheid weiß man eigentlich nur auf der *Guam* und der *Shi-Nan*. Die Chinesen versichern mir, sie würden sich gegenüber der Weltpresse ausschweigen.«

»Das glaube ich sofort ... Moment mal, wieso können Sie mit den Chinesen sprechen? *Von wo bitte rufen Sie eigentlich an?*«

Bob zwinkerte Kapitän Tsoshi über den Tisch hinweg zu. »Da bin ich mir nicht sicher, ob ich Ihnen das verraten soll, Sir. Sie wissen schon, hundertprozentig glaubwürdiges Dementi und so! Das ist schließlich was Politisches.«

»Oh?« Boulden schluckte. »Sie lernen aber nicht gerade Reis mit Stäbchen zu essen?«

Captain DiAngelo schaute vergnügt auf seinen Kaffee, der von einem fürsorglichen Smutje mit einer gehörigen Portion Reisschnaps angereichert worden war. Was derlei Usancen betraf, waren offenbar die Marinen aller Herren Länder erstaunlich kompatibel. »Sagen wir es so, im Moment sitze ich an keiner Reistafel.«

»Ich will es ja auch gar nicht so genau wissen. Bloß: Was soll ich jetzt Ihrer Meinung nach hier in Peking den Chinesen erzählen?«

DiAngelo lachte. »Richten Sie denen einfach aus, dass wir jetzt zusammen die Besatzung der *Kentucky* abholen. Wenn jemandem dabei ein guter Dreh einfällt, wie übermotivierte Kommandanten aus dem Gebiet ferngehalten werden können, dann sind wir sehr dankbar.«

»Hören Sie, ich glaube, der Einfluss des Generals auf die Marine ist eher indirekter Natur, und er wird daher noch mehr Zeit brauchen.«

»Die Zeit ist abgelaufen.« Die Stimme des Captains klang hart. »Jeden Augenblick kann nämlich auf unserem Boot etwas schiefgehen. Schlagen Sie doch mal im Buch Hiob, Kapitel siebzehn, Vers elf nach.«

Der Sonderbotschafter erbleichte, denn er hatte verstanden, was DiAngelo begriffen hatte, und kapiert, was der bereit war zu tun. Boulden atmete tief durch. »Ihnen zuliebe werde ich es bei Gelegenheit tun.«

»Es lohnt sich, Sir. Eine hochinteressante Stelle!« Bob begann zu zitieren: »›Meine Tage sind vergangen; zerrissen sind meine Pläne, die mein Herz besessen haben. Nacht will man mir zum Tag machen: Licht sei näher als Finsternis.‹« Er wandte den Blick wieder von Lieutenant Wilks' Notebook, das aufgeklappt neben ihm stand. »Ich finde, das sind treffliche Worte, oder finden Sie nicht?«

Bouldens Stimme klang belegt. »Doch, doch, ich glaube, das trifft es.«

»Na, wie fein!« DiAngelo klang befriedigt. »Dann wünschen Sie uns Glück!« Der Captain hängte das Telefon ein, das ihn per Satellit mit Peking verbunden hatte, und sah sich um.

Small blickte Wilks entschuldigend an. »Entschuldigen Sie unseren Verdacht, aber es deutete so ziemlich alles auf Sie hin, Lieutenant.«

Wilks zuckte mit den Schultern. »Es ist eine unangenehme Geschichte. Wahrscheinlich muss ich Ihnen sogar dankbar dafür sein, dass Sie mich nicht gleich in Ketten geschlagen und abgeführt haben.«

Bob DiAngelo versteckte sein Gesicht hinter dem Kaffeebecher. Wenn du wüsstest! Aber weder er noch Agent Small würden Lieutenant Wilks jemals erzählen, dass ihm nie Gefängnis gedroht hatte. Hätte der junge Offizier sich als Mitverschwörer entpuppt, dann hätte die Firma sicherlich eine wesentlich endgültigere Lösung vorgezogen.

Als würde Small die Gedanken des Captains lesen können, hob er den Blick. »Was ist mit Boulden? Er hat mehr oder weniger eingestanden ...«

»Er hat gar nichts zugegeben, außer dass er ein Bibelzitat sehr passend fand.« Bob schüttelte den Kopf. »Es ist Zeit, die Geschichte zu beenden.«

»Wie sind Sie überhaupt auf ihn gekommen?« Die Chinesin beugte sich interessiert vor.

DiAngelo zuckte mit den Schultern. »Es war nur ein vager Verdacht, weil er in das Rekrutierungsschema von Hiob passte, Männer in Schlüsselpositionen, mit einer christlich-fundamentalistischen Gesinnung.« Er lächelte traurig. »Was meinen Sie denn, was für einen Hintergrund jemand hat, der diesem Präsidenten als Berater dient ... in dessen zweiter Amtsperiode und immer unangefochten? In demselben Zeitraum sind ein halbes Dutzend Minister über den Jordan gegangen, weil sie der Linie nicht folgten.« Er zuckte mit den Schultern. »Außerdem war es natürlich sehr einfach, den eigenen Handlanger in seinem Büro anrufen zu lassen.« Er runzelte die Stirn. »Nur diese Geschichte mit dem Mord, von dem Sie mir berichtet haben, passt nicht ins Bild.«

»Samuel war Radcliffs Handlanger«, erläuterte Small. »Der Senator muss befürchtet haben, Boulden könnte abspringen, und wollte ihm offenbar was anhängen, um ihn dadurch zum Schweigen zu veranlassen.« Er zuckte mit den Schultern. »Was nicht die Frage beantwortet, was nun mit ihm geschehen soll.«

»Ich glaube, wir haben im Moment wichtigere Sorgen«, erklärte Bob und wandte sich der Seekarte zu, die neben dem Notebook lag. Es wurde Zeit, sich wieder um seinen Job zu kümmern.

»Die *Kentucky* haben wir verlegt«, erklärte er Tsoshi und deutete auf eine Position dicht südwestlich des Bombay Reefs. »Hier, in eintausendfünfhundert Fuß Tiefe!«

Der chinesische Kapitän brauchte einen Augenblick für die Umrechnung in sein gewohntes metrisches System. »Rund fünfhundert Meter, von der Tiefe her kein Problem.« Er runzelte die Stirn. »Mehr Kummer macht mir was anderes.«

»Ihre Überwassereinheiten?«

»Die auch, denn eine Bergungsaktion geht nun mal nicht ganz ohne Geräuschentwicklung vonstatten. Was mich mehr beschäftigt, ist die *Hu,* ein hochmodernes, wenn auch konventionelles Jagdboot.«

Bob war nicht umsonst U-Boot-Analytiker. »Womit haben wir es zu tun, deutsche Technologie etwa?«

»Im Grunde ein Kampfboot für enge Gewässer, aber prinzipiell auf der deutschen Klasse 214 basierend!«

DiAngelo pfiff misstönend durch die Zähne. »Die Deutschen basteln doch selbst noch an dessen Prototyp rum.«

»Entwicklungen brauchen ihre Zeit und Sie kennen die Welt.«

»Also haben wir, dessen einmal ungeachtet, ein Problem. Ich gehe einmal davon aus, Ihre *Hu* schafft in etwa zwanzig Knoten unter Wasser und ist ziemlich außenluftunabhängig. Außerdem ist die Gegend dort unter Wasser zerklüftet, was bedeutet, dass wir die höhere Geschwindigkeit Ihrer *Shi-Nan* nicht ausspielen können.«

Tex Harper konnte nicht länger an sich halten. »Wollen Sie deshalb den Schwanz einziehen, Mister-China-Captain-Tsoshi?«

Der blieb gelassen. »Sie haben die Überlebenden des Gelben Drachen rausgeholt. Eine Antwort auf Ihre Frage kann ich mir als Seemann daher wohl schenken!«

25. Kapitel

7. Tag, 02 : 30 Ortszeit, 18 : 30 Zulu –
atomgetriebenes Angriffs-U-Boot *Shi-Nan*

Laut hallten die Impulse des Aktivsonars durch die schwarze Tiefe. Das Geräusch musste meilenweit zu hören sein. Es brach sich am Grund, wurde aber genauso von der Hülle der *Kentucky* reflektiert wie von der des Jagdbootes *Hu*.

»Er lockt den Burschen. Warten wir ab, ob es klappt.« DiAngelo hatte gewissermaßen die Funktion eines Kommentators übernommen, nachdem er wieder in die Kommandantenkammer zurückgekehrt war, wo die Amerikaner das Geschehen, wenn auch eher indirekt, verfolgen konnten. Wie auf den meisten großen Booten konnten Unterwassertelefon, Funkverbindungen oder auch der Bord-zu-Bord-Sprechverkehr in die Kommandantenkammer gelegt werden. Sie konnten sogar alles mithören, was in der Zentrale gesprochen wurde, da den Chinesen daran gelegen war, von vornherein keine Missverständnisse aufkommen zu lassen.

Chen-Liu hatte alle Hände voll zu tun, die chinesischen Befehle zu übersetzen, während Small, Harper, Rudetzki und Wilks nichts anderes tun konnten, als zu warten. Obwohl das Verhältnis zwischen Chinesen und Amerikanern an Bord gut war, ließ der Kommandant den »Klassenfeind« natürlich nicht in seinem Boot herumspazieren.

»Kurs drei-null-fünf, Fahrt auf zwanzig Knoten reduzieren.« Das war die Stimme von Fregattenkapitän Wong.

Bob koppelte jede Kursänderung auf der Karte mit. »Rund fünf Meilen noch bis zur *Kentucky*! Ich frage mich nur, wo die *Hu* steckt.«

»Vielleicht ist sie gar nicht mehr hier?« Thomas Wilks sah seinen Vorgesetzten fragend an.

»Die treibt sich garantiert noch in der Gegend rum. Gestern erst haben die Chinesen hier unsere Tauchboote gejagt.« Beim Gedanken an das Schicksal der *Fairy* schauderte es ihn unwillkürlich. »Sie wird deshalb irgendwo lauern, für den Fall, dass wir wiederkommen.«

Wie zur Bestätigung begann es im Unterwassertelefon zu rauschen, dann folgte ein schriller Rufton. In der Zentrale ging jemand an den Hörer und chinesische Wortfetzen drangen aus dem Lautsprecher.

Chen-Liu lauschte konzentriert und übersetzte dann. »Anfrage der *Hu*, die wissen will, welches Boot wir sind. Kapitän Tsoshi hat uns identifiziert.«

Es folgte ein schneller Wortwechsel, den Chen-Liu knapp zusammenfasste: »Tsoshi hat den Kommandanten der *Hu* informiert, dass die *Shi-Nan* die *Long-Huang* gefunden hat, zu machen gewesen sei nichts mehr und das Boot stelle kein Problem mehr dar.«

Eine Aussage, zu der es nichts weiter zu sagen gab. Der Kommandant des konventionellen Jagdbootes musste annehmen, dass die *Long-Huang* komplett zerstört worden war und es keine Überlebenden gegeben hatte. Es gab wohl kaum einen U-Boot-Fahrer, dem das nicht an die Nieren gegangen wäre.

Nach einer Schweigeminute meldete sich die *Hu* wieder. Chen-Liu übersetzte den Dialog: »Er erkundigt sich nach den weiteren Plänen der *Shi-Nan*. Tsoshi informiert ihn, dass er weiter nach dem amerikanischen Boot suchen wolle. Es könne irgendwo hier am Bombay Reef liegen, er habe nur keine Ahnung, wo.«

Bob DiAngelo verdrehte die Augen. »Das kauft der ihm doch niemals ab!«

»Der Kommandant der *Hu* erklärt, er kreise hier seit etlichen Stunden, nachdem er zuvor in der Basis gewesen sei, um Brennstoff zu bunkern.« Chen-Liu blickte auf. »Sagt man so?«

»Yeah, passt schon!« Tex winkte ab.

»Tsoshi meint, es sei nicht auszuschließen, dass das Boot am Ostende des Riffs liege, aber für die *Shi-Nan* sei es da zu flach und zerklüftet. Der andere Kommandant schlägt vor, selbst dorthin zu gehen wenn die *Shi-Nan* sowieso hier in diesem Teil des Riffs bleibe.«

Tex riss die Faust nach oben. »Bingo!«

Bob schüttelte den Kopf. »Vergessen Sie es! Der andere *will* hier weg. Ich glaube, er traut dem Braten nicht.«

»Warum sollte er das? Er hat es mit einem Boot der Volksmarine unter chinesischem Kommando zu tun und dürfte sogar die Stimmen von Tsoshi und Wong kennen.«

Bob zuckte mit den Schultern. »Ist nur so ein Gefühl. Er hat nicht einmal eine Frage zum Einsatz des Aktivsonar gestellt, obwohl er weiß, dass die nördlichsten amerikanischen Einheiten die Impulse eventuell auffangen können. Die *Guam* und ihr Geleitschutz stehen noch immer über der *Long-Huang*, keine fünfundzwanzig Meilen entfernt. Mit etwas Glück kann er sie hören.«

Es war, als werde es in der Kammer eine Nuance kühler. Die Amerikaner sahen einander ratlos an, aber es gab nichts, was sie derzeit tun konnten.

In der Zentrale hängte Kapitän Tsoshi den Hörer des Unterwassertelefons nach ein paar letzten Floskeln ein. »Und, was meinen Sie?«, fragte er Wong.

»Ich bin sicher, dass man Ihre Entscheidungen später höheren Ortes gutheißen wird. Aber unter den gegebenen Umständen könnte der Kommandant der *Hu* hinter Ihrem Verhalten Verrat wittern. Immerhin helfen wir den Amerikanern, ihre Besatzung zu bergen, auf das Risiko hin, dass die dadurch Informationen gewinnen, die sie später gegen uns verwenden können.«

»Was also wird er Ihrer Meinung nach tun?«

»Bisher hat er keinen konkreten Grund, uns zu misstrauen, es sei denn, er hätte irgendwie bemerkt, dass wir geradewegs von dem amerikanischen Verband kommen. Er wird daher versuchen, sich nach allen Seiten hin abzusichern. Das bedeutet, er wird an die Flotte melden, uns getroffen zu haben, und dann am Ostende der Insel Suchkurse laufen. Und alle halbe Stunde wird er eine Antenne über die Wasseroberfläche ausfahren und auf eine Antwort lauschen. Alles weitere hängt davon ab, wie diese ausfällt.«

Zufrieden nickte Kapitän Tsoshi. »Diese Einschätzung teile ich voll und ganz. Es wird Zeit, die Dinge in Angriff zu nehmen.« Er blickte auf die Uhr. »Wenn ich das richtig veranschlage, haben wir etwa zwei Stunden, bis unter Umständen die Suche nach uns beginnt.«

Wong wandte sich zu seinem Ersten um. »Backbord zehn – bringen Sie uns auf null-vier-fünf. Der NO soll Ihnen den genauen Kurs zur *Kentucky* geben!« Er richtete seine Aufmerksamkeit zurück auf Tsoshi. »So einfach sind wir nicht zu finden, Genosse Kapitän. Nur fürchte ich, dass man das bei der Flotte auch weiß und entsprechende Vorkehrungen treffen wird.«

7. Tag, 03 : 00 Ortszeit, 19 : 00 Zulu –
USS *Kentucky*, westliches Ende des Bombay Reefs

»Zwei Minuten noch!«, verkündete der Sergeant der SEALs. Seine Männer eilten in Deckung und hatten auch allen Grund dazu.

Der Plastiksprengstoff auf dem Schott zum Reaktorkontrollstand sah aus wie ein hässlicher grauer Pfannkuchen und der Stabzünder in seiner Mitte tickte bereits. Der Sergeant hatte, in Anbetracht der Stärke des Schotts, die Menge des verwendeten Semtex nicht kleinlich bemessen, nach dem Motto: »Mehr bringt mehr.« Es schien den Marine nicht weiter zu belasten, dass er gerade dabei war, ein paar seiner Kameraden von der Navy ins Jenseits zu befördern. Befehl war Befehl!

Lieutenant Miles und die anderen beiden Männer der Stammbesatzung im Inneren des Kontrollstandes waren sich ihrer Situation bewusst. Nachdem Major Billington festgestellt hatte, dass sich dieser Bereich nicht mehr unter seiner Kommandogewalt befand und er auf Gedeih und Verderb Lieutenant Miles ausgeliefert war, hatte er mehrmals versucht, sie zum Aufgeben zu überreden. Da das nichts fruchtete und seine Marines gegen das Schott nicht ankamen, es sei denn, sie versuchten es mit einer Sprengladung aus dem Weg schaffen, hatte der Major bei seinem letzten Anruf genau damit gedroht.

Was im Einzelnen draußen vorging, bekamen die drei im Kontrollstand zwar nicht mit, doch dass sich jemand am Schott zu schaffen machte, war ihnen nicht verborgen geblieben. Sie reagierten sofort und nahmen eine Notabschaltung des Kernreaktors vor. Das Licht wurde im ganzen Boot schwächer, als die Stromversorgung wegfiel und die automatische Umstellung auf Batteriebetrieb erfolgte, der warme Luftstrom aus den Schlitzen der Klimaanlage versiegte. Es würde nur ein paar Stunden dauern, bis das kalte Wasser der Tiefsee das Boot auskühlte.

Keiner sprach. Nachdem sie die letzten Schaltungen vorgenommen hatten, zog Lieutenant Miles den kleinen Funkzünder für ihr »Baby«, das für die Flutung des Leitstandes sorgen würde, aus der Tasche und sah die beiden anderen fragend an. Ihnen allen war bewusst, dass ihre Zeit abgelaufen war. Schon die Sprengung des Zugangsschotts würde keiner von ihnen überleben. Das war klar und nur noch eine Frage von wenigen Sekunden. Auf das entschlossene Nicken seiner zwei Kameraden hin sprach Lieutenant Dave Miles im Geiste ein letztes kurzes Gebet, bevor er auf den Knopf drückte.

Fast gleichzeitig detonierte auch die von den SEALs angebrachte Sprengladung. Das schwere Luk wurde durch den Explosionsdruck nach innen gedrückt, Stahlklampen brachen aus ihren Befestigungen. Begleitet von einem Splitterhagel und ätzendem Rauch, schlug das Schott mit lautem Krachen in eine Konsole ein. Funken sprühten durch das Chaos.

Dave Miles wurde von einem Hustenkrampf heimgesucht, der die schier unerträglichen Schmerzen im Unterleib noch verstärkte. Er brauchte seinen Körper nicht groß zu inspizieren, um zu wissen, wo und wie schwer ihn die Splitter getroffen hatten. Mit einem Stöhnen sank er zu Boden. Im Unterbewusstsein registrierte er noch das Rauschen von Wasser, das seinen Qualen ein gnädiges Ende bereiten würde.

Die zwei Sprengladungen des »Babys« in der Schottabstützung zwischen dem oberen Teil von Abteilung zehn und elf explodierte wesentlich gedämpfter, was aber an ihrer Wirkung nichts änderte. Das zuvor ohnehin nicht mehr intakte Schott wurde wie von einer Riesenfaust gegen seinen Rahmen geschlagen. Klampen und der Sperrriegel brachen auch hier. Den Rest erledigte der Wasserdruck.

Geistesgegenwärtig und gerade noch rechtzeitig schlugen zwei Seeleute das Stahlschott zu Abteilung zehn zu und verhinderten damit, dass das eindringende Wasser den Weg in den vorderen Teil des Bootes fand. Aber der untere Teil von Abteilung elf und der Reaktorleitstand waren rettungslos verloren. Mit mächtigem Brausen drang das Wasser ein, verdrängte die Luft bis auf winzige Blasen und ersäufte gnadenlos die den Leitstand stürmenden Marines.

7. Tag, 03 : 10 Ortszeit, 19 : 10 Zulu – USS *Oz*

Die *Oz* hatte von der *Shi-Nan* abgedockt und war unterwegs zur *Kentucky*, und natürlich waren der Besatzung die beiden Explosionen nicht entgangen. Captain DiAngelo reagierte unverzüglich, indem er zum Unterwassertelefon griff. »USS *Oz* an USS *Kentucky*! Bitte kommen!«

Nur ein Rauschen war zu vernehmen. Er versuchte es erneut. »*Kentucky*, melden Sie sich!«

In der mittleren Kugel des Tauchboots saßen Small, Chen-Liu und Thomas Wilks, während sich im Cockpit Commander Harper, Captain DiAngelo und Petty Officer Joe Rudetzki zusammengequetscht hatten.

»*Kentucky*, melden Sie sich! Major Billington!« Bobs Stimme klang beinahe flehend.

»Probieren Sie es mit dem Codewort«, schlug Small vor. »Er muss Sie doch hören.«

Bob sah den Petty Officer an. »Joe, was meinen Sie, tut er das?«

»Wahrscheinlich. Es sei denn, wo es geknallt hat, stand das Gerät.«

DiAngelo drückte erneut den Knopf. »Major Billington, hören Sie: Hiob siebzehn, elf, ich wiederhole, Hiob siebzehn, elf! Abbruch! Melden Sie sich!«

7. Tag, 03 : 00 Ortszeit, 19 : 00 Zulu –
USS *Kentucky*, westliches Ende
des Bombay Reefs

In der Zentrale tobte der Major wie ein Wilder. »Meldung! Ich verlange Meldung!« Mit ausgestrecktem Zeigefinger deutete er auf einen seiner Marines, der Roger Williams in seinem Kommandantensessel bewachte. »Sie! Gehen Sie nach achtern und stellen Sie fest, was dort geschieht.«

»Er wird nicht weit kommen!«, erklärte Williams und betrachtete nachdenklich die Lampen, die deutlich schwächer geworden waren. »Das Schott ist gebrochen und damit ist wahrscheinlich auch der Leitstand überflutet.« Er schloss die Augen. »Wir haben den Reaktor verloren.«

Der XO auf der anderen Seite der Zentrale überprüfte seine Instrumente. »Laut Anzeige ist der Reaktor in den gesicherten Status heruntergefahren. Notabschaltung!« Er zuckte hilflos mit den Armen. »Wir haben keine Möglichkeit, ihn von hier wieder anzufahren.«

Billington war aschfahl geworden, doch der Commander verspürte keinerlei Mitleid. »Sie haben Ihr Ziel erreicht. Soll ich gratulieren? Die Helfer haben Sie erfolgreich vertrieben und den Reaktor haben wir durch

Ihren idiotischen Sturmangriff auch verloren. Nun können wir in aller Ruhe abwarten, bis wir erfrieren oder ersticken, je nachdem, was zuerst eintritt. In der Tiefe, in der wir uns befinden, liegt die Wassertemperatur bei ungefähr neununddreißig Grad Fahrenheit. Mit anderen Worten: saukalt. Wir sitzen in einer Stahlröhre, es wird also nur ein paar Stunden dauern, bis es hier drin eisig wie in einem Kühlschrank ist.« Er zuckte mit den Schultern. »Und fast zweihundert Männer leben noch und mit jedem ihrer Atemzüge steigt die Kohlendioxidkonzentration. Es wird mit Kopfschmerzen beginnen, dann folgen Übelkeit, Schwindelanfälle und zum Schluss Bewusstlosigkeit und Tod.« Er sah Billington in die Augen. »Ich nehme an, Sie sind jetzt so richtig stolz auf Ihr Werk, Major?«

»Ich ...« Billington stockte. »Meine Befehle ... ich hatte keine andere Wahl.«

Ein Rufsignal aus dem Unterwassertelefon ertönte, und dann folgte eine vertraute Stimme: »USS *Kentucky* für USS *Oz*! Bitte kommen!«

Die Männer in der Zentrale starrten das Gerät fassungslos an. Keiner rührte sich vor Überraschung.

»*Kentucky*, melden Sie sich!« Wieder drang Captain DiAngelos Stimme aus dem kleinen Lautsprecher.

»Gehen Sie ran, Billington. Ihre letzte Chance, noch etwas zu retten!« Williams machte Anstalten, sich aus dem Sessel aufzurappeln, aber sein Bewacher drückte ihn rabiat wieder zurück, ohne Rücksicht auf seine Verletzungen. Ein gequältes Stöhnen entrang sich seiner Brust. »Nun machen Sie endlich, Major!«

Immer noch stand Billington reglos mitten in der Zentrale. Gedanken rasten durch seinen Kopf. Erneut schienen die Stahlwände Anstalten zu machen, auf ihn zuzurücken, um ihn zu zerquetschen. Er spürte, wie ihm der Schweiß ausbrach. Die Aufforderung des Commanders hörte sich für ihn an, als käme sie aus einer weit entfernten Nebelbank. Er konnte nicht! Ohnmächtig zitterte er am ganzen Körper.

»Major Billington, hören Sie: Hiob siebzehn, elf. Ich wiederhole, Hiob siebzehn, elf! Abbruch! Melden Sie sich!«

Ein Ruck ging durch den Mann. Überrascht hob er den Kopf. »Hiob!«, murmelte er. »Hiob siebzehn, elf!« Tränen rannen ihm über die Wangen. »›Meine Tage sind vergangen; zerrissen sind meine Pläne, die mein Herz besessen haben‹ …«

»Major, wachen Sie auf, das ist das Codewort!« Roger Williams brüllte ihn förmlich an.

Billington schüttelte den Kopf. »Es ist nicht das richtige Codewort. Nicht für diesen Fall!« Mit etwas staksigen Schritten ging er aber dennoch zum Unterwassertelefon und nahm den Hörer. »Billington am Apparat!« Seine Stimme war heiser, aber der Tonfall so ruhig und beherrscht, als telefoniere er irgendwo an Land, in der Sicherheit seines Arbeitszimmers. »Hiob siebzehn, elf? Nicht schlecht, wenn Sie es geraten haben. Aber trotzdem nicht richtig.«

Eine neue Stimme drang aus dem Lautsprecher. »Senator Radcliff ist tot, Major. Anthony Wong ist tot, Samuel ebenfalls. Hiob ist Geschichte!«

»Wer sind Sie?«

»Agent Jack Small, CIA.«

»Na und? Was meinen Sie, sind meine Befehle ungültig, weil diejenigen, die sie mir gegeben haben, tot sind?« Es klang, als würde es sich um eine philosophische Stammtischfrage handeln. Aber jeder wusste, sie war wichtig, lebenswichtig.

Captain DiAngelo schaltete sich erneut ein. »Gemäß

der Befehlskette waren diese Befehle niemals gültig, auch nicht, als diese Männer noch lebten.«

»Sie verstehen das nicht. Es ging um eine Bedrohung für unser Land und darum, das zu schützen, woran wir felsenfest glauben, wofür wir leben. Aber wahrhaben wollte das außer uns niemand.«

»Das mag sein«, entgegnete Bob emotionslos. »Aber nun, da Ihre Mission gescheitert ist und Hiob nicht mehr existiert, braucht das Ganze doch nicht in einen sinnlosen Massenmord auszuarten. Das können Sie doch nicht ernsthaft wollen? Das fünfte Gebot werden Sie ja wohl auch kennen: ›Du sollst nicht töten!‹«

Major Billington zeigte sich unbeirrt. »Gott ist auf der Seite der Starken, glauben Sie mir, Captain! Auf Seiten derer, die für ihn kämpfen und wenn nötig auch für ihn sterben.« Ohne ein weiteres Wort hängte er den Hörer ein und zog einen Schlüssel aus der Tasche.

Roger Williams Augen weiteten sich. »Nein, Billington, nein!«

Der Major ignorierte ihn. Weihevoll, als sei er ein Priester, der eine sakrale Handlung vollzieht, entfernte er die Plombe, klappte die rote Plastikabdeckung auf und steckte den Schlüssel in das darunterliegende Schloss.

Williams sah, dass sich die Lippen des Marines bewegten. Betete er? Aber eigentlich war das völlig belanglos. Zehn Ladungen zur Selbstzerstörung waren im Boot verteilt. Das Gros hatte er selbst außer Gefecht gesetzt. Blieb die Frage, ob Miles den Rest auch noch geschafft hatte.

Als Billington den Schlüssel umdrehte, klickte das Schloss laut und vernehmlich in der Stille … der aber nur weitere Stille folgte.

Epilog

11. Tag, 14 : 00 Ortszeit, 09 : 00 Zulu – Washington, D.C.

»Ich hatte wirklich angenommen, Sie würden mich fragen, ob Sie meiner Meinung nach richtig geraten haben.« William Boulden betrachtete gelassen seine Zigarre. »Und vermutlich hätten Sie mich, wenn Sie nicht Captain DiAngelos Rat gefolgt wären, genauso aus dem Weg schaffen lassen wie den Senator?«

Roger Marsden erwiderte den Blick des Präsidentenberaters völlig ruhig. »Möglich, vielleicht hätten wir aber auch versucht, politisch ein paar Hebel zu ziehen.« Ein Grinsen erschien auf seinem Gesicht. »Nehmen Sie es nicht persönlich, Sir!«

»Das tue ich auch nicht.« Er zögerte. »Trotzdem tendiere ich zu der Auffassung, dass wir uns ein paar Gedanken über die künftige Arbeitsweise unserer Geheimdienste machen sollten. Sie operieren für meinen Geschmack zu unkontrolliert, und wenn wirklich etwas schiefgeht, dann kriegen sie es erst spät oder gar nicht mit!« Er lächelte aalglatt. »Das ist selbstverständlich nicht persönlich gegen Sie gerichtet, Director.«

Captain DiAngelo blickte nachdenklich von einem zum anderen. »Die ganze Geschichte wurde nicht von unseren Geheimdiensten gestartet. Sie wurde von Männern initiiert, die an ihre eigene Macht und irgendeine alttestamentarische Version von christlichem Patriotismus glaubten.« Er schüttelte nachdenklich den Kopf.

»Große Worte, große Werte. Doch am Ende war zwischen Major Billington und Osama bin Ladens Selbstmordattentätern kein Unterschied mehr zu erkennen.«

»Ah ja, der Major!« Boulden zog an seiner Zigarre. »Was ist eigentlich aus dem geworden?«

Bob zuckte mit den Schultern. »Als die Selbstzerstörungs-Sprengladungen der *Kentucky* nicht explodierten, ist er völlig durchgedreht und hat wie ein Irrer rumgetobt. Seine eigenen Marines haben ihn ruhigstellen müssen.«

Der Präsidentenberater nickte. »Den Rest der Geschichte kenne ich. Immerhin habe ich General Wu aus dem Bett geklingelt, und der hat Himmel und Hölle in Bewegung gesetzt, um die Volksmarine zurückzupfeifen. Der Kommandant der *Hu* hatte tatsächlich den Verdacht gemeldet, es könne sich um ein amerikanisches Boot handeln, das sich als die *Shi-Nan* ausgäbe, um unter dieser Tarnung zu operieren.«

»Meine Güte, Kapitän Tsoshi hat chinesisch mit ihm gesprochen!« Der Captain machte runde Augen.

»Oh Bob!« Roger Marsden schüttelte sich vor Lachen. »Was meinen Sie, wie viele Leute ich auftreiben kann, die perfekt Chinesisch sprechen. Und eine Stimme mit all der modernen Technik, die wir haben, zu imitieren ist nun überhaupt kein Problem mehr.« Er holte Luft, aber die Heiterkeit war ihm noch immer deutlich anzusehen. »Sie sind zwar bei der Firma, Bob, aber von unserem Geschäft haben Sie nicht wirklich eine Ahnung.«

Der Captain winkte ab. »Ich bin mir ziemlich sicher, dass ich das in der Form auch gar nicht will. Ehrlich!«

11. Tag, 14 : 00 Ortszeit, 09 : 00 Zulu – Norfolk, Virginia

Roger Williams sah immer noch ziemlich mitgenommen aus, auch wenn er sich tapfer bemühte, das zu verbergen. Aber immerhin hatten die Mediziner ihr Bestes gegeben und ihn nach allen Regeln der Kunst wieder zusammengeflickt.

Jenn strich ihm sanft über die Stirn. »Die Ärzte sagen, du wirst wieder ganz gesund.« Sie lächelte ihn an, aber ihre tiefen Sorgen blieben ihm nicht verborgen. »U-Boot-tauglich.« Ihre Stimme drohte zu ersticken.

Vorsichtig griff er nach ihrer Hand und drückte sie sanft. »Vice Admiral Walker hat mir beim Stützpunktstab einen Posten im Range eines Captains angeboten, zuständig für die U-Boot-Ausrüstung.«

Sie sah ihn prüfend an. »Ein Landkommando? Das würdest du wirklich tun?«

»Na ja, ab und zu mal eine Testfahrt oder so …« Er spürte, wie er errötete. Aber einmal U-Boot-Fahrer, immer U-Boot-Fahrer. Jenn wusste das genauso gut wie er selbst.

Auf dem Korridor des Hospitals drehte sich eine Krankenschwester verwundert um, als sie lautes Lachen aus dem Zimmer des Patienten schallen hörte.

Zur Geschichte des U-Boot-Krieges
Standardwerke von Rang

Fritz Brustat-Naval
Ali Cremer: U 333
ISBN 978-3-548-25657-3

Fritz Brustat-Naval / Teddy Suhren
Nasses Eichenlaub
Todesschach unter Wasser
Als Kommandant und F. d. U.
im U-Boot-Krieg
ISBN 978-3-548-26399-1

Stephan Harper
Kampf um Enigma
Die Jagd auf U-559
ISBN 978-3-548-25778-5

Karl-Friedrich Merten
Nach Kompaß
Die Erinnerungen
des Kommandanten von U 68
ISBN 978-3-548-26402-8

Martin Middlebrook
Konvoi
U-Boot-Jagd auf die Geleitzüge
SC. 122 und HY 229
ISBN 978-3-548-23534-9

Theodore P. Savas
Lautlose Jäger
Deutsche U-Boot-Kommandanten im Zweiten Weltkrieg
ISBN 978-3-548-25205-6

Joseph Mark Scalia
U 234 – In geheimer Mission nach Japan
ISBN 978-3-548-26292-5

John F. White
U-Boot-Tanker 1941-1945
Unterwasser-Versorger
für die Wolfsrudel
ISBN 978-3-548-25907-9

ULLSTEIN

Ein hochkarätiger Thriller um die modernsten U-Boote der Welt. Spannung, die einen Namen trägt: Peter Brendt

Herbst 2005: Im Nordatlantik stößt ein Fischtrawler auf ein Schlauchboot, in dem acht tote Offiziere des amerikanischen Atom-U-Boots *Tuscaloosa* treiben. Im Pentagon herrscht Alarmstimmung. Commander DiAngelo, Analytiker beim Marinegeheimdienst, organisiert eine gigantische Suchoperation nach dem spurlos verschwundenen Boot. Und hat eine Idee, die ihn auf eine heiße Spur bringt. An Bord der baugleichen *USS San Diego* startet er eine Unterwasserhatz auf Leben und Tod, bei der die Entscheidung unter der Eisdecke der Arktis fallen muß, in die sich aber auch ein russisches Boot der Alfa-Klasse noch einmischt ...

Peter Brendt
Crashdive
Roman
ISBN 978-3-548-26456-1

ULLSTEIN

»Der Autor kennt die gnadenlose Hetzjagd auf Leben und Tod unter Wasser aus eigenem Erleben.«
Eberhard Bergmann, Berliner Morgenpost

Die U-Boot-Romane von Erik Maasch

Auf Sehrohrtiefe vor Rockall Island
ISBN 978-3-548-24741-0

Duell mit dem nassen Tod
ISBN 978-3-548-26279-6

Im Fadenkreuz von U 112
ISBN 978-3-548-26462-2

Letzte Chance: U 112
ISBN 978-3-548-25731-0

Tauchklar im Atlantik
ISBN 978-3-548-26134-8

U-Boote vor Tobruk
ISBN 978-3-548-25333-6

Die U-Boot-Falle
ISBN 978-3-548-25773-0

U 112 auf der Feindfahrt mit geheimer Order
ISBN 978-3-548-25087-8

U 115: Jagd unter der Polarsonne
ISBN 978-3-548-25446-3

U 115: Die Nacht der Entscheidung
ISBN 978-3-548-25912-3

U 115: Operation Eisbär
ISBN 978-3-548-25651-1

ULLSTEIN

In Hochspannung eintauchen.
Die erfolgreichen U-Boot-Romane
von C. H. Guenter

Herr der Ozeane: U 500
ISBN 978-3-548-25909-3

Das Santa-Lucia-Rätsel
ISBN 978-3-548-25334-3

U-Boot-Einsatz in der Todeszone
ISBN 978-3-548-26136-2

U-Boot Laurin antwortet nicht
ISBN 978-3-548-26278-9

U-Boot unter schwarzer Flagge
ISBN 978-3-548-25647-4

U 136: Einsatz im Atlantik
ISBN 978-3-548-26464-6

U 136 in geheimer Mission
ISBN 978-3-548-24635-2

U 136: Flucht ins Abendrot
ISBN 978-3-548-25207-0

U 77: Gegen den Rest der Welt
ISBN 978-3-548-25727-3

U-Kreuzer Nowgorod
ISBN 978-3-548-26128-7

U-XXI: Die erste Feindfahrt war die letzte
ISBN 978-3-548-25769-3

U-Z jagt Cruisenstern
ISBN 978-3-548-25440-1

ULLSTEIN